KOLLEGE GESUCHT

EINE ENEMIES-TO-LOVERS-BÜROROMANZE

SYNERGY
BUCH 1

MICHELLE MCCRAW

Copyright © 2025 Michelle McCraw

1

ALICIA

DER HIMMEL HATTE die Farbe von Erbsensuppe. Zorniger Erbsensuppe.

Da ich mein ganzes Leben in Texas gewohnt hatte, wusste ich, dass der Himmel diese Farbe nur annahm und die Wolken nur dann brodelten, wenn sie etwas besonders Heftiges zusammenbrauten.

Ich schätzte die Entfernung vom Vordach des Parkhauses zum Eingang des Gebäudes auf der anderen Seite des rissigen Asphalts der vierspurigen Straße ab. In meinen zehn Zentimeter hohen Absätzen würde ich da nicht hinübersprinten können.

»Zu viel des Guten«, murmelte ich. »Flache Schuhe hätten es auch getan. Oder sogar Stiefel.« Aber ich hatte bei meinem ersten Auftrag für mein brandneues Unternehmen einen guten Eindruck machen wollen. Seriös. Fähig. Makellos. Bereit, mit meinen spitzen Schuhen allen in den Hintern zu treten und mir einen Namen zu machen, indem ich dieses problembeladene Projekt wieder auf Kurs brachte.

Das war mein »Jetzt-zeige-ich-es-euch-allen«-Moment. Meinem alten Chef Lowell, der gesagt hatte, ich sei zu »sensibel«, um für eine Führungsposition geeignet zu sein. Dr. Fletcher, der unserem ganzen Kurs erzählt hatte – während ich als einzige Frau im Raum dasaß, zu perplex, um zu widersprechen –, dass Frauen nicht den nötigen Biss hätten, um in der Technik erfolgreich zu sein. Jedem Kollegen, der mich jemals unterbrochen, die Lorbeeren für meine Arbeit eingeheimst oder versucht hatte, mir das Programmieren zu mansplainen. Ich spazierte in die Büros von Synergy Analytics, einem Fortune-1000-Unternehmen, das von zwei Stanford-Absolventen gegründet worden war und jetzt über sechs *Milliarden* Dollar wert war, um ihnen mit meinem Verstand zum Erfolg zu verhelfen.

Nicht schlecht für ein Mädchen von hier, das auf eine staatliche Uni gegangen war. Ich wischte mir unsichtbaren Staub von der Schulter.

Mein Handy pingte. Dreißig Minuten bis zum Meeting. Genug Zeit, um durch die Sicherheitskontrolle zu kommen, ein paar Hände zu schütteln und meinen Platz am Kopfende des Tisches einzunehmen. Ich richtete mich auf. Zum ersten Mal in meinem Leben war ich meine eigene Chefin. Ich war mehr als qualifiziert für diesen Job, und ich konnte es auch mit dem Regen aufnehmen.

Als mein Schuh den Gehweg berührte, hörte ich das erste Plink. *Ha! Verfehlt!* Ein Glück, denn ich trug eine weiße Bluse und hatte mein Sakko über meine Kuriertasche gelegt, um in der Hitze von Austin Anfang September kühl zu bleiben. Eine durchsichtige Bluse bei meinem ersten Meeting wäre kein guter Look. Noch ein schneller Schritt und ich sah nach, ob Autos kamen. Frei, wenn ich schnell war.

Ich trat vom Bordstein, und ein Regentropfen prallte vor mir auf. *Prallte auf?* Noch einer zu meiner Rechten. Ein weißer Schleier schoss vor meiner Nase vorbei. Das war kein Regen; es war Hagel. Erbsengroß. Kein Problem. Vom Hagel würde meine Bluse nicht einmal nass werden.

Als ich die zweite Fahrspur überquerte, stieß ich gegen ein Hagelkorn. Das war größer, etwa so groß wie eine Murmel. Eine Anomalie. *Trotzdem, besser aufpassen.* Wenn ich auf eines dieser

Größe treten würde, würde ich wahrscheinlich mitten auf der Sixth Street stürzen. Und dann würde mich ein Auto überfahren. Ich konnte nicht zulassen, dass Noah noch einen Elternteil verlor. Außerdem hatte ich noch keine Lebensversicherung abgeschlossen, um die Police zu ersetzen, die mein alter Arbeitgeber bereitgestellt hatte. »Wenn ich sicher in dieses Gebäude komme«, murmelte ich, »verspreche ich, dass ich die Versicherungsgesellschaft anrufe, sobald ich nach Hause komme.«

Mit zusammengebissenen Zähnen gegen die prasselnden Körner machte ich zwei große Schritte, um die letzte Spur zu überqueren, bevor ich über den Haufen weißer Hagelkörner, die sich am Bordstein angesammelt hatten, auf den Gehweg sprang. Zwei weitere Schritte brachten mich unter das schützende Vordach des Gebäudes. Ich blickte zu den grünen Wolken auf. »Danke—«

Ein weißer Blitz und ein stechender Schmerz durchfuhr meine Stirn, genau an meinem Haaransatz. »Aua!« Ich umschloss mein Gesicht mit den Händen und huschte weiter unter das Vordach. Das hatte ich nun davon, dass ich mich in Dankbarkeit übte.

»Ist alles in Ordnung?« Eine große Gestalt tauchte in meinem peripheren Sichtfeld auf.

»Ja, mir geht's gut.« Aber als ich meine Hand wegzog, waren meine Fingerspitzen blutverschmiert. Ich kramte in meiner Tasche nach einem Taschentuch.

»Kopfplatzwunden bluten stark. Tun auch höllisch weh. Warte, ich hab da was.« Der Mann stellte seine Sporttasche ab und wühlte darin herum. Sein verwaschenes schwarzes T-Shirt mit dem unverkennbaren Logo von AC/DC rutschte auf seinem Rücken hoch und enthüllte ein V aus sehnigen Muskeln, das in seiner Jeans verschwand. Zwischen einem Schreibtischjob und dem Abhängen auf Fußballplätzen hatte ich nicht viele solche Körperbauten gesehen. Nicht seit Rick. Ich schüttelte die Erinnerung ab. Ich durfte nicht zulassen, dass Rick meine »Du schaffst das«-Einstellung ruinierte.

Der Mann drehte sich um, ein graumeliertes T-Shirt in der Hand. »Es ist sauber, versprochen. Darf ich …?«

Nicht sicher, ob mein Sprachverlust auf seinen Körper eines griechischen Gottes oder auf den Blutverlust zurückzuführen war, schüttelte ich den Kopf. Sanft schob er meine Hand, die das blutgetränkte Taschentuch hielt, beiseite und drückte das Shirt auf mein Gesicht. Das Shirt roch nach frischer Seife und noch etwas anderem. Leder. Wie ein Schuhgeschäft für Stiefel. Oder das Innere eines Luxusautos. Ich atmete ein und wünschte, ich könnte mich in diesen Duft hüllen.

Als er näher trat, stieß er gegen ein Hagelkorn. »Was ist das? Das ist doch kein Schnee.«

»Das ist Hagel.« Das Shirt verdeckte ein Auge, aber ich musterte ihn mit dem anderen. Er war groß, gut drei oder vier Zoll größer als ich, sogar in meinen Stöckelschuhen. Ah. Es war nicht nur sein Waschmittel. Er trug ein paar schicke Cowboystiefel; daher der Lederduft. Straußenleder. Teuer. Verwaschene, eingetragene Jeans, die schmale Hüften betonten, und das Shirt, das ich bereits bemerkt hatte und das an all den richtigen Stellen spannte. Dunkles Haar, irgendwo zwischen Braun und Schwarz. Dunkle Augen ebenfalls. Scharf. Einschätzend. Aber auch freundlich. Unter diesem Blick wurden meine Wangen heiß.

»Hölle? Meinst du, wie in ‚bis die Hölle zufriert‘?« Er sprach klar und deutlich, wie die Leute im Fernsehen, nicht wie jemand, den ich je im wirklichen Leben getroffen hatte.

»Nein. Hagel. H-A-G-E-L. Du bist nicht von hier, oder?«

Er lächelte, die rechte Seite höher als die linke. »Nee. Ich versuche immer noch, mich an einige dieser texanischen Akzente zu gewöhnen.«

»Nur zu Besuch, oder wohnst du jetzt hier?«

Dieser üppige Mund spannte sich ein wenig an. »Ein bisschen von beidem. Ich bin seit drei Monaten in Austin, aber ich hoffe, ich kann bald nach Hause.«

»Du hoffst?« Ich schenkte ihm ein unbeschwertes Lächeln. »Offensichtlich hast du noch nicht das volle Austin-Erlebnis gehabt. Die meisten Leute wollen nie wieder weg.« Außer mir. Nachdem ich mein ganzes Leben hier verbracht hatte, fühlte sich meine Heimatstadt ein wenig wie ein Lieblingsshirt an, aus dem ich herausgewachsen war. Weich und gemütlich, aber ein bisschen zu eng.

Die Anspannung verschwand, und seine rechte Wange hob sich wieder. Dieses Lächeln hätte illegal sein sollen. »Vielleicht hatte ich noch nicht die richtige Reiseführerin.« Sein Blick wanderte nach unten, und seine Augen weiteten sich, als sie meine Brust erreichten. Er blinzelte und sah mir wieder ins Gesicht. »Du hast da, äh, du hast etwas Blut auf deiner Bluse.«

»Oh, Mist.« Ich legte meine Hand auf seine auf dem T-Shirt. Seine Hand war warm und trocken. Glatte Haut, als ob er auch am Schreibtisch arbeitete. Er zog sie unter meiner hervor, damit ich den Schaden begutachten konnte. Verdammt, zwei rote Tropfen direkt über meiner linken Brust. Mit einer Hand auf der Wunde versuchte ich, mit der anderen mein Sakko zu entfalten.

»Soll ich helfen?«

Ich nickte, und er schüttelte mein Sakko aus. Während er es hinter mir hielt, schlüpfte ich mit einem Arm hinein, wechselte die Hände über meiner Wunde und schlüpfte dann in den anderen Ärmel. Als er die Seiten zusammenzog, standen wir nah beieinander, als würden wir tanzen. Sein himmlischer Duft umgab mich, und der Hagel, mein Meeting, alles um mich herum verblasste.

Er kam mir bekannt vor. Ich hatte diese vollen Lippen schon einmal gesehen, die zu einer Seite verzogen waren. Den kurzen, dunklen Bart, dicht an seinem Kinn und ein wenig struppig an seinen Wangen. Das echte Lächeln schien anders, aber ich hatte diese Augen mit den Fältchen in den Winkeln schon gesehen. Woher kannte ich ihn?

»Haben wir uns—«

Er sprach zur gleichen Zeit. »Arbeitest du hier in der Gegend? Ich glaube, ich habe dich noch nie gesehen.«

»Es ist mein erster Tag. Ich habe heute Morgen ein wichtiges

Meeting.« Offensichtlich war ich nicht besonders einprägsam, wenn er nicht glaubte, mich schon einmal gesehen zu haben. Wo hatte ich ihn getroffen?

»Da drin?« Er neigte sein Kinn in Richtung des Synergy-Gebäudes hinter mir.

»Ja, ich bin Beraterin. Ich habe mein eigenes Unternehmen.« Selbst als ich da blutend auf dem Gehweg stand, schwoll meine Brust vor Stolz.

»Beraterin.« Er trat einen Schritt zurück und nahm den herrlichen Duft mit sich. Die Hagelkörner prasselten außerhalb des Vordachs. »Ich besorge dir ein Pflaster. Ich habe eines in meiner Tasche.«

»Nein. Aber danke.« Ich konnte nicht mit einem Pflaster im Gesicht in ein Meeting mit Cooper Fallon gehen.

»Möchtest du lieber, dass dir während deines großen Meetings Blut über die Stirn tropft? Dieses Eisstück hat dich ganz schön erwischt.« Er wühlte in seiner Tasche und zog ein kleines Erste-Hilfe-Set aus Plastik hervor.

»Bist du ein Pfadfinder?« Ich hatte ein Erste-Hilfe-Set für Noah in meinem Auto, aber ich kannte nicht viele Männer, die das taten.

Er kicherte. »Die haben mich rausgeschmissen, als ich neun war. Marlee. Meine Assistentin. Sie kümmert sich um mich.«

Eine Assistentin? Mein Ersthelfer in Jeans und T-Shirt sah nicht wie jemand mit dieser Art von Macht aus. Aber jetzt, wo ich darüber nachdachte, hatte seine Stimme tatsächlich einen leicht herrischen Unterton, als sei er es gewohnt, Befehle zu erteilen. Und dass sie befolgt wurden.

Er klickte das Set auf und zog ein Pflaster heraus. Als er die Verpackung aufriss, sah ich einen roten Blitz.

»Was ist das?«

»Oh. Lightning McQueen. Du weißt schon, aus *Cars?* Sie hat einen seltsamen Sinn für Humor.«

Natürlich kannte ich *Cars.* Das war Noahs Lieblingsfilm, seit er drei war. »Du klebst mir doch nicht Lightning McQueen ins Gesicht.«

»Zeig mir dieses Lächeln. Das, das du mir geschenkt hast, als du von deinem Unternehmen gesprochen hast. Das, das du ihnen in dem Meeting zeigen wirst.«

Ich konnte nicht anders. Ich lächelte, groß und breit, jedes Mal, wenn ich an Weber Technology Consulting dachte.

»Genau das. Niemand wird auf den alten Lightning McQueen hier schauen, wenn du dieses umwerfende Lächeln zeigst.« Er nahm das Shirt von meinem Gesicht und streifte dabei meine Finger. Es war nicht der Blutverlust, der sie kribbeln ließ.

»Danke …« Ich hob meine Augenbrauen.

»Meine Freunde nennen mich Jay.«

»Ich bin Alicia.«

»Alicia.« Er ließ meinen Namen auf der Zunge zergehen. Dann, mit einem leichten Druck seiner warmen Finger, klebte er das Pflaster auf meinen Kopf. »Jetzt passen wir zusammen, siehst du?« Er hielt seinen Arm hoch, und tatsächlich, über seinem Ellbogen war ein Lightning-McQueen-Pflaster.

»Hat dich der Hagel etwa auch erwischt?« Ich war zu sehr auf meine eigene Verletzung, meine eigenen Probleme konzentriert gewesen und hatte nicht aufgepasst. Jays Arm war von sehnigen Muskeln geschwollen, und eine Vene wand sich um seinen Unterarm. Das hatte ich auch nur im Fernsehen gesehen.

»Nee.« Er rieb darüber. »Bin beim Laufen einem Baum zu nahe gekommen.« Er trat wieder näher. »Darf ich?«

Ich nickte, mein Hals war zu trocken zum Sprechen. Er zupfte mein Sakko zurecht, sodass sich die Seiten vorne trafen. Dann fuhr er mit einem Finger in mein Haar nahe der Wunde und strich es glatt. Er musterte mich von Kopf bis Fuß, und jede Stelle, auf die sein Blick fiel, kribbelte.

»Wie neu.« Er trat zurück. »Fühlst du dich okay? Nicht zu schwindelig?«

Schwindelig? Ja. Ich blinzelte. Hatte ich das laut gesagt? »Mir geht's gut.«

»Gut.« Er öffnete den Mund und schloss ihn wieder. Wollte er mich gerade um ein Date bitten? Er musste doch fühlen, was ich fühlte. Was er über mein Lächeln gesagt hatte, war definitiv ein Flirt. Ein unsichtbares Band hielt uns beide davon ab, uns zur Tür oder auf den Gehweg zu bewegen.

Die Worte meiner Schwester von vor Jahren hallten in mir wider. *Das Leben ist kurz. Warte nicht auf das, was du willst. Bitte darum und nimm es dir dann.* Sie hatte nicht lange genug gelebt, um ihren eigenen Rat zu befolgen. Aber ich hatte mir ihre Worte zu Herzen genommen, und ich wusste, was ich wollte: mehr Zeit mit den sanften Fingern und den bodenlosen Augen dieses Mannes. »Hey, Jay, ich habe jetzt das Meeting, aber vielleicht möchtest du irgendwann mal einen Kaffee trinken?«

Er blickte wieder zur Tür hinter mir. »Tut mir leid, ich … kann nicht.«

Mein Bauch wurde eng und schwer, und meine Wangen glühten. »Oh, okay.« Hatte er eine Freundin? War Marlee mehr als seine Assistentin? Oder stand ich vielleicht unter Schock und hatte mir die Zeichen seiner Anziehung nur eingebildet. Geschah mir recht, dass ich mich so aus dem Fenster gelehnt hatte. Dass ich Melissas Rat gefolgt war.

Ich musste hier weg. Mich sammeln und auf mein Meeting konzentrieren. Ich rückte meine Tasche höher auf meiner Schulter. »Ich muss los. Danke für deine Hilfe.«

Als ich ihm das Shirt hinhielt, war der graue Stoff blutverschmiert. Ekelhaft. Ich zog es zurück, bevor er es berühren konnte. »Ich werde das heute Abend auswaschen und es morgen zurückbringen. Ich lasse es morgen früh hier in der Lobby?«

»Klar.« Er bückte sich wieder, zeigte diesen verlockenden Streifen seines Rückens und hob ein golfballgroßes Hagelkorn auf. Er zog eine Socke aus seiner Sporttasche und wickelte sie um den Eisbrocken, bevor er ihn wieder in seine Tasche fallen ließ. Trotz meiner Verlegenheit musste ich lächeln. Wenn er auch nur ein bisschen wie Noah war, würde Jay es in den nächsten Gefrierschrank legen und es später herausziehen, um es zu untersuchen. Wissenschaftliche Neugier ließ mein nerdiges Herz immer schmelzen.

Obwohl das Herz dieses Wissenschaftler-slash-Ersthelfers nicht dasselbe für mich empfand. Meine Wangen glühten erneut.

Er öffnete die Tür und hielt sie mir auf.

Ich ging hindurch, vorsichtig, ihn nicht zu berühren. Die Hitze hatte sich über meinen Hals bis zu meiner Brust ausgebreitet. Ich entdeckte ein Schild für die Toiletten auf der rechten Seite und bog dorthin ab, ohne ihn anzusehen. »Nochmals danke.«

»Jederzeit, Alicia.«

Ein paar Minuten später heftete ich mir einen Besucherausweis an mein Revers und legte mental wieder meine Rüstung an. *Zurück in der Spur. Allen zeigen, wo der Hammer hängt. Keine Ablenkungen mehr, egal wie sexy.*

Ein anderer großer Mann schritt durch die Sicherheitsschleusen und streckte mir seine Hand entgegen. »Sie müssen Ms. Weber sein. Ich bin Cooper Fallon.«

Ich sog die Luft ein. Markanter Kiefer, sandblondes Haar, Augen in der Farbe von Bluebonnets. Ich hatte Fotos von ihm gesehen – der CEO von Synergy Analytics war mindestens zweimal auf dem Cover von *Forbes* gewesen, außerdem hatte ich ihn natürlich gegoogelt –, aber Fotos hatten mich nicht auf einen Mann von über einem Meter achtzig vorbereitet, mit gebräunter Haut und einer schlanken Figur, die durch ein tadelloses blaues Hemd, eine maßgeschneiderte Hose und ein faltenfreies Sakko betont wurde. Ich strich mir über meinen schmalen schwarzen Rock, der von der Fahrt hierher zerknittert war.

Mental riss ich mich zusammen und ergriff seine Hand. »Es ist mir eine Freude, Sie kennenzulernen, Mr. Fallon.«

Er bot mir nicht an, ihn Cooper zu nennen.

»Treppen okay?«, fragte er. »Wir treffen uns im zweiten Stock.«

»Klar.« Ein bisschen Cardio könnte vielleicht meine Nerven beruhigen. Ich atmete tief durch und folgte ihm durch die Sicherheitsschleusen zu einer breiten, offenen Treppe. Während ich hinaufstieg, sah ich mich um. Breite Holzdielenböden, freiliegende Lüftungskanäle an der Decke, leuchtende Rot-, Orange- und Blautöne in farbenfrohen Spritzern an den Wänden, die mich an das Hill Country im Frühling erinnerten. »Wie lange gehört Ihnen das Gebäude schon?«

»Noch nicht lange. Wir haben es von einer Firma gekauft, die beschlossen hat, auf Remote-Arbeit umzusteigen. Wir leben uns erst mal eine Weile in den Räumlichkeiten ein, bevor wir uns entscheiden, Änderungen vorzunehmen.«

»Aber Synergy ist nicht auf Remote umgestiegen?« Ich hätte mir am liebsten an die Stirn geschlagen. *Offensichtlich, Alicia. Sie sind hier.*

Er wartete oben an der Treppe auf mich. »Nein, wir verfolgen einen kollaborativen Ansatz bei der Softwareentwicklung. Jamila sagt, das bevorzugen Sie auch?«

Ich lächelte bei der Erwähnung meiner Mentorin. Ich konnte fast spüren, wie sie neben mir stand und sagte: *Du schaffst das.* »Absolut«, sagte ich. »Teams können so viel mehr erreichen, wenn sie am selben Ort sind, wenn sie nicht auf E-Mails oder sogar Instant Messaging für die Kommunikation angewiesen sind.«

»Ich bin froh, dass Sie das so sehen. Ich bin sicher, Sie werden sich gut ins Team einfügen.«

Er zog eine Milchglastür zu einem Konferenzraum auf. Drinnen waren die meisten Stühle besetzt. Ein kurzer Blick verriet mir, dass die Meeting-Teilnehmer alle Männer waren; das war keine Überraschung. Und am Kopfende des Tisches—

»Jay?« Ich hob eine Hand an meine Stirn. War er einer der Entwickler, mit denen ich arbeiten würde?

»Alicia!« Jay stand auf, sein Lächeln verwandelte sich schnell in ein Stirnrunzeln, als er von mir zu Cooper blickte. »Was ist hier los, Coop?«

Vielleicht hatte das Hagelkorn mehr Schaden angerichtet, als ich gedacht hatte. Oder vielleicht war ich zu sehr von einem Paar scharfer, dunkler Augen fasziniert gewesen. Aber als ich die beiden Männer zusammen sah, fügten sich die Puzzleteile zusammen. Cooper Fallon und meine-Freunde-nennen-mich-Jay *Jackson* Jones, Mitbegründer von Synergy Analytics. Das geschäftliche Genie und das Programmier-Ass, die das Unternehmen in ihrem

Wohnheimzimmer in Stanford gegründet und in weniger als einem Dutzend Jahren zu einem Fortune-1000-Unternehmen ausgebaut hatten.

Warum zum Teufel brauchte Jackson Jones *mich* bei einem Programmierprojekt?

Neben mir richtete sich Fallon auf. »Ms. Weber ist hier, um die Richtung vorzugeben und das Projekt voranzubringen.«

Am Telefon hatte er mir gesagt, ich sei da, um ein angeschlagenes Projekt zu retten. Aha.

Jacksons Blick wurde eisig. »Als Projektleiter ist es meine Aufgabe, die Richtung vorzugeben.«

Neben Jackson sackte ein junger Programmierer in seinem Stuhl zusammen, als versuchte er, mit dem Polyesternetz zu verschmelzen. Ich wollte dasselbe tun. Diese beiden sollten beste Freunde sein, und jetzt stritten sie sich. Meinetwegen. Eigentlich, weil Cooper Fallon seinem Geschäftspartner nicht gesagt hatte, dass er eine Beraterin einstellte. Mich. Und wer zum Teufel hatte hier das Sagen? Ich beäugte den Platz am Kopfende des Tisches, den ich hatte einnehmen wollen. Den, an dem Jackson Jones jetzt den Vorsitz führte.

Etwas, das nicht meine Schuld war, war plötzlich zu meinem Problem geworden. Es half nichts, ich musste meine Frau stehen und es lösen. Ich straffte meinen Rücken. *Showtime.*

»Mr. Fallon, möchten Sie Mr. Jones informieren, während ich das Team kennenlerne?«, sagte ich mit einem Lächeln, das hoffentlich jenes war, das Jay—Jackson—bewundert hatte und kein Zähnefletschen.

»Großartige Idee, Ms. Weber.« Fallon neigte seinen Kopf in Richtung Flur. Jackson umrundete den Tisch und folgte seinem Mitbegründer aus der Tür.

Eine Sekunde bevor die Tür zuschwang, drang Jacksons leiser Ton durch. »Das ist Bullshit, Coop—«

Ich sprach laut genug, um ihn zu übertönen. »Während Mr. Jones und Mr. Fallon über die Strategie sprechen, werden wir uns kennenlernen. Ich bin Alicia Weber von Weber Technology

Consulting, und ich bin hier, um zu helfen, dieses Entwicklungs-projekt wieder auf Kurs zu bringen, damit wir pünktlich liefern können. Ich freue mich darauf, Sie alle kennenzulernen.

»Möchten Sie mit der Vorstellungsrunde beginnen?« Ich winkte dem jungen Mann zu, der neben Jackson gesessen hatte, und ging um den Tisch zum Kopfende. Ich schob eine Synergy-Kaffeetasse aus dem Weg und setzte mich auf den Chefsessel, den ich heimlich absenkte, damit meine Füße den Boden berührten.

Während die Jungs sich abwechselnd vorstellten, verstummte der Streit auf der anderen Seite der Tür schließlich, und bevor wir fertig waren, schlüpften Jackson und Fallon wieder herein. Fallon nahm den leeren Stuhl gegenüber am Tisch ein, sein Gesichtsaus-druck war gelassen, als er den Status-Updates des Teams zu ihren Aufgaben lauschte. Jackson lehnte mit verschränkten Armen an der Wand, die Farbe auf seinen hohen Wangenknochen war immer noch leuchtend. Er sagte kein weiteres Wort, aber Hitze schien von ihm auszustrahlen, und die Programmierer, die ihm am nächsten waren, rutschten auf ihren Stühlen herum. Aber für mich war zumindest der Schmerz in seinen Augen unverkennbar. Was zum Teufel ging zwischen diesen beiden vor sich? Sie brauchten eher einen Paartherapeuten als eine Beraterin.

»Nachdem sich nun alle kennengelernt haben«, sagte Cooper, als er aufstand, »möchte ich die Projektrahmenbedingungen durchgehen. Mit Alicia im Team bin ich zuversichtlich, dass Sie die Entwicklung bis zum 15. November wie ursprünglich geplant abschließen können.«

Zwei Monate. Ich hatte zwei Monate, um das Projekt herum-zureißen und lieferfähigen Code abzuliefern. Ich konnte es schaffen. Ich wusste, ich konnte es. Es sei denn …

»Alicia?«, fragte Cooper.

Was hatte er mich gefragt? Etwas über das Datum, dachte ich. »Absolut, Mr. Fallon. Wir schaffen das.«

Jackson schnaubte.

Ich verengte meine Augen zu ihm. Er würde mich doch nicht sabotieren, oder? Es wäre nicht das erste Mal, dass es jemand versucht hätte. Ich hatte schon alles gesehen: absichtliche Verlangsamungen, »versehentlich« eingefügte Fehler, sogar Krankmeldungen an einem kritischen Punkt eines Projekts. Alles, weil eine Frau ihre zerbrechlichen Egos bedrohte. Sie hatten die Reihen geschlossen und sich am Tisch breitgemacht, bis für mich kein Platz mehr war.

Das durfte hier nicht passieren. Wenn wir Erfolg hatten, würde Cooper Fallons Empfehlung mir Türen in Austin, im Silicon Valley öffnen, wo auch immer ich arbeiten wollte. Ich könnte mir meinen Job aussuchen. Wenn ich jedoch scheiterte, wäre das das Ende von Weber Technology Consulting. Ich würde zurück in das Büro eines anderen gehen, um Code zu produzieren, etwas, dem ich seit fünf Jahren zu entkommen versuchte.

Also, als Cooper Fallon meine Hand schüttelte und sagte: »Wir sehen uns morgen früh um acht?« sagte ich: »Absolut. Ich kann es kaum erwarten, anzufangen.«

Es ist immer gut, einen neuen Job damit zu beginnen, dass man lügt, dass sich die Balken biegen, oder?

Als ob er den schuldigen Gedanken wie eine Leuchtreklame über meine Stirn laufen sehen könnte, verengte Cooper seine Augen. »Bis morgen also.« Er drehte sich um, um mit Jackson zu sprechen, der mich mit einem unergründlichen Ausdruck anstarrte. Verschwunden war die Zärtlichkeit, die er gezeigt hatte, als er mir dieses lächerliche Pflaster auf die Stirn gedrückt hatte.

Ich starrte direkt zurück. Es spielte keine Rolle, wie nett er gewesen war. Oder wie berühmt er als Programmierer war. Auf keinen Fall würde ich zulassen, dass Jackson Jones diese alles entscheidende Gelegenheit für mich ruinierte.

2

ALICIA

IN DER SEKUNDE, als ich am Fußballplatz der U11 vorfuhr, wusste ich, dass etwas nicht stimmte.

Es war kein kribbelnder Mutterinstinkt, wie meine beste Freundin Tiannah ihn hatte. Ich schätzte, das war etwas, das im Kreißsaal wie Oxytocin in den Blutkreislauf gespült wurde. Ich war der lebende Beweis dafür, dass man ihn nicht einfach dadurch bekam, dass man die Hand seiner Schwester hielt, während sie entband.

Nein, ich merkte es, weil die Kinder nicht umherrannten. Sie saßen im Gras, während Tiannah Noah auf ihrem Schoß wiegte, ihm die Tränen abwischte und seine Stirn küsste. Hinter ihr ging ihr Mann, der Trainer, mit dem Handy am Ohr auf und ab. Ich ignorierte mein vibrierendes Handy, sprang aus dem Auto und wackelte in meinen Stöckelschuhen über den Schotterparkplatz. Ich schwor mir, sie zu verbrennen. Sie hatten mich heute schon zweimal ausgebremst.

»Noah!« Ich ließ mich neben ihm im Gras auf die Knie fallen. »Was ist passiert?«

Tiannah streckte die Hand aus und nahm meine, und ihre

mütterliche Beruhigung durchströmte mich. »Er ist gestolpert. Ist schwer gestürzt. Er sagt, sein Arm tut weh.«

Die Haut an seinem Unterarm hatte sich bereits gerötet. Ich hatte vielleicht keinen Mutterinstinkt, aber Noah hatte sich schon oft genug die Knochen gebrochen, sodass ich wusste, was mein nächster Schritt war.

»Hey, mein Kleiner«, sagte ich mit sanfter Stimme. »Meinst du, du kannst aufstehen?«

Er wischte sich mit dem Ärmel über das Gesicht. »Ja.«

»Wir gehen zu Dr. Ruiz. Sie wird dich wieder hinkriegen.« Ich stützte ihn unter dem unverletzten Arm, und Tiannah hielt ihn von hinten fest, als er auf wackeligen Beinen aufstand.

Während die anderen Kinder klatschten, rannte Tamika mit wehenden Zöpfen herbei. »Noah, alles okay bei dir?«

»Ja.«

Sie umarmte ihn und ignorierte seinen Arm, der unbeholfen von seiner Seite abstand. »Gute Besserung, okay? Wir sehen uns morgen in der Schule.«

Er nickte und löste sich aus ihrer Umarmung. Der arme Kerl musste wirklich Schmerzen haben. Normalerweise hätte er so lange mit seiner besten Freundin geredet, bis wir sie voneinander hätten wegzerren müssen.

»Alicia!« Die vertraute Stimme ließ meinen Magen verkrampfen. Laufschritte näherten sich, und Rick stand da, von seinem Joggen über zwei Fußballfelder kaum außer Atem. »Was ist passiert?«

Ich blickte in sein markantes Gesicht auf. Früher hatte ich ihn für gutaussehend gehalten; jetzt wirkten die scharfen Kanten seiner Wangenknochen hart. Ganz anders als die weichen Fältchen um Jackson Jones' schokoladenbraune Augen. Ich blinzelte die Erinnerung weg. »Noah ist hingefallen, und ich bringe ihn zum Arzt.«

Vorsichtig hob er den Arm an, den Noah hielt, und untersuchte ihn. »Tut ganz schön weh, was?«

»Ja, Coach – ich meine, Rick.« Noah presste den Mund zusammen.

Rick wuschelte ihm durchs Haar. »Ich bin diese Saison vielleicht nicht dein Trainer, aber du kannst mich trotzdem so nennen.«

Ich verzog das Gesicht. Ich hatte meine Beziehungen spielen lassen, um sicherzustellen, dass Noah diese Saison nicht in Ricks Team sein würde. Ich hatte gehofft, ihn nie wiedersehen zu müssen, nachdem wir uns Anfang des Sommers getrennt hatten, aber ich hätte es besser wissen müssen, wenn man bedachte, wie viel Zeit wir alle auf dem Fußballgelände verbrachten.

»Sieht so aus, als könnte er gebrochen sein. Ich würde ihn zum Arzt bringen.«

Ich blinzelte heftig, um nicht mit den Augen zu rollen. Hatte ich ihm nicht gerade gesagt, dass wir genau das vorhatten?

»Ich kann dich begleiten. Mit dem Arzt reden. Palmer ist heute Nacht bei seiner Mutter.«

»Nein.« Das hatte ich lauter gesagt, als ich beabsichtigt hatte. »Ich meine, wir kommen klar. Ich schaffe das schon.« Als Rick Noahs Arm nicht losließ, sagte ich: »Ich würde ihn gern hinbringen, bevor sie schließen.«

»Sicher.« Er wuschelte Noah erneut durchs Haar. »Viel Glück, Noah. Hoffentlich sehen wir dich bald wieder auf dem Spielfeld.«

»Danke, Coach.« Noahs Augen waren schmal vor Schmerz, aber sie leuchteten immer noch bei Ricks Anblick. Mist. Ich hatte gewusst, dass es eine schlechte Idee war, mit einem Mann auszugehen, der sowohl sein Trainer als auch der Vater eines seiner Freunde war. Noah hoffte wahrscheinlich, dass wir wieder zusammenkommen würden. Aber das würde ich nicht tun. Nicht einmal für ihn.

»Bist du sicher, dass du mich nicht brauchst?« Ricks Stimme war leise, nur für mich bestimmt. Seine grünen Augen funkelten.

»Danke, Rick. Wir kommen zurecht.«

»Aber –«

Tiannahs Stimme unterbrach ihn. »Sie hat gesagt, sie kommt zurecht. Außerdem gehe ich mit ihr.«

Ich sah sie verblüfft an. »Aber was ist mit –«

»Orlando kümmert sich um die Kinder.« Mit leiserer Stimme fügte sie hinzu: »Du könntest etwas Hilfe gebrauchen. Aber nicht von ihm.« Sie hängte sich ihre Handtasche über die Schulter.

Ricks Mund wurde zu einem schmalen Strich, aber nach einem Moment nickte er und ging weg. Ich sah ihm nicht einmal nach. Na gut, vielleicht ließ ich meinen Blick kurz über seinen Hintern wandern. Diese Fußballshorts erinnerten mich daran, warum ich nachgegeben hatte, als er mich um ein Date gebeten hatte. Wenn er nur hätte halten können, was diese muskulösen Gesäßbacken versprachen.

Tiannah murmelte, was ich dachte. »Verdammt schade um den knackigen Hintern.«

Ich unterdrückte meine Antwort, da viele kleine Ohren um uns herum waren.

»Lass uns gehen, Noah.« Ich öffnete ihm die Autotür, und er glitt vorsichtig auf den Rücksitz.

Tiannah legte ihre Hand auf die Beifahrertür meines Wagens.

Schuldgefühle überkamen mich. »Wirklich, Tee, ich schaffe das. Das ist nicht unser erster Ausflug in die Notaufnahme. Du hast genug zu tun mit einem Kleinkind, einem Kindergartenkind und einem Fünftklässler, die du baden, füttern und ins Bett bringen musst.«

Sie öffnete die Tür. »Aber du musst das nicht allein machen. Außerdem will ich alles über deinen ersten Tag als Beraterin hören.«

Ich lächelte, obwohl sich mein Magen verkrampfte. Wir hatten zusammengearbeitet, bis sie vor zwei Jahren gekündigt hatte, um Vollzeitmutter zu sein. Ich hatte es schon damals geplant, und sie war emotional fast genauso in Weber Technology Consulting involviert wie ich. »Okay, dann. Steig ein.«

Noah fummelte noch mit dem Sicherheitsgurt herum, also schloss ich ihn für ihn. Er schenkte mir ein wackeliges Lächeln, und ich schloss die Tür. Ich stieg auf den Fahrersitz meines Hondas, winkte dem Coach zu und fuhr langsam aus der Parklücke, wobei ich auf Fußbälle und abgelenkte Eltern achtete.

Ich fing Noahs Blick im Rückspiegel auf. »Erzähl mir, was passiert ist, mein Kleiner.«

Er schlug mit seinen Fußballschuhen gegen die Rückbank. »Das Training war vorbei, und der Coach ließ uns eine Runde laufen. Ich war am Gewinnen, und als ich hochsah, bin ich gestolpert. Ich bin auf meinen Arm gefallen, und das hat sehr wehgetan. Miz Tiannah, glauben Sie, ich habe trotzdem gewonnen, obwohl ich hingefallen bin?«

»Sicher hast du das. Jeder hat gesehen, dass du als Erster ins Ziel gekommen wärst.«

Im Spiegel sah ich, wie er sich zurücklehnte und lächelte. Der Wettbewerbsgeist saß in der Familie Weber tief.

Die Notaufnahme war nicht weit, und der Weg war vertraut. Aber dieses Mal, mit Tiannahs beruhigender Anwesenheit im Auto, war ich weder wegen Noahs Verletzung in Panik noch machte ich mir Vorwürfe wegen meines Versagens als Erziehungsberechtigte, das sie vielleicht verursacht hatte. Also betrat ich mit einem Lächeln das Foyer und hielt Noahs unverletzte Hand. Ich erstarrte, als ich das unbekannte Gesicht hinter dem Empfangstresen sah.

»Wo ist Ruby?«, trat ich an den Tresen.

»Heute Abend nicht hier. Was ist der Grund für Ihren Besuch?« Sie starrte auf ihren Bildschirm, die Finger schwebten über der Tastatur.

»Mein Neffe« – Mist, das würde ich ihr alles erklären müssen – »hat sich beim Fußballspielen den Arm verletzt. Er ist zehn. Ist Dr. Ruiz heute Abend hier?«

»Ja.« Sie tippte den Eintrag ein und reichte mir dann ein Klemmbrett. »Ich will, dass Sie das ausfüllen, und wir brauchen eine Einverständniserklärung von seinen Eltern.«

»Ich bin sein Vormund. Seine Eltern sind« – ich warf einen Blick auf Noah in dem Plastikstuhl neben Tiannah – »nicht mehr unter uns. Ich bin sicher, wir sind mit den entsprechenden Unterlagen in Ihrem System.«

Ihr Lächeln war zuckersüß. »Füllen Sie die Papiere aus. Vergessen Sie die Versicherungsinformationen nicht.«

Mein Herz rutschte mir in die Magengegend. *Versicherung.* Wie viel würde dieser Besuch kosten? Wenigstens waren wir nicht in die Notaufnahme des Krankenhauses gefahren. Noch nicht.

Ich nahm ihr das Klemmbrett ab und schleppte mich dorthin, wo Tiannah und Noah saßen. Ich ließ mich auf den Stuhl neben Noah fallen und füllte das Formular aus, wobei ich meine neue Versicherungskarte herausholte und die Nummern sorgfältig übertrug.

Tiannah stieß mich mit dem Ellbogen an. »Was ist los?«

»Nichts, nur … gerade vermisse ich meine alte Versicherung. Du weißt, wie gut die war. Ich habe mich für den billigeren Tarif entschieden, während ich meine Firma noch aufbaue. Ich hätte es besser wissen müssen, als meine Firma während der Fußballsaison zu gründen. Diese Zuzahlung wird wehtun.«

»Ein eigenes Unternehmen zu haben, ist es wert. Das schaffst du schon.«

Nach dem Treffen mit Cooper und Jackson war ich mir da nicht mehr so sicher.

Ich musste mit der neuen Empfangsdame über die elterliche Einverständniserklärung streiten, bis sie unsere Unterlagen im System fand. Endlich siegreich, wurden wir zu Dr. Ruiz gebracht, die Noahs Arm abtastete und uns sagte, sie müsse ihn zum Röntgen mitnehmen.

Als die Tür hinter ihnen ins Schloss fiel, umarmte mich Tiannah. »Das wird schon, Süße.«

»Ich weiß.« Ich drückte sie. »Er ist ein zäher Junge.«

Sie lehnte sich gegen die Wand des Behandlungszimmers. »Du bist auch zäh, weißt du. Wie war dein erster Tag?«

Ich schnaubte. »Furchtbar.« Ich hob mein Haar an, um ihr das Lightning-McQueen-Pflaster zu zeigen, und erzählte ihr kurz von den dysfunktionalen Gründern von Synergy Analytics und der schwierigen Aufgabe, die sie mir gestellt hatten.

Sie schüttelte den Kopf. »Was hat Jamila gesagt?«

»Wann? Meinst du vor zwei Wochen, als sie mir von diesem Auftrag erzählt hat?«

»Du hast sie danach nicht angerufen?«

»Heute? Nein. Ich habe heute meine Erwachsenen-Hose angehabt. Ich komme damit klar.«

Tiannah verdrehte die Augen. »Denkst immer, du musst alles allein schaffen. Jamila kennt diese Typen. Sie waren alle zusammen auf dem College. Sie kann dir ein paar Tipps geben. Hinweise. Einflussmöglichkeiten. Ich wette, sie hat richtig schmutzige Geheimnisse über diesen Jackson Jones auf Lager. Etwas, womit du ihm gegenüber einen Vorteil hast.«

Der Gedanke an Jackson Jones und Beine – wie sich diese eingetragenen Jeans über seine Oberschenkel spannten – ließ meine Wangen heiß werden. Wie üblich entging Tiannah nichts.

»Sind sie so heiß wie auf den Bildern?«

»Kopfverletzung.« Ich deutete auf meine Wunde. »Man kann mir nicht zutrauen, solche Urteile zu fällen.«

Sie zog die Lippen zusammen und hob die Augenbrauen.

»Okay, ja, total heiß. Beide. Aber Cooper ist ein Gletscher.« Ich schauderte bei der Erinnerung an die Kälte in seinen Augen. Jackson war das Gegenteil: Die Wärme in diesen braunen Augen, als er das Blut aus meinem Gesicht getupft hatte, hatte sich angefühlt wie ein knisterndes Lagerfeuer an einem klaren Herbsttag, aber sie waren zu einem Flächenbrand aufgeflammt, als er erfahren hatte, dass ich da war, um sein Projekt zu übernehmen. Gefährlich. Die Flamme war erloschen, nachdem er mit Cooper im Flur gesprochen hatte. Ich konnte ihre Dynamik immer noch nicht einschätzen.

»Oh, und ich habe vergessen zu erwähnen, dass ich versucht habe, Jackson Jones um ein Date zu bitten, bevor ich wusste, wer er war. Das kommt also auch noch dazu.« Ich zuckte zusammen.

»Mädchen.« Sie schnalzte mit der Zunge. »Ich muss dir nicht sagen, dass du dich von all dem fernhalten sollst.«

»Nein. In der Situation gäbe es für mich nur Nachteile. Gut, dass er mir einen Korb gegeben hat.« Mein Magen drehte sich vor Scham um. »Und jetzt, wo ich bei seinem Projekt eingestiegen bin, ist Jackson ungefähr so freundlich wie ein Dornenbusch. Jedenfalls ist das völlig irrelevant. Ich bin da, um einen Job zu erledigen. Rein, raus.«

»Aber?«

»Ich schätze, ich dachte, als Beraterin wäre es anders. Sie heuern mich an, damit ich clever bin. Ich komme rein, rette das Projekt, gehe wieder. Keine verletzlichen männlichen Egos. Keine Firmenpicknicks. Keine Happy Hours. Keine Leistungsbeurteilungen. Einfach. Eine reine Geschäftsbeziehung.«

»Schätzchen.« Sie drückte meine Hand. »Nichts ist einfach für Frauen in einer Männerwelt. Du wirst jeden verdammten Tag den guten Kampf gegen das Patriarchat führen. Ich weiß, du wirst dein Bestes geben. Und du wirst Jamila stolz machen.«

Ich hörte auch, was sie nicht sagte. Dass, wenn ich bei Synergy Mist baute, es ein schlechtes Licht auf Jamila werfen würde. Ich atmete tief durch. »Den Job erledigen, verschwinden. Keinen Ärger machen. Ich hab verstanden.« Ich war meine ganze Karriere lang durch das Minenfeld männlicher Egos auf Zehenspitzen gegangen. Und dieses Mal wurde ich doppelt so gut bezahlt wie als normale Angestellte.

Im Kampf gegen Jackson Jones würde ich mir jeden Cent verdienen. Und als Dr. Ruiz hereinkam und mir sagte, Noah habe sich die Elle gebrochen, und ihre Assistentin uns mitteilte, wie viel seine Behandlung mit meiner Schrottversicherung kosten würde, wusste ich, dass ich ihn auch brauchen würde.

3

JACKSON

»SO WAS ZU ESSEN FINDEST DU in San Francisco nicht.« Ich lehnte mich zurück, um Coopers Gesichtsausdruck zu beurteilen.

Seine Lippe kräuselte sich kaum merklich, so dass jemand, der ihn nicht seit einem Dutzend Jahren kannte, es vielleicht nicht bemerkt hätte. Sein Blick wanderte von dem »Keep Austin Weird«-T-Shirt der Person vor uns zu der Bedienung, die schwitzte und deren Schürze mit Soße bekleckert war, bis hin zur überfüllten Küche, wo ein noch verschwitzterer Mann eine Lage Rippchen wendete. »Nein, das glaube ich nicht.«

Seit Alicia an jenem Morgen in das Meeting gerauscht war – das Meeting, von dem ich gedacht hatte, es sei *meins*, der Beweis, dass Cooper mir endlich wieder vertraute –, voller Selbstvertrauen und Anmut, trotz des lächerlichen Pflasters, das ich ihr auf die Stirn gedrückt hatte, fühlte ich mich, als wäre ich von Ameisen übersät. Feuerameisen, von denen ich entdeckt hatte, dass es sie gab – eine schmerzhafte, arschbeißende Angelegenheit –, als ich nach einem meiner Läufe versucht hatte, mich auf dem Rasen im Park auszuruhen. Und das machte mich, wie man hier in Texas sagte, störrisch.

Also hatte ich Cooper in das Smokehouse gebracht, mit seiner mürrischen Bedienung, den klebrigen Tischen und den Selbstbedienungs-Soßen, von denen ich wusste, dass er sie hassen würde. Aber ich war ja nicht dumm. Das Essen, das Beste, was ich in den drei Monaten in Austin gegessen hatte, war es wert.

Mein Handy summte in meiner Hosentasche und ich zog es heraus. Eine Erinnerung, Sam anzurufen. Marlee war eine Heilige, dass sie die wöchentlichen Erinnerungen eingerichtet hatte. Ich ignorierte die, die sie für Anrufe bei meiner Mutter und meinen anderen Geschwistern eingestellt hatte, aber die für Sam ließ ich nie ausfallen.

»Entschuldige, ich muss kurz was erledigen. Bestellst du mir die Rippchen, Kartoffelsalat und Okra?« Ich lachte über Coopers entsetzten Gesichtsausdruck und schlüpfte nach draußen. Ich fand etwas Schatten unter einem Baum, steckte mir die Kopfhörer in die Ohren und rief Sam per Videoanruf an.

Sie ging nach ein paar Mal Klingeln ran. Die grauen Wände einer Institution um sie herum ließen ihre blasse Haut grünlich aussehen.

»Warum kannst du nicht einfach wie ein normaler Mensch eine Nachricht schreiben?«

»Lieblings-große-Brüder müssen nicht zuerst schreiben. Außerdem überrumple ich Leute gern. Wo bist du überhaupt?«

»Im Treppenhaus an der Uni. Ich habe gerade *gearbeitet*, als du angerufen hast.«

»An den Hausaufgaben? Brauchst du Hilfe?«

»Nein, Jackson.« Sie verdrehte die Augen. »Ich arbeite an meinem Forschungsprojekt.«

»Das ist doch Programmieren, oder? Ich kann helfen. So wie früher, als ich noch zu Hause gewohnt habe.«

»Als ich noch zu Hause gewohnt habe, habe ich mich nicht mit konvexer Optimierung beschäftigt. Und du auch nicht.«

»Konvexer was?«

Sie grinste. »Ja, das hat man *vor zehn Jahren* Studenten im

Grundstudium nicht beigebracht, nicht mal in *Stanford*. Gib's zu, jetzt, wo ich Doktorandin bin, bin ich der Programmier-Guru.«

»Natürlich. Du warst schon immer ein Naturtalent. Aber bist du sicher, dass es dir gut geht?« Sie hatte beim letzten Mal, als wir gesprochen hatten, nicht diese dunklen Ringe unter den Augen gehabt.

»Mir geht's gut. Obwohl mein Dissertationsprojekt nicht so gut läuft, wie ich gehofft hatte. Es ist wirklich schwer, weißt du?«

»Ich habe kaum meinen Bachelor geschafft. Was du da machst, ist schwer, aber du kannst das. Du bist die Klügste von uns allen.«

Sie schnaubte, aber ich konnte sehen, dass sie ein Lächeln unterdrückte. »Sag das mal Mutter.«

»Werde ich, wenn ich das nächste Mal mit ihr spreche.« Was, wenn es nach mir ginge, erst an Thanksgiving sein würde.

Ihr halbes Lächeln erstarb. »Ich wünschte, ich könnte nach Texas kommen.«

Ich sprang auf und lief um den Baum herum. »Warum? Was ist los? Dieser Arsch Stephen belästigt dich doch nicht schon wieder, oder? Weil dann fliege ich zurück und –«

»Nein, nein. Ich meine nur, dass Mutter sehr anstrengend sein kann. Ich könnte etwas Abstand gebrauchen. Eines Tages …«

Meine kleine Schwester war mir sehr ähnlich, aber sie hatte noch nicht meine Scheißegal-Einstellung gegenüber unserer Mutter entwickelt. »Lass dich nicht von ihr schikanieren. Und vielleicht ist Abstand alles, was du von deinem Projekt brauchst. Du weißt, dass unsere Gehirne nicht so funktionieren wie die von anderen Leuten. Mach eine Spritztour. Oder geh laufen. Verbring etwas Zeit draußen.«

Ein Mundwinkel zuckte nach oben. »Du warst schon immer hervorragend darin, schwierigen Situationen zu entkommen.«

»Hey, ich sage nicht, dass es die gesündeste Bewältigungsstrategie ist, aber vielleicht brauchst du eine Pause. Verdammt, ich lasse dich herfliegen, Samweis. Wir können in eine Honky-Tonk-Bar gehen. Tequila trinken, bis wir kotzen.« Ein freundliches Gesicht in Austin zu haben, wäre eine Erleichterung nach Monaten, in denen die Leute um den Firmengründer herum auf Eierschalen liefen. Zumindest in der Zentrale hielten sie mich für einen Versager, vor dem man keine Angst haben musste. Dafür hatten Weston – und sogar Cooper – gesorgt.

»Das ist nett von dir, aber ich passe. Hier gibt es zu viel zu tun. Vielleicht mache ich aber einen langen Spaziergang mit Bilbo Beutlin.«

»Okay.« Ich ließ mir meine Enttäuschung nicht anmerken. »Aber wenn du irgendwas brauchst, rufst du mich an.«

»Geht klar. Wann kommst du nach Hause?«

»Vielleicht an Thanksgiving. Auf jeden Fall an Weihnachten.« Cooper sagte, wir müssten die Entwicklung bis Mitte November abschließen. Ich hoffte, das würde mein Exil beenden. Dann könnte ich persönlich nach meiner Schwester sehen.

»Gut. Ich vermisse dich. Hab dich lieb, Jackson.«

»Hab dich auch lieb, Samweis.«

Ich atmete tief aus. Ich würde sie nächste Woche anrufen und wieder nach ihr sehen. Sichergehen, dass sie schlief. Ich wünschte, ich könnte ihr beim Programmieren helfen. Früher hatten wir zusammen alberne Spiele programmiert, voller Magie und Schwertkämpfe. Es hatte mir einen Heidenspaß gemacht, meiner kleinen Schwester das Programmieren beizubringen. Aber sie hatte recht; sie hatte mich in ihrer Expertise überholt. Programmieren war eines der Dinge, in denen ich am besten war, aber jetzt hatte sogar Cooper das Vertrauen in meine Fähigkeit verloren.

Ich trottete zu dem hölzernen Picknicktisch, an dem Cooper sich niedergelassen hatte. Der größte Teil der Tageshitze war mit der Sonne untergegangen, aber es war immer noch brütend heiß für ein paar Jungs, die in den kühlen Sommern Nordkaliforniens aufgewachsen waren. Mein AC/DC-T-Shirt klebte an meinem Rücken. Cooper hatte seine Ärmel hochgekrempelt.

»Das wollte ich dich schon den ganzen Tag fragen.« Cooper blickte auf meine Füße hinab. »Was zum Teufel sind das?«

»Meine Stiefel?« Ich ließ mich auf die Bank fallen und stemmte einen Fuß hoch, um das Straußenleder-Vorderblatt zu bewundern.

So hatte mir das süße Mädel im Stiefelladen erklärt, dass man den Teil vom Zeh bis zum Knöchel nannte, wo der Schaft begann. Wir hatten eine Menge über den Schaft gescherzt. Aber ich hatte meine Stiefel gekauft und war gegangen und hatte dankend abgelehnt, ihre Nummer zu nehmen. Wer weiß, vielleicht wäre sie am nächsten Tag als unsere neue Empfangsdame aufgetaucht. Was mich daran erinnerte, wie ich es mit Alicia beinahe vermasselt hätte.

»Ich will nicht über die verdammten Stiefel reden. Ich will darüber reden, wie du eine Beraterin eingestellt hast, ohne es mir zu sagen.« Eine, die ich beinahe um ein Date gebeten hätte, bevor ich erfahren hatte, dass sie in unserem Gebäude arbeitete. Ich spielte unsere ersten paar Minuten zusammen noch einmal ab. Die Seidigkeit ihres glatten, blonden Haares, als ich es ihr aus der Stirn strich. Ihre glatte Haut, entstellt von diesem unheimlich scharfen Eisstück. Ihr prüder schwarzer Anzug, an den richtigen Stellen tailliert, gepaart mit diesen himmelhohen Domina-Absätzen. Eine Fantasie von einer ungezogenen Lehrerin in Not, die bei mir alle Knöpfe drückte. Aber ich würde nicht den Fehler wiederholen, den ich mit Callie gemacht hatte.

»Willst du das jetzt wirklich durchziehen?« Seine blauen Augen funkelten wie Eissplitter. »In Ordnung. Wie du dich heute Nachmittag verhalten hast, war unentschuldbar. Ja, wir sind Partner. Und Freunde. Aber ich werde nicht zulassen, dass du mich oder meine Entscheidungen untergräbst. Alicia eingeschlossen.«

»Nur ein verdammtes Arschloch überrumpelt seinen besten Freund vor seinem Team mit *so was*.« War es überhaupt noch mein Team?

Er hatte die Größe, verlegen auszusehen. »Tut mir leid, Jay, ich weiß, das war alles andere als ideal. Ich hätte es besser handhaben sollen. Ich wusste nicht, wie ich es dir sagen sollte, ohne –«

»Wie wär's mit: ›Jetzt hast du es geschafft, die eine Sache zu versauen, in der du mal gut warst, also holen wir irgendeine dahergelaufene Person von der Straße, um es für dich zu richten. Jeder könnte das besser als du, Jay.‹«

»Sie ist keine Dahergelaufene«, knurrte Cooper. »Sie ist voll qualifiziert und zertifiziert und hat eine glänzende Empfehlung von Jamila. Du vertraust Mila doch, oder?«

Ich vertraute ihr nicht, wenn sie jemanden zur Zusammenarbeit mit mir empfahl, der eindeutig mein Kryptonit war. Hatte Cooper Jamila erzählt, was im Mai passiert war, und versuchte sie jetzt, mich dafür zu bestrafen? Aber warum sollte sie das tun? Wir waren Freunde. Nicht so, wie sie und Cooper es waren, mit ihrer On-Off-Beziehung. Letzte Woche war sie mich hier im Exil besuchen gekommen. Sie hatte mich auf Tacos eingeladen und kein Wort über Callie verloren. Oder Alicia Weber.

War es ein Zufall, dass sie Alicia empfohlen hatte, klug, kompetent und vielleicht auch eine gute Programmiererin, die es zur täglichen Folter machen würde, ins Büro zu gehen? Jemand – das Universum vielleicht? – hatte mich auf ein Scheitern vorbereitet.

Nein. Ich hatte es getan. Ich hatte es mir selbst angetan, indem ich es vermasselt hatte. Hätte ich mich in jener Nacht nicht betrunken, wäre ich nicht in Austin. Ich hätte Alicia Weber nie getroffen oder wäre von ihr ersetzt worden.

Unsere Nummer quäkte aus dem Lautsprecher und unterbrach den Randy-Travis-Song.

Ich stand auf. »Ich bin gleich wieder da.«

Eine Minute später knallte ich ein Aluminiumtablett mit verkohlter Hähnchenbrust, Pintobohnen und Blattkohl vor Cooper auf den Tisch. Der Blick auf seinem Gesicht war unbezahlbar, und das Entsetzen verstärkte sich, als ich mein eigenes Tablett mit soßenüberzogenen Rippchen, frittierter Okra und cremigem Kartoffelsalat abstellte.

Aber er sagte kein Wort. Er zupfte eine Gabel und ein Messer aus der Dose auf dem Tisch, wischte sie ungefähr hundertmal mit einem Papiertuch von der Rolle daneben ab und begann dann, mit einer zarten Sägebewegung, die meiner Mutter in einem Drei-Michelin-Sterne-Restaurant würdig gewesen wäre, in sein Hühnchen zu schneiden.

Ich riss eine Rippe vom Gestell und biss in das zarte Fleisch. Köstlich. Genoss ich Coopers Abscheu, als ich die Soße von meinen Lippen und Fingerspitzen leckte? Ähm, ja.

Wir aßen ein paar Minuten lang schweigend. Abgesehen von den fünf Minuten, in denen ich nicht gewusst hatte, dass Alicia in meinem Gebäude arbeitete, waren sie der beste Teil meines Tages.

Bis er Messer und Gabel ablegte. »Seitdem du hierhergekommen bist –«

»Beschönige es nicht, Coop. Seitdem du mich hierher verbannt hast.« Ich warf einen abgenagten Knochen auf den Haufen in der Ecke meines Tabletts.

Er warf mir einen Du-weißt-was-du-getan-hast-Blick zu. »Ich dachte, wenn ich dich aus der ... Situation entferne, würde es dir helfen, dich auf die Arbeit zu konzentrieren. Und doch habe ich keinen Fortschritt gesehen.«

Hitze staute sich in meiner Brust, und sie kam nicht von der scharfen Barbecue-Soße. »Ich gehe mit gutem Beispiel voran. Ich halte den Ball flach und programmiere, wie du es mir aufgetragen hast. Die anderen Jungs tun das auch. Wir machen Fortschritte.«

Er hob einen Bissen welken Blattkohls auf seine Gabel und schielte darauf. Ich hatte versäumt, darauf hinzuweisen, dass hier »Grünzeug« nicht roher Grünkohl bedeutete. »Ich hatte keine Beweise dafür. Oder das Vertrauen, dass du rechtzeitig fertig werden würdest.«

»Vertraust du mir nicht, Coop?« Unsere über ein Dutzend Jahre alte Freundschaft sollte doch etwas wert sein.

»Ich –« Er legte den Kohl auf seinen Teller zurück und schob ihn hin und her. »Ich will es. Aber ...«

Er musste nicht zu Ende sprechen. Mein jüngster Bockmist war ziemlich episch gewesen.

Er legte seine Gabel ab. »Gurusoft hat ihr Produkt bereits angekündigt. Unser größter Kunde hat mir letzte Woche gesagt, dass sie wechseln, wenn wir unseres nicht bis Ende des Jahres fertig haben. Das können wir nicht zulassen. Nicht in diesem Geschäftsklima.«

»Wann wolltest du mir das sagen?« Ich griff nach einem Papiertuch und schrubbte an meinen Fingern.

»Letzte Woche. Ich wünschte, du würdest deine E-Mails lesen.«

Cooper schickte mir eine Menge E-Mails. Normalerweise waren sie voller Zahlen und Scheiß, der mich nicht interessierte. »Verdammt.«

»Das ist unser Problem, genau hier, Jackson.« Seine Hand ballte sich auf dem klebrigen Holz des Tisches zu einer Faust. »Du nimmst nichts ernst. Und unser Geschäft ist verdammt ernst.«

Ich verdrehte die Augen zum rot-weißen Tischschirm. Er hatte meinen Namen benutzt, nicht *Jay*, wie er mich nannte, seit wir in unserem ersten Jahr in Stanford beste Freunde geworden waren, als wäre ich irgendein Kollege. Unser Geschäft war nicht immer ernst gewesen. Es war mal lustig. Damals, als wir nur ein paar Nerds in unserem Wohnheimzimmer waren und davon träumten, die Welt zu verändern.

»Hör zu«, sagte er sanfter. »Ich weiß, was mit deinem Dad passiert ist, hat dir eine bestimmte Lebenseinstellung gegeben –«

»Ein verdammter Herzinfarkt mit einundvierzig. Das ist nur neun Jahre älter als wir!«

Cooper blickte zu den Leuten am Nebentisch, die sich umgedreht hatten, um zu starren. Er streckte mir die Handflächen in einer »Whoa«-Geste entgegen. »Niemand sagt, dass du ein Workaholic sein musst, wie er es war. Ich brauche mehr Kommunikation. Deshalb habe ich Alicia ins Boot geholt.«

Ich wedelte mit den Händen über meinem Kopf. »Ich schreibe dir fast jeden Tag eine SMS!«

»Nicht über unser Geschäft.« Seine Augen verengten sich auf meinen Ellbogen. »Warum trägst du ein Lightning-McQueen-Pflaster?«

Ich hatte vergessen, dass es da war. »Lustige Geschichte. Marlee –«

»Alicia hatte auch eins.« Seine Augen waren Schlitze. »Habt ihr beide –«

»Nein!« Dachte er, ich vögle jede, die ich sehe? Und wann hätte ich die Zeit dazu gehabt? »Sie wurde vom Hagelsturm erwischt, hat sich am Kopf geschnitten. Ich habe ihr eines davon gegeben. Ich war nett. Das war, bevor ich wusste, dass ihr beide mich verarscht. Hätte sie überall hinbluten lassen sollen.« Sie wäre als unprofessionell beurteilt worden, anstatt ich. Obwohl nicht mal ein Arschloch wie ich sie hätte blutend dort stehenlassen können. Nicht mal, wenn ich gewusst hätte, warum sie da war.

Mit einem letzten Zukneifen seiner eisigen Augen lehnte Cooper sich zurück. »Wenn ich auch nur den geringsten Hinweis höre –«

Ich schnaubte. »Passiert nicht. Ich habe meine Lektion gelernt. Versprochen. Nun, da du mich hier ersetzt, kann ich dann wieder nach Hause?« Ich könnte nach Sam sehen, sichergehen, dass sie sich nicht zu Tode arbeitete.

»Ich ersetze dich nicht. Du bist der verdammt beste Programmierer, den ich je gekannt habe. Jetzt, wo Alicia hier ist, kannst du dich auf den Code konzentrieren und ihr den Rest überlassen.«

»Den Rest?«

Sein Blick wich zur Seite. »Das Backlog verwalten, Berichte erstellen, das Team betreuen, du weißt schon, all das.«

»Aber das mache ich doch. Ich bin der Teamleiter.« Na ja, okay, ich war dafür verantwortlich. Vielleicht hatte ich es nicht so gut gemacht, wie ich hätte sollen. Ich war so geschockt von der Sache mit Callie gewesen, dass ich mich gefürchtet hatte, überhaupt persönliche Beziehungen im Büro in Austin aufzubauen. Ich hatte mir gedacht, wenn wir alle einfach die Arbeit machen, würde sich am Ende alles von selbst regeln.

Er wischte sich die Hände ab. »Jetzt ist sie die Teamleiterin.«

Ich sackte auf der Bank zusammen. Es geschah schon wieder. Ich hatte es vermasselt, und ein weiteres Stück der Firma wurde mir weggenommen. Aber ich hatte Cooper nie sehen lassen, wie sehr es schmerzte, und ich würde jetzt nicht damit anfangen.

»Hier, probier das.« Ich hielt ihm ein Stück Okra hin.

»Du weißt, dass ich nichts Frittiertes esse.«

»Es ist ein Gemüse. Probier es.« Ich reichte ihm das knusprige runde Stück. »Vertrau mir.« Ich hatte es nie gegessen, bevor ich nach Texas kam, und der Unterschied in der Textur zwischen der knackigen Außenseite und dem schleimigen Inneren faszinierte mich.

Er kniff die Augen zusammen, nahm mir aber das Okra-Stück aus der Hand. Er starrte es eine Sekunde lang an und steckte es sich dann in den Mund. Nach dem ersten Knacken wurde sein Mund schlaff, aber er kaute und schluckte es wie ein Champion. Er schluckte etwas Wasser, bevor er stotterte: »Das ist widerlich.«

Ich nahm ein weiteres Stück und biss hinein. »Vielleicht ist es ein erworbener Geschmack?«

»Konzentrier dich, Jay. Wir müssen das durchsprechen.« Er wischte sich den Mund an einem frischen Papiertuch ab. »Ich habe volles Vertrauen in deine Programmierfähigkeiten, aber die Verkäufe dieses Produkts werden über unser erstes Quartal entscheiden. Denk daran, wie viele Leute von uns abhängen. Das Vertriebsteam. Marketing. Kundendienst. Wenn wir Produkte haben, die sie verkaufen, vermarkten, unterstützen können, haben sie Jobs. Wenn nicht ...« Er breitete seine Hände aus, die Handflächen nach oben.

»Du sprichst doch nicht von Entlassungen.« Mein Freund konnte ein kalter Mistkerl sein, aber ich dachte nicht, dass er zur dunklen Seite übergelaufen war. Mit dem verdammten Weston, unserem CEO.

Cooper biss die Zähne zusammen. »Vielleicht ist es dir nicht aufgefallen, aber du hast dieses Jahr kein Gehalt bekommen. Ich auch nicht. Die Rezession hat unsere Kunden hart getroffen. Weniger Leute, die Autos kaufen, bedeutet weniger Geld für Telematiksysteme, für Fertigungsoptimierungssoftware. Weniger arbeitende Menschen bedeuten, dass sich Unternehmen keine teuren Geschäftsanalysesysteme leisten können. Sie haben zu kämpfen, und jetzt wir auch. Ich will keine Leute entlassen, aber wenn dieses Produkt sich verzögert, müssen wir vielleicht einige von ihnen beurlauben, bis es fertig ist.«

Die Gesichter meiner Teammitglieder blitzten in meinem Gehirn auf. Der Senior-Entwickler Amit. Der Neue, Tyler. Sogar Ivan, der Sicherheitsmann. Marlee, meine Assistentin in San Francisco. Sie hatte jetzt, wo ich hier war, nicht wirklich etwas zu tun, aber ich hatte mich geweigert, sie zu beurlauben. Sie lebte bei ihrem Vater, der nicht arbeiten konnte, und beide waren auf ihr Einkommen angewiesen.

»Keine Beurlaubungen.« Ich lockerte meinen Griff um Messer und Gabel und legte sie auf das Aluminiumtablett. Sie hatten rote Striemen auf meinen Handflächen hinterlassen. »Ich hab das im Griff, Coop. Ich werde sie nicht im Stich lassen.«

»Ich weiß, Jay. Aber Alicia hat jetzt das Sagen.«

»Coop, gib mir noch eine Chance. Ich –« Ich war nicht bereit zu betteln, aber ich würde alles tun, damit er wieder an mich glaubte. Damit ich ihn nicht im Stich ließ. »Sag mir, was ich tun muss, um mich dir zu beweisen.«

Er starrte mich an, diese unheimlichen eisblauen Augen bohrten sich in meine Seele. Er hatte schon immer gesehen, wer ich war, egal hinter welcher Nebelwand ich mich versteckte. »In Ordnung. Drei Dinge.« Er hob drei Finger und zählte sie auf. »Liefer guten Code pünktlich ab. Verdien dir den Respekt des Teams. Arbeitet zusammen, um eure Ziele zu erreichen.«

Guten Code konnte ich liefern. Pünktlich war nicht immer garantiert, aber ich würde es versuchen. Der Respekt des Teams? Einfach. Mein Ruf war legendär. Der Neue, Tyler, betete mich praktisch an.

Aber zusammenarbeiten? Nicht meine Stärke. Ich hatte vor langer Zeit gelernt, niemandem außer Cooper zu vertrauen. Er war der Einzige, der mich nie für meine mangelnde Konzentration, für meine Impulsivität, für meine Missachtung von Autoritäten, die mich in Schwierigkeiten brachte, verspottet hatte. Besser, den Ball flach zu halten, meinen Code zu schreiben und mich darauf zu verlassen, dass die anderen Jungs dasselbe tun. Aber vielleicht würde es ihm genügen, wenn ich ein wenig mehr Zeit damit verbrachte, mit dem Team zu interagieren. Außerdem standen ihre Jobs – jedermanns Jobs – auf dem Spiel. Das war es wert, mich dem Spott auszusetzen.

»In Ordnung, ich mach's. Du wirst sehen. Ich hab das im Griff.«

»Ich habe volles Vertrauen in dich und das Team. Mit Alicias Hilfe.« Er schob sein Tablett mit dem halb aufgegessenen Hühnchen weg und sagte: »So, habe ich da eine Softeismaschine gesehen?«

Cooper überwachte seinen Zuckerkonsum mit der gleichen Intensität, mit der er sein Anlageportfolio verfolgte. Er würde ein Selbstbedienungs-, künstlich nach Vanille schmeckendes, gefrorenes Milchdessert nicht mit der Kneifzange anfassen. Das war also sein Signal, dass wir mit diesem Gespräch fertig waren und sein Wort endgültig war. So war es seit Stanford gewesen. Er traf die Entscheidungen, damit ich sie nicht vermasseln würde.

Ich griff über den Tisch und packte sein Handgelenk. »Ich versuche, mich zu ändern, Coop. Ich werde dich nicht enttäuschen. Ich werde niemanden enttäuschen.«

Als er nickte, ließ ich ihn los. Wir wussten beide, dass Leute im Stich zu lassen nach dem Programmieren das war, was ich am besten konnte.

Nicht dieses Mal. Ich würde Cooper beweisen, dass ich diese eine Sache schaffen konnte, ohne sie zu vermasseln.

4

ALICIA

ICH HATTE GERADE die dampfende Tasse Earl Grey an meine Lippen gehoben – nach einer schlaflosen Nacht, in der mir die Zuzahlungen nicht aus dem Kopf gegangen waren, brauchte ich diesen Koffeinschub –, als Jackson Jones in die Gemeinschaftsküche schlenderte, ganz lange Beine und athletische Anmut. Ich war froh, dass ich noch nicht getrunken hatte; ich war noch nicht an die Wucht des Anblicks dieser weichen, rosigen Lippen gewöhnt, die in dem dunklen Bart eingebettet waren, und der Tee wäre auf meiner Bluse gelandet.

Seine Lippen waren nicht zu einem Lächeln verzogen, nicht so wie gestern, als ich ihn traf, bevor er wusste, dass ich ihn als Teamleiter ersetzen würde. Sie waren zu einer geraden Linie zusammengepresst. Er hielt einen grünen Smoothie in einem durchsichtigen Plastikbecher, dessen Strohhalm noch von der Oberseite der Verpackung bedeckt war, und trat so nah an mich heran, dass ich meinen Hals recken musste, um ihm in die Augen zu sehen. Hatte er das getan, um mich einzuschüchtern? Wenn ja, würde es nicht funktionieren.

»Morgen, Jackson.« Ich stellte meine Tasse ab und verschränkte die Arme.

»Morgen«, murmelte er.

Mein Magen zog sich zusammen. So hatte ich mich seit der Mittelstufe nicht mehr gefühlt, als ich jeden Funken Mut zusammengenommen hatte, um meinen Schwarm, Ian Cameron, zum Sadie-Hawkins-Tanz aufzufordern, und er mir vor der gesamten Matheklasse eine knallharte Abfuhr erteilt und gesagt hatte, dass er keine Nerds datete.

Offenbar hielt sich Jackson Jones an dieselbe Philosophie.

Ich vergewisserte mich, dass wir immer noch allein in der Küche waren, und reckte mein Kinn. »Keine Sorge. Ich werde Sie nicht noch einmal um ein Date bitten. Hätte ich gewusst, wer Sie sind, als wir uns kennengelernt haben, hätte ich es gar nicht erst getan.«

Ich stand mit verschränkten Armen da und wartete darauf, dass er sich dafür entschuldigte, mir nicht gesagt zu haben, dass er der Mitbegründer von Synergy war. Oder dass er überhaupt etwas sagte.

Er deutete mit dem Kinn auf die Theke hinter mir. »Dürfte ich …?«

Ich schloss die Augen und wünschte, ich könnte mich unsichtbar machen. Ich rückte von der Kaffeemaschine weg. »Nur zu.«

Meine Wangen prickelten vor Hitze. Schön. Ich war froh, dass er mir eine Abfuhr erteilt hatte. Und ich war froh, dass er sich jetzt wie ein Idiot benahm. Ich würde mich an diesen Moment erinnern, anstatt auf diese kusswürdigen Lippen zu starren. Nein! Sie waren nicht kusswürdig. Es waren nur Lippen, an den Mundwinkeln leicht schmollend. Zum Reden da. Und zum Stirnrunzeln. Ich würde ihnen nicht zu nahe kommen.

Ich strich die Falten aus meinem Rock. »Wir sehen uns beim Stand-up. Punkt halb neun.«

»Wir haben sie immer um neun gemacht. Ein bisschen humaner, finden Sie nicht?«

Ich schenkte ihm ein süßliches Lächeln. »Aber bei Weitem nicht so produktiv.« Ich wandte mich zur Tür.

»Alicia.«

Ich erstarrte. Die Leute nannten mich den ganzen Tag so. Warum wurde ich nur zu Wackelpudding, wenn er es sagte?

»Sie haben Ihren … Ihren Tee vergessen?« Er hielt ihn mir hin und rümpfte die Nase.

»Danke.« Ich schnappte mir die Tasse und schritt hinaus.

Die gesamte Etage war offen, und eine Reihe von Topfbäumen trennte unseren Kollaborationsbereich vom Rest des Büros. Breite Fenster sorgten für natürliches Licht. Drei lange Zwei-Personen-Schreibtische mit großen Monitoren waren in einem Quadrat mit einer offenen Seite angeordnet.

Vier der Plätze waren besetzt. Ich ging ihre Namen durch, um sie mir einzuprägen: Amit und Gary, die beiden Senior-Entwickler, Kevin, der Witzbold, und Tyler, der Junior-Entwickler. Sie blickten auf die Mitte des offenen Rechtecks, in dem eine Gruppe bunter, weicher Poufs stand. Aber wir würden keine Zeit haben, um darin herumzulungern. Viel nützlicher war die Whiteboard-Wand, die mit Swimlanes gestreift war. Meine Finger kribbelten nach einem Block Haftnotizen.

»Guten Morgen, zusammen.« Ich legte meine Taschen auf den leeren Tisch in der Mitte. Nachdem ich mein Handy auf Vibration gestellt hatte, warf ich es in meine Handtasche und legte diese in die Schublade. Ich holte meinen von Synergy gestellten Laptop heraus und schloss ihn an die Dockingstation an. Tyler zu meiner Linken spähte um die Seite meines großen Monitors herum.

»Das ist alles?«, sagte er. »Kein Krimskrams? Keine Bilder?« Er deutete auf seinen eigenen Arbeitsplatz, wo eine Sammlung von Star-Wars-Figuren den Fuß seines Monitors umgab.

»Nein.« Ich hatte schon vor langer Zeit gelernt, keine Bilder von Noah auf meinen Schreibtisch zu stellen. Frauen mit Familien wurden übergangen. Nur Frauen, die ihr Leben außerhalb der Arbeit verbargen, kamen in der Tech-Branche jemals weiter.

»Also keine Kinder?« Tyler nahm einen Schluck aus einer Dose Mountain Dew.

Ich verzog das Gesicht. »Ich muss auf der Arbeit schon genug Babysitten.«

Tyler lachte. Genauso wie Kevin, der auf der anderen Seite von ihm saß.

Jackson, der um die Ecke gekommen war, lachte nicht. Er erstarrte, sein Gesicht war eine Maske. Dann schritt er an uns vorbei zu dem Platz auf meiner anderen Seite. Er setzte sich nicht, und seine Fingerknöchel, die seine Tasse umklammerten, wurden weiß.

Scheiße, dachte er, ich hätte gemeint, er bräuchte einen Babysitter? Es war nur ein Witz gewesen, aber jetzt wünschte ich, ich hätte ihn nicht gemacht.

Jackson räusperte sich. »Sollten wir nicht mit dem Stand-up anfangen, Chefin? Punkt halb neun.«

Mein Nacken brannte, als stünde ich mittags auf Asphalt. Aber ich würde ihn niemals sehen lassen, dass er mich getroffen hatte. »Absolut.«

Ich stand auf und ging um die Schreibtische herum zum Whiteboard, wo sich die Jungs zu mir gesellten. Gut, ich war froh, dass dies eine Gewohnheit war, die ich nicht einführen musste.

Cooper kam aus dem nahegelegenen Treppenhaus und umklammerte einen grünen Smoothie. Ich übersah nicht, wie er unsere um das Whiteboard versammelte Gruppe musterte. Froh, dass wir pünktlich angefangen hatten, nickte ich ihm zu. Er erwiderte mein Nicken und hob seinen Smoothie in Richtung Jackson am anderen Ende der Reihe. Es schien, als hätten sie sich wieder vertragen. Gut für sie.

Ich lenkte meine Aufmerksamkeit von dem Mann, der mich eingestellt hatte, auf mein Team. »Bevor wir anfangen, möchte ich ein paar Worte sagen. Zuerst einmal freue ich mich sehr, mit Ihnen allen zusammenzuarbeiten. Ich weiß, dass wir zusammen Großes leisten werden.«

Ich trat an das Taskboard mit seiner Sammlung bunter Haftnotizen und führte sie durch eine Überprüfung des Backlogs. Bevor wir in eine Diskussion darüber einstiegen, wer was machen würde, sagte ich: »Ich habe verstanden, dass Sie mit Paarprogrammierung vertraut sind. Ich würde das gerne ausprobieren, zumindest in diesem ersten Sprint. Ich weiß, dass es nicht die effizienteste Art zu programmieren ist, aber es wird uns am Ende Zeit sparen, weil der Code eine höhere Qualität haben wird. Okay? Nun ...«

»Nein.«

Alle Augen richteten sich auf Jackson, der das gesagt hatte.

»Nein?« Ich hob die Augenbrauen.

»Ich programmiere am besten allein. Es ist mir egal, ob alle anderen Paare bilden« – er zuckte die Achseln, die Hände in den Taschen – »aber für mich ist das nichts.«

Ich atmete tief durch die Nase ein. Sträubte er sich wegen des Babysitter-Kommentars? »Jackson, ich möchte, dass alle das ausprobieren. Wenn es nicht funktioniert, können wir für den nächsten Sprint etwas anderes versuchen. Außerdem haben wir eine gerade Anzahl von Leuten im Team. Das wird gut klappen.«

Er zögerte, nicht einmal eine ganze Sekunde, aber es war lang genug, damit ich die Zügel wieder in die Hand nehmen konnte. »Nun, wer nimmt sich dieser ersten Aufgabe an?«

Am Ende bildeten die anderen Programmierer gehorsam Paare. Nur Jackson weigerte sich hartnäckig, sich jemand anderem anzuschließen. Die Worte wollten nicht herauskommen, aber ich zwang sie, fröhlich zu klingen. »Ich schätze, das bedeutet, dass Sie bei mir sind, Jackson. Also gut, alle zusammen, fangen wir an.«

Die anderen Jungs ordneten sich in Paaren neu an, aber Jackson und ich, die wir bereits am selben Schreibtisch saßen, kehrten an unsere Plätze zurück.

Ich öffnete meine Laptoptasche und zog sein gefaltetes, graues Hemd heraus.

»Ich habe das Blut rausbekommen«, murmelte ich und schob es ihm über den Tisch zu.

»Danke.« Seine Finger streiften meine für weniger als eine Sekunde, aber trotzdem bekam ich eine Gänsehaut am Arm. Ich rieb sie weg. *Nichts da.*

»Hey, Alicia?« Tylers Gesicht schwebte über den Rändern unserer Bildschirme.

Hatte er gesehen, wie ich Jackson sein Hemd gab? Ich versuchte, ihn anzulächeln, aber meine Mundwinkel wollten sich nicht heben. »Was gibt's?«

Jackson wandte sich seinem Monitor zu und hämmerte auf seine Tastatur ein. Das Klackern der Tasten klang wie knisternder Donner.

Tyler stellte eine Frage zu einer seiner Aufgaben. Ich beantwortete sie und suchte in seinen braun-grünen Augen nach einem Anzeichen von Misstrauen. Sein Blick wanderte zu Jackson. War es Fanboy-Bewunderung oder dachte er, zwischen uns lief etwas Unangemessenes? Als Frau in einem Team von Männern war ich schon früher geheimer Beziehungen und Bevorzugung verdächtigt worden. Ich schickte ihn mit einem etwas schärferen Ton weg, als die Frage verdient hatte.

Nachdem er zu seinem Schreibtisch zurückgegangen war, loggte ich mich in das Synergy-Netzwerk ein. Neben mir klapperte Jackson auf seiner Tastatur, aber seine steife Haltung strahlte Anspannung aus. Ich wünschte, ich hätte nie gesagt, was ich zu Tyler gesagt hatte. Wir mussten zusammenarbeiten, verdammt noch mal. Und ich musste mich wie eine Anführerin verhalten, nicht wie ein Teil der Truppe.

Leise sagte ich: »Es tut mir leid. Wegen des Kommentars, den ich gemacht habe. Es war ein Versuch, einen Witz zu machen.«

»Ein Witz.« Die Kälte in Jacksons Stimme ließ mich erschaudern. »Vielleicht sollten Sie die lieber mir überlassen. Ich war immer der Klassenclown.«

Sein Tonfall war leicht, aber der Schmerz in diesen bodenlosen Augen drehte mir den Magen um. »Ich meinte mich und meinen Job, nicht Sie.«

Schweigen breitete sich zwischen uns aus. Schließlich sagte er:

»Lassen Sie uns versuchen, uns auf die Arbeit zu konzentrieren.«
Er wandte sich seiner Tastatur zu.

Arbeit. Er hatte recht. Wir waren hier, um zu arbeiten. Nicht, um Freunde zu finden. Ich hatte mich entschuldigt, und das war alles, was ich tun konnte.

»Möchten Sie die Eingaben machen, oder soll ich?«

»Hmm?« Das Hämmern auf seiner Tastatur war so laut, dass er mich vielleicht nicht gehört hatte. Dem den ganzen Tag zuzuhören würde mich dazu bringen, mir mit einer von Tylers Actionfiguren mein eigenes Auge ausstechen zu wollen.

»Wir sind ein Paar. Wie wäre es, wenn ich die Code-Eingabe mache – also fahre – und Sie navigieren, womit ich meine, Sie schauen zu und kommentieren?«

Seine Finger hielten inne, und er richtete diese dunkelbraunen Augen auf mich. Sie waren nicht mehr so sanft wie geschmolzene Schokolade wie gestern, sondern hart wie poliertes Mahagoni. Leise sagte er: »Ich weiß, was Paarprogrammierung ist. Aber ich arbeite am besten allein. Ich bin kein großer Teamplayer, also denke ich, dass wir schneller vorankommen, wenn Sie Ihre Arbeit machen und ich meine.«

Mein Hals zog sich zusammen. »Jeder kann davon profitieren, sich zusammenzutun. Wir können voneinander lernen. Uns gegenseitig helfen.«

Er schenkte mir ein gezwungenes Lächeln, das seine Augen nur noch härter erscheinen ließ. »Ich bezweifle, dass Sie Hilfe von jemandem wie mir brauchen.«

Ermutigend. »Ich schätze, das bedeutet, ich fahre.« Ich loggte mich in die Programmieroberfläche ein und begann zu tippen. Nach einer Minute rollte er seinen Stuhl ein oder zwei Zentimeter näher heran und tauchte in meinem peripheren Sichtfeld auf. Die Haare an meinen Armen stellten sich wieder auf. Er roch. Nach. Dem. Himmel.

Teures Leder. Etwas Holziges, wie Kiefer. Rick hatte nach der Parfümtheke bei Walgreens gerochen. Aber das hier roch nicht, als käme es aus einer Flasche. Er roch, als hätte er an diesem Tag durch einen Wald reiten können. Das hatte er doch nicht, oder? Ich warf einen verstohlenen Blick auf seine Hände. Hell am Handrücken, außer einem Halbkreis direkt unter dem Handgelenk, und gebräunte Finger. Völlig unpassend für Reithandschuhe und ohne Schwielen, also wahrscheinlich nicht.

Ich schüttelte den Kopf. Es war egal, wie großartig er roch. Wir waren Kollegen. Und nicht einmal freundliche. Nicht einmal nach meiner Entschuldigung.

Ein paar Minuten später unterbrach er mich. »Ich glaube, wir haben etwas Code für diese Methode. Sie sollten sie aufrufen.«

»Oh.« Ich durchsuchte das Utility-Repository und fand sie. »Danke.«

»Und vielleicht, wenn Sie …«

»Wenn ich?«

Er schlug eine andere Art vor, den Code zu organisieren. Unorthodox, aber effizient. Widerwillig tippte ich es ein.

»So wird er viel schneller kompiliert.«

Ich zuckte mit den Schultern. »Vielleicht haben Sie recht.« Er hatte definitiv recht. Verdammt sei er und sein Programmiergeschick. Würde ich jemals sein Niveau erreichen?

Er verschränkte die Arme. Er trug ein Black-Sabbath-T-Shirt, das seinen definierten Bizeps und seine Unterarme zur Geltung brachte und mich sein Gehirn völlig vergessen ließ. Wie würde es sich anfühlen, wenn ich mit einem Finger über seine Haut fahren würde? Hinunter über diese starken Handgelenke und – ich schluckte – kräftigen Finger? Ich ballte meine Hände zu Fäusten. Das würde ich nicht herausfinden.

Programmieren. Ich war hier, um zu programmieren. Ich wandte mein Gesicht dem Bildschirm zu und begann zu tippen.

Den größten Teil des Vormittags arbeiteten wir schweigend, nur unterbrochen von seinen Verbesserungsvorschlägen. Und obwohl er gesagt hatte, er arbeite am besten allein, verhielt er sich mehr wie ein Coach als ein Kritiker und machte brillante Vorschläge, wie man den Code effizienter und eleganter gestalten könnte. Ich fühlte mich neben ihm wie eine ahnungslose Studienanfängerin und fragte mich wieder, warum ich hier war. Jackson hätte das Modul, an dem wir arbeiteten, mit einer Hand auf dem Rücken und im Schlaf programmieren können.

Das Mittagessen allein in einem nahegelegenen Deli war eine willkommene Abwechslung von Jacksons körperlicher Energie und seinem berauschenden Geruch. Ich hatte auf ein paar weitere Minuten Ruhe gehofft, als ich zurückkam, aber da hatte ich mich getäuscht. Er war schon da, seine Finger klapperten über die Tastatur. *Meine* Tastatur. Paarprogrammierung? Die schlechteste Idee aller Zeiten.

Aber ich war diejenige, die sich für mindestens die nächsten zwei Wochen darauf festgelegt hatte, also steckte ich meine Handtasche in die Schreibtischschublade und rollte meinen Stuhl weit genug von ihm weg, um mich hinsetzen zu können.

»Ich glaube, wir können dieses Modul heute fertigstellen«, sagte er. »Sie haben doch nichts dagegen, nach fünf noch zu arbeiten, oder?«

»Eigentlich muss ich um vier gehen. Jeden Dienstag und Donnerstag.«

Seine Finger hielten inne, und er sah mich zum ersten Mal seit dem Stand-up heute Morgen an. »Haben Sie einen anderen Job? Bezahlen wir Sie nicht genug?«

Sie bezahlten mich reichlich, mehr als das Doppelte meines Stundensatzes bei meinem vorherigen Job, und ich hielt mich kaum davon ab, zu schnauben. »Das ist mein einziger Job. Ich habe meinen früheren Arbeitgeber letzten Monat gekündigt, als ich genug gespart und genug geplant hatte, um mich selbstständig zu machen.«

»Das ist also Ihr erster Solo-Auftrag?«

Scheiße. Ich unterdrückte ein innerliches Zusammenzucken. Ich hatte eine Schwäche offenbart. »Ja. Aber ich plane diesen Schritt seit drei Jahren. Es war schon immer mein Traum, meine eigene Chefin zu sein. Sie müssen wissen, wie das ist.«

Ein Flackern von etwas – Schmerz? – verengte seine Augen.

»Ich schätze, die Empfehlung von Synergy wird für Ihr Geschäft viel bedeuten.«

Lauerte da Sabotage hinter diesen stahlharten Augen? Unabhängig davon konnte ich nicht lügen. Nicht einmal zu jemandem, der mich so sehr missachtete wie Jackson Jones. »Das wird sie.«

»Und trotzdem gehen Sie zwei Tage die Woche früher von der Arbeit?«

»Wann und warum ich die Arbeit verlasse, ist nicht Ihre Angelegenheit, solange ich die Arbeit erledige. Sie werden auf Ihre Kosten kommen, solange ich hier bin.«

Er grunzte. Wenigstens machte er keine weitere abfällige Bemerkung.

»Haben Sie etwas dagegen, wenn ich fahre?« Ich deutete auf die Tastatur.

Er hob beide Hände. »Nur zu.«

Wir arbeiteten etwa eine halbe Stunde lang wie vor dem Mittagessen, ich tippte und er beriet mich auf eine Weise, die mich über meine eigene Ungeschicklichkeit zusammenzucken ließ. Nach einer Weile fragte er: »Wo haben Sie eigentlich programmieren gelernt?«

»In der Highschool und danach an der UT.«

»Sie kommen ursprünglich aus Texas?«

»Aus Austin. Ich bin nur ein paar Meilen von hier aufgewachsen.« Ich würde sicher nicht erzählen, dass ich im selben Haus wohnte, in dem ich aufgewachsen war. Mit meiner Mutter.

»Sie haben den Bundesstaat nie verlassen?«

»Das habe ich nicht gesagt.« Meine Finger hielten auf der Tastatur inne. »Aber nein.«

»Kein Disney World? Kein Schulausflug nach D.C. in der Mittelstufe? Abschlusswochenende in Paris?«

»Nein. Wir waren eher eine Campingfamilie.«

»Campen ist okay.« Er zuckte mit den Schultern. »Einen Sommer lang sind Cooper und ich mit dem Fahrrad durch Europa gefahren.«

Europa. Das war mein Traum während der Highschool und des

Studiums gewesen. Aber da das Geld knapp war, hatte ich es aufgeschoben. Und als ich meine Studienkredite abbezahlt hatte, hatte ich Noah und musste für seine Studiengebühren sparen. Kein Europa für mich. Obwohl, wenn Weber Technology Consulting richtig anlaufen würde, könnten wir vielleicht endlich die Reise machen, von der ich immer geträumt hatte.

»Und Sie arbeiten seit Ihrem Abschluss in Austin?« Er streckte seine langen Beine unter dem Schreibtisch aus und seine Stiefel knarrten.

»Viele Softwarefirmen haben hier ihren Sitz. Ich habe für mehrere gearbeitet, bevor ich gekündigt und mein eigenes Unternehmen gegründet habe.« Es verschaffte mir immer noch Gänsehaut, das sagen zu können. *Mein eigenes Unternehmen.*

»Wie wäre es, wenn ich eine Weile fahre?«

»Was?« War der ganze Smalltalk eine Ablenkung, um mich in falscher Sicherheit zu wiegen?

»Es geht schneller, wenn ich tippe.«

»Nein, ich hab das im Griff.« Wenn ich ihn fahren ließe, würde er mich im Staub zurücklassen. Und die nächsten zwei Monate würde ich hinter ihm herlaufen und versuchen, die Kontrolle zurückzuerobern. Ich würde nicht zulassen, dass Jackson Jones und seine lauten, fliegenden Finger mir dieses Projekt wegschnappten.

5

JACKSON

ICH WAR FROH, Alicia Weber gehen zu sehen. Nicht nur, weil diese roten Slingback-Pumps und der schwarze Bleistiftrock ihren Hintern fantastisch zur Geltung brachten. Es bedeutete, dass ich eine Minute Ruhe haben konnte, ohne dass die polierten rosa Spitzen dieser langen Finger über die Tastatur flogen, ohne dass die feinen Haarsträhnen, die sich aus ihrem Dutt im Nacken gelöst hatten, mich neckten und mich in Versuchung führten, sie zu berühren. Ohne das Rascheln ihrer rubinroten Seidenbluse, das mir auf die Nerven ging.

Ohne diesen verurteilenden Zug um ihre rosa Lippen, der zeigte, dass sie mich für unzureichend hielt, genau wie alle anderen.

Eine Babysitterin.

Hatte Cooper ihr gesagt, dass ich eine bräuchte? Dass sie auf mich aufpassen müsse, um sicherzustellen, dass ich das Projekt nicht versaue? Dass ich, wenn man mich mir selbst überließe, die Firma, die ich aufgebaut hatte, zerstören würde wie ein Zweijähriger einen Turm aus Bauklötzen?

Hatte mein bester Freund ihr gesagt, dass er mir nicht traute?

Das musste er ihr nicht sagen. Ihre Anwesenheit bei Synergy teilte das laut und deutlich mit.

Meine Hände schwebten über der Tastatur, während ich auf den Code starrte, den wir an diesem Tag geschrieben hatten. Sie war ziemlich gut. Nicht so geübt wie ich, aber wer war das schon? Ich programmierte schon, seit ich lesen konnte. Seit Dad mir diesen alten Desktop-Computer und ein Buch über die Programmiersprache Linux geschenkt hatte. Trotzdem hatten wir zusammen an einem Tag – einem kurzen – mehr Code produziert, als ich die ganze letzte Woche geschafft hatte. Irgendetwas am Nebeneinanderarbeiten, dieses subtile Gefühl von Wettbewerb, hielt mein Gehirn davon ab abzuschweifen. Warum war ich nicht schon früher darauf gekommen?

Ach ja. *Kann nicht gut mit anderen spielen.* Diese Botschaft bekam ich schon, bevor ich lesen konnte.

»Äh, Jackson?« Es war der neue Typ, der über meinem Schreibtisch aufragte. Der mit der Brille. Tyler. Er musste immer noch einiges von dem Mist verlernen, den sie ihm im College beigebracht hatten, aber er hatte Potenzial. Ich fand seinen Code teilweise nicht schlecht.

»Ja?«

»Ist Alicia noch da? Ich hatte eine Frage.«

»Nein, sie ist gegangen. Sie muss dienstags und donnerstags früher weg.« Und was sollte das? Als Beraterin konnte sie sich ihre Arbeitszeit selbst einteilen, aber ich war mir sicher, dass Cooper ihr dieselbe Ansage gemacht hatte wie mir – *dieses Projekt darf nicht scheitern* –, warum also nicht ihren Terminkalender mit Maniküren oder Mädelsabenden oder Freiwilligenarbeit mit unterprivilegierten Welpen oder Treffen des Clubs zukünftiger Diktatoren umorganisieren? Wo zum Teufel ging sie hin?

»Oh, okay«, sagte Tyler. »Könnten Sie …«

Ich stand auf. »Sie ist morgen wieder da. Sie können sie dann fragen. Ich hole mir einen Kaffee.« Ich klemmte meinen Laptop unter den Arm und schritt zur Treppe. Ich würde es schon herausfinden. Und wenn nicht, kannte ich jemanden, der Licht ins Dunkel des Rätsels Alicia bringen konnte.

In dem kleinen, lokalen Café ein paar Blocks entfernt – nicht bei dem Starbucks auf der anderen Straßenseite, wo jeder nach mir suchen würde – setzte ich mich an einen Ecktisch, der mit kräftigen Blumen bemalt war.

Ich klappte meinen Laptop auf und ließ mich auf den Stuhl fallen. *Alicia Weber University of Texas Austin,* tippte ich in das Suchfeld ein.

Ich fand ihren zweiten Vornamen, Diane. Die Dekansliste für jedes Semester, das sie an der Uni verbracht hatte. Die Stipendien, die sie gewonnen hatte. Die Programmierpreise. Ihre Seite in einem professionellen sozialen Netzwerk, auf der ihre früheren Arbeitgeber und Projekte aufgelistet waren. Kein Wunder, dass Cooper dachte, sie sei besser als ich. Sie war ein leuchtender Stern.

Ich nahm mein Handy zur Hand.

»Jackson! Was ist los?«

Gott, ich vermisste Marlee. Sie war das einzige freundliche Gesicht bei der Arbeit, auf das ich zählen konnte. Die mich so akzeptierte, wie ich war, mit all meinen Fehlern und Macken. »Erinnerst du mich noch mal daran, warum du nicht hier bei mir bist?«

»Du weißt, dass ich Dad nicht allein lassen kann.«

Ich wusste es. Trotzdem war ich ein verdammter, egoistischer Bastard. »Wie geht es ihm?«

»Ihm geht es gut. Er hat neulich einen Vortrag beim Club der Jungen Astronomen gehalten. Er hat sich ziemlich gut geschlagen.«

Sogar am Telefon bemerkte ich das leichte Zögern in ihrer Stimme. »Was ist passiert?«

»Nichts. Er hat nur Beteigeuze mit Antares verwechselt. Und eines der Kinder musste ihn korrigieren.«

»Oh. Aber das ist ein einfacher Fehler, oder? Sind sie nicht beide ... rot?«

»Du meine Güte. Du hast mir zugehört.«

»Ich höre dir immer zu, Marlee.«

»Das ist eine verdammte Lüge, aber ich lasse sie heute durchgehen, da du mich tatsächlich angerufen hast. Warum *hast* du mich angerufen, Jackson?«

»Nur um deine Stimme zu hören?«

Sie machte ein Geräusch wie die Schlusssirene bei einem Basketballspiel. »Versuch's noch mal, Boss.«

»Na schön. Was weißt du über diese neue Beraterin, die wir eingestellt haben? Alicia Weber.«

»Die, die Cooper angeheuert hat, um dir den Arsch zu retten, meinst du?«

Ich zuckte zusammen. »Hat er das gesagt?«

»Das musste er nicht sagen. Cooper hat sich wegen dieses Projekts die Haare gerauft. Ich habe versucht, ihm Status-Updates zu geben, aber wenn du mich wochenlang nicht anrufst, ist das irgendwie schwierig.«

»Verdammt, das tut mir leid. Ich hätte …«

»Schon gut. Ist jetzt erledigt. Alicia ist ja jetzt da. Wie ist sie so?«

»Nervig. Herrschsüchtig. Brillant.«

»Was war das letzte Wort? Du hast genuschelt, aber es klang, als hättest du ›brillant‹ gesagt.«

»Hab ich, okay? Sie ist klug. Ich fühle mich ein wenig … überflüssig.«

»Nein, Jackson. Du bist wichtig. Cooper braucht dich dort. Die Firma braucht dich. Tauch nicht unter, okay?«

»Untertauchen? Würde mir nicht im Traum einfallen.«

»Du weißt, was ich meine. Gib nicht auf und versteck dich nicht, okay? Hau nicht nach Amsterdam oder Monaco oder Rio oder in die verdammte Antarktis ab. Du bist wichtig. Du bist wertvoll. Die Leute verlassen sich auf dich. Sag es.«

Zu schade, dass ich in der Schule keine Marlee gehabt hatte, als ich das langsamste Kind in der Klasse war, unfähig, mich auf das zu konzentrieren, was der Lehrer sagte oder was ich lesen sollte. Die anderen Kinder hatten mich dumm genannt. Die beste

Art, damit umzugehen, war, es wegzulachen. So zu tun, als wäre es mir egal. Und dann wegzulaufen und meine Tränen zu verstecken. Nachdem ich die Schule verlassen hatte, war die Welt voller Möglichkeiten, um zu zeigen, dass es mir scheißegal war – Alkohol, Raves, Yachtpartys, Bungee-Jumping –, um zu verbergen, wie sehr es mich doch kümmerte.

Ich murmelte: »Ich bin wichtig. Ich bin wertvoll. Die Leute verlassen sich auf mich.«

»Gut gemacht. Du fehlst mir, weißt du. Die Arbeit macht nicht annähernd so viel Spaß, wenn du nicht hier bist.«

»Meine Arbeit macht ohne dich auch nicht annähernd so viel Spaß.«

»Aw. Aber denk daran, was ich gesagt habe: kein Verstecken. Finde Freunde. Geh aus und hab Spaß. Ich wette, in Austin gibt es fantastisches Essen.«

»Ja, ist nicht schlecht.«

»Du denkst doch daran zu essen, oder?«

Scheiße, sie klang wie meine Mutter. Nicht *meine* Mutter, sondern die Mutter von irgendjemandem, die sich um mehr als das perfekte Erscheinungsbild ihrer Familie sorgte. Ohne eine eigene Mutter hatte Marlee zu Hause die fürsorgliche Rolle für ihren Vater übernommen. Und seit sie vor ein paar Jahren zu Synergy gestoßen war, hatte sie dasselbe für mich getan, obwohl sie jünger war als ich.

Sie muss mein Schweigen als einen Mangel an kürzlicher Nahrungsaufnahme interpretiert haben. »Ich werde eine Erinnerung für Essenszeiten in deinen Kalender eintragen. Sonst noch was, Boss?«

»Ja. Wenn du eine Minute hast, könntest du nach Sam sehen? Ich glaube nicht, dass sie schläft.«

»Wird gemacht. Ich schaue morgen bei der Uni vorbei.«

»Danke. Ich rufe dich bald wieder an, okay?«

»Ja, sicher. Pass auf dich auf, Jackson.«

»Du auch. Grüß deinen Dad von mir.«

Ich stand auf, streckte mich und ging zum Tresen, wo ich ein

Sandwich bestellte. Während ich darauf wartete, tätigte ich einen weiteren Anruf.

»Hey, Jay.« Jamilas vertraute, heisere Stimme drang durch meine kabellosen Kopfhörer.

»Warum zum Teufel klingst du so selbstzufrieden?«

»Ich habe vielleicht mit einem gewissen Freund von uns eine Wette abgeschlossen, wie lange du brauchen würdest, um mich anzurufen.«

»Hatte Cooper mehr Vertrauen in mich als du?«

»Mein Geld war auf unser Mädchen Alicia gesetzt.«

»Du hast sie also geschickt, um mein Kryptonit zu sein.« Welches Spiel spielte Jamila? Cooper hatte gesagt, dass Arbeitsplätze auf dem Spiel stünden.

»Nein, Schatz. Krieg jetzt bloß keinen Kurzschluss. Ich habe sie geschickt, weil ich glaube, dass ihr beide gut zusammenarbeiten werdet. Sie ist klug, oder? Eine hervorragende Programmiererin?«

»Sie ist nicht so gut wie ich. Oder du. Besser als Cooper aber.«

Jamilas Stimme wurde sanfter. »Sie muss nicht so gut sein wie du. Alles, was sie tun muss, ist, das Beste aus dir herauszuholen. Und das Beste aus dem Rest des Teams.«

Vor Alicia war das mein Job gewesen. Und wie Marlee und vor ihr Cooper angemerkt hatten, hatte ich es versaut.

»Hör zu, ich versuche es ja, okay? Ich brauchte nur mehr Zeit. Keine Stepford-Programmiererin, die mein Team übernimmt und mich schlecht aussehen lässt.«

»Soweit ich das verstanden habe, Jay, ist deine Zeit abgelaufen. Alicia ist da, um dein Projekt zu retten und dich gut aussehen zu lassen. Wann wirst du begreifen, dass du so viel mehr zu bieten hast als deine Programmierfähigkeiten? Dass es Zeit für dich ist, Verantwortung zu übernehmen und zu führen?«

Die Hitze, die in mir gebrodelt hatte, seit Alicia uns zu diesem verdammten Pair-Programming gezwungen hatte, kochte über. »Wenn Cooper mir verdammt noch mal eine Chance gibt zu führen und aufhört, mir Babysitter vorzusetzen!«

Mein eigener, angestrengter Atem zischte durch meine Kopfhörer. Jamila sagte nichts, sondern ließ meine wütenden Worte – unfaire Worte, eigentlich, da er mir drei Monate gegeben hatte, um mich zu beweisen, und ich es vermasselt hatte – in unseren Ohren nachhallen.

»Jay«, sagte sie schließlich mit so leiser Stimme, dass ich meine Hände über die Kopfhörer legte, um die anderen Geräusche im Café auszublenden. »Alicia ist eine Professionelle, eine verdammt gute, und ihr Job ist es, das Team dazu zu bringen, zusammenzuarbeiten und Ergebnisse zu liefern. Dich eingeschlossen. Sie wird nicht deine Babysitterin sein, es sei denn, du benimmst dich wie ein Kind.«

Der ernste Jay hatte nicht funktioniert, also war es Zeit, den Fuckboy-Jay rauszuholen. Ich versuchte, meine Stimme leicht und sorglos klingen zu lassen. »Ich, mich wie ein Kind benehmen?«

»Ich sage dir das jetzt ein einziges Mal. Versau es ihr nicht. Sie braucht diesen Job, diese Referenz, um ihr Geschäft aufzubauen. Ich werde in zwei Wochen wieder da sein, und ich werde mich bei Alicia erkundigen. Wenn ich herausfinde, dass du sie sabotierst …«

»Niemand hat etwas von Sabotage gesagt.«

»Wenn ich herausfinde, dass du sie verarschst, werde ich dir in den Arsch treten. Du weißt, dass ich das tun werde.«

»Gott, Jamila.« Sie würde mir nicht wirklich in den Arsch treten. Aber ihre Zunge würde meine Ohren eine Woche lang bluten lassen.

Sie gab mir eine Kostprobe ihres Arschtritt-Tons. »Verstanden?«

»Laut und deutlich.«

»Ich glaube wirklich, dass ihr zusammen großartig sein werdet.«

Noch ein paar produktive Tage wie heute, und sie würden alle merken, dass sie mich überhaupt nicht brauchten. Cooper würde herausfinden, dass ich mehr Ärger machte, als ich wert war, und wir würden eine Wiederholung dessen erleben, was während des

Börsengangs passiert war. Aber diesmal würde ich hochkant raus-
fliegen. Komplett, nicht nur degradiert.

Wird. Nicht. Passieren.

»Noch da, Jay?«

»Ja, ich bin hier.«

»Wir sehen uns in ein paar Wochen.«

»Okay. Tschüss.«

Ich ließ meinen Kopf in meine Hände fallen, damit ich nicht
auf meinen Bildschirm schauen musste, der ein Foto von Alicia in
ihrer Abschlussrobe mit ihrer Ehrenmedaille und Kordel zeigte.

Cooper hatte mir aufgetragen, drei Dinge zu tun: pünktlich
guten Code zu produzieren, den Respekt des Teams zu verdienen
und irgendeinen Blödsinn über Zusammenarbeit. Ich würde es
ihm zeigen. Alles, was er wirklich brauchte, war, dass ich pünktlich guten Code produzierte. Das würde ich tun. Und ich brauchte
keine Hilfe von der verdammten Alicia Diane Weber.

6

ALICIA

AN DIESEM MORGEN hatte ich mich mutig an den Cranberry-Passionsfrucht-Blitz gewagt. Auf der Teepackung im Pausenraum stand, er sei voller Antioxidantien. Vielleicht würden mir Antioxidantien helfen, einen Tag Seite an Seite mit Jackson Jones zu überstehen.

Ich hob die dampfende Tasse an meine Lippen, während sich das Team für unser morgendliches Stand-up-Meeting um mich versammelte. »Wer möchte anfangen?«

»Ich.« Jackson schritt an mir vorbei zur Tafel, und der Duft von Leder vertrieb den widerlich-fruchtigen Geruch meines Tees. Aber heute trug er nicht die Stiefel. Stattdessen trug er ein Paar abgetragene, anthrazitgraue – oder vielleicht ehemals schwarze – Converse. Er verschob den Haftzettel mit dem Namen des Moduls, an dem wir gestern gearbeitet hatten, von der Spalte »In Arbeit« in die Spalte »Testbereit«. »Dieses Modul wurde gestern fertiggestellt.«

Ich würgte den brühend heißen Tee hinunter. »Nein, wir sind nicht fertig geworden. Wir müssen noch …«

»Korrektur: *Ich* habe es gestern fertiggemacht, nachdem Sie gegangen sind. Der Fortschritt sollte nicht aufhören, nur weil Sie nicht da sind.« Er verschränkte die Arme vor der Brust.

Meine Zunge war nicht das Einzige, was brannte. Eine Hitze stieg von meiner Kopfhaut bis in meine Brust hinab. Im Bewusstsein der gebannten Aufmerksamkeit des restlichen Teams blieb meine Stimme fest. »So soll Pair-Programming aber nicht funktionieren. Sie hätten den Code durchsehen können ...«

»Habe ich.«

»... oder einem der anderen Paare helfen. Denkt daran«, ich wandte mich an die anderen Jungs, »wir sitzen alle im selben Boot.«

»Wenn wir den Code vorzeitig fertigstellen, können wir zusätzliche Arbeit in diesen Sprint packen und sind schneller fertig.« Er schnappte sich einen weiteren Haftzettel aus der »Backlog«-Spalte und verschob ihn zu »In Arbeit«. Ohne Rücksprache mit mir zu halten, seiner Partnerin und Teamleiterin.

Ein neues Brennen begann in meinem Bauch und stieg in meiner Brust auf. An meinem Haaransatz perlte Schweiß und meine halb verheilte Wunde brannte. Wütende Worte blieben mir im Hals stecken, aber ich schluckte sie hinunter. *Mach den Job, hau ab. Bloß kein Aufsehen erregen.* Das hatte ich Tiannah versprochen. Ich konnte Jamila nicht im Stich lassen. Ich konnte mich selbst auch nicht im Stich lassen. Und ein Schreiduell mit dem Mitbegründer der Firma vor unserem Team war für mich eine ausweglose Situation.

Ich stellte meine Tasse auf dem nächstbesten Schreibtisch ab und schritt zur Tafel, um die Aufmerksamkeit der Jungs von Jacksons spöttischem Gesicht abzulenken. »Okay, dann, hören wir mal, was die anderen Paare zu sagen haben.«

Die restlichen Jungs berichteten über ihre Fortschritte vom Vortag und ihren Fokus für heute. Tyler und sein Partner waren auf ein Problem gestoßen, und nach dem Meeting zog ich mir einen Stuhl an ihren Schreibtisch, um ihnen bei der Lösung zu helfen.

Es war kein schwieriges Problem; mehr als alles andere

brauchten sie einen frischen Blick von außen. Aber nachdem ich sie darauf hingewiesen hatte, wo sie einen Fehler machten, und während sie ihn behoben, wanderten meine Gedanken zu Jackson Jones.

Er hatte den Code – *unseren* Code – ohne mich fertiggestellt. War ich ihm wirklich so ein Klotz am Bein gewesen, als wir zusammengearbeitet hatten? Zugegeben, sein Gehirn arbeitete rasend schnell und meine Finger konnten kaum mithalten. Aber ich hatte auch einige Ideen beigesteuert. Und er hatte nicht über alle geschnaubt.

Unter dem Vordach an jenem ersten Tag war er so anders gewesen. Als er den Hagelstein wie ein aufgeregter kleiner Junge in seine Tasche geschmuggelt hatte, um ihn sicher aufzubewahren. Als er sanft die Wunde auf meiner Stirn abgetupft und dieses lächerliche Pflaster auf meine Haut gedrückt hatte. Als er mir in die Augen geblickt hatte, als ob es ihn kümmern würde, ob es mir gut ging oder nicht.

Nicht mehr. Wenn ich aufgegeben hätte und gegangen wäre, hätte er eine Party geschmissen, um das zu feiern.

»Hey, Alicia, willst du mit uns zu Mittag essen?«, Tyler stand schon und klopfte seine Taschen ab.

»Oh, ich weiß nicht. Ich habe noch nicht bei den anderen Teams vorbeigeschaut.« Ich warf einen Blick auf Jackson, der seine Kopfhörer aufhatte und klack-klack-klack in die Tasten haute.

»Wir laden dich ein«, sagte Amit. »Das ist das Mindeste, was wir tun können, nachdem du uns geholfen hast. Wir holen uns Tacos.«

»Wir sitzen im selben Boot, vergiss das nicht. Ihr schuldet mir nichts.« Trotzdem stand ich auf. Mein Magen knurrte. *Tacos.*

Amit musste seine Tacos mitnehmen, um rechtzeitig für ein Meeting der Senior-Entwickler zurück im Büro zu sein. Tyler und ich setzten uns zum Essen auf eine Bank im Schatten.

Nachdem er seine Tacos verschlungen hatte, wischte Tyler sich den Mund ab und knüllte seine Serviette und die Verpackung zusammen. »Alicia, kann ich dich was fragen?«

Ich legte meinen Taco weg. »Natürlich.«

»Was ist los mit … wie soll ich …« Er drückte den Papierball noch fester zusammen. »Ich sag's einfach frei heraus, okay?«

Ich nickte. »Hier kannst du offen reden. Ich werde dein Vertrauen nicht missbrauchen.«

»Danke.« Er schob seine Brille auf der Nase nach oben. »Ich arbeite seit ungefähr sechs Monaten für Synergy. Sie haben mich von einer anderen Firma abgeworben.« Er plusterte sich auf. »Ich arbeite in einer Firma, die von *Jackson Jones* gegründet wurde. Wie cool ist das denn?«

Weniger cool, als er gedacht hatte, wenn seine Erfahrung meiner ähnelte.

»Und dann, vor drei Monaten, kommt *Jackson persönlich* hierher und ich werde seinem Projekt zugeteilt. Ich hab mir fast in die Hosen geschissen, als ich das erfahren habe.«

Als Programmier-Neuling hätte ich mich wahrscheinlich genauso gefühlt. »Aber es ist nicht so gekommen, wie du es dir erhofft hattest?«

Er sackte in sich zusammen. »Nein. Er kam hier an und schien total angepisst, hat uns gesagt, was wir tun sollen, und saß dann mit seinen Kopfhörern am Schreibtisch. Also haben wir das alle auch so gemacht, aber der Code passte nicht zusammen. Aber jetzt, wo du da bist, fühlt es sich schon besser an. Wir haben eine Richtung. Und Hilfe, wenn wir sie brauchen.«

»Danke, dass du mir das sagst.« Ein Schauer lief mir über den Rücken. Ich bewirkte etwas. Am liebsten hätte ich direkt auf der Bank einen Freudentanz aufgeführt, aber ich hielt mich zurück. Tyler sah aus, als hätte er noch mehr zu sagen.

»Ich würde wirklich gerne von Jackson lernen, aber ich weiß nicht, wie ich an ihn herankommen soll.«

Mein innerer Freudentanz erstarrte. Er wollte von Jackson lernen, nicht von mir. Das ergab Sinn: Jackson war ein international berühmter Programmierer und ich war außerhalb von

Austin eine Unbekannte. Seine Worte verletzten meinen Stolz. Aber soweit ich wusste, hatte ich immer noch die Hosen an.

»Versuch einfach weiter, mit ihm zu reden. Vielleicht reißt du seine Mauern irgendwann ein. Ich kenne ihn noch nicht lange genug, um wirklich aus ihm schlau zu werden, aber ich werde daran arbeiten. Wenn mir etwas einfällt, lasse ich es dich wissen.«

»Danke, Alicia.«

Ich aß zu Ende und wir schlenderten zurück ins Büro. Ich hatte meine Jacke in der Septemberhitze ausgezogen, und nach den Chipotle-Hähnchen-Tacos war mir immer noch zu warm, um sie wieder anzuziehen, selbst in dem klimatisierten Gebäude. Ich hängte sie über die Lehne meines Stuhls und setzte mich neben Jackson, der, wie es seine Art war, seine Kopfhörer aufhatte.

Wenigstens bemerkte er, als ich mich hinsetzte, und starrte für einen Moment auf meine nackten Arme, bevor er meinen Blick erwiderte. Seine braunen Augen waren weich, für einen Augenblick unbewacht, so wie sie gewesen waren, bevor er gewusst hatte, dass die Katzen, die ich hüten sollte, seine waren. Als könnten wir wirklich ein Team sein und nicht ständig aufeinander herumhacken. Das blecherne Quietschen einer Gitarre entwich, als er seine Kopfhörer abnahm.

Ich wollte etwas Freundliches sagen. Etwas, das diese Weichheit in seinen Augen bewahren würde, das verhindern würde, dass sich sein Kiefer verhärtete. Aber als ich meinen Mund öffnete, waren die Worte, die herauskamen: »Bereit, mit dem neuen Modul anzufangen?« Das Modul, das er ausgewählt hatte, ohne es mit irgendjemandem zu besprechen, einschließlich mir, der Teamleiterin. Das herzliche Lächeln, das ich beabsichtigt hatte, wurde zu einer Grimasse.

»Ich habe schon angefangen. Während Sie weg waren und was auch immer getan haben.« Seine Augen wurden stahlhart, und er machte eine vage Handbewegung in Richtung Tyler, in Richtung der Treppe.

»Okay, dann«, zwängte ich durch meinen zusammengebissenen Kiefer. »Können wir da weitermachen, wo Sie aufgehört haben. Soll ich wieder steuern?«

»Nein, das übernehme ich. Wie wäre es, wenn Sie den Code von gestern prüfen? Oder die Aufräumarbeiten machen.«

Die Aufräumarbeiten? Er hätte mich genauso gut bitten können, in einem Meeting still dazusitzen und Notizen zu machen, während die Männer redeten. Am liebsten hätte ich meine Ohrringe abgerissen und ihn direkt hier im Großraumbüro zur Rede gestellt. Aber das konnte ich nicht. Meine eigenen nervtötenden Worte hallten in meinem Kopf wider. *Bloß kein Aufsehen erregen. Im selben Boot.*

»Sicher.« Dieses Mal machte ich mir nicht die Mühe zu lächeln. Wenn Jackson Jones das so spielen wollte, dann eben so. Solange wir pünktlich guten Code produzierten, war es egal, wie wir dorthin gelangten.

Trotzdem, als ich anfing, den Code von gestern durchzugehen, blieb dieses Brennen in meinem Bauch. Hatte ich Jackson Jones gerade die Erlaubnis erteilt, mich zu überrollen?

7

JACKSON

»GUTE ARBEIT, Tyler.« Das breite, stolze Lächeln auf Alicias Gesicht hätte besser zur Entdeckung eines Heilmittels für Krebs gepasst als dazu, eine Haftnotiz am vorletzten Tag des Sprints von »In Arbeit« auf »Testbereit« zu verschieben. Ihre Augen waren sanft wie der blaue Himmel über Texas an diesem Morgen, nicht stählern wie damals, als ich ein weiteres neues Modul aus dem Backlog genommen hatte.

Lief da was zwischen ihnen? Ich rieb mir den Bart. Tyler war jung – vierundzwanzig – und Alicia war dreißig. Wobei manchen Leuten ein Altersunterschied egal war. Gott, ich hatte was mit … Nein, daran wollte ich jetzt nicht denken. Niemand hier kannte mein schändliches Geheimnis, und ich wollte nicht, dass man mir die Reue im Gesicht ansah.

»Jackson.« Alicia stemmte die Hände in die Hüften.

Ich riss den Blick hoch zu ihrem Gesicht. »Hä?«

»Ist alles in Ordnung? Sie haben so ein Gesicht gemacht.«

»Oh. Ich habe nur an all die Arbeit gedacht, die wir vor dem Sprint-Review am Montag noch zu erledigen haben.« Eine Lüge, aber ich konnte ihr nicht sagen, dass ich mir ausgemalt hatte, wie ich ihren stolzen, himmelblauen Blick auf mich lenken könnte, statt auf Tyler.

Wie es ihre Art war, nickte sie, während sich ihre blonden Augenbrauen zusammenzogen. »Es ist eine Menge. Aber ich weiß, dass wir das schaffen können.« Sie ging an Tyler vorbei und beugte sich aus der Hüfte, um eine Haftnotiz von ganz unten im Backlog nach oben zu verschieben. Mir entging nicht, wie Tylers Blick auf die Dehnung ihres engen Rocks über der Wölbung ihres Hinterns schoss.

»Tyler«, sagte ich zu laut, »wie wäre es, wenn Sie sich für heute und morgen etwas aus dem Backlog aussuchen? Ich wette, wenn Sie und ich uns zusammentun, kriegen wir das bis Montag hin.«

Tylers Augen weiteten sich hinter seiner Brille. »Wirklich? Ich meine, ja, natürlich.« Er nahm Alicias Platz am Board ein und überflog die Haftnotizen in der Spalte »Nicht begonnen«.

Alicia trat neben mich, und ihre Nähe jagte mir einen Schauer über den Arm. Mit leiser Stimme sagte sie: »Es ist toll, dass Sie sich für Teamwork einsetzen, aber halten Sie das für eine gute Idee? Er schafft das nicht bis Montag, nicht einmal, wenn Sie helfen.«

»Vielleicht traue ich ihm mehr zu als Sie.« Es spielte keine Rolle, ob er bis Montag fertig wurde. Wir würden so weit wie möglich kommen und dann im nächsten Sprint weitermachen. Aber Cooper hatte gesagt, ich müsse mir den Respekt des Teams verdienen, und Tyler zu coachen war eine Möglichkeit, das zu tun. Nein, es lag nicht daran, dass mir die Art und Weise, wie er Alicia ansah, mit diesem schmachtenden Blick, nicht gefiel.

Plötzlich hatte ich eine Eingebung. Cooper hatte auch irgendeinen Mist über Teamwork erzählt. Damals in San Francisco hatte er immer von Teambuilding gefaselt, und wir hatten vierteljährliche Partys im Innenhof vor dem Gebäude veranstaltet. Ich könnte hier etwas Ähnliches tun, um ihm zu zeigen, dass ich mich bemühte. Ich würde ihm alles darüber erzählen, wie ich das Team zusammengeschweißt hatte, wenn er am Montag für das Sprint-

Review vorbeikam. Bald würde er mich anflehen, nach San Francisco zurückzukommen.

Ich wartete, bis Alicia das Meeting beendet hatte. Dann, bevor alle zu ihren Schreibtischen zurückkehrten, sagte ich: »Hey, Leute. Wie wär's heute Abend nach der Arbeit mit einer kleinen Teambuilding-Happy-Hour? Geht auf mich.«

»Echt?« Tylers Gesicht leuchtete. Also, es war buchstäblich rosa. »Das wär der Hammer.«

»Niemand lässt sich volllaufen«, sagte Alicia und machte mit ihrem Handy ein Foto vom Taskboard. »Morgen ist der letzte Arbeitstag des Sprints. Ich erwarte von jedem vollen Einsatz, heute und morgen.«

»Bis zehn sind alle zu Hause, versprochen«, sagte ich. »Kommen Sie auch mit, Alicia?«

Halb hoffte, halb fürchtete ich, dass sie es tun würde. Wie wäre Alicia nach Feierabend? Würde sie endlich mal ihre Haare aus diesem strengen Dutt lösen? Könnte ich diese blauen Augen wieder so sanft werden lassen wie damals, bevor wir wussten, dass wir Kollegen waren?

»Nein, es ist Donnerstag. Nächstes Mal.« Sie schenkte mir ein ›Ich-würde-nicht-mit-euch-ausgehen-selbst-wenn-die-Welt-unterginge‹-total-falsches Lächeln.

Verdammt. Ich hatte ihre Donnerstage vergessen. »Wir könnten es morgen machen. Eine Feier zum Ende des Sprints?«

»Nein, ich habe Freitagabend auch schon was vor. Viel Spaß euch.« Sie wandte sich ab. Sogar ihr Privatleben war besser als meins. Seit ich San Francisco verlassen hatte, hatte ich mit niemand anderem als meiner rechten Hand eine Freitagabendverabredung gehabt.

Aber jetzt hatte ich am Donnerstagabend Pläne mit meinem Team, und es würde fantastisch werden. Dafür würde ich sorgen.

Eine halbe Stunde nachdem Alicia an diesem Nachmittag gegangen war, sammelte ich die Jungs ein und führte sie in eine nahegelegene Bar. Ich hatte sie früher im Sommer entdeckt und mich in ihre Sammlung alter Arcade-Spiele verliebt. Ich strich im

Vorbeigehen über einen der Automaten. *Nächstes Mal, Ms. Pac-Man.* Heute Abend ging es darum, das Team zusammenzuschweißen, nicht darum, meinen Highscore zu knacken.

Wir ließen uns in einer Nische im hinteren Teil nieder. Nachdem ich von jeder Vorspeise eine bestellt hatte, beugte ich mich vor. »Ein Eimer voll Münzen für denjenigen, der die haarsträubendste Geschichte erzählt.«

Vier große Augenpaare starrten mich an. Scheiße. Ich hatte gerade eine Gruppe von Programmierern gebeten, mir eine lustige Geschichte zu erzählen. Da hätte ich genauso gut Ms. Pac-Man da drüben fragen können. Die hatte wahrscheinlich mehr Action als die.

»Okay, ich fange an«, begann ich und erzählte ihnen von dem Mal, als ich die Stanford-Flagge über der Brüstung der Berkeley-Bibliothek entrollt hatte.

Neunzig Minuten später lehnte ich mich gegen die Vinyl-Rückenlehne und legte meine Converse auf den leeren Sitz mir gegenüber. »Das war eine kolossale Katastrophe.«

»Nee.« Tyler griff nach seinem Bier, verfehlte es und versuchte es erneut. »Es war der absolute Hammer.«

»Das ist doch Quatsch.« Ich schob mein eigenes, fast volles Bier weg. Jemand musste zusehen, dass Tyler sicher nach Hause kam. Ich zählte meine Misserfolge an den Fingern ab. »Amit trinkt nicht. Wer hätte das gedacht?«

»Ich wusste es.« Tyler hob die Hand, als wären wir im Unterricht.

»Und meine Idee, dem Typen mit der besten Geschichte Münzen zu geben, ist total nach hinten losgegangen.« Kevin, der uns von dem Mal erzählt hatte, als er eine Ziege als Haustier zur Mah-Jongg-Party seiner Mutter mitgebracht hatte, hatte seine Münzen zum Galaga-Automaten gebracht. Ich hatte der interessantesten Person am Tisch eine Ausrede geliefert und den Rest von uns mit unserem lahmen, peinlichen Gespräch alleingelassen. Amit und Gary waren nach einem Drink gegangen, und jetzt hatten wir einen Tisch voller kalter, matschiger Vorspeisen.

»Was glauben Sie, was Alicia dienstags und donnerstags macht?«

»Hä?« Tyler winkte nach einem weiteren Bier.

»Wenn sie früher geht. Wohin geht sie?«

»Keine Ahnung. Ich hab sie gefragt, und sie meinte, sie redet lieber nicht darüber. Vielleicht ist sie eine Spionin.«

»Glauben Sie, sie arbeitet für Gurusoft?« Verdammt, das wäre das Schlimmste, wenn wir eine Beraterin bezahlen würden, die unsere Geheimnisse an die Konkurrenz verkauft.

»Nee. Ich meine, so für die Regierung. Diesen ganzen Agentenkram.« Tyler nahm das Bier von der Kellnerin entgegen und zwinkerte ihr zu.

»Alicia? Das glaube ich nicht.«

»Was glauben Sie denn, was sie macht?« Er nahm einen langen Schluck von seinem Bier.

»Ich weiß nicht.« Ich hatte darüber nachgedacht. Sehr viel. Zu viel. »Vielleicht macht sie ihren Master. Oder ehrenamtliche Arbeit.«

»Oder sie modelt. Gott, sie ist hübsch.«

Ich nahm einen traurigen, matschigen Jalapeño-Popper und musterte ihn. »Wer, Alicia?« Ich hatte beabsichtigt, dass meine Stimme leicht und unbeteiligt klang, aber sie kam als Knurren heraus.

Tyler blinzelte mich an. »Sicher. Aber ich meinte sie.« Er zeigte zur Bar auf eine der Kellnerinnen. Ihr Haar war dunkler blond als das von Alicia, und ihre Augen hatten die Farbe von Honig. Sie sah ein wenig wie Marlee aus, obwohl ich Marlee noch nie in Hotpants gesehen hatte.

»Sie hat eine Freundin.« Er deutete mit seinem Bier auf eine andere Kellnerin, die am Tresen stand, diese hier dunkelhaarig und kurvig. »Und sie sieht Sie an.«

Ich schaute nach; sie tat es. »Ich reiße keine Frauen mehr in Bars auf.«

»Schlechte Erfahrungen?«

»So könnte man es sagen.«

»Also, ich geh rüber.« Er rappelte sich auf und schwankte einen Moment.

»Sind Sie sich da sicher? Vielleicht erst mal etwas Wasser.«

»Nee, das schaffe ich schon.« Er torkelte in Richtung Bar. Nachdem ich unserer Kellnerin ein Zeichen für die Rechnung gegeben hatte, überblickte ich unsere Sammlung an geronnenen, frittierten Speisen und leeren Gläsern. Was für ein totales Versagen. Ich hätte es besser wissen müssen, als zu versuchen, das Team zusammenzuschweißen. Ich hatte schon immer am besten allein gearbeitet.

»Sie gehört mir, Arschloch!« Die laute Stimme an der Bar erregte meine Aufmerksamkeit.

Ich blickte gerade noch rechtzeitig auf, um zu sehen, wie ein Kerl mit der Statur eines Linebackers – er musste mindestens eins neunzig groß sein – Tyler ins Gesicht schlug.

8

ALICIA

FREITAGABEND, und ich hatte ein Date für den Filmabend.

Ich fing das erste Popcorn auf, als es aus dem Schacht der Heißluftmaschine schoss. Als ich es mir in den Mund warf, verbrannte es mir die Zunge, trocken und geschmacklos. Ich musste etwas finden, um es aufzupeppen.

»Alicia, was machst du da?«

Ich blickte schuldbewusst über die Schulter, genau wie damals, als ich acht war und Mom mich dabei erwischte, wie ich auf der Jagd nach Oreos war. Diesmal stand ich nicht auf der Arbeitsplatte, aber ich lehnte mich dagegen, während sich die Kacheln in meinen Bauch bohrten und ich das Gewürzregal durchsuchte.

»Haben wir kein Gewürzsalz? Oder irgendetwas mit Salz?«

Mom schürzte die Lippen. »Esmys Blutdruck war bei ihrer letzten Untersuchung zu hoch, also habe ich das ganze Zeug entsorgt. Die Leute essen viel zu viel Salz. Tatsächlich –«

Ich unterbrach sie, bevor sie mit einer ihrer Ernährungstiraden loslegen konnte. »Wie wär's mit Butter?«

»Wir haben Olivenöl. Das ist gut fürs Herz.«

»Auf Popcorn? Igitt.«

»Popcorn schmeckt auch ohne alles ganz hervorragend.«

Ich rümpfte die Nase. Dieser ganze Ernährungskram war ihr bei Weitem nicht so wichtig gewesen, als sie noch mit Dad verheiratet war. Oder vielleicht hatte sie Dad einfach nie genug geliebt, um sich darum zu scheren, was mit seinen Arterien passierte. Ganz sicher hatte sie ihn nicht so sehr geliebt, wie sie Esmy liebte.

»Date Night?«, fragte ich, als Esmy die Küche betrat. Sie trug viel mehr Wimperntusche als sonst, eine hautenge Wrangler und ihre Tanzstiefel.

»Abendessen und dann ins Honky-Tonk.« Ihr Blick verweilte auf Mom, deren kariertes Hemd einen Perlmutt-Druckknopf tiefer offen stand als sonst, sodass Spitze an ihrem Dekolleté hervorblitzte. »Warte nicht auf uns.«

Ich zog den Stecker der Popcornmaschine und nahm die Schüssel mit dem nach Pappe schmeckenden Popcorn. Morgen würde ich für Junkfood-Nachschub sorgen. Schade nur, dass es für den Filmabend zu spät sein würde. »Viel Spaß, ihr beiden.«

Esmy beugte sich zu mir und deutete einen Kuss an meinem Ohr an. »Cariño, im Schrank hinter den Backblechen steht ein Salzstreuer«, flüsterte sie.

»Danke.« Ich küsste ihre glatte, goldene Wange.

»Wann hattest du dein letztes Date, Alicia?« Mom durchbohrte mich mit einem Blick, als hätte sie von dem geheimen Salz gehört.

Ich steckte mir einen trockenen Popcornkern in den Mund. Er erinnerte mich an Ricks leidenschaftslose Küsse. »Letzten Sommer, schätze ich. Nachdem die Fußballsaison vorbei war.«

»Rick ist so ein netter Mann. Und Noah und Palmer verstehen sich so gut. Ich dachte, er könnte der Richtige sein.«

»Mom, ich werde nicht jemanden heiraten, nur weil unsere Kinder befreundet sind.«

»Es gibt schlimmere Gründe zu heiraten.«

Zum Beispiel, weil man geschwängert wurde. Aber darüber sprachen wir nicht. Bevor Esmy in Moms Leben getreten war, hatte sie überhaupt nie über Gefühle gesprochen. Deshalb war sie auch so lange mit Dad verheiratet geblieben.

Sie musste gesehen haben, wie mir dieser Gedanke durch den Kopf ging. »Fang nicht damit an.«

»Wer fängt denn was an? Ich stehe hier nur rum und esse leckeres, heißluftgepopptes Popcorn.« Gott, was würde ich für ein Bier geben. Aber ich hatte unseren Vorrat nach dem Fußballspiel gestern Abend geleert, als ich mich selbst bemitleidete, während Jackson und das Team ohne mich zusammenkamen. Ich hatte den seltsamen Betriebspicknicks und Happy Hours abgeschworen. Es hätte mir egal sein sollen. Und das war es auch. Meistens. »Und jetzt geht schon, ihr Turteltauben. Viel Spaß.«

Mom kniff die Augen zusammen. Esmy warf mir einen weiteren Luftkuss zu und scheuchte Mom zur Tür hinaus.

Ich nahm zwei aromatisierte Wasser aus dem Kühlschrank und ging ins Wohnzimmer, wo Noah es sich bereits auf der alten, weichen Couch gemütlich gemacht hatte. Tigger kuschelte sich an seine Seite und schnurrte, während Noah ihn zwischen den Ohren kraulte.

»Hast du an das Salz gedacht?«, fragte Noah. »Esmy versteckt es hinter den Backblechen.«

»Ich hole es. Und ein paar Servietten.« Er hatte einen rosafarbenen Lippenstiftabdruck von Esmy auf der Stirn. »Machst du schon mal den Film an?«

»Weltraum oder Superhelden?« Er klickte durch die Optionen.

»Superhelden.« Nach zwei Wochen Arbeit mit Jackson Jones konnte ich einen Helden gebrauchen. Er war eher der Typ heißer Bösewicht, wie Loki in *The Avengers*, der heimlich gegen mich arbeitete. Wie gestern Abend, als er die Jungs auf ein paar Drinks eingeladen hatte, an einem Abend, von dem er wusste, dass ich nicht mitkommen konnte. Ich wusste, was er tat; ich hatte das schon einmal erlebt. Er baute eine Art Kumpel-Loyalität auf und würde sie einlösen, wenn er mich ausbooten musste.

Obwohl, sagte eine allzu rationale Stimme in meinem Kopf,

sollte er nicht Loyalität mit dem Team aufbauen? Es ist sein Team, nicht deins. Du gehst, wenn das Projekt vorbei ist.

Rein da, Gehaltsscheck abholen, raus da. Triff dich nicht nach der Arbeit mit dem gefährlich attraktiven Firmengründer. Das hätte ich in meinen Businessplan aufnehmen sollen.

Als ich mit dem Salz und den Servietten zurückkam, hatte Noah den Film schon startklar gemacht, aber selbst nachdem ich das Popcorn gesalzen und ihm den Lippenstift von der Stirn gewischt hatte, startete er ihn nicht. Er hatte seinen Redebedarf-Gesichtsausdruck aufgesetzt.

»Was ist los?«, fragte ich. *Lass es nicht um Mädchen gehen. Lass es nicht um Mädchen gehen.*

»Muss ich zur Schule gehen?«

»Morgen? Nein, es ist Samstag.« Aber er machte keinen Witz. Er warf mir einen Blick zu, der mich an Moms »wegen-des-Salzes-sauer«-Blick erinnerte.

»Ich meine es ernst. Kannst du mich nicht zu Hause unterrichten oder so?«

»Oh.« Ein Dutzend Szenarien schossen mir durch den Kopf, alle schrecklich. »Nein, mein Schatz. Ich muss Vollzeit arbeiten, um uns zu versorgen und Geld für dein College zu sparen. Oma Diane und Oma Esmy arbeiten auch. Die Schule ist der beste Ort für dich. Warum willst du nicht hingehen?«

Er zuckte mit den Schultern. »Die Kinder sind nicht nett zu mir.«

Nicht nett? Was zum Teufel? »Was ist mit deinen Freunden? Sind Tamika und Palmer nicht nett zu dir?«

»Doch, aber die anderen Kinder machen sich über mich lustig.«

Heiße, schnelle Wut stieg in mir auf. »Warum sollten sie sich über dich lustig machen?«

Er zuckte erneut mit den Schultern und begann, ein Stück Popcorn zu zerpflücken.

Wen würde ich verprügeln müssen? »Ich werde ein Gespräch mit deinem Rektor vereinbaren. Wir werden dafür sorgen, dass sie aufhören.«

»Nein! Vergiss, dass ich etwas gesagt habe. Ich kümmere mich darum.«

Zum tausendsten Mal wünschte ich, Melissa wäre hier. Oder dass sie jemanden Besseren, jemanden Weiseren zu Noahs Vormund ernannt hätte. Oder dass sie uns jemals gesagt hätte, wer sein Vater war, damit ich ihn hierher zerren und ihn dazu bringen könnte, mit seinem Sohn zu reden. Denn ich hatte keine Ahnung, was ich meinem Neffen sagen sollte.

Tiannah sagte mir immer, ich solle ihn seine eigenen Kämpfe austragen lassen, damit er lernen würde, sich zu schützen, wenn er älter war. Vielleicht war das hier der richtige Weg. Ich hatte diese Fähigkeiten jedenfalls gebraucht.

»Wir schauen nächste Woche noch einmal, wie es läuft. Wenn es nicht besser ist, werde ich dieses Gespräch vereinbaren. Okay?«

Er zuckte wieder mit den Schultern. Der Junge würde sich mit dem Schulterzucken noch eine Sehnenscheidenentzündung holen.

Vielleicht würde eine Geschichte helfen. Esmy erzählte viele davon. »Du weißt doch, wie ich dir erzählt habe, dass es in meinem Berufsfeld nicht viele Frauen gibt?«

»Ja.« Er begann, einen weiteren Popcornkern zu zerfetzen.

»Manchmal versuchen Leute – Männer – mich zu schikanieren, weil ich anders bin. Oder mich auszuschließen.« Wie Jackson es gestern getan hatte, als er mit den Jungs etwas trinken gegangen war. Und genau wie er es geplant hatte, kamen sie heute Morgen voller Insiderwitze und Kameradschaftsgefühl zurück. Jackson hatte eine aufgeplatzte Lippe und Tyler, als er sich um zehn Uhr endlich hereinschleppte, ein blaues Auge. Sie hatten mir versichert, dass sie sich nicht geprügelt hatten, aber niemand wollte mir verraten, was passiert war.

Und jetzt sah Tyler Jackson an, als hätte dieser die Sterne vom Himmel geholt. Ich hätte stolz auf Jackson sein sollen, dass er einen Weg gefunden hatte, eine Verbindung zu seinem Team aufzubauen. Ich schätze, das war ich auch, unter meiner Missbilligung seiner Methoden. Und meiner Eifersucht. Jackson tat, was er schon vor drei Monaten hätte tun sollen, als er nach Austin kam. Ich hätte es unterstützen sollen. Aber alles, was ich tun konnte, war, ihn wütend anzustarren.

»Und was machst du dann?« Noah warf das Popcorn-Konfetti in seinen Mund und sah mir endlich in die Augen.

»Ich zeige ihnen, dass ich es genauso verdiene, da zu sein wie sie. Ich arbeite härter als sie. Ich verpasse nie einen Abgabetermin, und meine Arbeit ist immer erstklassig.« Ich richtete mich ein wenig auf.

Er rümpfte die Nase. »Das klingt, als ob es ätzend ist, nie einen Fehler machen zu können.«

Meine ganze Haltung sackte in sich zusammen. »Ja, das ist es irgendwie.«

»Und was ist, wenn sie trotzdem gemein zu dir sind?«

»Dann musst du es jemandem sagen.«

»So wie deinen Freunden? Oder deiner Familie?«

Wenn es nur so einfach wäre. »Auf der Arbeit, genau wie in der Schule, sagt man es jemandem, der das Sagen hat.« Ich würde ihm sicher nicht erzählen, dass das bei mir auch nicht funktioniert hatte. In meinem ersten Job nach dem Abschluss hatte mich ein älterer Programmierer fast vom ersten Tag an belästigt. Ich hatte es schließlich Melissa erzählt, und sie hatte mich so lange bedrängt, bis ich zu meinem Manager gegangen war. Er hatte die unangebrachten Witze und die Berührungen, bei denen sich meine Haut gekräuselt hatte, unterbunden, aber nicht die dreckigen Blicke meiner männlichen Kollegen und auch nicht die Drecksarbeit, die mir ohne Chance auf Anerkennung oder Aufstieg zugewiesen worden war. Ich hatte es ertragen, bis Melissa gestorben war und mir klar geworden war, dass das Leben zu ungewiss ist, um in einem Job zu bleiben, den ich hasste. Ich hatte gekündigt, mir drei Monate Zeit genommen, um meinen Kopf wieder freizubekommen, und bei einer anderen Firma angefangen.

»So wie einem Lehrer?«

»Oder dem Rektor. Eine Woche, und wenn es nicht besser ist,

vereinbare ich ein Gespräch.« Ich würde ihnen auf den Fersen bleiben, bis Noah sich wieder sicher fühlte. Niemand würde Noah das antun, was mir angetan worden war.

»Was macht diesen Typen da so großartig?« Ich deutete auf den Superhelden auf dem Vorschaubildschirm.

»Er ist, so, richtig stark.«

»Und was noch?«

»Wenn er niedergeschlagen wird, steht er sofort wieder auf.«

»Das stimmt. Und genau das tun wir Webers auch.«

»Ja.« Ein Mundwinkel verzog sich nach oben.

»Dann lass uns zusehen, wie er ein paar Bösewichten in den Hintern tritt.«

Ich pinkelte vielleicht nicht im Stehen, aber ich war trotzdem eine gute Programmiererin und eine noch bessere Führungskraft. Bei unserer Besprechung am Montag würde ich Cooper Fallon genau das zeigen. Und bis dieses Projekt abgeschlossen war, würde ich wieder aufstehen, egal wie oft Jackson Jones und seine Kumpelkultur versuchten, mich niederzuschlagen.

9

JACKSON

»ES TUT MIR LEID. Es tut mir leid.« Tyler vergrub das Gesicht in den Händen.

Alicia und ich saßen Seite an Seite an unserem Schreibtisch und suchten fieberhaft nach dem Bug in Tylers verkorkstem Code. Ihre Lippen waren fest aufeinandergepresst und blass, und ein Schweißtropfen rann von ihrer Schläfe über die makellose Haut ihrer Wange. Ich hatte sie noch nie so nervös gesehen, nicht einmal, als sie wenige Minuten vor ihrem ersten Treffen mit Cooper und mir von einem Hagelkorn getroffen worden war.

Als wir am Ende des Programms angelangt waren, bellte Alicia: »Noch mal. Von vorn.«

Ich rieb mir die Augen. Sie schmerzten fast so sehr wie meine Zehen in meinen Scheiß-auf-dich-Cooper-Stiefeln. »Nein.«

»Was meinst du mit ›nein‹? Wir müssen den Bug finden und beheben.«

»Wir haben keine Zeit mehr. Cooper hat mir geschrieben, dass er hochkommt.«

Alicias Augen weiteten sich. »Er ist hier? Jetzt schon?«

»Pünktlichkeit ist sozusagen sein Ding.«

»Scheiße«, murmelte sie. »Scheiße. Scheiße. *Scheiße.*«

Jetzt, wo ihr der Schweiß den Hals hinunterlief und ihr Lippenstift abgekaut war, war sie nicht mehr so perfekt. Ich wünschte, ich könnte irgendetwas tun, um zu helfen – Cooper würde uns allen die Hölle heiß machen, auch Alicia, die an dem Schlamassel keine Schuld trug –, aber das Einzige, was ihn noch mehr auf die Palme bringen würde als dieses Code-Fiasko, wäre, wenn wir ihn warten ließen.

»Es tut mir leid«, sagte Tyler noch einmal. »Ich wollte nur helfen. Ich hatte ein schlechtes Gewissen, weil ich am Freitag zu spät gekommen bin, und habe beschlossen, am Wochenende zu arbeiten, um ein paar neue Funktionen hinzuzufügen. Ich hätte nicht gedacht, dass ich es so verbocken würde.«

Er war schon im Büro gewesen, als ich an diesem Morgen ankam. Seine blutunterlaufenen Augen, sein stoppeliges Kinn und seine gräuliche Haut deuteten darauf hin, dass er mindestens die ganze Nacht hier gewesen war. »Du hättest jemanden anrufen sollen, Mann. Mich oder Alicia. Oder Amit. Wir wären reingekommen und hätten dir geholfen.«

»Ich dachte, ich könnte es reparieren.« Er legte sein Gesicht auf den Schreibtisch. Er hob den Kopf und ließ ihn mit einem dumpfen Geräusch wieder fallen. »Ich hätte es reparieren können müssen.«

»Wir sind ein Team, Tyler.« Alicias Worte kamen gequält zwischen ihren zusammengebissenen Zähnen hervor. »Wir arbeiten zusammen, nicht allein.«

Mit beklommener Brust stand ich auf. »Gehen wir rein.«

Langsam sammelte das Team seine Laptops und Notizblöcke ein. Tyler nahm seine Umhängetasche, als erwarte er, auf der Stelle gefeuert und aus dem Gebäude geworfen zu werden.

Als ich den Konferenzraum betrat, blickte Cooper von seinem Handy auf. »Jay!« Er lächelte, das echte Lächeln, das er für Freunde aufhob. Dann bemerkte er meinen Gesichtsausdruck, und sein Lächeln erlosch. Er zog die Augenbrauen hoch, und ich schüttelte kaum merklich den Kopf.

Er spannte den Kiefer an und stand auf, um allen die Hand zu schütteln. Tyler, der als Letzter an der Reihe war, wischte sich die Hand an der Jeans ab, bevor er sie Cooper reichte. Er sah überall hin, nur nicht in Coopers Augen.

»Okay.« Cooper setzte sich an das Ende des Tisches mit direktem Blick auf den Bildschirm. »Zeigt mir, was ihr habt.«

Niemand rührte sich, um einen Laptop an das Monitorkabel anzuschließen. Tatsächlich rührte sich überhaupt niemand. Drei … vier … fünf Sekunden lang hing Stille im Raum.

Ich stand auf. Ich konnte genauso gut die Schuld auf mich nehmen. Es war nicht Alicias Schuld. Sie hatte versucht, Tyler davon abzuhalten, diesen Haftnotizzettel aus dem Backlog zu nehmen. Ich war derjenige, der ihn ermutigt hatte. Außerdem war Tyler nur dem Beispiel gefolgt, das ich gegeben hatte, als ich versucht hatte, Alicia auszustechen, indem ich unser Modul allein fertigstellte. Im Grunde war ich derjenige, der es verbockt hatte. Wie üblich. »Cooper, ich …«

»Wir haben Ihnen nichts zu zeigen, Mr. Fallon.« Alle Blicke richteten sich auf Alicia, die ebenfalls von ihrem Stuhl aufgestanden war. »Ich versuche immer noch, Normen für das Team festzulegen, und es gab ein Missverständnis. *Ich* habe schlecht kommuniziert. Der Code ist heute nicht fertig. In ein paar Tagen sollten wir etwas vorbereitet haben, und dann kann ich eine Remote-Vorführung ansetzen.«

Diese Ader an Coopers Schläfe pochte. Die, die mir verriet, dass er gleich ausrasten würde. »Ich bin jetzt hier. Heute. Das hätten Sie mir nicht am Freitag sagen können?«

Ich schritt an der Wand entlang. *Verdammt.* Er steuerte auf einen seiner Wutausbrüche zu.

Ihre Lippe bebete. »Es tut mir leid. Wir dachten, wir wären vorbereitet, aber in letzter Minute waren wir es unerwartet … nicht.«

Er spreizte die Hände auf dem Tisch, so wie er es tat, um sie nicht zu Fäusten zu ballen. »Ich bin sicher, Sie verstehen, wie enttäuscht ich bin. Und Sie werden alle dafür sorgen, dass so etwas nicht wieder vorkommt.« Er ließ seinen eiskalten blauen Blick über das Team schweifen, das ihn umgab. Tyler zuckte zusammen. »Aber für heute ist die Zeit am besten damit verbracht, am Code zu arbeiten. Alle zurück an die Arbeit. Alicia, ein Wort.«

Ich vergrub die Hände in den Taschen und ging zurück zum Tisch. Sie sollte nicht allein die Hauptlast von Coopers Zorn tragen müssen. Sie hatte sich für uns eingesetzt, obwohl es nicht ihre Schuld gewesen war. Sie war verdammt *edel*. Ich hatte in meinem Leben noch nie etwas Edles getan.

»Cooper, ich …«, begann ich erneut.

Aber ohne mich anzusehen, sagte er: »Jackson, du auch. Wir reden später.«

Ich blickte auf Alicias blasses Gesicht. Würde sie damit fertigwerden? Natürlich würde sie das. Sie konnte es mit Cooper aufnehmen, Wort für kaltes, kalkulierendes Wort. Trotzdem nagte die Schuld an mir. »Alicia …«

Sie hob eine Hand. »Geh schon, Jackson.«

Ich schlich aus dem Raum und folgte dem Team.

Als Alicia eine halbe Stunde später wieder zu uns stieß, sah sie aus wie ihr normales, perfektes Selbst, bei dem kein Haar fehl am Platz war. Vielleicht war er sanft mit ihr umgegangen, da sie erst seit zwei Wochen im Job war. Sie stellte ihren Laptop ab und gesellte sich zu uns, wo wir uns alle um Tylers Arbeitsplatz versammelt hatten. Sie beugte sich vor, als wolle sie einen besseren Blick auf den Bildschirm werfen, und flüsterte mir ins Ohr: »Er will dich in seinem Büro sehen.«

Meine Furcht vor ihren Worten kämpfte mit dem Kribbeln, das ihr Atem auf meiner Haut hinterließ. Eine Gänsehaut breitete sich auf meinem Nacken aus und zog meine Arme hinunter. Ich strich mir die aufgestellten Härchen glatt. Was zum Teufel? Mein Körper hatte reagiert, als hätte sie mir gesagt, sie wolle mir einen blasen, und nicht, als stünde mir eine ganz andere Art von Standpauke bevor.

Zweifellos hatte Cooper Alicias Schuldeingeständnis durchschaut und wusste, dass ich derjenige gewesen war, der sich wie Batman, eine Art einsamer Rächer, aufgeführt hatte. Ich war froh darüber. Alicia sollte nicht die Schuld für etwas auf sich nehmen, das mein Fehler war.

Ich nickte Alicia zu und hielt ihren Blick eine Sekunde länger als nötig fest, um ihr meine Dankbarkeit für das auszudrücken, was sie getan hatte. Sie hatte recht gehabt, und ich hatte mich geirrt. Es war an der Zeit, unsere kleinliche Rivalität loszulassen. Es war Zeit für *mich*, sie loszulassen und sie das tun zu lassen, wofür sie hierhergekommen war: führen. Sonst würden wir es nicht schaffen.

Sie richtete sich auf, und ich rollte mit meinem Stuhl ein paar Meter von ihr weg, bevor ich aufstand, unauffällig meine Jeans zurechtrückte und mich auf den Weg zu den Büros der Geschäftsleitung machte.

Cooper hielt sein Handy in der einen Hand und winkte mich mit der anderen herein. Er hob einen Finger, um mir zu zeigen, dass er fast fertig war. Er bellte noch ein paar Befehle, dankte seiner Assistentin und legte auf.

»Jackson.«

Oh-oh. Er hatte meinen vollen Namen zweimal hintereinander benutzt. Kein gutes Zeichen.

»Ms. Weber schien der Meinung zu sein, dass ich nichts Besseres zu tun hätte, als meine alten Knochen den ganzen Weg von Kalifornien nach Texas zu schleppen, um ihr Mea Culpa zu hören. Ich hätte von dir erwartet, dass du sie von dieser Vorstellung abbringst.«

»Du bist nicht alt.« Ich verschränkte die Arme. »Du bist im selben Alter wie ich. Zweiunddreißig.«

»Das ist es, was du sagen willst? Nicht: ›Tut mir leid, dass wir deine Zeit verschwendet haben, Cooper‹? Nicht: ›Wir haben es vermasselt, und ich werde persönlich dafür sorgen, dass wir dieses Projekt auf Kurs bringen‹?«

Wut kochte in mir hoch, aber äußerlich zuckte ich mit den Schultern. »Wenn du mir sagen willst, was ich sagen soll, warum muss ich dann überhaupt an diesem Gespräch teilnehmen? Du hättest ein Bild von mir auf deinem Handy aufrufen, es anschreien und mich in Ruhe lassen können, um den verdammten Code zu reparieren.«

»Aber das ist doch das Problem, oder? Du benimmst dich immer noch wie ein einsamer Programmierer und hast dich nicht ins Team integriert.«

»Hat Alicia das gesagt?« Sie schien nicht der Typ zu sein, der mich verpetzte, besonders nachdem sie öffentlich für uns alle die Schuld auf sich genommen hatte.

»Nein, aber ich kenne dich seit fast fünfzehn Jahren. Ich kann mir vorstellen, was passiert ist.«

»Wir haben gerade erst verdammt noch mal angefangen. Du kannst nicht erwarten, dass wir es in zwei Wochen schaffen.«

»Du bist seit drei Monaten hier und arbeitest an diesem Code. Wie viel mehr Zeit brauchst du noch, um das Team zu organisieren und herauszufinden, was zum *Teufel* ihr da tut?« Seine Stimme war zu einer Lautstärke angeschwollen, die man sicher auch außerhalb des Büros gehört hatte.

Die heiße Welle der Wut durchbrach den Damm, den ich gebaut hatte. Ich schlug mit der Hand auf seinen Schreibtisch. »Mehr verdammte Zeit. Du hast uns diesen Knüppel zwischen die Beine geworfen, eine neue Projektleiterin, und wir passen uns an. Ich versuche es. Wir alle versuchen es. Ich werde mich mehr anstrengen, okay?«

»Okay.« Er hob die Hände, die Handflächen nach außen. »Das ist alles, was ich hören wollte. Aber beim nächsten Mal will ich Ergebnisse sehen. Gute. Wir können es uns nicht leisten, noch länger herumzualbern. Verstehst du mich?«

»Ja, ich verstehe.« Meine Atmung verlangsamte sich, und die Hitze in meiner Brust ließ langsam nach.

»Hast du Pläne fürs Mittagessen?« Das war Cooper. Seine Wut schoss schneller von null auf hundert als mein Lamborghini Aventador, aber sie verflog ebenso schnell.

»Ja. Irgendein Arschloch zwingt mich, über Mittag durchzuarbeiten, um den gottverdammten Code zu reparieren.«

»Nicht heute. Heute will dein bester Freund dich ausführen. Dann kannst du den gottverdammten Code reparieren.«

»Na gut.« Zum ersten Mal an diesem Tag lächelte ich. »Ich treffe dich in zehn Minuten in der Lobby.«

Auf dem Weg zurück zu unserem Arbeitsbereich, um dem Team zu sagen, dass ich zum Mittagessen gehe, hörte ich vertraute Stimmen aus dem Konferenzraum, wo wir vorhin so hart rangenommen worden waren.

»Es tut mir leid. So verdammt leid. Entschuldige, so *wahnsinnig* leid. Und jetzt wird Jay zur Sau gemacht, und es ist meine Schuld. Ich schätze, er war auch auf dich sauer.« Tylers Stimme brach.

»Es ist nicht deine Schuld«, sagte Alicia so sanft, dass selbst ich mich besser fühlte. »Wie ich in der Besprechung sagte, es ist meine. Ich habe euch denken lassen, ihr könntet unseren Prozess brechen. Ich habe den einfachen Weg gewählt. Das werde ich nicht wieder tun. Und du wirst mir nicht wieder den Lone Ranger spielen, oder?«

»Nein. Versprochen.«

Verdammt. Das waren Dinge, die ich ihm hätte sagen sollen. Aber hier war Alicia und war eine Führungspersönlichkeit. Nicht wie Cooper mit seiner blitzschnellen Wut oder wie ich mit meinen Witzen, sondern mit sanften Worten, die Tyler tatsächlich besser fühlen ließen. Sie war ein Profi. Ich tastete meine Taschen nach einem Notizblock ab.

»Du bist ein guter Programmierer.« Hinter dem Milchglas bewegte sich Alicias Gestalt näher an Tyler heran. Berührte sie seinen Rücken? Ich wünschte, ich könnte sehen, was sie tat. Damit ich mir Notizen über ihre Coaching-Methoden machen konnte. Nicht, weil ich mir wünschte, sie würde mir den Rücken reiben und alles wieder gut machen. »Du hast eine Menge Potenzial. Du musst nur an deiner Disziplin arbeiten. Ich möchte, dass du im nächsten Sprint wieder mit Amit zusammenarbeitest. Er ist beständig und vorsichtig, und du kannst eine Menge von ihm lernen.«

Im Gegensatz zu mir. Ich war ein Versager, der niemandem etwas beibringen konnte. Ich hatte versucht, alles zum Besseren zu wenden – das Projekt, mich selbst – und war trotzdem gescheitert. Die Hände in die Taschen schiebend, schlurfte ich zu unserem Arbeitsplatz, sagte Kevin, dass ich zum Mittagessen ging, und ging zurück zur Treppe, wobei ich meine Augen auf die Holzdielen gerichtet hielt, um nicht den Konferenzraum anzusehen, in dem Alicia Tyler zu einem besseren Programmierer machte, ohne teure Zertifizierungen oder dicke Programmierhandbücher.

»Jay!« Bevor ich die Chance hatte aufzusehen, wurde ich von Jamilas Jasminduft und ihrer Umarmung erdrückt. Ich umarmte sie ebenfalls.

»Was machst du hier?« Ich trat einen Schritt zurück und betrachtete ihren perfekt gebügelten, pflaumenfarbenen Hosenanzug und die kirschrote Seidenbluse. Die Farben leuchteten auf ihrer dunklen Haut.

Sie grinste. »Ich habe dir doch gesagt, dass ich nach dir sehen komme.«

»Du bist nicht den ganzen Weg von Kalifornien gekommen, um nach mir zu sehen.« Gott, ich hoffte nicht. Wenn ja, steckte ich in größeren Schwierigkeiten, als ich gedacht hatte.

»Sieht so aus, als hätte ich es tun müssen. Diese Stiefel? Einfach nein, Süßer.« Sie schüttelte den Kopf.

Ich blickte auf sie hinab. Wenn ich sie nur aufgeben könnte. Aber Cooper hatte die Botschaft noch nicht verstanden. »Wenn du in Austin bist, mach es wie die Austoner, richtig?«

»Austinites, Jay.«

»Wie auch immer. Warum *bist* du hier?«

»Ich halte morgen einen Vortrag bei der Texas Women Engineers' Association. Ich bin einen Tag früher mit Cooper hergeflogen, damit ich nach Alicia sehen kann. Und nach dir. Behandelst du sie gut?«

»Ähm …«

»Jamila!« Alicia joggte auf uns zu, mit offenen Armen. Für Jamila. Wie wäre es, wenn sie mich so ansehen würde, ihre Arme für mich öffnen würde? Der Himmel. Ich zog eine finstere Miene und vergrub meine Hände in den Taschen.

Die Frauen umarmten sich, dann trat Jamila einen Schritt zurück. »Benimmt dieser hier sich also?«

Alicias Augenbrauen schossen in die Höhe. »Oh, entschuldigen Sie bitte. Ich glaube nicht, dass Sie sich schon begegnet sind. Das ist Jackson Jones.«

Jamila lachte lauthals. »Sie hat dich durchschaut, Jay.« Sie hakte sich bei Alicia unter, drehte sich auf ihren rotbesohlten Absätzen um und schritt in Richtung Treppe. »Nun, erzähl mir alles.«

Ich beobachtete, wie ihre Köpfe, einer blond, einer schwarz, die Treppe hinunter verschwanden. Zwei kluge, erfolgreiche Frauen. Die eine mochte mich – oder nahm mich zumindest liebevoll hin – und die andere verachtete mich. Besonders nach meiner Rolle bei der heutigen Katastrophe. Und nachdem ich von Cooper zusammengestaucht worden war.

Ich kratzte mich am Bart. Alicia kannte mich erst seit zwei Wochen, und sie wusste bereits, was für ein Versager ich war. Sie hatte mich als ein Hindernis eingestuft, mit dem man umgehen und das man korrigieren musste. Nicht als Gleichgestellten oder Partner. Und sie hatte recht: Sie war heute als Führungspersönlichkeit aufgetreten, nicht ich. Ich konnte eine Menge von ihr lernen.

Ich musste den Kopf unten halten, tun, was mir gesagt wurde, die verdammte Arbeit machen. Mich wie ihr Teamkollege verhalten, nicht wie ein Rivale. Vielleicht würde sie mich immer noch hassen, aber zumindest würde ich nichts anderes mehr verbocken.

10

ALICIA

»DU KANNST es mir genauso gut erzählen. Ich erfahre es sowieso von Cooper. Oder Jay.« Jamila spießte elegant eine dünne Scheibe Hähnchen und ein gefaltetes Salatblatt auf, schob sich den Bissen in den Mund und fixierte mich, während sie kaute.

Ich stocherte mit der Gabel in meinem Salat herum und schob einen Würfel eingelegte Rote Bete in eine Ecke. Ekelhaft. Mein Magen war wie zugeschnürt, um etwas zu essen, also hatte ich dasselbe bestellt wie Jamila.

Sie hatte recht. Nicht mit dem widerlichen Rote-Bete-Salat, aber damit, dass ich eine Gelegenheit mit meiner Mentorin verstreichen ließe, wenn ich das nicht mit ihr durchging.

»Wir haben es vermasselt. *Ich* habe es vermasselt. Wir konnten Cooper heute Morgen nichts vorweisen. Einer der Programmierer hat über das Wochenende einen Bug eingebaut, der die Kompilierung verhindert hat. Nicht nur bei seinem Modul. Bei der ganzen Sache. Und es ist meine Schuld.«

»Wieso ist das deine Schuld?«

Ich stach auf eine Tomate ein, als wäre sie Jackson Jones' Gesicht. »Ich habe versucht, eine Kultur der Zusammenarbeit zu schaffen. Ich habe alle in Paare aufgeteilt. Aber als Jackson den Cowboy-Coder raushängen ließ und anfing, allein zu arbeiten, habe ich nichts gesagt. Ich habe ihn nicht gemaßregelt. Ich habe es ignoriert. Um gut miteinander auszukommen, weißt du? Und so dachte Ty – der andere Programmierer –, er könnte dasselbe tun. Uns alle mit neuen Funktionen überraschen. Jackson und Cooper beeindrucken.«

»Süße, dafür kannst du nicht die Schuld auf dich nehmen.« Sie tippte mit ihren pflaumenfarben lackierten Fingern auf die Tischdecke vor meinem Teller, um meinen Blick auf sich zu ziehen. »Das ist nicht deine Schuld.«

»Mein Job ist es, zu leiten. Normen festzulegen. Sicherzustellen, dass sich alle an die Regeln halten.«

Jamila schüttelte den Kopf. »Mädchen, du solltest es besser wissen. In ihren Köpfen sind Programmierer halb Bruce Willis in *Stirb Langsam* und halb Gandalf. Sie sind Künstler, die alles wissen. Der Versuch, sie alle in die gleiche Richtung zu bringen, ist wie Flöhe hüten oder Klapperschlangen. Oder klapperschlangenköpfige Katzen.«

»Ich weiß. Und trotzdem habe ich Cooper Fallon gesagt, dass ich das schaffe.«

»Das tust du auch. Es braucht nur Zeit.«

Die Erinnerung an seinen Gesichtsausdruck bei der missglückten Vorführung heute Morgen jagte mir einen Schauer über den Rücken. Und dann schickten seine knappen, wütenden Worte in seinem Büro einen zweiten Schauer hinterher. »Ich weiß nicht, wie viel Zeit ich noch habe. Cooper war ziemlich enttäuscht.« Eine Untertreibung. Er hatte mich zur Schnecke gemacht, sogar meine Qualifikationen infrage gestellt.

Und das Schlimmste war, dass ich für eine Sekunde erwogen hatte, Jackson die Schuld zu überlassen. Mein Herz hatte einen Sprung gemacht, als er aufgestanden war und zu sprechen begonnen hatte. Ich war mir fast sicher gewesen, dass er Cooper sagen wollte, er habe Tyler zu seinem Cowboy-Coding ermutigt. Aber selbst wenn das der Fall war, wollte ich nicht, dass Jackson mir zu Hilfe eilte. Das durfte ich nicht wollen. Ich konnte mich nur auf mich selbst verlassen. Also hatte ich ihn einfach übertönt.

Jamila tat meine Worte mit einer Handbewegung ab. »Cooper macht nur viel Wind.«

Ich zog die Augenbrauen hoch. »Willst du damit sagen, dass er unter all dem Eis ein großer Softie ist?«

Sie schnaubte. »Das habe ich *nicht* gesagt. Für seine Freunde würde er alles tun, aber alle anderen sind für ihn entweder ein Werkzeug oder ein Hindernis. Er weiß, dass du deine Arbeit machen und das Ruder rumreißen wirst.«

»Du hast mir mindestens ein Dutzend Mal gesagt, dass wir als Frauen in einem von Männern dominierten Bereich härter arbeiten, schneller sein und bessere Ergebnisse vorweisen müssen. Ich habe« – keine Angst, das würde ich nicht zugeben – »die Befürchtung, dass ich keine zweite Chance bekommen werde. Nicht so wie Jackson.«

»In Coopers Augen kann Jay nichts falsch machen. Du hast recht, dass er unendlich viele Chancen bekommen wird und du nicht. Aber du schaffst das. Ich glaube an dich. Sonst hätte ich dich gar nicht erst empfohlen.«

Jamila glaubte immer noch an mich. Und das bedeutete mir viel. Sie war die klügste Person, die ich je getroffen hatte. Sie hatte es von einer unterfinanzierten öffentlichen Schule in East Austin an die Stanford University geschafft. Sie hatte sich nicht um die Jobangebote gekümmert, die ihr Monate vor ihrem Abschluss vorgelegt worden waren; stattdessen hatte sie ihre App-Idee und ein kleines Erbe genommen und ihre eigene Firma aufgebaut. Jamilas Gesicht hatte letzte Woche während Noahs Untersuchung das Cover eines der Wirtschaftsmagazine im Wartezimmer geziert.

Wenn sie dachte, ich könnte es schaffen, war es einen weiteren Versuch wert.

»Danke, Jamila. Sowohl für die Empfehlung als auch für deine Unterstützung. Ich werde dich nicht enttäuschen.«

»Du würdest mich niemals enttäuschen, selbst wenn du heute

kündigen würdest.« Sie biss geräuschvoll in eine Karotte. »Und ich weiß, dass du dich selbst nicht enttäuschen wirst. Oder Noah. Wie geht es diesem süßen kleinen Racker?«

Noah. Ihr von seinem gebrochenen Arm zu erzählen, erinnerte mich an die Arztrechnung, die am Tag zuvor angekommen war. Es war genau der Betrag, den mir Dr. Ruiz' Assistentin genannt hatte, aber der Anblick der Zahl machte sie real. Selbst wenn ich vor dem Projekt kneifen wollte, konnte ich es nicht. Ich hatte Rechnungen zu bezahlen.

Außerdem, was für ein Vorbild wäre ich, wenn ich zwei Wochen nach Beginn meines ersten Beratungsauftrags aufgeben würde? Wenn ich aufgäbe, würde ich nie wieder eine solche Gelegenheit bekommen. Ich brauchte Coopers Empfehlung. Ich musste mich mehr anstrengen. Wie der Superheld aus dem Film musste ich wieder aufstehen, auch nachdem mich der heutige Tag niedergeschlagen hatte.

Als ich Jamila nach dem Mittagessen zu Coopers Büro begleitete, schenkte ich ihm mein strahlendstes Lächeln. »Ich werde die Remote-Demo einrichten, Mr. Fallon. Sie werden unsere Fortschritte bis Ende der Woche sehen.«

Er lächelte nicht zurück oder bat mich, ihn Cooper zu nennen. »Darauf verlasse ich mich«, war alles, was er sagte.

Ich trottete zurück zu unserem Team-Arbeitsbereich. Wir würden diesen Bug finden, wir würden Cooper Fallon bei unserer Demo von den Socken hauen, und ich würde mir diese verdammte Referenz verdienen.

Und es spielte keine Rolle, dass ich für eine Sekunde dachte, Jackson Jones könnte sich für mich einsetzen. Oder dass ich seinen Duft auch nach dem Verlassen des Büros nicht aus der Nase bekam. Er war eine Ablenkung, eine zusätzliche Herausforderung, nichts weiter. Ich durfte nicht zulassen, dass er meinem Erfolg bei diesem Projekt im Weg stand. Und ich musste erfolgreich sein – für Noah. Für Jamila. Und für mich selbst.

11

JACKSON

ALICIA WEBER WAR NICHT PERFEKT.

Ich meine, niemand ist perfekt. Selbst Cooper hatte seine aufbrausende Art. Aber Alicia schwebte jeden Tag ins Büro, perfekt zurechtgemacht, keine einzige Haarsträhne ihres verfluchten Dutts saß falsch, und sie kam nie zu spät. Sie wusste immer, was sie sagen und tun musste, um das Team zu motivieren. Tyler fand fast täglich einen Grund, sie um Rat zu fragen.

Außer.

Sie hatte uns für den nächsten Sprint wieder zum Pair Programming verpflichtet und viele Worte über Kollaboration, Teamwork und darüber verloren, um Hilfe zu bitten und die Dinge nicht im Alleingang durchzuziehen.

Das hatte anderthalb Tage gehalten.

Sie und ich hatten uns wieder zusammengetan – genau wie früher im Sportunterricht, als mich sonst niemand gewählt hatte – und sie hatte meine Navigation einen ganzen Tag lang ertragen und bis zum Mittagessen am nächsten. Als dann alle anderen zu dem Foodtruck getrottet waren, der draußen vorgefahren war, hatte sie mir gesagt, ich solle schon mal vorgehen, sie würde noch ein bisschen allein weiterarbeiten. Und als ich zurückkam, hatte sie gemeint, warum ich mir nicht etwas anderes vom Board nehmen und daran arbeiten würde.

Vor dem Rest des Teams tat sie so, als würden wir zusammenarbeiten. Aber das taten wir nicht. Es sei denn, man betrachtete es als Zusammenarbeit, wenn man mit Kopfhörern nebeneinander an verschiedenen Teilen des Programms arbeitete.

War schon in Ordnung. Wenn sie von mir wollte, dass ich sie in Ruhe ließ, konnte ich das tun.

Außer.

Ich hatte einen Bug in ihrem Code gefunden.

Heute Abend hatte ich weitergearbeitet, nachdem alle anderen nach Hause gegangen waren. Ich konnte es nicht ertragen, in dieses einsame Apartment zurückzukehren, das voller anderer Außenseiter auf Zeit und geschiedener Innenstadtbewohner war. Ich verstand mich gut mit meinen Nachbarn über mir und hatte im Fitnessstudio einen Trainingspartner, Rick, kennengelernt, aber ich hatte niemanden, den ich einen Freund nennen konnte.

Noch schlimmer war es, auf der nahe gelegenen Sixth Street auszugehen. Dort fand ich jede Menge Frauen. Aber Austin war eine Universitätsstadt, und nach dem Praktikantinnen-Schock vom letzten Frühling sahen sie für mich alle wie Collegeschnitte aus. Und ich würde nie, nie wieder eine von denen anfassen. Selbst die, von denen ich sicher war, dass sie älter waren, die die ein oder andere graue Strähne oder Spuren von Lachfalten auf den Wangen hatten, konnten mein Feuer nicht entfachen.

Vielleicht machte der Zölibat süchtig, wenn man einmal damit angefangen hatte, so wie Rauchen. Oder – das gestand ich mir spät in der Nacht ein, die Hand in meiner Hose – vielleicht bekam ich Alicia einfach nicht aus dem Kopf. Niemand sonst kam an sie heran. Nicht, seit mein verschrumpeltes Herz wieder zu flattern begonnen hatte, als ich mit einem Finger ihre weiche Haut berührt hatte, als ich ihr Haar über dieses lächerliche Lightning-McQueen-Pflaster gestrichen hatte.

Da ich also nach der Arbeit keine sozialen Kontakte hatte,

hatte ich wieder lange gearbeitet. Und nachdem ich meinen Code fertiggestellt hatte, hatte ich Alicias überprüft, den sie natürlich wie eine brave kleine Programmiererin in das Repository geladen hatte. Da wir ja zusammenarbeiten sollten, war es nur logisch, dass ich ihn kontrollierte.

Und ich fand einen Bug. Es war keiner, der die Kompilierung verhindern würde, wie dieser üble in Tylers Code am Montag, aber er würde die Dinge durcheinanderbringen, genug, dass wir ihn loswerden mussten.

Aber selbst ich war nicht mutig genug, in Alicias Code herumzupfuschen.

Also schrieb ich ihr eine SMS.

ALICIA WEBER

Hab einen Bug in deinem Code gefunden.

Entschuldigung, wer ist da?

Hier ist Jackson Jones.

Woher hast du meine Nummer?

Deine Visitenkarte?

Schon gut. Ich bin der Firmengründer. Ich habe gottgleichen Zugriff auf unser HR-System.

Die Schreibblasen erschienen und verschwanden, bis ich es leid war zu warten.

Jedenfalls ist da ein Bug in deinem Code.
Dachte, du solltest es wissen.

Und du willst mir jetzt sagen, welcher das ist?

Vielleicht. Aber das hat seinen Preis.

Einen Preis?

Ich hatte nicht vorgehabt, mit ihr zu flirten. Ich hatte sie auflaufen lassen und sie dann schmoren lassen wollen, bis sie es am nächsten Morgen beheben konnte, ohne dass jemand außer mir davon wusste. Aber dann gingen meine Daumen mit mir durch.

Ich denke, ein Informationsaustausch wäre angebracht. Ich sage dir, was der Bug ist, du sagst mir, wohin du dienstags und donnerstags gehst.

Das glaube ich kaum. Ich finde ihn morgen selbst.

Nein, warte! Wie wäre es, wenn ich drei Versuche habe?

Was?

Du gibst mir drei Versuche, sagst mir, ob ich richtig oder falsch liege. Dann sage ich dir, was es mit dem Bug auf sich hat.

Zwei Versuche.

Warm oder kalt?

Nein.

Na gut. Du bist eine internationale Spionin und dienstags und donnerstags gehst du ins mexikanische Konsulat, um deinen Liebhaber/Zielperson zu treffen.

Ich glaube, du weißt, dass das ein Nein ist.

Einen Versuch war es wert

Nicht wirklich.

Du bist eine Teilzeitnonne und dienstags und donnerstags benutzt du deine Kornetthaube, um durch die Stadt zu fliegen und Kätzchen und Waisenkinder zu retten.

Kornetthaube?

Das ist ein Teil der Ordenstracht einer Nonne.

Das klingt nicht mal wie etwas Echtes.

Ist total echt. Wie wäre es mit einem Tipp?

Du würdest einen Tipp nicht mal verstehen, wenn er gratis in einer Packung Cocoa Puffs wäre.

Autsch! Die Frau war ganz schön schlagfertig. Aber ich konnte auch austeilen, also biss ich die Zähne zusammen und erzählte ihr von dem Bug. Sie hatte den Anstand, sich bei mir zu bedanken – ich hatte ihr Unvollkommenheit vorgeworfen, nicht Unhöflichkeit –, schrieb, dass sie losmüsse, und antwortete danach auf keine meiner SMS mehr.

Ich habe nur zwei geschickt. Oder vielleicht fünf.

Ich hoffte, sie hat sie gelöscht.

12

ALICIA

ICH STECKTE den Schlüssel ins Zündschloss, drehte ihn aber nicht um. Stattdessen warf ich einen Blick in den Rückspiegel auf Noahs finsteres Gesicht.

»Warum hast du mir nicht gesagt, dass du im Englischunterricht durchfällst?«

Er zuckte mit den Schultern. Sein neongrüner Gips klatschte auf seinen Schoß.

Noah würde seine Teenagerjahre nicht erleben, wenn er nicht aufhörte, bei mir mit den Schultern zu zucken.

»Wusstest du es und hast es mir verschwiegen, oder wusstest du es nicht?«

»Ich habe gedacht, dass es vielleicht nicht so gut läuft.«

»Und warum hast du es mir nicht gesagt?«

Er zuckte wieder mit den Schultern.

»Weil du Angst hattest, dass ich wütend werde? Denn nachdem ich wie bei einer Inquisition vor einem Gremium deiner Lehrer gesessen habe, bin ich ziemlich wütend.«

»Sorry«, murmelte er.

»Sorry ist ein guter Anfang. Wie wär's mit: ›Alicia, ich

verspreche dir, dass ich meine Noten nie wieder vor dir verheimlichen werde.‹«

Er starrte auf seinen Schoß und murmelte etwas.

»Was war das?«, fuhr ich ihn an.

»Ich verspreche es.«

»Okay. Gut. Und ich verspreche dir, wenn du mir sagst, dass du in Schwierigkeiten steckst, werde ich dich nicht anschreien. Ich werde dir Hilfe holen. Geht das in Ordnung?«

Er hob nicht den Blick. »Ja.«

»Okay.« Ich drehte den Schlüssel im Zündschloss und ließ Beyoncé das Auto erfüllen.

Fünf Minuten später, als wir in die Einfahrt einbogen, sprach er wieder. »Wirst du es Oma Diane und Oma Esmy erzählen?«

Ich stellte den Motor ab und drehte mich im Sitz zu ihm um. »Das hatte ich vor. Ich denke, das ist ein Notfall, bei dem alle anpacken müssen. Ich denke, wir können jede Hilfe gebrauchen, die wir kriegen können, meinst du nicht auch?«

Er zuckte zum ungefähr fünfundsiebzigsten Mal mit den Schultern. »Ich schätze schon.«

»Schäm dich nicht dafür. Es ist nichts dabei, um Hilfe zu bitten. Verstanden?«

Er verzog das Gesicht. Er war eindeutig ein Weber.

Ich stieß die Tür auf und wartete, bis er mit seinem Rucksack, der mehr wog als er selbst, vom Rücksitz geklettert war. Wir gingen durch die Hintertür hinein, wo ich aus meinen Absätzen schlüpfte und meine Akten- sowie meine Handtasche in das Fach stellte, das ich in seinem Alter für meinen eigenen Rucksack benutzt hatte. Während Noah sich um seine Schuhe und seine Tasche kümmerte, ging ich in die Küche und atmete tief den Duft von Mamas Kochkünsten ein.

»Spaghetti mit Fleischbällchen?« Ich beugte mich über den blubbernden Soßentopf.

»Sie sind vegan«, flüsterte sie. »Verrat es nicht.«

Ich bemerkte einen Maiskorn, der an die Oberfläche der Tomatensoße stieg. »Ich glaube, das werden sie schon merken. Versuch's nächstes Mal vielleicht mit diesem Fleischersatzzeug.«

Spaghetti mit veganen Bällchen täuschten niemanden, aber mit genügend Käse und Knoblauchbrot waren sie ein Hit. Mamas Lieblingswitz war, dass ihre hausgemachte Pastasoße alles retten konnte – außer ihrer Ehe. An diesem Abend dachte ich, sie könnte recht haben.

Mama wartete, bis Noah nach einem zweiten Stück Knoblauchbrot griff, um zu fragen: »Also, worum ging es bei dem Gespräch?«

Ich nickte Noah zu, der schluckte und tief Luft holte. »IchfalleimEnglischunterrichtdurch«, sagte er in einem Rausch.

Genau wie die fleischlosen Fleischbällchen kam er damit nicht durch. »Du fällst im Englischunterricht durch?«, fragte Esmy und legte ihre Serviette ab. Noahs Abneigung gegen das Lesen beleidigte ihre Schulbibliothekarinnenseele.

Er nickte. Wenigstens zuckte er bei ihr nicht mit den Schultern.

»Was ist passiert?« Esmy sah mich an.

Jetzt zuckte ich mit den Schultern. »Die Unterlagen waren alle zerknüllt ganz unten in der Tasche. Ich hätte sie unterschreiben sollen, aber ich habe sie nie gesehen. Seine Lehrerin meinte, ich müsse ihm eine spezielle Mappe für Arbeiten besorgen, die zu Hause durchgesehen und unterschrieben werden müssen.«

»Das klingt nach einem guten System.«

»Wir haben noch zusätzliche Mappen in der Schreibtischschublade.« Mama nickte in die Ecke der Küche, in der sie, Esmy und ich abwechselnd die Haushaltsfinanzen erledigten.

»Ich denke, wir müssen in Betracht ziehen« – ich holte tief Luft –, »die außerschulischen Aktivitäten zu reduzieren.«

»Außerschulische Aktivitäten?«, sagte Esmy. »Darauf hast du doch schon verzichtet. Alles, was er jetzt noch macht, ist ...« Ihre Augen wurden groß.

»Fußball?« Noah legte sein Stück Knoblauchbrot hin. »Nein. Ich liebe Fußball.«

»Das ist seine einzige Chance, rauszukommen und herumzutoben«, sagte Esmy. »Kinder haben heutzutage kaum noch Zeit zum Spielen.«

Mama blieb stumm.

»Ich darf an den meisten Tagen nicht mal in die Pause gehen«, grummelte Noah. »Meine Lehrerin lässt mich drinnenbleiben, um meine Arbeit fertigzumachen.«

»Du verpasst die Pause?« Meine Stimme war zu hoch, zu laut. Ich griff nach meinem Wasser und schluckte es hinunter.

»Ja.«

Ich schüttelte den Kopf. »Dann denke ich –«

»Ich gebe ihm Nachhilfe«, unterbrach Esmy mich. »Nach der Schule werde ich mit ihm an seinen Hausaufgaben arbeiten.«

»Esmy –«, begann Mama.

»Nein, Diane. Ich möchte das tun. Damit er weiter Fußball spielen kann.«

Mama stand auf und nahm Esmys Teller, dann ihren eigenen.

»Noah«, sagte ich, »wenn Oma Esmy das für dich tut, musst du es ernst nehmen. Wir geben dem Ganzen ein paar Wochen, und wenn wir keine Verbesserung sehen, reden wir noch mal über Fußball. Verstanden?«

»Ja. Danke, Oma Esmy.«

Sie tätschelte seine Hand. »Stell deinen Teller in die Spülmaschine, und dann können wir anfangen.«

Ich holte eine Dose für die restlichen Veggie-Bällchen heraus und begann, sie hineinzuschaufeln. Mama ließ Wasser ins Spülbecken laufen. Selbst das rauschende Wasser klang wütend. »Ich kümmere mich darum, Mama. Du hast gekocht, ich mache sauber.«

Sie blickte über ihre Schulter zum Küchentisch, wo Noah ein Arbeitsbuch aufgeschlagen hatte. Mit leiser Stimme sagte sie: »Normalerweise mische ich mich nicht gern in deine Erziehung ein. Du bist schließlich sein Vormund.«

»Du kannst es immer noch nicht lassen. Nach sechs Jahren.«

»Nö.«

Mama und Esmy halfen uns sehr, sie hatten uns sogar beide in ihr Zuhause aufgenommen. Aber Melissa hatte Noah zu meiner Verantwortung gemacht, nicht zu Mamas. *Danke, Schwesterherz.* Ich stellte die Dose mit mehr Kraft als beabsichtigt auf die Arbeitsplatte. »Aber was, Mama?«

»Ich stimme Esmy zu. Noah muss rennen und spielen. Er ist erst zehn.«

»Mama, ich –« Ich hielt inne. Was wollte ich ihr sagen? Dass sie vielleicht auch damit gedroht hätte, ihn vom Fußball abzumelden, wenn sie in dem zu kleinen Stuhl bei dieser Inquisition gesessen hätte? Dass ich zustimmte, dass er wie andere Kinder rennen und spielen sollte, aber dass andere Kinder nicht im Englischunterricht durchfielen und Gefahr liefen, sitzenzubleiben? Dass das Letzte, was der arme Noah brauchte, ein weiterer Grund war, in der Schule verspottet zu werden?

Am Ende sagte ich etwas, das ehrlicher war, als ich beabsichtigt hatte. »Ich weiß nicht, was ich tue.«

Sie schenkte mir ein trauriges Lächeln. »Schätzchen, egal, was andere sagen, keiner von uns weiß, was er tut. Du musst es Tag für Tag nehmen und dein Bestes geben. Ich wusste verdammt noch mal nicht, was ich tat, als ich mit siebzehn schwanger war und jemanden heiratete, den ich nicht liebte. Aber aus Melissa ist etwas geworden. Aus dir auch.«

Wir waren nie der umarmende Typ, also tätschelte ich ihren Arm, als ich zum Kühlschrank ging.

»Alicia, ich glaube, dein Handy bimmelt«, rief Esmy.

»Bimmelt oder summt es?«, fragte ich.

»Eindeutig bimmelt es. Oh. Weißt du was? Es klingt wie dieses Lied ›You're So Vain‹. Wer hat das gesungen, querida?«

»Carly Simon«, rief Mama zurück.

»Oh, Mann«, war der jugendfreie Ausruf, den ich benutzte, als ich an Noah vorbeiging.

»Scheiße«, war das, was ich murmelte, als ich mein Handy aus meiner Aktentasche kramte und feststellte, dass es eine Nachricht von Jackson war. Hatte er einen weiteren Fehler gefunden? Ich wusste, wir hätten mit dem Pair Programming weitermachen sollen, aber ich konnte keine seiner herablassenden Korrekturen mehr ertragen. Er war normalerweise nett dabei, aber musste er immer recht haben?

Ich lehnte mich gegen den Trockner und las seine Nachricht.

JACKSON JONES

Hey

Was

Ich war zu gereizt, um mich mit Satzzeichen aufzuhalten.

Wollte nur nach dir sehen. Du gehst freitags normalerweise nicht früher.

Ich ließ das Handy beinahe fallen. Jackson Jones machte sich Sorgen um mich?

Ich meine, musstest du zu deinem Kontakt bei Gurusoft eilen, um ihm zu erzählen, wie großartig unser Code ist?

Hör auf zu fischen. Du hast nichts im Tausch für deine schrecklichen Vermutungen.

Zumindest hoffte ich, dass er nichts hatte.

Du hast doch nicht etwa noch einen Fehler gefunden, oder?

Ich hielt den Atem an, während die Punkte auftauchten, die anzeigten, dass er eine Antwort tippte.

Nicht im heutigen Code. Hoffe, morgen etwas zu finden.

Sadist.

Nur, wenn du darauf stehst.

Mein Atem beschleunigte sich. Flirtete er mit mir? Ich hatte es beim letzten Mal, als wir uns geschrieben hatten, vermutet, aber als er bei der Arbeit vollkommen professionell gewirkt hatte, hatte ich den Verdacht abgetan und gedacht, ich hätte zu viel in seine Nachrichten hineininterpretiert. Aber diese letzte Nachricht hatte eine riesige Grenze überschritten.

Und das Schlimmste war, dass es mir nicht missfiel.

Mein Handy sang erneut.

Sorry. Weiß nicht, was in meine Daumen gefahren ist.

Ich blinzelte. *Na gut.*

Mach dir keine Sorgen. Wir sehen uns morgen.

Als Frau in der Technologie – als Frau, Punkt – hatte ich reichlich Einladungen zu Drinks, sexuelle Anspielungen und unaufgeforderte Schwanzbilder erhalten, obwohl, Gott sei Dank, nie den Penis eines Arbeitskollegen. Aber Jacksons Witz gab mir nicht das Gefühl, vollgeschleimt worden zu sein, oder Scham, als hätte ich ihn denken lassen, ich sei interessiert, obwohl ich es nicht war.

Nein, es fühlte sich an wie ein paar Kollegen, die herumwitzelten und sich ein wenig aufzogen. Wie meine Nachrichten mit Tiannah.

Oder ... dass mein Kollege nach mir sah. Als ob er sich sorgte.

Und das war schlimmer.

Denn wenn das Projekt endete, würde ich zum nächsten Auftrag übergehen und Jackson würde nach San Francisco zurückkehren. Wir waren keine Kollegen. Er war ein Kunde, und ich war eine temporäre Beraterin.

Witze – Freundschaft – Fürsorge – hatten in unserer Beziehung keinen Platz.

Rein. Raus. Zurück zu meinen Verpflichtungen zu Hause, bis Noah wieder auf Kurs war. Weiter zum nächsten Auftrag.

Keine Zeit, jetzt den Fokus zu verlieren. Ich löschte die Nachrichten.

———

DAS BILD auf dem Videobildschirm war so klar, dass ich die Röte sehen konnte, die Cooper Fallons Hals hochkroch und seine markanten Wangenknochen erreichte. Dieser gemeißelte Kiefer zuckte.

Letzte Woche hatte Tiannah mir einen Link zu einem Beitrag auf einem Sabber-Blog geschickt: »Dreißig sexy Nerds, die dir einen Gehirn-Ständer verpassen.« Sie hatte hilfsbereit darauf hingewiesen, dass Cooper und Jackson auf der Liste auf den Plätzen zwölf bzw. dreizehn standen.

Offensichtlich hatte die Bloggerin noch nie von Cooper Fallon den Arsch versohlt bekommen. Gleich zweimal. Denn ich konnte ihnen aus Erfahrung sagen, dass daran nichts Ständer-erregendes war. Meine Eierstöcke mussten auf Erbsengröße geschrumpft sein, denn er gab mir das Gefühl, zu dumm zum Leben zu sein, geschweige denn zur Fortpflanzung. Und das Kräuseln seiner Lippe sagte, ich sei so weit unter ihm, dass ich es nicht würdig war, in seiner Video-Gegenwart einen weiblichen Ständer zu bekommen.

»Dies ist die zweite Code-Überprüfung. Wie können Sie schon wieder nichts vorweisen?« Cooper stützte die Ellbogen auf den dunklen Holzschreibtisch in seinem Büro in der Zentrale. Hinter ihm befanden sich Bücherregale, durchsetzt mit großen Muschelschalen und ein paar Glaspokalen. Es war viel opulenter als das Büro, in dem er mich das letzte Mal fertiggemacht hatte, als er hier war. Er rieb sich die Schläfen.

Tyler stieß einen verzweifelten Laut aus, schnappte sich den Papierkorb und rannte hinaus, sodass Jackson und ich allein im Konferenzraum zurückblieben.

»Leider –«, begann ich.

Jackson unterbrach mich. »Es war mein Fehler. Ich habe versucht zu tun, was du mir gesagt hast –«

»Und was genau war das? Denn ich habe dir verdammt noch mal nicht gesagt, dass du es wieder vermasseln sollst. Ich bin mir ziemlich sicher, dass ich mich daran erinnern würde.«

Ich zuckte zusammen, und Jackson tat es auch. Aber er sagte: »Du hast mir gesagt, ich soll mir den Respekt des Teams verdienen. Also dachte ich, ich tue ihnen etwas Gutes. Wir haben lange gearbeitet, und ich habe Abendessen mitgebracht.«

»Ich sagte *verdienen*, nicht *kaufen*. Aber wie hat das Abendessen zu einem totalen Versagen geführt?«

»Ich habe Sushi bestellt. Wir haben einen Vegetarier in der Gruppe, aber er isst Fisch.«

»Sushi? In Austin, Texas?« Coopers Augenbrauen wanderten zu seinem Haaransatz. »Alicia, wie viele Meilen ist Austin vom Ozean entfernt?«

»Etwas mehr als dreihundert Kilometer vom Golf entfernt. Bis nach Galveston sind es etwas mehr als drei Stunden mit dem Auto.« Wir waren diesen Sommer mit Noah am Strand gewesen und hatten uns mit Shrimps vollgestopft. »Normalerweise bekommen wir guten Fisch –«

»Drei Stunden vom nächsten Gewässer entfernt. Scheint es eine kluge Idee zu sein, an einem solchen Ort Sushi zu bestellen?«

Das schien kaum eine respektvolle Art zu sein, mit einem Kollegen zu sprechen, geschweige denn mit seinem Geschäftspartner und Freund. Ich starrte angestrengt in die Kamera neben dem Videobildschirm. »Nur einen –«

»Schon gut, Alicia.« Jackson legte eine Hand auf meine, die ich um die Stuhllehne gekrallt hatte. Warm und ruhig, beruhigte mich seine Berührung wie eine Gewichtsdecke. Hatte ich mich gerade aufrichten und Cooper virtuell an die Gurgel gehen wollen? Nein. Zumindest hoffte ich das nicht.

»Fahren wir mal einen Gang runter, Coop.« Jacksons Stimme nahm ein tiefes Grollen an, das meine Nerven beruhigte.

»Einen Gang runterfahren?« Coopers Stimme wurde lauter. »Ich muss keinen Gang runterfahren. Du musst einen Gang hochschalten. Hör auf, da in Austin rumzuspielen, und schreib verdammt noch mal Code. Hast du die entscheidende Bedeutung dieses Projekts vergessen, Jackson? Denn ich habe es verdammt noch mal nicht.«

Ich umklammerte die Armlehne des Stuhls. Wie konnte Jackson diese Art von Misshandlung so ruhig hinnehmen?

Jackson drückte kurz meine Hand und hob sie dann, als er mit den Schultern zuckte. »Hör zu, ich habe nicht darüber nachgedacht, okay? Ich habe getan, was ich zu Hause getan hätte. Ich wusste nicht, dass das Sushi alle krank machen würde.«

Er hatte es letzten Donnerstag getan, nachdem ich für den Tag gegangen war. Jeder, der das Sushi gegessen hatte, einschließlich Jackson, hatte den Freitag und das Wochenende mit Kotzen verbracht. Nachdem ich Jacksons klägliche Nachricht gelesen hatte, hatte ich unser Modul fertiggestellt, aber obwohl ich am Samstag und Sonntag stundenlang gearbeitet hatte, war ich nicht in der Lage gewesen, die Arbeit aller fertigzustellen. Zumindest hatte ich dieses Mal Cooper eine E-Mail geschickt und ihm gesagt, er solle nicht nach Austin kommen. Die Hälfte des Teams war heute noch krank.

»Vier Wochen unseres Zeitplans sind vergangen. Wir haben nur noch sechs Wochen. Wie wollt ihr rechtzeitig fertig werden, wenn ihr immer weiter in Verzug geratet?«

Jackson und ich sprachen gleichzeitig. Ich sagte: »Wir werden uns die Funktionen ansehen, schauen, was wir entfernen können, und hart daran arbeiten, das Minimum Viable Product rechtzeitig zu liefern.« Das war die richtige Antwort. Die, die Cooper hören wollte. Jackson hingegen sagte: »Software ist eine Kunst. Man kann keinen Zeitplan darauf anwenden. Es ist fertig, wenn es fertig ist.«

Wir sahen uns schockiert an. Wie zum Teufel sollten wir zusammenarbeiten, wenn wir diametral entgegengesetzte Philosophien zum Software-Projektmanagement hatten?

Cooper muss den gleichen Gedanken gehabt haben. »Wie konntet ihr zwei darüber noch nicht einmal reden? Was zum Teufel habt ihr die ganze Zeit gemacht?«

Außer sorgfältig zu vermeiden, mit Jackson zu programmieren, Tyler zu betreuen und den Rest des Teams zu managen? Mich um Noah zu sorgen, zwanghaft jeden Abend seinen Rucksack zu überprüfen und eine tägliche Korrespondenz mit seinem Englischlehrer zu führen. Aber das würde ich auf keinen Fall sagen. Cooper wollte mich als einen Automaten sehen, der am Ende des Arbeitstages herunterfährt und am nächsten Tag um acht Uhr morgens wieder hochfährt.

Coopers Augen flammten auf. »Jackson, das hast du nicht getan. Nicht nach dem, was im Mai passiert ist.«

Was nicht getan? Ich sah zwischen Jacksons blassem Gesicht neben mir und Coopers rotem Gesicht auf dem Videobildschirm hin und her.

»Moment mal, Cooper.«

Endlich würde er für sich selbst einstehen.

Farbe kroch Jacksons Wangen hoch, und seine Augen blitzten. »Du überschreitest eine Grenze. Was im Mai passiert ist, ist für unsere Beraterin nicht relevant.«

Er hatte *Beraterin* wie ein Schimpfwort klingen lassen. Wo zum Teufel kam das alles her? Warum war ich plötzlich das Ziel des Spottes beider Männer?

»Ich kann nicht glauben, dass du unsere Beraterin verführen würdest. Verdammt, jetzt muss ich einen anderen Ort finden, wohin ich dich schicken kann.« Er rieb sich die Schläfe. »Vielleicht unser Büro in Delhi.«

Ich hörte auf zu atmen. Hatte Cooper Fallon mich beschuldigt, mit meinem Kunden zu schlafen?

Jackson stand auf, Feuer in seinen Augen. »So, jetzt warte mal eine gottverdammte Minute. Ich schlafe nicht mit Alicia. Wir sind Arbeitskollegen. Das ist alles. Du weißt, ich würde dich nie anlügen, Coop.«

Die Männer starrten sich an, Jacksons Wut schmolz langsam

Coopers Eis wie ein Schweißbrenner. Stumme Worte wurden zwischen ihnen ausgetauscht, so wie Melissa und ich früher ohne Worte sprachen, um zu wissen, was die andere dachte. Obwohl wir das nie zweitausend Meilen voneinander entfernt über eine Videokonferenzanlage getan hatten.

Ich stand auch auf. »Absolut nicht. Wir mögen uns nicht einmal.«

Als Jackson mich ansah, hatten seine Augen ihren Glanz verloren.

»Ich meine, wir sind streng professionell. Ich – ich muss dich nicht mögen.« Ich schloss die Augen. Scheiße, ich ritt mich immer tiefer rein. Einer von ihnen würde mich sicher feuern, und dann könnte ich die Lebensversicherungsprämie nicht bezahlen, die Ende des Monats fällig war.

Und das Schlimmste war, dass es eine Lüge war. Ich mochte Jackson. Oder respektierte ihn zumindest. Obwohl es mich wahnsinnig machte, mit ihm zu programmieren, war er brillant. Und witzig. Er tat so, als ob ihm das Team am Herzen lag. Er hatte daran gedacht, ihnen Abendessen zu kaufen, auch wenn er mit einer schlechten Sushi-Lieferung Pech gehabt hatte. Er hatte nach mir gesehen, an dem Tag, als ich wegen Noahs Konferenz früher gehen musste.

Verhielt er sich wie eine Primadonna? Ja. Dachte er, er wüsste mehr über das Programmieren als ich? Absolut ja, und so sehr ich es hasste, es zuzugeben, er hatte recht. Sah er auf mich herab, weil ich eine Frau war? Tat er so, als ob ich sein Ego bedrohte, weil ich Programmierkenntnisse hatte *und* Röcke trug? Nein, und das unterschied ihn von den meisten Männern, mit denen ich gearbeitet hatte.

Aber was zum Teufel hatte er im Mai getan? Das musste kurz bevor er nach Austin gekommen war, gewesen sein. Es musste ziemlich schrecklich gewesen sein, um zu einem Exil zu führen. Ich warf ihm einen verstohlenen Blick zu, aber er starrte Cooper auf dem Bildschirm an, die Spitzen seiner Wangenknochen rot gefärbt.

Ich schüttelte den Kopf. Unabhängig von unseren Meinungen übereinander mussten wir zusammenarbeiten, um dieses Projekt abzuschließen.

»Hören Sie, Mr. Fallon –«

»Cooper«, knurrten sie gleichzeitig.

»–wir hatten ein paar Rückschläge. Aber ich weiß, dass wir mit dem Talent im Team das Ruder herumreißen und pünktlich fertig werden können. Geben Sie uns noch zwei Wochen. Ich verspreche Ihnen, wir werden Sie nicht enttäuschen.«

Coopers Blick wanderte zu Jackson, der sein Kinn einen Bruchteil eines Zolls senkte.

»Gut. Aber ich will einen täglichen Fortschrittsbericht, Alicia. Versuchen Sie nicht, etwas zu verbergen.«

»Das würde mir nicht im Traum einfallen. Und ich – wir werden Sie nicht enttäuschen.«

Er blickte mich lange an, und obwohl mir die Augen brannten, blinzelte ich nicht, bis er wieder zu Jackson sah. »Du bleibst«, sagte er. »Alicia, wir sehen uns in zwei Wochen.«

Auf dem Weg zu unserem Arbeitsbereich hielt ich am Kühlschrank an und schnappte mir so viele Dosen Ginger Ale, wie ich tragen konnte. Wir würden für nichts anhalten, bis wir Cooper etwas Großartiges zu zeigen hatten.

Und was Jackson Jones betraf, so würde es keine Nachrichten nach Feierabend mehr geben. Ich würde nicht zulassen, dass auch nur der Hauch von Verbrüderung in meine Nähe kam. Nichts würde Weber Technology Consulting daran hindern, Cooper Fallons Referenz zu verdienen.

13

JACKSON

STUNDEN nach dem Telefonat mit Cooper war ich voll konzentriert und Led Zeppelin dröhnte aus meinen Kopfhörern, als mir jemand auf die Schulter tippte.

Ich nahm meine Kopfhörer ab und drehte mich um. Vor mir stand Tyler, seine Umhängetasche quer über der Brust. »Ich mache Feierabend. Oder brauchst du noch was?«

Wir waren die Einzigen, die noch in diesem Bereich waren, und in dem Abteil neben uns waren die Lichter bereits ausgeschaltet. »Wie spät ist es?«

»Viertel nach acht. Die Zeit aus den Augen verloren?«

»Anscheinend.« Ich hatte das Modul beinahe fertig, das ich eigentlich am Freitag vor dem Schlechte-Sushi-Vorfall hätte fertigstellen sollen.

»Kann ich dir bei irgendetwas helfen?« Er trommelte mit den Fingern an die Seite seiner Jeans.

»Nein, ich komme klar.«

»Oh.« Nickend schob er seine Brille hoch. »Okay.« Er nickte erneut, rührte sich aber nicht von der Stelle. »Geht es dir gut?«

»Meinst du wegen …« Ich rieb mir den Bauch. Meine Bauchmuskeln schmerzten immer noch von der ganzen Kotzerei am Wochenende.

»Na ja, deswegen und wegen … allem. Cooper.«

Niemandem im Team konnte entgangen sein, dass ich wie ein ungezogener Sechstklässler im Konferenzraum zurückgeblieben war. Alicia hatte ihnen wahrscheinlich erzählt, dass das Meeting nicht so gut gelaufen war. Mein Magen drehte sich um, und diesmal nicht wegen schlechtem Sushi. Sondern bei der Erinnerung daran, was Cooper Alicia beinahe über mich und die Praktikantin erzählt hatte. Scheiße, was würde sie von mir halten, wenn sie es wüsste?

Ich wünschte, ich könnte alles rückgängig machen. Die zusätzlichen Tequila-Shots, die nach der Standpauke von Weston, dem CEO, wegen meines Verhaltens außerhalb des Büros wie eine gute Idee gewirkt hatten. Sicher, ich hatte nach dem Grand Prix einen Tag gefehlt, und es hatte vielleicht ein oder zwei Boulevardfotos von mir gegeben, oberkörperfrei, mit einer hübschen Frau – oder vier. Ich war in einen Schampusregen geraten. Okay, es war meine Flasche Champagner gewesen.

Nachdem Weston mich zur Schnecke gemacht hatte, hatte ich die nächstgelegene Bar zum Büro aufgesucht und versucht, mit Tequila runterzukommen. Das Einzige, was er bewirkt hatte, war, meine Sicht so zu trüben, dass ich nicht sah – oder es mir egal war –, dass die Rothaarige, die mir von der anderen Seite der Bar zuzwinkerte, zehn Jahre jünger war als ich. Ein Gefühl der Rücksichtslosigkeit hatte mich überwältigt, als sie mich vor der Herrentoilette abgefangen und mir all diese schmeichelhaften Dinge ins Ohr geflüstert und meine Jeans im Schritt betastet hatte. Ich dachte mir, ich könnte mich genauso gut wie der Versager aufführen, für den Weston mich hielt. Wenn ich schon für das Verbrechen büßen musste, warum es dann nicht auch begehen? Er fand diese Bilder von unschuldigem Feiern schlimm? Vielleicht würde mich irgendein Paparazzo dabei erwischen, wie ich diese nur allzu willige Frau an der Rückwand der Bar vögelte. Versuch das mal zu vertuschen, Weston.

Wenn ich nur neben dem Jackson von vor drei Monaten stehen, ihm den letzten Tequila-Shot wegnehmen, ihn stattdessen ein Glas Wasser exen lassen und ihm sagen könnte, er solle zur Tür hinausgehen und nach Hause fahren. Wäre ich nach Hause gegangen, hätte ich lachen können, als ich am nächsten Morgen meinen verkaterten Arsch in ein Meeting geschleppt und sie, die Rothaarige, dort vorgefunden hatte, wie sie Notizen auf einem Tablet machte. Ich hätte mir zu meinem Entkommen gratulieren können, während wir über Kater witzelten.

Aber für mich gab es kein Entkommen. Meine Haut hatte sich angefühlt, als wäre sie mit Bienen bedeckt, als ich in Coopers Büro gerannt war und meinen Quickie in der Seitengasse mit Callie gebeichtet hatte. Obwohl sie mir im Büro noch nie zuvor aufgefallen war und ich keine Ahnung hatte, dass sie unsere Praktikantin war, hätte ich sie trotzdem meiden sollen. Den Anschiss, den er mir verpasst hatte, hatte ich verdient.

Wie immer räumte Cooper meinen Mist auf. Verbannte mich nach Austin. Ließ Callie ihr Sommerpraktikum bei Synergy beenden und schickte sie mit einem netten Bonus und einem Empfehlungsschreiben weg.

Aber er würde es nicht noch einmal tun. Seine Drohung mit Delhi war leer gewesen. Das hier war meine letzte Chance. Ich wusste es. Cooper wusste es. Dieses Arschloch Weston wusste es. Wenn ich hier Mist baute, würde man mich bitten, mich beurlauben zu lassen. Möglicherweise für immer. Cooper würde mich nicht schützen können.

Ich richtete meine Aufmerksamkeit wieder auf Tyler. »Ja, ich komme klar.« Ich würde unauffällig bleiben und mir den Arsch abarbeiten. Nichts würde mich ablenken. Wenn es nicht eines von Coopers drei Geboten war – pünktlich guten Code zu produzieren, den Respekt des Teams zu verdienen oder zusammenzuarbeiten –, würde ich es nicht tun. Auf keinen Fall konnte ich in Schwierigkeiten geraten, wenn ich dem Weg folgte, den Cooper vorgegeben hatte.

»Und du und Alicia? Kommt ihr auch klar?«

»Ich und Alicia?« Vielleicht kam da der *Zusammenarbeiten*-Teil ins Spiel. Wir würden dort an diesem Schreibtisch sitzen, stur auf unsere Bildschirme starren, während der bitter-zitronige Duft ihres Tees in meine Nase stieg. Die Fassade des Pair-Programmings aufrechterhalten, damit Typen wie Tyler sich nicht schlecht fühlen, wenn sie Hilfe bei ihrem Code brauchten.

Aber wir würden absolut keine Grenzen überschreiten, wie Cooper es anscheinend dachte. Ich würde einen Streifen Klebeband – oder einen Stacheldraht – in die Mitte des Schreibtisches ziehen, wenn es sein müsste.

»Alicia und ich kommen klar. Getrennt voneinander kommen wir klar. Wie Sie sehen, komme ich hier klar, und sie kommt klar … woanders.« Zu Hause? Ich hatte noch nie über Alicias Zuhause nachgedacht. Vielleicht schlief sie wie ein Vampir in einer Gruft.

»Okaaay.« Er zwinkerte. Ich hatte den Code des texanischen Zwinkerns noch nicht geknackt. Zuerst hatte ich es für einen Flirt gehalten, aber dann zwinkerte mir die weißhaarige Frau, die meine Dose Deo an der Kasse im CVS-Supermarkt scannte, zu, als sie sagte: »Ich wünsche Ihnen noch einen schönen Tag.« Und der glatzköpfige, verschwitzte Kerl, der den Tamale-Wagen betrieb, zwinkerte immer und sagte: »Buen provecho«, wenn er mir die Tüte reichte. Also sagte ich nichts zu Tylers Zwinkern. Vielleicht war es wie ein Satzzeichen.

Er zuckte mit seiner Tasche. »Bleib nicht zu lange. Morgen ist auch noch ein Tag.«

Ich schenkte ihm ein gezwungenes Lächeln. »Danke. Bis dann.«

Wie viele Mörgen hatten wir noch, wenn wir dieses Projekt nicht rechtzeitig fertigstellten? Laut Cooper nicht viele. Er hatte gesagt, Weston mache wieder Lärm, unnötiges Personal abzubauen, um das Unternehmen schlanker und agiler zu machen. Ich hatte gedacht, wir wären schon verdammt agil, aber Cooper und Weston waren die Zahlentypen.

Wäre Tyler einer dieser unnötigen Mitarbeiter auf der Streichliste? Er würde sicher wieder auf die Beine kommen. Aber was war mit Alicia? Ohne Coopers gutes Wort würde sie nicht mehr viele so hochkarätige Aufträge wie diesen bekommen. Und ich konnte den Gedanken nicht ertragen, der Grund dafür zu sein, dass ihr Geschäft ins Stocken geriet.

Ich setzte meine Kopfhörer wieder auf und starrte auf meinen Bildschirm. Ich würde es für sie zu Ende bringen. Und für Tyler. Und für Cooper. Ich würde sie nicht im Stich lassen.

14

ALICIA

DAS KRATZEN von Noahs Bleistift auf dem Papier ließ mein Augenlid zucken.

Jackson hatte sein klackerndes Keyboard und seine Kopfhörer, aus denen die Musik drang. Tyler und die anderen Programmierer codierten ebenfalls zu Musik. Ich hingegen brauchte Stille. Besonders beim Debuggen.

Aber Noah kritzelte pflichtbewusst an seinem Buchreferat für den Deutschunterricht am anderen Ende des Küchentischs, und ich brachte es nicht übers Herz, ihm zu sagen, er solle einen leiseren Bleistift nehmen. Mom und Esmy waren schon ins Bett gegangen, und uns verband, dass wir beide noch lange arbeiteten.

Als ich versucht hatte, meinen Code zu kompilieren und auszuführen, hatte er einen Laufzeitfehler ausgeworfen. Ich hatte meinen Code überprüft, aber nichts gefunden. Dann hatte ich die anderen Module eins nach dem anderen durchgesehen. Und wessen Code machte meinem zu schaffen? Jacksons. Ich hatte früher zum Fußball gemusst, aber ich hatte mir geschworen, den Bug zu finden und zu beheben, bevor wir am nächsten Tag wieder zur Arbeit gingen. Wenn ich Glück hätte, würde er es nie erfahren, und wir könnten weiter als „Paar" arbeiten, mit dem Luxus, nicht miteinander sprechen zu müssen. Genau so, wie er es wollte.

Noahs Kopf schwankte, und er blinzelte angestrengt. Sein Bleistift war über die Seite gezackt, und er rieb den ungewollten Strich mit seinem Radiergummi weg.

»Hey, mein Freund, ich glaube, es ist Zeit fürs Bett.«

»Aber ich bin noch nicht fertig.«

»Du kannst morgen weitermachen. Ich schreibe dir eine Entschuldigung. Du kannst deiner Lehrerin zeigen, dass du angefangen hast.«

Er verzog das Gesicht und blickte wieder auf das Papier.

»Das wird schon. Ich verspreche es dir. Geh ins Bett. Du wirst dich morgen besser fühlen, wenn du schläfst.«

»Okay.« Er stand auf und streckte sich. »Nacht, Alicia.«

»Nacht, Noah.« Er schlurfte ins Bett, Tigger an seinen Fersen.

Ich richtete meine eigenen müden Augen wieder auf meinen Laptopbildschirm. Da war ein Codestück, das nicht ganz richtig aussah …

Mein Handy summte auf dem Schreibtisch. Wie eine Schlange schoss meine Hand vor, um es zu greifen. Es war nicht Carly Simon, und Jackson hatte mir seit Coopers Standpauke am Montag nicht mehr geschrieben; trotzdem hoffte ich insgeheim, dass er es irgendwie war. Ich würde ihm von dem Bug erzählen, und wir könnten herumalbern, so wie damals, als er diesen Bug in meinem Code gefunden hatte. Ich lächelte bei der Erinnerung an seine furchtbaren Vermutungen, was ich dienstags und donnerstags machte. Eine Klarinettistin.

TIANNAH

Wir konnten beim Spiel heute Abend gar nicht reden. Geht's dir gut?

Ich war in meinem Auto geblieben, ein Auge auf dem Spiel und das andere auf meinem Laptopbildschirm. Das war keine effektive Art, Fußball zu schauen oder Code zu debuggen, aber so war das Leben als berufstätige Mutter.

Sorry, musste im Auto arbeiten. Vermisse dich.

Hast du eine Minute zum Reden?

Ich hatte noch nicht einmal *Ja* fertig getippt, als mein Handy klingelte. Ich wischte, um anzunehmen. »Hey.«

»Hey, du. Stört es dich, wenn ich mich mal kurz auskotze?«

Ich lehnte mich auf dem steifen Küchenstuhl zurück und lächelte. »Schieß los.«

Sie legte mit einer Geschichte über die fiesen Elternbeirats-Mütter los. Eine schwächere Frau – ich – hätte das Feld schon vor Jahren geräumt. Aber Tiannah wollte sie nicht gewinnen lassen. Sie kämpfte bei allem gegen sie, von der Einrichtung eines nussfreien Bereichs in der Mensa bis hin zur Diversifizierung des Programms des Weihnachtskonzerts. Sie hatte einiges gewonnen und einiges verloren, aber sie beschwerte – oder brüstete – sich immer bei mir.

Nachdem sie ihre Geschichte beendet hatte und ich ihr gesagt hatte, dass sie natürlich recht hatte, hielt sie inne. »Geht's dir gut? Diane meinte, du hättest eine harte Woche bei der Arbeit.«

Ich rutschte auf dem Stuhl hin und her. »Es ist alles gut. Es ist nur …« Ich hatte nicht vorgehabt, es ihr zu erzählen, aber die Worte sprudelten nur so aus mir heraus. Tylers Patzer vor zwei Wochen. Mein gescheitertes Pair-Programming mit Jackson. Das Sushi. Coopers doppelte Standpauke. Die ganze Peinlichkeit, die Frustration, die Angst der letzten vier Wochen, die ich vor allen, einschließlich meiner besten Freundin, zurückgehalten hatte, kotzte ich aus wie schlechtes Sushi.

»Dieser Jackson Jones klingt nach Ärger«, sagte sie.

»So schlimm ist er nicht.« Ich biss mir auf die Lippe.

Aber Tiannah, meine beste Freundin, hörte die Worte, die ich nicht aussprach. »Nicht so schlimm?«

»Er ist ein großartiger Programmierer, und er hat mir so viel beigebracht. Er versucht, sich mit dem Team gut zu stellen. Sie zu einem engeren Team zu machen. Ich schätze, ich habe ihn anfangs falsch eingeschätzt. Ich hasse ihn nicht mehr.« Ich zuckte zusammen, froh, dass sie mich nicht sehen konnte.

»Wow. Du hasst ihn nicht? Meinst du damit, du magst ihn?«

»Nicht auf die Art.« Aber die Worte waren zu schnell herausgeplatzt. »Ich respektiere ihn.«

»Mädel, pass auf dich auf.«

»Ich weiß. Aber er ist anders als die anderen Kerle, mit denen ich gearbeitet habe.«

Tiannahs Schweigen zog sich in die Länge und ließ mich genau wissen, was sie dachte.

»Du weißt, ich würde nie –«

»Ich weiß. Aber Gefühle sind schwer zu bändigen.«

»Lass mich nur noch ein paar Tage für ihn schwärmen. Dann wird er sicher etwas Ärgerliches tun und mich daran erinnern, warum ich ihn ursprünglich gehasst habe.«

»Das tun sie immer, Süße. Aber ich weiß, dass du dich unter Kontrolle halten wirst. Du würdest nie dein Geschäft für einen Schwanz riskieren.«

»Ich habe nichts von einem Schwanz gesagt. Ich habe nur gesagt, dass ich den Kerl mag.«

»Alicia.« Ihre Stimme klang warnend. »Vergiss nicht, was wichtig ist.«

Noah. Und Weber Technology Consulting. *Konzentriere dich darauf, nicht auf deinen klugen Kollegen und seine flinken Finger.*

»Du schaffst das. Du wirst allen zeigen, wie klug und fähig du bist, und dann wirst du anfangen müssen, Angebote abzulehnen.«

Angebote ablehnen. Schön wär's. Im Moment musste ich die Arbeit fertigstellen, von der ich gesagt hatte, dass ich sie erledigen könnte. Und wie immer musste ich doppelt so viel leisten, um die gleiche Anerkennung zu bekommen.

»Kann ich irgendetwas tun, um zu helfen?«

Ach, weißt du, hilf mir, diesen Code zu debuggen, finde heraus, was mit Noah und dem Deutschunterricht los ist, und rede mir Vernunft ein,

damit ich nicht jedes Mal aufspringe, wenn ich eine SMS bekomme.
»Nein, bei mir ist alles gut. Danke, dass du nachfragst. Hab dich lieb.«

»Ich dich auch. Sehen wir uns am Donnerstag?«

»Ja.«

Mit einem Seufzer wandte ich mich wieder Jacksons Code zu, der sich leider nicht von selbst debuggt hatte.

15

JACKSON

ICH HIELT die Musik an und zog meine Kopfhörer ab. Ich hatte den ganzen Morgen nach dem verdammten Bug in meinem Code gesucht, aber er war besser versteckt als dieser Haarriss im Zylinderkopf meines Lamborghinis. Alicia programmierte immer in Stille; vielleicht könnte ich das verdammte Ding finden, wenn ich das auch versuchte. Ich überflog das Programm noch einmal.

Ein Schweißtropfen rann von meiner Schläfe in meinen Bart. Es war heute höllisch heiß im Büro. Hatten sie die Klimaanlage ausgeschaltet? Es war verdammt noch mal Oktober und es sollte nicht immer noch über dreißig Grad haben. Der menschliche Körper war nicht dafür gemacht, sechs Monate einer solchen Hitze zu überleben. Mein Körper war es nicht.

Ich warf einen Blick zu Alicia, die in ihrem schmalen schwarzen Rock und ihrer Seidenbluse sittsam tippte. Sie nippte an ihrem Tee. Heißer Tee bei solchen Temperaturen? Der mir inzwischen vertraute Duft stieg zu mir herüber. Earl Grey. Ich hatte in einer Nacht an allen Beuteln in der Küche geschnüffelt, um es herauszufinden. Er roch bitter, so wie damals, als mich ein Kind in der Schule herausgefordert hatte, eine Orange wie einen

Apfel zu essen, mit Schale und allem Drum und Dran. Tagelang konnte ich nichts anderes schmecken.

Sie hielt die Tasse unter ihre Nase und ließ den Dampf um ihr Gesicht wirbeln. Er streichelte ihre Schläfen, so wie ich es an jenem ersten Tag getan hatte. So, wie ich davon geträumt hatte, es wieder zu tun. Sie und ihr heißer Tee brachten mich ins Schwitzen. Ich rückte mit meinem Stuhl etwa fünfzehn Zentimeter von ihr weg, positionierte meine Tastatur neu und starrte wieder auf meinen Bildschirm.

Ein paar Minuten später knurrte mein Magen. Ah. Ich brauchte etwas zu essen, damit mein Gehirn richtig funktionierte. Ein paar Minuten weg vom Bildschirm würden mir guttun.

Ich stand auf, streckte mich und steckte mein Handy ein.

Alicia blickte von ihrem perfekten Code auf. »Gehst du zum Mittagessen?«

»Ja.« Dann hatte ich eine brillante Idee. Ich könnte mit Alicia über meinen Code sprechen. Vielleicht wäre das der Anstoß, der mir helfen würde, herauszufinden, was ich falsch gemacht hatte. »Willst du mitkommen?«

»Ähm.« Ihr Blick wich von meinem Gesicht ab. »Ich glaube nicht ...«

»Komm schon. Du brauchst eine Pause und etwas zu essen und ich auch. Warum gehen wir nicht zusammen? Dann kannst du sicher sein, dass ich pünktlich zurückkomme.« Und ich hätte nichts gegen etwas Zeit mit Alicia außerhalb des Büros einzuwenden. Vielleicht war sie dort weniger zugeknöpft. Würde sie mir noch ein paar weitere Versuche erlauben, ihre Verpflichtungen für Dienstag und Donnerstag zu erraten?

Sie schielte zum Fenster hinter mir, als ob sie das Wetter als Ausrede benutzen könnte. Aber es war heiß und sonnig, genau wie gestern und vorgestern und den ganzen verdammten Sommer über.

»Ich lade dich ein. Und du suchst das Restaurant aus«, sagte ich.

Sie seufzte, als wäre es eine riesige Zumutung, zum Mittagessen eingeladen zu werden. »Okay.« Sie holte ihre Handtasche aus der Schreibtischschublade, warf einen schnellen Blick auf ihr Handy und ließ es dann hineinfallen. »Gehen wir.«

Als wir ins Sonnenlicht traten, schob ich meine Sonnenbrille auf. »Wohin willst du gehen?«

Sie blickte nach links. »Mein Lieblings-Taco-Laden ist ein paar Blocks in der Richtung. Hast du Lust auf einen Spaziergang?«

»Du bist diejenige, die Absätze trägt.« Ich machte den Fehler, auf sie hinunterzuschauen. Heute waren sie beige mit einer Öffnung an der Spitze, wo ein glänzender, schwarz lackierter Zehennagel hervorlugte. Alicia trug schwarzen Nagellack? Hatte sie eine Art Gothic-Doppelleben? Vielleicht schlief sie doch in einer Gruft. Vielleicht waren Dienstag und Donnerstag die Nächte, in denen sie zu ...

Ich schlug mir fast mitten auf dem Gehweg gegen die Stirn. Natürlich! Sie hatte einen Freund. Es überraschte mich nicht, dass Alicias Liebesleben reglementiert war. Dienstags und donnerstags – und wahrscheinlich samstags, aber darauf hatte ich keinen Einblick – waren Verabredungen. Wie hatte ich das nach über einem Monat gemeinsamer Arbeit nicht herausgefunden? Am nächsten Mittwoch- oder Freitagmorgen könnte ich es bestätigen, indem ich ihr Gesicht auf ein Nachglühen überprüfte.

Nachglühen? Ich biss die Zähne zusammen.

»Jackson?« Sie war schon ein paar Schritte den Gehweg hinuntergegangen. »Kommst du?«

»Ja.« Ich joggte ein paar Schritte, um aufzuholen, und ging dann neben ihr, meine Converse schwiegen neben dem Klick-Klick-Klick ihrer Absätze. Wir kamen an Gruppen von Studenten der nahegelegenen Universität vorbei, an ein paar Jungs mit Skateboards, an anderen Technik-Typen aus den Dutzenden von Hardware- und Softwarefirmen, die uns umgaben, sogar an ein paar Anzugträgern von Politikern, die sich weit vom Kapitol-Komplex entfernt hatten.

Ich rieb mir über die Brustmitte und versuchte, das plötzliche Brennen zu lindern. Ich hatte kein Recht, eifersüchtig zu sein.

Alicia, unsere Beraterin, war tabu. Wir konnten nicht ausgehen. Es war wahrscheinlich gut, dass sie einen Freund hatte. Ich hatte in meinem Leben schon viele egoistische Dinge getan, aber ich hatte nie versucht, eine Frau zum Fremdgehen zu verleiten.

Außerdem hatte sie Cooper gesagt, dass sie mich nicht einmal mochte. Und das hatte mehr wehgetan, als es sollte. Es sollte mich definitiv nicht stören, dass sie jemand anderen traf. Ich versuchte, meinen Kiefer zu lockern.

Verdammt, warum war ich überhaupt hier und wollte mit ihr allein zu Mittag essen? Ich sollte sie nirgendwo anders als im Büro sehen. Ich blieb stehen. Ich würde behaupten, meine Magenverstimmung sei zurückgekommen.

Sie lief leicht die Stufen zu Linda's Taquería hinauf, einem baufälligen, einstöckigen Haus mit einer riesigen Holzterrasse dahinter. Sie drehte sich an der Tür um, ihr Gesicht war von unserem Spaziergang gerötet und die Haut, die durch den V-Ausschnitt ihrer zugeknöpften Bluse sichtbar war, glänzte. »Kommst du?«

Wem machte ich was vor? Ich würde Alicia überallhin folgen.

Wir gingen die Stufen hinauf und hinein, wo es herrlich dunkel und kühl war und nach Kreuzkümmel und Chili roch. Mein Magen knurrte.

»Ein Tisch für zwei?«, fragte die Gastgeberin.

»Ja, und können wir auf der Terrasse sitzen?«, fragte Alicia.

Auf der Terrasse? Meine schweißfeuchte Haut schrie nach dem klimatisierten Gastraum.

»Sicher.« Sie führte uns nach draußen auf die Terrasse, die von einer Pergola beschattet wurde. Blühende Ranken schlängelten sich zwischen den offenen Holzlatten darüber, was es nur geringfügig kühler machte als auf dem Parkplatz, wo ich Hitzewellen vom Kies aufsteigen sah.

»Draußen?« Ich ließ mich in den heißen Plastikstuhl fallen.

Sie vergrub ihre Nase in der laminierten Speisekarte. »Es ist heute so schön. Und ich dachte, wir könnten die frische Luft gebrauchen.«

Frische Luft, von wegen. Die Luftfeuchtigkeit verstopfte meine Lungen und machte mein T-Shirt schlaff wie einen Spüllappen.

Alicia bestellte ungesüßten Eistee und ich bat um eine Limonade. Ich wünschte, ich hätte eine Margarita bestellen können, aber ich wollte Alicias missbilligenden Blick oder die Kopfschmerzen, die ich an diesem Nachmittag sicher bekommen würde, nicht ertragen.

Nachdem wir bestellt hatten, faltete Alicia ihre Hände auf ihrem Papiertischset und schenkte mir ein gezwungenes Lächeln. »Also, Jackson, gefällt dir Austin?«

»Es ist ein bisschen warm für meinen Geschmack.« Ich zog den Kragen meines T-Shirts von meiner Haut weg und fächelte damit, um zu versuchen, eine Brise hineinzulenken.

»Oh, tut mir leid, daran habe ich gar nicht gedacht – Würdest du lieber drinnen essen?«

Ja. »Nein.« Ich winkte ab. »Das ist schon in Ordnung.« Wenn sie glücklich war, würde sie mir später eher bei meinem Code helfen.

»Ich schätze, ich bin daran gewöhnt, besonders jetzt, wo es abgekühlt ist. Heute soll es nicht einmal dreißig Grad werden. Heute Abend wird es angenehm sein, sobald die Sonne tiefer steht.«

»Heute Abend. Donnerstagabend.« Ich dehnte die Worte langsam. »Ich kann nicht fassen, dass ich so lange gebraucht habe, um es herauszufinden.«

Sie hob ihre Augenbrauen. »Was genau herauszufinden?«

»Was du dienstags und donnerstags machst.«

»Ach wirklich?« Sie fuhr mit einem Finger durch das Kondenswasser an ihrem Teeglas.

»Du hast ein Date.«

Sie blinzelte. »Ein Date.«

»Du weißt schon, zum Abendessen und ins Kino gehen oder vielleicht für ein bisschen ›Netflix and Chill‹ zu Hause bleiben?«

»Netflix and Chill?«

»Du weißt, was ich meine. Du hast einen Freund.« Keinen

Verlobten. Sie trug keinen Ring. Als sie nichts sagte, riss ich die Augen auf. »Oder eine Freundin.«

Sie lachte, und es war das erste Mal, dass ich es hörte. Sie zeigte ihre Zähne – eine weitere Seltenheit nach meiner Erfahrung – und der Klang begann hoch und endete als leises Kichern. »Du denkst, mein Leben ist so geordnet, dass ich jeden Dienstag- und Donnerstagnachmittag Dates habe?«

Ich lächelte ebenfalls und zuckte mit den Schultern. »Du bist einfach so ... so organisiert.« Ich stellte sie mir vor, wie sie, wie in der Montage eines Raubüberfalls, bei der das Zubehör beschafft wird, einen Streifen Kondome, eine Flasche Gleitgel, vielleicht eine Kerze auf ihrem Nachttisch aufreihte und dann geschäftsmäßig anfing, ihre Seidenbluse aufzuknöpfen – *Scheiße!* Keine Vorstellung von ihr bei einem Striptease. Ich rieb mir mit einer Hand über die Augen, um das Bild zu löschen.

»Wow. Okay, klar. Dienstags spielen wir Bunco in seiner Kirche, und donnerstags schauen wir uns die Neuerscheinung im Kino an.«

»Siehst du?« Ich zeigte auf ihr kaum unterdrücktes Lächeln. »Ich wusste es.«

»Tut mir leid, wieder eine schlechte Vermutung. Obwohl ...« Sie biss sich auf die Lippe.

»Was?« Ein Hinweis war Alicia praktisch aus ihrem Tresor gerutscht. Schwindelerregende Vorfreude ließ mich den Atem anhalten. Sie hatte gesagt, ihre zweimal wöchentliche Verpflichtung sei kein Date. Ich war erleichterter, als ich hätte sein sollen.

»Nichts.«

»Ein Hinweis. Ein winziger.«

Sie überlegte einen Moment und musterte mein Gesicht. »Nein.«

»Oh, komm schon.« Ich ließ mich wieder in meinen Stuhl fallen.

»Wie kommst du mit deinem Code voran?«

Ich hasste es, dass sie das Thema gewechselt hatte, aber

deswegen hatte ich sie zum Mittagessen eingeladen. »Ich bin in eine Sackgasse geraten.«

»Ach ja?« Sie presste eine weitere Zitrone in ihren Tee und rührte ihn mit einem langen Teelöffel um, wobei das Eis klirrte.

»Ja.« Ich beschrieb ihr kurz das Problem, dann all die Dinge, die ich überprüft hatte, und all die Methoden, die ich versucht hatte, um es zu beheben. »Irgendeine Idee, was da los sein könnte?«

Sie öffnete den Mund, um zu sprechen, blickte dann aber über meine Schulter und lächelte. Unsere Kellnerin stellte eine riesige Platte mit Enchiladas, Bohnen und Reis vor mir ab und einen mit Papier ausgelegten Korb mit Tacos vor Alicia.

Ich nahm meine Gabel und schnitt eine Ecke der linken Enchilada ab. Hähnchen, Spinat und cremige weiße Käsesauce. Köstlich.

Auf der anderen Seite des Tisches träufelte Alicia scharfe Soße über ihre Tacos, bevor sie einen aufhob und mit ihren geraden, weißen Zähnen hineinbiss. Sie legte ihn zurück in den Korb und kaute langsam. Ich beobachtete, wie sie schluckte und sich mit ihrer Serviette die Lippen abtupfte. Das Mittagessen war eine schlechte Idee gewesen. Zu viel Fokus auf Alicias verlockenden Mund. Es war lächerlich, auf einen Taco eifersüchtig zu sein.

»Ist dein Essen in Ordnung?« Sie nickte auf meinen Teller, von dem nur ein Bissen fehlte.

Ich schüttelte den Kopf, schnitt einen Bissen von der zweiten Enchilada ab, einer mit Käse. »Ja, es ist großartig.«

»Ich wusste, dass es dir gefallen würde.«

Die rote Soße war scharf. Ich stürzte meine Limonade hinunter. »Irgendwelche Ideen zu meinem Code?«

»Ah.« Sie wischte sich sorgfältig die Finger an ihrer Serviette ab. »Ich habe vielleicht Anfang der Woche etwas gesehen.«

»Etwas?«

»Einen Bug.« Sie erklärte es mir – Gott, ich musste den fehlerhaften Code ein Dutzend Mal überflogen haben – und dann sagte sie: »Ich – ähm – ich habe es in der Entwicklungs-Sandbox behoben.«

Ich ließ meine Gabel klappernd auf den Teller fallen. »Du hast was?«

»Es hat in meinem Code ein Problem verursacht, also habe ich es behoben, damit mein Modul läuft. Ich – ich wollte es dir sagen.«

»Wann?« Sie hätte mir meinen frustrierenden Morgen ersparen können.

»Wenn du fragst, okay?«

Das war keine Teamarbeit. Das war Verrat. Das hätte sie Tyler oder Kevin oder sonst jemandem nie angetan. »Warum? Warum zum Teufel hast du gewartet?« Meine Stimme war zu laut geworden, und ein paar Köpfe drehten sich in meine Richtung. »Warum hast du es mir nicht gesagt?«, fragte ich leiser, obwohl Wut mir immer noch die Kehle zuschnürte.

»Das hier. Genau das hier.« Sie schob ihren Korb mit Tacos weg. »Männer wollen keine Kritik von ihren weiblichen Kollegen hören. Wenn ich mit einer Programmiererin arbeite, könnte ich ihr von dem Problem erzählen, und sie würde sich bei mir bedanken und weitermachen. Sie würde mich mehr dafür respektieren, dass ich ihr geholfen habe. Aber Männer sind unfehlbar, und es ist unmöglich, dass ich mit meinem schwachen weiblichen Gehirn etwas herausfinden könnte, was du nicht kannst. Und wenn ich es doch tue, dann muss es daran liegen, dass mir irgendein Mann geholfen hat.« Ihr Gesicht war rot, und ein Schweißtropfen tropfte von ihrem Kinn. »Ich dachte – ich hatte gehofft –, du wärst anders, aber ich sehe jetzt, dass ich mich geirrt habe. Es geht alles um dein Ego, genau wie bei jedem anderen Mann, mit dem ich gearbeitet habe.« Sie knüllte ihre Serviette zusammen und warf sie auf den Tisch, bevor sie ihren Stuhl zurückschob.

»Moment mal«, sagte ich und streckte eine Hand nach ihr aus. »Ich meinte nicht ...«

»Oh, ich denke doch.« Stehend überragte sie mich, die kurzen Haare an ihren Schläfen kräuselten sich in der Feuchtigkeit und ließen sie wie eine flammende Sonne aussehen. »Du hast mich nicht als Gleichgestellte zum Mittagessen eingeladen, sondern als jemanden, der dir helfen könnte. Und als ich dir dann geholfen habe, hast du mich kritisiert. Ich – ich –« Ohne ihren Satz zu beenden, drehte sie sich um und ging durch das Restaurant zurück, wobei sie mich mit meiner riesigen Platte Enchiladas allein ließ.

Ich hatte sie verdammt noch mal nicht kritisiert. Ich hatte sie nur gefragt, warum sie es mir nicht gesagt hatte. Ja, vielleicht war ich ein bisschen laut geworden. Das taten die Leute eben, wenn sie ...

Ich tupfte mir mit einer übrigen Serviette den Schweiß vom Nacken und sackte in den Stuhl zurück. Verdammt, ich hatte genau das getan, was sie gesagt hatte. Zumindest aus ihrer Sicht war ich ein Arschloch gewesen. Vielleicht war ich aus jeder Sicht ein Arschloch gewesen.

Die Kellnerin trat an den Tisch und überflog unser unberührtes Essen. »Ist alles in Ordnung?«

»Ja, nur ... würden Sie das bitte für uns einpacken? Bitte?«

»Klar doch.« Sie hob meinen Teller und Alicias Tacos hoch. »Sonst noch etwas?«

»Einen Eistee und eine Limonade zum Mitnehmen, bitte.«

Als ich zurück ins Büro kam, stellte ich den beschlagenen Styroporbecher mit Tee an Alicias rechte Seite. Ich beugte mich hinunter und sagte leise: »Ich habe den Rest deines Mittagessens in den Kühlschrank gestellt. Dein Name steht drauf.«

Ohne von ihrem Bildschirm aufzublicken, sagte sie: »Danke.« Ihr Ton war frostiger als mein Becher Limonade.

In dieser Nacht, nachdem Alicia zu ihrer Donnerstagsabend-Verpflichtung gegangen war, fand ich, als ich meine übrig gebliebenen Enchiladas holen wollte, die Styroporbox mit der Aufschrift *Alicia* im Müll.

16

ALICIA

WÄHREND DES ABENDESSENS am Freitagabend klingelte es an der Tür.

Esmy wischte sich den Mund ab und schob ihren Stuhl vom Tisch zurück. »Ich gehe schon.«

»Vielleicht ist es ein Mann mit einem Riesenscheck«, sagte Noah mit großen Augen.

»Oder einer dieser oberkörperfreien Männer im Kilt von den Liebesroman-Covern«, sagte Mom.

»Süß.« Ich grinste. Sie alle versuchten, mich nach meiner beschissenen Arbeitswoche aufzuheitern. Montag: ein Anschiss von Cooper Fallon; Dienstag und Mittwoch: Überstunden machen, um den Code zu reparieren; Donnerstag: überreagiert und die besten Tacos der Welt sausen lassen, weil Jackson Jones von dem Podest gefallen war, auf das ich ihn mit meiner Schwärmerei gestellt hatte.

Und dann Freitag, die Krönung des Ganzen: Jackson hatte mich den ganzen Tag genervt und versucht, über Gott weiß was zu reden, wahrscheinlich über irgendein anderes Problem mit seinem Code, das ich beheben sollte, damit er mich danach wieder anschreien konnte.

Ich wusste, ich hätte mich dafür entschuldigen sollen, dass ich ihn so angefahren hatte. Oder ihn zumindest anhören sollen. Aber bei all dem Stress – nicht nur die Arbeit und Noah, sondern auch Buchhaltung, Steuern und Versicherungen für mein neues Unternehmen – hatte ich Angst, dass ich bei ihm wieder explodieren würde. Ich hatte Kopfschmerzen bekommen und das Büro früher verlassen, was bedeutete, dass ich dieses Wochenende noch mehr zu tun hatte. Ich ballte meine Hände unter dem Tisch zu Fäusten.

Esmy kam mit einer weißen Papiertüte aus der Apotheke zurück in die Küche. »Alicia, wenn ich gewusst hätte, dass du etwas aus der Apotheke brauchst, hätte ich es für dich mitgebracht, als ich heute nach der Schule dort war.«

»Aber ich habe nichts in der Apotheke bestellt.«

»Der Junge sagte, es sei eine Lieferung für dich. Mit deinem Namen und allem.«

Komisch. Hatte ich vor einer Weile etwas bestellt und es vergessen? Ich war in letzter Zeit so auf die Arbeit und Noah konzentriert gewesen, dass ich mir das durchaus vorstellen konnte. »Ich schaue es mir an, nachdem wir den Abwasch gemacht haben. Ich wasche ab, und du, Noah, trocknest ab.«

»Och Mann«, stöhnte er. »Am Wochenende habe ich die einzige Zeit, um Computerspiele zu spielen.«

»Du kannst spielen, nachdem wir das Geschirr weggeräumt haben. Und jetzt zeig mir deine Hausaufgabenmappe.«

Ich wartete, bis wir den Abwasch erledigt hatten, bis Mom und Esmy eine Sendung im Fernsehen angeschaut hatten, während ich meinen Tagesbericht fertigstellte und an Cooper mailte, und bis ich Noah den Game-Controller weggenommen und ihn ins Bett geschickt hatte. Erst dann trug ich das Paket in mein Zimmer.

Es war dasselbe Zimmer, in dem ich geschlafen hatte, seit wir in das Haus gezogen waren, als ich sechs war, bis ich zum College ging. Und nachdem Melissa gestorben war und mich, die Bewohnerin einer Einzimmerwohnung in einem Hochhaus in der Innenstadt, zu Noahs Vormund gemacht hatte, waren wir beide wieder eingezogen. Ich hatte das Einzelbett mit Baldachin gegen ein Doppelbett ausgetauscht, aber die weiß lackierte Kommode und der Nachttisch waren dieselben. Die Poster von Boybands waren verschwunden, ersetzt durch botanische Drucke, die ich in einer lokalen Kunstgalerie erworben hatte. Noah schlief nebenan in Melissas altem Zimmer, das jetzt mit Postern von Superheldenfilmen und einer *Star Wars*-Bettdecke ausgestattet war, mit einem Gemeinschaftsbad, das seinen Bereich von meinem trennte.

Ich ließ mich aufs Bett fallen und legte die Apothekertüte ab. Ich löste die Heftklammern an der Öffnung und spähte hinein. Die Tüte enthielt zwei Artikel sowie ein Stück Papier.

Zuerst zog ich die Flasche Ibuprofen heraus. Normalerweise kaufte ich die Hausmarke, und das hier war eine bekannte Marke. Das sah meinem vergangenem Ich nicht ähnlich. Der zweite Artikel war eine Pappschachtel mit Hämorrhoidensalbe. *Das* sah mir erst recht nicht ähnlich. Die Bestellung von jemand anderem war mit dem verwechselt worden, was auch immer ich bestellt hatte. Jemand mit einem brennenden Hintern und Kopfschmerzen fragte sich wahrscheinlich gerade, was er mit einer Schachtel Tampons und einer Tube Great Lash anfangen sollte.

Vielleicht standen auf der Quittung die Kontaktdaten des wahren Empfängers, und ich konnte die Artikel ihrem leidenden Besitzer zukommen lassen. Ich zog das Blatt Papier aus der Tüte. Es war keine Quittung, sondern eine Notiz.

Tut mir leid, dass ich so ein Schmerz im Arsch war. Du bist eine Wahnsinns-Programmiererin.
- Jackson

Was? Ich ließ die Notiz auf meine blassblaue Bettdecke flattern. Okay, es war ein bisschen süß, dass er mir Medizin für meine Kopfschmerzen geschickt hatte, aber warum zum Teufel dachte er, ich hätte Hämorrhoiden? Er musste irgendeine Datenschutz-grenze überschritten haben. Mit zusammengebissenen Zähnen schnappte ich mir mein Handy und tippte eine Nachricht.

Was zum Teufel, Jackson?

Ein paar Sekunden später klingelte mein Telefon. Er hatte mich noch nie angerufen, also war es der normale Klingelton, aber sein Name blitzte auf dem Bildschirm auf.

Ich zögerte eine Sekunde. Textnachrichten waren sicher, fast anonym. Ein Anruf überschritt eine Grenze. Seine Stimme zu hören, ihn mir in seinem Raum vorzustellen und er sich mich in meinem, schien intim. Besonders an einem Freitagabend. War ich dafür bereit? Nein.

Aber er wusste, dass ich da war. Den Anruf zu ignorieren, würde mich zu einem Feigling machen. Ich tippte auf den Annahme-Button. »Hallo?«

»Hast du meine Entschuldigungsnotiz nicht bekommen?«

Oh, wow, er fiel gleich mit der Tür ins Haus. »Ich habe eine Notiz mit zwei Arsch-Anspielungen bekommen, die eines Grund-schülers würdig wären. Und die, ähm, Artikel. Ich brauche sie nicht.« *Hämorrhoidensalbe. Übergriffiger Arsch.*

Mein BH-Träger hatte seit Stunden in meine Schulter geschnit-ten, und der Bund meines Rocks war eng, nachdem ich mich beim Abendessen mit Esmys Pupusas vollgestopft hatte. Ich zog meine Bluse über den Kopf und warf sie in Richtung Wäschekorb, aber sie war zu leicht und landete zu kurz.

Jacksons Stimme war sanft, beruhigend. »Das war ein Witz. Darüber, dass ich ein Schmerz im Arsch bin. Ich habe auch über Wundschutzcreme und Gleitgel nachgedacht, aber ich dachte, das könnte die falsche Botschaft senden. Aus unterschiedlichen Grün-den.« Er machte eine Pause, als ich nichts sagte. »Habe ich mich falsch entschieden?«

Ich konnte mir ein kleines Lächeln nicht verkneifen. Ich hatte eine besondere Vorliebe für kindischen Toilettenhumor. Ich löste das enge Band meines BHs, knüllte ihn zusammen und warf ihn in den Wäschekorb, dankbar, dass wir nicht per Video telefonierten.

»Wie üblich hast du dich völlig vergriffen. Eine Grußkarte wäre viel sicherer gewesen.« Ich riss meine Kommodenschublade auf, fand ein weiches, graues UT-Shirt und zog es an, wobei ich mich zwanzig Prozent besser fühlte.

»Ich stehe nicht wirklich auf Sicherheit.« Jackson klang ein wenig atemlos. »Außer beim Sex. Da bin ich sehr vorsichtig.« Er machte eine Pause. »Aber auch nicht zu vorsichtig.«

Meine Haut kribbelte, als hätte er mich mit den Fingern berührt. Ich schauderte.

Jackson räusperte sich. »Ich sollte wahrscheinlich nicht mit dir über Sex reden.«

Ich hatte meinen Rock aufgeknöpft, aber jetzt fühlte es sich komisch an, ihn auszuziehen. Nein, er *sollte* nicht mit mir über Sex reden. Wir arbeiteten zusammen. Wir kannten uns kaum, sprachen im Büro so wenig wie möglich. Außer seinen Fragen zu meinen Dienstag-Donnerstag-Verpflichtungen und seinem unbeholfenen Herumgestammel über mein Dating-Leben gestern beim Mittagessen hatte er mich nie nach meinem Privatleben gefragt. Das war genau das, was ich gewollt hatte, als ich mein Beratungsunternehmen gegründet hatte. Konzentration auf die Arbeit. Kein Kennenlernen nötig. Kein Gerede über Familien. Die Männer, mit denen ich arbeitete, würden mich als jemanden sehen, der genau wie sie war: keine Ablenkungen oder Verantwortlichkeiten, die meine Arbeit beeinträchtigten. Und doch aktivierte seine tiefe Stimme Nervenenden in mir, die ich fast vergessen hatte.

Er sagte: »Muss ich mich schon wieder entschuldigen?«

Ich kicherte. »Ich habe gewartet, um zu sehen, wie tief du dieses Loch noch graben würdest.«

»Ich glaube, ich bin am Grund angekommen.«

»In Ordnung. Du kannst jetzt aufhören. Ich weiß die Entschuldigung zu schätzen.«

Wir mussten fast mit dem Anruf fertig sein, aber ich konnte

keine Sekunde länger warten. Ich öffnete den Reißverschluss meines Rocks, ließ ihn zu Boden gleiten und stieg aus ihm heraus. Ich rieb über die roten Streifen, wo die Nähte in meine Haut gedrückt hatten.

Aber er war noch nicht fertig. »Es tut mir wirklich leid wegen des Mittagessens gestern. Ich gebe zu, ich habe dich zum Essen eingeladen, um deine Meinung zu meinem Code zu hören. Weil ich dich respektiere. Weil du talentiert bist. Aber das hätte ich klarstellen sollen, als ich dich gefragt habe, ob du mitkommst.«

Ein warmes Glühen breitete sich in meinem Bauch aus, und ich lächelte, obwohl er mich nicht sehen konnte. Ich zog eine Schlafshorts an. »Danke. Und es tut mir auch leid. Dass ich bei dir explodiert bin. Es ist nur – du hast einen Nerv getroffen. Ich« – ich holte tief Luft – »ich war schon Zielscheibe einiger ziemlich herablassender Kommentare. Bei der Arbeit. Weil ich eine Frau bin.« Ich hielt den Atem an.

»Du weißt, ich würde niemals–«

»Ich weiß. Ich glaube, das weiß ich.«

»Ich habe eine Schwester. Sie ist auch Programmiererin. Sie hat mir ein paar Sachen erzählt. Es tut mir leid, dass ich das bei dir ausgelöst habe.«

Die Anspannung, die ich in meinen Schultern gehalten hatte, ließ nach. »Keine Entschuldigungen mehr, okay? Wir haben beide unsere Buße getan, als wir uns Lindas Tacos haben entgehen lassen.«

Er lachte, tief und sexy. *Nicht sexy!* »Nächstes Mal verspreche ich, dass das Mittagessen rein gesellschaftlich sein wird.«

Ich hob meinen Rock und meine Bluse auf und warf sie in den Wäschekorb. Gesellschaftliche Mittagessen – besonders mit einem so attraktiven und brillanten Mann wie Jackson Jones – würden mein geordnetes Leben verkomplizieren. Tatsächlich waren sie genau das Gegenteil meines Ziels: mein Arbeits- und Privatleben getrennt zu halten. Keine Firmenpicknicks. Keine Happy Hours. Nur Arbeit und ein Gehaltsscheck. »Ich glaube nicht, dass das eine gute Idee ist.« Bevor er weiterbohren konnte, fragte ich: »Hast du deinen Bug gefunden?«

»Ja. Danke.« Verärgerung machte seine Stimme rau. Gut.

»Großartig. Wir sehen uns am Montag.«

»Warte!«

»Was?« Worüber konnte er noch reden wollen? Mit dem Telefon in der Hand schlug ich die Decke zurück und stieg ins Bett.

»›Wir sehen uns am Montag‹ klingt hart, nachdem ich dir ein Geschenk geschickt habe.« Seine Stimme war gepresst.

Ich schnaubte. »Du hast mir teures Ibuprofen und Hämorrhoidensalbe geschickt.«

»Es ist die Bedeutung hinter dem Geschenk, die zählt.«

»Die Bedeutung, dass du mir Kopfschmerzen bereitet hast und mir etwas geschickt hast, das ich nicht benutzen werde?«

Seine Stimme wurde spielerisch. »Scheiße, hätte doch das Gleitgel schicken sollen.«

Mir fiel keine einzige passende Antwort darauf ein.

»Du könntest an mich denken, während du es benutzt«, fuhr er fort. »Warte, das habe ich nicht so gemeint, wie es rüberkam.«

Ich schnaubte. »Mayday, Mayday, hochziehen.«

»Eher rausziehen. Scheiße! Ich meinte, meinen Fuß aus dem Mund ziehen. Nicht …«

Ein paar Sekunden der Stille verstrichen.

»Ich schätze, ich klettere wieder in mein Loch«, sagte er. Dann stöhnte er.

Wenn ich ihn noch länger weitermachen ließe, würde er vielleicht etwas sagen, das mich tatsächlich beleidigen würde. »Du solltest dir eine App bauen, die deine Anrufe an Kollegen zensiert.«

»Da mache ich mich sofort dran.«

Ich kicherte. »Du hast es schon wieder getan.«

»Ups.«

»Es tut dir überhaupt nicht leid.«

»Du hast recht. Tut es nicht. Aber das mit dem Mittagessen tut mir leid. Danke, dass du mir den Arsch gerettet hast.«

Meine Brust hob sich. »Dafür bin ich da. Um deinen Code zu retten, nicht deinen Arsch.« Ich zuckte zusammen. »Antworte darauf besser nicht.«

Er war ein paar Sekunden still. »Ich bin froh, dass du diesen Job angenommen hast, Alicia Weber.«

War ich froh? Jackson Jones war ein riesiger Schmerz im Arsch gewesen. Wir wussten es beide. Er hatte es zugegeben und die Hämorrhoidensalbe geschickt, um es zu beweisen.

Auch gut so, sonst wäre es zu einfach gewesen, mich in meinen klugen Kollegen zu verlieben, der zufällig auch noch heißer war als texanischer Asphalt im Juli. Aber diese beiden Minuspunkte – Schmerz im Arsch und Kollege – bedeuteten, dass ich keinen dritten brauchte.

»Ich bin auch froh«, sagte ich. »Und jetzt wirklich, wir sehen uns am Montag.« Ich tippte auf die Auflegen-Taste und öffnete mein Buch über Steuerbuchhaltung für Kleinunternehmen.

17

ALICIA

ICH WARF meine Handtasche zurück in die Schublade und hörte, wie mein Handy auf den Metallboden fiel. Scheiß drauf. Ich würde es dorthin legen, wo es hingehörte, wenn ich das nächste Mal ins Bad hetzen musste, um meinen Tampon zu wechseln. Ich riss die Papierverpackung mit den Schmerztabletten auf, die ich im Erste-Hilfe-Kasten in der Küche gefunden hatte. Dieses Büro voller Kerle hatte vielleicht keine Damenhygieneartikel auf der Damentoilette vorrätig, aber zumindest hatten sie Medikamente, die meine Krämpfe lindern würden. Ich schluckte sie mit meinem lauwarmen Tee hinunter.

»Alles in Ordnung?«, fragte Jackson leise.

»Natürlich. Warum sollte es nicht so sein?« Ich knallte die Schublade zu. Er zuckte zusammen.

»Kein Grund.« Er starrte auf die Schublade.

Zum Teufel mit ihm und seinen Unterstellungen. Ich wollte ihn und jeden in meinem Team anfahren. Und das nicht nur, weil sie alle Männer waren. Wir hatten eine Woche Zeit, um den Code für Coopers nächste Überprüfung fertigzustellen, bei der wir ihn beeindrucken mussten. Sonst. »Solltest du nicht programmieren?«

»Eigentlich ...«

Na großartig, das geht ja schon wieder los. Er hat irgendeine brillante neue Idee, die das ganze Projekt durcheinanderbringen wird.

»Ich dachte mir, vielleicht könnten wir es noch mal mit Paarprogrammierung versuchen.« Er nickte zu den anderen Programmierern, die an ihren Schreibtischen Seite an Seite arbeiteten. »Für den Rest des Teams scheint es gut zu funktionieren. Vielleicht wären wir effizienter, wenn wir zusammenarbeiten würden?« Seine Stimme stieg am Ende untypischerweise zu einer Frage an.

Genau. Er wollte den Prozess mittendrin ändern. Auch wenn es das war, was ich von Anfang an hatte tun wollen, war es jetzt zu spät. »Das glaube ich nicht, Jackson. Unser Prozess scheint zu funktionieren. Ich werde deinen Code überprüfen, wenn du fertig bist.« Vielleicht konnte er den ganzen verdammten Kram programmieren, während ich mich irgendwo hinlegte. Ich rieb mir mit einer Hand über den Bauch, als könnte ich den stechenden Schmerz ausbügeln.

Sein Blick folgte meiner Hand. »Bist du sicher, dass es dir gut geht?«

»Hör auf, mich das zu fragen«, zischte ich. »Ich muss mich auf die Arbeit konzentrieren, und du auch.« Ich dachte, wir hätten die ganze seltsame Stimmung nach dem Telefonat an diesem Morgen geklärt. Und mit *geklärt* meinte ich *komplett ignoriert.* Es war in Ordnung. Er hatte wahrscheinlich getrunken oder ein Videospiel gespielt und war mit seiner Aufmerksamkeit nur halb bei der Sache gewesen, während wir redeten. Er hatte nicht wirklich gemeint, was er über seinen Respekt vor mir gesagt hatte. Oder besser gesagt, sein Respekt vor *meinem Talent.* Er hatte nur gesagt, was er dachte, dass ich hören wollte. Wahrscheinlich hatte ich mir die Sanftheit in seiner Stimme, die Freundlichkeit in seinen Augen heute Morgen, die Art, wie er sich um mich zu sorgen schien, nur eingebildet. Nein, nicht *sorgen.* Ich meinte *besorgt sein.* Er war nur besorgt, dass ich gleich mit hormoneller Wut über ihn und den Rest des Teams herfallen würde.

Ich zwang meine Aufmerksamkeit auf meinen Bildschirm

und loggte mich wieder in meinen Computer ein. Ich überflog die Zeilen, um zu sehen, woran ich vor meinem Gang zur Toilette gearbeitet hatte. Ah. Ich krümmte meine Finger über der Tastatur und dachte darüber nach, was als Nächstes kommen sollte. Ein Kribbeln in meinem Nacken stahl mir die Konzentration.

Ich rieb ihn und blickte zu Jackson hinüber. Er riss seinen Blick zurück zu seinem eigenen Bildschirm. Unglücklicherweise für ihn war dieser in den Ruhezustand gewechselt und schwarz geworden.

»Was ist?«, knurrte ich. Wenn er ein Wort über PMS sagte, würde ich ihn mit meiner Tastatur verprügeln.

»Nichts. Ich … Kann ich dir etwas holen? Noch einen Tee?« Seine Wangen röteten sich.

Ich konnte ihn und seine nervig hübschen Augen nur anstarren, seine dunklen Augenbrauen zu etwas zusammengezogen, das verdächtig nach Mitgefühl aussah. Jackson Jones war nett zu mir? Bei der Arbeit? Er musste einen Hintergedanken haben.

Und ich hatte das alles so satt: die ständige Kontrolle, ob ich das Richtige tat, das Richtige sagte, mich in einer Männerwelt wie ein Mann verhielt. Ich war naiv gewesen zu glauben, dass es mir all das ersparen würde, die Chefin meiner eigenen Firma zu sein.

»Können wir einfach … nicht?« Ich ballte meine Hände zu Fäusten und legte sie dann flach auf meine Tastatur. »Können wir uns einfach wie Kollegen verhalten und die Arbeit erledigen? Ohne den ganzen anstrengenden Schlagabtausch? Wenigstens für heute?«

Seine Schultern fielen in sich zusammen. »Ich meinte nur … tut mir leid.«

Schuld durchbohrte mich, aber bevor ich etwas sagen konnte, ertönte ein Rumpeln aus der Schreibtischschublade. Ich hatte mein Handy wie üblich auf Vibration gestellt, und es machte ein Geräusch wie ein herannahender Zug auf dem Metallboden der Schublade. Ich riss sie auf und zog mein Handy heraus.

Noahs Schule, stand auf dem Display.

Ich schnappte es mir und antwortete mit leiser Stimme, während ich zum nächsten leeren Konferenzraum eilte.

»Hallo, Frau Weber, hier ist Janet, die Schulsekretärin. Ich rufe wegen Noah an. Er war heute Nachmittag in eine Schlägerei verwickelt. Sie müssen zur Schule kommen.«

»Eine Schlägerei?« Mein süßer Noah, in einer Schlägerei? Ich stellte ihn mir vor, wie er auf dem Asphalt lag und von größeren, gemeineren Kindern getreten wurde, und mein Herz zerriss. Dann formte es sich neu zu scharfkantigen Stahlsplittern. Er hatte einen Gips, um Himmels willen! Ich würde dafür sorgen, dass diese Kinder von der Schule flogen. Oder Schlimmeres. Konnte man einen Zehnjährigen anzeigen? »Ist er in Ordnung?«

»Nur ein paar Schrammen und Prellungen. Aber Sie müssen kommen. Jetzt.«

»Richtig. Natürlich.« Schrammen und Prellungen klang nicht so schlimm, aber ich müsste ihn vielleicht wieder in die Notaufnahme bringen, wenn sie seine Verletzungen herunterspielte. »Sagen Sie ihm, ich bin in zwanzig Minuten da.«

Als ich in unseren Arbeitsbereich zurückkehrte, verkündete ich, dass ich ein persönliches Problem hätte und nach Hause gehen müsse. Dann ging ich zu meinem Schreibtisch und begann, meine Sachen zusammenzupacken.

Jackson stand auf, nervöse Energie vibrierte von ihm aus und kollidierte mit meiner eigenen Angst. Meine Nerven lagen blank.

»Kann ich irgendwie helfen?«, fragte er leise.

Ich legte mein Handy neben meine Tastatur. »Nur – kannst du nach den Jungs sehen? Sicherstellen, dass sie im Plan sind? Wir dürfen nicht in Verzug geraten.«

»Klar, aber ich meinte … für dich.«

Für mich? Mein Herz, dieser Verräter, pochte so heftig, dass meine Bluse zuckte. »Nein. Mir geht es gut.« Ich hängte meine Laptoptasche über meine Schulter und griff nach meinem Handy.

Er nickte in Richtung meiner Schreibtischseite. »Vergiss deinen Laptop nicht.«

»Oh. Mist. Richtig.« Ich schüttelte den Kopf. *Konzentrier dich.*

Ich legte mein Handy ab, dockte meinen Computer ab und schob ihn in meine Tasche. Handtasche! Ohne meine Schlüssel würde ich nicht weit kommen. Ich bückte mich, um sie aus der Schublade zu ziehen, und prüfte, ob meine Schlüssel an dem Ring im Inneren befestigt waren. »Bis morgen.«

Ich ging so schnell ich konnte die Treppe hinunter, ohne zu rennen, und stieg die Stufen vorsichtig hinab. Schrammen und Prellungen. Mein Magen drehte sich um. Hatten sie seinen Arm erneut verletzt? Es war nur noch eine Woche, bis der Gips abkommen sollte.

Sobald ich draußen war, rannte ich über die Straße zum Parkhaus. Sollen sie doch sehen, wie ich die Beherrschung verlor. Ich musste zu Noah. Mich um ihn zu kümmern, war das Wichtigste.

JACKSON

NEIN, ich sah Alicia nicht dabei zu, wie sie zur Treppe davonging, ihre wiegenden Hüften in diesem engen, schwarzen Rock hypnotisierend.

Okay, verdammt, ja, das tat ich. Denn Tyler musste mir in den Arm boxen, damit ich aus meiner Trance erwachte.

»Hey, Jay, alles okay bei dir?«

»Ja, bestens. Warum?«

»Ich habe versucht, deine Aufmerksamkeit zu bekommen. Ich wollte Alicia nicht fragen, weil sie, äh, nicht sie selbst zu sein schien, aber ich könnte etwas Hilfe gebrauchen. Hast du eine Minute?«

»Sicher.« Ich war nicht seine erste Wahl gewesen, aber er bat mich um Hilfe. Das musste doch ein Fortschritt sein, um den Respekt des Teams zu gewinnen und zusammenzuarbeiten, oder? Ich folgte ihm zu seinem Schreibtisch, holte einen zusätzlichen Stuhl heran und hörte zu, wie er das Problem erklärte.

Wie sich herausstellte, war es nicht schwierig, und wir lösten es in weniger als einer Stunde, einschließlich einiger Best Practices für die Programmierung, die ich gratis dazugab.

Als ich zu meinem Schreibtisch zurückging, fühlte ich mich fast so stolz wie damals, als ich einen hartnäckigen Bug in meinem eigenen Code behoben hatte. Tyler war zu mir gekommen, um Hilfe zu holen, und ich hatte ihm geholfen. Cooper wäre stolz auf mich gewesen. Er würde sagen, ich hätte mir den Respekt des Teams verdient. Meine Brust schwoll unter meinem ZZ-Top-T-Shirt vor Stolz an.

Bis ich es sah.

Ihr Handy. Alicias Handy, halb unter ihre Tastatur geschoben.

Eine Benachrichtigung erschien auf ihrem Sperrbildschirm. War es etwas, das sie sehen musste?

Ich atmete ein. Aus.

Vielleicht war es eine Spam-SMS oder eine Nachricht von einer politischen Kampagne.

Oder vielleicht war es wichtig, so wie der Anruf, den sie kurz vor ihrem Aufbruch bekommen hatte, der ihr Gesicht blass und ihre blauen Augen weit werden ließ.

Und sie würde ihn erst morgen bekommen.

Ohne mein Handy zu sein, machte mich unruhig. Es würde ihr wahrscheinlich genauso gehen, dieses flaue, mulmige Gefühl, wenn sie merkte, dass sie es vergessen hatte. Diese Leere eines fehlenden Gliedmaßes, wenn sie danach griff, es aber nicht da war.

Ich hob es auf, kühl von der Stunde, in der es zurückgelassen worden war.

Es war nur ein Telefon. Die Menschen hatten Tausende von Jahren ohne Telefone überlebt.

Aber ich würde dafür sorgen, dass Alicia es nicht musste.

18

JACKSON

DER BUNGALOW IM VIERTEL CHERRYWOOD, nicht weit von der Innenstadt entfernt, war in einem fröhlichen Sonnengelb gestrichen und hatte eine violette Tür. Eine Regenbogenflagge ragte von einer Stange hervor, die an einem der stabilen Verandapfeiler befestigt war.

Ich kniff die Augen zusammen, um die Adresse auf meinem Handy zu entziffern, und überprüfte dann die Nummer neben der violetten Tür.

Nicht das Haus, das ich mir für Alicia vorgestellt hätte. Sie war Geradlinigkeit und Ernsthaftigkeit, eine knallharte Vorsitzende der Eigentümergemeinschaft, die mit einem Lineal loszog, um die Schnitthöhe des Rasens durchzusetzen. Keine verspielten rosa Blumen, die aus rissigen Terrakottatöpfen neben der Verandatreppe quollen.

Aber das war die Adresse, die ich hatte.

Ich sprang aus dem Führerhaus des Trucks und meine Converse klatschten auf die Straße. Ich stapfte den kurzen Weg zwischen ein paar seltsam gewundenen Bäumen entlang, die mit Büscheln zarter, lavendelfarbener Blüten bedeckt waren. Zwei kurze Schritte, und ich stand auf der schattigen Veranda, den Finger über der Klingel. Der Duft von Brathähnchen und Knoblauch wehte zusammen mit Frauenstimmen aus dem offenen Fenster neben der Tür. Ich kniff die Augen fast ganz zu und drückte auf den Knopf.

Leichte, eilige Schritte näherten sich der Tür, die aufschwang. Ein dünner Junge mit einem grünen Gips am Arm lächelte mich durch das Fliegengitter an. Der blaue Fleck unter seinem Auge passte farblich zur violetten Tür. Er konnte nicht älter als acht sein, sein strohblondes Haar kringelte sich über den Ohren. Seine Augen waren braun, nicht ozeanblau wie Alicias. Trotzdem hatte sein Mund die gleiche Form wie ihrer – ich musste es ja wissen, da ich insgeheim davon besessen war.

»Hey«, sagte er.

Ich hatte die Frau nicht kommen hören. Sie war barfuß und trug ein geblümtes Kleid, das ihr fast bis zu den Knöcheln reichte. Weiße Strähnen durchzogen ihr dunkles Haar. Die Fältchen um ihre Augen vertieften sich, als sie mich zusammengekniffenen Auges musterte. »Kann ich Ihnen helfen?« Ihre Vokale waren weich und klangen nach der bluesigen Musik, die ich manchmal in den Bars in der Sixth Street hörte.

Vielleicht hatte jemand Alicias Adresse mit Wurstfingern in das Gehaltsabrechnungssystem von Synergy eingetippt? Ich schaute zu dem Haus auf der rechten Seite. Unauffälliger roter Backstein. Gras so kurz geschnitten wie auf einem Golfplatz. Vielleicht war das ihres. Ich überprüfte das Haus auf der linken Seite. Eine rostige Waschmaschine stand auf der abblätternden Veranda. Das war es wohl eher nicht.

»Sir?«, fragte die Frau.

»Ähm, hallo. Wohnt Alicia Weber hier?« Ich verlagerte mein Gewicht auf meinen hinteren Fuß, bereit, mich auf dem Absatz umzudrehen, die Stufen hinunterzugehen und zum Haus auf der rechten Seite zu gehen.

»Ja, tut sie«, sagte der Junge. »Wer bist du?«

Hoppla. Ich verteilte mein Gewicht wieder gleichmäßig. »Ich bin Jackson Jones. Wir arbeiten …«

»Wir kennen dich.« Der Junge kniff die Augen zusammen.

Er kannte mich? Es war schon eine Weile her, dass ich auf dem Titelblatt eines Wirtschaftsmagazins gewesen war. Und diese Leute sahen nicht so aus, als würden sie *Auto, Motor und Sport* lesen.

»Er meint, wir wissen, dass ihr zusammenarbeitet.« Die Lippen der Frau wurden schmal und jegliche Weichheit verschwand aus ihrem Gesicht.

Oh, scheiße. Ich konnte mir die Geschichten vorstellen, die Alicia zu Hause über mich erzählt hatte. War das ihre … Tante? Eine viel ältere Freundin? Der Junge musste Alicia gehören, denn er und die ältere Frau hatten keine gemeinsamen Züge.

»Ich, äh. Sie hat ihr Handy vergessen. Bei der Arbeit. Ich habe es ihr gebracht.« Ich hielt das Gerät hoch, während meine Haut unter der Vernichtung meiner Hoffnungen, Alicia zu sehen, kribbelte.

»Was macht ihr zwei …« Alicia, ebenfalls barfuß, war hinter der Frau aufgetaucht. Ihr Haar fiel in lockeren, unregelmäßigen Wellen auf ihre Schultern, und sie hatte ihre Seidenbluse und ihren engen Rock gegen ein orangefarbenes Texas-Longhorns-Shirt und eine abgeschnittene schwarze Jogginghose getauscht. Ihre Knie hatte ich schon einmal gesehen, wenn sie an unserem Schreibtisch saß und ihr Rock über sie hinaufrutschte. Aber ich hatte noch nie so viel von ihren blassen Oberschenkeln gesehen.

»Jackson?« Ihre Stimme traf mich wie ein elektrischer Schlag, und ich riss meinen Blick von ihren Beinen auf ihren offenen Mund. *Scheiße! Augen! Schau ihr in die Augen!*

Ihr eigener Blick fiel auf meine immer noch ausgestreckte Hand. »Du hast mir mein Handy gebracht?«

»Ja, ich … du hast es im Büro liegen lassen.«

Sie trat um die Frau herum und schob dann sanft den Jungen zur Seite, damit sie die Fliegengittertür aufdrücken konnte. Einen Schritt über mir, barfuß – meine Augen brannten darauf, einen

Blick auf ihre glänzend schwarzen Zehennägel zu erhaschen –, schaute sie mir direkt in die Augen. Ihre Finger streiften meine Handfläche, als sie es mir abnahm. »Danke.«

Ich zitterte trotz der schwülen Abendwärme.

»Willst du ihn nicht hereinbitten?«, sagte die Frau. »Er ist den ganzen Weg hierhergekommen.«

»Es … es war nicht weit«, sagte ich.

»Wie hast du überhaupt …«, sagte Alicia zur gleichen Zeit.

»Deine Mama hat dir bessere Manieren beigebracht.« Jetzt hatte die Stimme der Frau den Biss einer scharfen Chilischote. »Jackson, möchten Sie zum Abendessen bleiben?«

Bei den köstlichen Gerüchen, die mich umgaben, war mir das Wasser im Mund zusammengelaufen. Und war das Zimt? Ich schnupperte hoffnungsvoll.

»Er kann wirklich nicht …«, begann Alicia.

»Rieche ich da Kuchen?«, sagte ich.

»Apfelkuchen«, sagte die Frau.

Ich sah Alicia in die Augen. »Ich würde liebend gern zum Abendessen bleiben.«

Ihr spitzes Kinn schob sich vor, aber sie sagte nichts, sondern hielt mir nur die Fliegengittertür auf, bis ich meine Hand darauflegte und ins Haus trat.

Die untergehende Sonne strömte durch die noch offene Tür hinter mir und ließ die leuchtenden Farben im Inneren erstrahlen. Als sie mich durch den kleinen Eingangsbereich – eigentlich nur ein paar Fliesenquadrate, die in den Teppich des Wohnzimmers eingelassen waren – und am Wohnzimmer vorbei in die Küche scheuchten, erhaschte ich einen Blick auf gelb, orange und türkis gestrichene Wände, ein rotes Samtsofa und Bücher, die doppelt in Bücherregalen mit durchgebogenen Böden gestapelt waren, sich auf Tischen türmten und sogar in Ecken aufragten.

Ein winziges Glöckchen bimmelte, als eine orangefarbene Katze von der Lehne des roten Sofas sprang und uns in die Küche folgte, wo Alicias älteres Double die knusprige Haut eines Brathähnchens durchtrennte.

Ich musste in der Episode »Ein Parallel-Universum« von *Raumschiff Enterprise* gelandet sein. Denn nur eine Spiegel-Alicia würde verdammt noch mal *Jogging-Shorts* tragen, die kaum ihren Hintern bedeckten. Und ein Kind haben. Die Alicia, die ich kannte, tat so, als ob ihr Leben außerhalb des Büros von Synergy Analytics nicht existierte.

Oder war ich derjenige, der so tat, als gäbe es ihr Leben außerhalb des Büros nicht? Ich hatte verdammt viele Annahmen getroffen. Da war ich mir sicher.

Während ich versuchte, mich zu orientieren, hatten wir uns alle in die winzige Küche gequetscht. Im Ernst, die Küche meiner Wohnung, die ich nie benutzte, außer um ein paar Sixpacks lokales Bier aufzubewahren, war größer als diese.

»Jackson.« Alicia verzog das Gesicht, als hätte sie körperliche Schmerzen. »Das ist meine Mutter, Diane. Ihre Frau, Esmy. Und Noah. Leute, das ist Jackson Jones, den ich schon einmal erwähnt habe.« Sie sprach sehr langsam und deutlich, als sie hinzufügte: »Ihm *gehört die Firma*, bei der ich arbeite.«

Meine vermeintliche Macht schien im Hause Weber nicht viel Gewicht zu haben. Diane legte ihr Tranchiermesser beiseite, aber hielt ihre Finger darüber, bereit, es zu packen und zuzustechen. Esmy streckte mir ihre Hand entgegen, und als ich sie automatisch ergriff, zerquetschte sie meine Hand. Noah starrte mich mit zusammengekniffenen Augen an, genau wie Alicia.

Die Katze beschnupperte die Spitze meines Converse, plusterte sich wie ein flauschiger Basketball auf und zischte, fletschte ihre scharfen Zähne und legte die Ohren an. Niemand wies sie zurecht. Vielleicht war sie die Sprecherin der Familie.

Jemand musste die Spannung lösen. Ich sagte: »Ich kann mich nicht erinnern, wann ich das letzte Mal etwas Selbstgekochtes gegessen habe. Ich glaube, das war an Ostern, als die Mutter meines Freundes Cooper für uns gekocht hat.« Bei dem herzhaften Duft, der die Küche erfüllte, schluckte ich den Speichel hinunter, der sich in meinem Mund gesammelt hatte. »Danke für die Einladung.«

Esmy schenkte mir zumindest ein mitfühlendes Lächeln. »Wir freuen uns, dass Sie da sind.«

Alicia schien das nicht so zu empfinden. Ein stählernes Band umschloss meinen Oberarm. »Das Essen ist fertig. Ich zeig dir, wo du dich frisch machen kannst«, sagte sie.

Sie zog mich zurück durch das Wohnzimmer und in einen dunklen Flur, vorbei an einer offenen Schlafzimmertür, die sie schloss, bevor ich hineinschauen konnte, und in ein enges Badezimmer, das in leuchtenden Blau- und Grüntönen mit orangefarbenen Clownfischen auf dem Duschvorhang dekoriert war.

Alicia folgte mir ins Bad, schloss die Tür und drehte das Wasser auf. Sie beugte sich dicht zu mir und sagte mit leiser Stimme, für die ich mich bücken musste, um sie zu hören: »Hör mir zu. Ich halte mein Privatleben und mein Berufsleben getrennt. Nur sehr wenige Leute, mit denen ich gearbeitet habe, waren bei mir zu Hause. Wir werden morgen im Büro nicht darüber sprechen. Oder jemals. Verstehst du mich?«

»Ich glaube schon? Ich meine, ich rede bei der Arbeit auch nicht über meine Familie, aber das liegt daran, dass jeder alles über sie weiß. Sie stehen überall in den Wirtschaftsnachrichten. Und Coop ...«

Nein, ich konnte ihr nichts über Coopers Familie erzählen. Zumindest nicht über seinen gewalttätigen Vater. Sie hatten seit unserer Studienzeit nicht mehr miteinander gesprochen, und Cooper tat meistens so, als wäre er tot.

»Deine Familie scheint ... nicht schrecklich zu sein? Du ... schämst dich nicht für sie?« Mein Blick fiel auf den blauen Becher auf der Ablage, in dem zwei Zahnbürsten steckten, eine rote und eine in Form von Superman.

»Nein, natürlich nicht.«

»Warum dann ...«

»Hör zu. Ich bin eine Frau in der Technikbranche. Wo wir arbeiten, haben die Leute bestimmte Vorurteile gegenüber Frauen mit Familien. Wenn wir sagen, dass wir nicht länger arbeiten können, sind wir unserer Familie mehr verpflichtet als der Firma.

Das Gleiche gilt, wenn wir eine lange Mittagspause machen müssen, um ein Kind zum Kinderarzt zu bringen, oder von zu Hause aus arbeiten, wenn es krank ist und nicht zur Schule gehen kann. Männer – und kinderlose Frauen – werden befördert, weil sie sich ihrer Karriere widmen. Frauen mit Familien nicht.«

»Das ist nicht …«

Sie schüttelte den Kopf. »Sag es nicht einmal. Du magst vielleicht denken, dass deine Firma das nicht tut, aber das tut sie. Es beginnt in dem Moment, in dem eine Frau um Mutterschutz bittet, und es verfolgt sie ihre ganze Karriere lang. Wusstest du, dass Frauen mit Kindern fünfzehn Prozent weniger verdienen als Frauen ohne? Und fang erst gar nicht von der Lohnlücke zwischen Frauen und Männern an. Oder zwischen People of Color und weißen Männern.«

Ich schüttelte den Kopf. In der Sekunde, in der sie »Mutterschutz« gesagt hatte, war mein Gehirn blockiert und kreiste nur noch um dieses Konzept. Als ich ihre Personalakte geöffnet hatte, um ihre Adresse zu bekommen, hatte ich sie natürlich durchgeblättert. Das hätte jeder getan. Kein Ehemann oder Lebenspartner war aufgeführt. Angenommen, Noah war acht, dann war sie zweiundzwanzig gewesen, als sie ihn bekommen hatte. Praktisch selbst noch ein Kind. Eine Familie zu gründen schien nicht die Art von Sache zu sein, die eine Zweiundzwanzigjährige, frisch von der Uni, tun würde. Es sei denn …

»Bist du geschieden? Verwitwet?«

Alicia blinzelte und trat einen Schritt zurück. »Was? *Das* ist es, was du aus dem, was ich gesagt habe, mitgenommen hast?«

»Nein, nein, ich habe dir zugehört. Kein Gerede über deine Familie bei der Arbeit. Ich hab's kapiert. Aber ich verstehe nicht, woher Noah kommt.«

Sie verdrehte die Augen. »Du meinst, wo der Samenspender ist?«

Wow, es war heiß im Badezimmer. Ich stellte den Wasserhahn auf kalt.

»Das wissen wir nicht. Meine Schwester hat uns nie gesagt,

wer Noahs Vater war. Und ich denke, wir haben ihn in einem Haushalt voller berufstätiger Frauen ganz gut großgezogen. Also fang nicht mit deinen Höhlenmenschen-Ansichten an.«

Mir klappte die Kinnlade herunter. Noah war ihr Neffe. Wo war die Schwester jetzt? Aber das konnte ich nicht fragen. Noch nicht. Also zog ich den klassischen Jackson Jones aus dem Ärmel. »Höhlenmensch? Ich?«

»Das habe ich gesagt. Wasch dich. Wir waren zu lange weg.«

Schweigend drückte ich auf den Seifenspender. Das war es, was sie von mir dachte? Nachdem wir einen Monat lang zusammengearbeitet hatten, nachdem ich ihr erst vor drei Tagen gesagt hatte, wie großartig sie war? Ich schrubbte meine Hände unter dem Wasser. »Ich glaube nicht, dass du mich so gut kennst, wie du denkst.«

Sie drückte auf den Seifenspender, und als ich mich absetzen wollte, um meine Hände am blauen Handtuch abzutrocknen, wusch sie ihre. »Vielleicht nicht. Ich habe nur schon eine Menge Erfahrung mit Typen wie dir gemacht.«

»Typen wie mir.«

»Supertypen aus der Tech-Branche. Immer der Klügste im Raum, der denkt, jeder hätte die gleichen Chancen wie du gehabt, die gleichen Prioritäten, und es ist eine Schwäche bei jemand anderem, wenn er es nicht so weit gebracht hat.«

»Wow.« Ich reichte ihr das Handtuch und versuchte, meine Stimme trotz des Knotens in meinem Magen unbeschwert klingen zu lassen. »Du hältst nicht viel von mir, was?«

»Ich schütze mich und meine Familie.« Ihr Lächeln war bitter. »Ich wurde ein paar Mal getäuscht. Nie wieder.«

Ich dachte daran zu gehen. Daran, direkt den Flur entlang und aus der Haustür zu marschieren. Wenn sie wirklich dachte, ich wäre wie all die anderen Arschlöcher, die sie übergangen hatten, hätte ich es tun sollen. Aber das Leuchten in ihren blauen Augen, die Art, wie sich ihr Mundwinkel hob, deutete an, dass sie hoffte, ich sei es nicht. Und das war genug, um mich dort zu halten, in diesem *Findet Nemo*-Badezimmer, in dem Haus, das sie mit ihren beiden Müttern und einem Neffen teilte, von dessen Existenz ich nichts gewusst hatte, entschlossen, den Code von Alicia Diane Weber zu knacken.

Sie öffnete die Tür, und wir kehrten in die Küche zurück, wo ihre Familie um den runden Tisch am Rande der Küche saß.

»Ich dachte schon, du hättest dich verlaufen«, sagte Diane. Sie legte eine der Hähnchenkeulen auf Noahs Teller.

»Meine Hände waren von dem ganzen Code bei der Arbeit extra schmutzig«, sagte ich. »Jetzt sind sie wieder ganz sauber.« Ich hielt sie zur Inspektion hoch, die Handflächen nach außen.

Noah prustete los.

Alicia setzte sich auf den leeren Stuhl neben Noah und ich mich zwischen sie und Esmy. Der Tisch war für vier Personen ausgelegt und es war ziemlich eng. Mein linkes Knie berührte Alicias rechtes. Esmy reichte mir eine Schüssel Kartoffelpüree, das himmlisch nach Knoblauch duftete. Ich nahm mir eine mittelgroße Portion und gab die Schüssel an Alicia weiter.

»Erzähl uns doch etwas über dich, Jackson«, sagte Esmy.

»Meine Freunde nennen mich Jay.« Ich schenkte ihr mein gewinnendstes Lächeln.

Diane sagte: »Alicia nennt dich Jackson.«

»Das stimmt. Aber ich arbeite daran.« Mein Lächeln erstarb, als Diane mir einen vernichtenden Blick zuwarf, der es mit Coopers aufnehmen konnte.

Esmy schaltete sich wieder ein. »Alicia hat uns erzählt, dass du die Firma gegründet hast, für die sie jetzt arbeitet.«

»Mein bester Freund, Cooper, und ich haben sie gegründet, als wir noch auf dem College waren. Ich stand auf Autos und wollte Computer nutzen, um herauszufinden, wie man sie schneller machen kann.«

»So wie unseren Honda?«, fragte Noah.

»Na ja, sicher. Einige der großen Automobilhersteller sind unsere Kunden. Wir haben mit der alten Klapperkiste von Coopers Dad angefangen, einem 1995er Ford Escort in tiefem Juwelgrünmetallic. Wir haben sie für ein Projekt in meinem

Maschinenbaukurs benutzt. Sie war total verrostet und hat Öl gefressen, aber wir haben sie in eine leistungsstarke, effiziente und intelligent anpassungsfähige Maschine verwandelt. Gegen den Rost konnten wir aber nichts tun.« Ich lehnte mich in meinem Stuhl zurück und erinnerte mich daran, wie Cooper und ich bei diesem Projekt zusammengewachsen waren. »Aber was mich am meisten interessiert hat, waren Rennwagen. Kennt ihr die Formel Eins?«

»Klar, Mann«, sagte Noah.

Esmy fragte: »Ist das so was wie NASCAR?«

Noah verdrehte die Augen. »Nein, Oma Esmy. Das ist total anders.« Mit sehr wenig Hilfe von mir erklärte er seiner Großmutter die Unterschiede, die zumindest so tat, als wäre sie interessiert.

Langsam mochte ich den Jungen. »Warst du schon mal beim Rennen hier in Austin?«

»Nee.« Er blickte auf seinen Teller. »Aber ich hab's online gesehen.«

»Es findet nächsten Monat statt. Ich habe Karten und ich könnte—«

Alicias Knie stieß unter dem Tisch gegen meinen Oberschenkel. »Ah!« Ich rieb mir das Bein. Ihre Knie waren verdammt spitz.

»Noah ist mit der Schule und Fußball viel zu beschäftigt, um das ganze Wochenende auf einer Rennstrecke zu verbringen«, sagte sie.

»Fußball! Du spielst?«

»Ja, wir haben jeden Dienstag und Donnerstag Spiele.«

Dienstag und Donnerstag. Ich warf Alicia einen triumphierenden Blick zu. Sie presste die Lippen zusammen, um ein Lächeln zu verbergen, und schüttelte den Kopf.

»Hast du dir dabei das Veilchen geholt?« Ich schob mir die letzte Gabel Kartoffelpüree in den Mund. Absolut köstlich. Ich hoffte, es gäbe einen Nachschlag. Vielleicht sogar einen dritten.

»Nein, nur den gebrochenen Arm.« Er hielt seinen Gips hoch. »Den Schlag ins Auge habe ich heute in der Schule bekommen.«

»Wie sieht der andere Junge aus?«

»Jackson!« Alicia legte ihre Gabel hin.

»Ich hab ihn am Mund erwischt. Seine Lippe ist aufgeplatzt, aber das war's auch schon.« Er hielt seine linke Hand hoch, die einen Verband über einem Fingerknöchel hatte.

»Schläge ins Gesicht sind schwer richtig auszuführen. Nächstes Mal—«

»Jackson!« Sie traf mich mit ihrem Knie an derselben Stelle. »Nächstes Mal benutzt du deine Worte, wollte Jackson gerade sagen.«

Ich zuckte zusammen und rieb mir das Bein. »Genau. Worum ging es bei dem Streit? Hast du ihm das Mädchen ausgespannt?«

Diesmal legte Alicia ihre Hand auf meinen Oberschenkel. Nicht auf eine sexuelle Art und Weise – obwohl mein Körper so reagierte, als wäre es so –, sondern um mich zu ermahnen, behutsam vorzugehen.

Noah schob ein paar Augenbohnen unter sein Kartoffelpüree. »Er hat meine Klassenarbeit mit einer Fünf gesehen. Er hat mich dumm genannt.«

»Was nicht sehr nett ist«, sagte Alicia, »aber es ist es nicht wert, jemanden zu schlagen.«

Ich lehnte mich in meinem Stuhl zurück und legte meine Gabel auf meinen leeren Teller. »Du wirkst wie ein kluger Junge. Warum hast du eine Fünf bekommen?«

Alicia drehte ihren Kopf so schnell herum, dass ihre Haare gegen meine Schulter peitschten. Ihre Haare. Sie rochen nach Orangen, wie ihr Tee. Aber an dem Blick, mit dem sie mich durchbohrte, war nichts Warmes.

Noah zuckte mit den Schultern.

Was hatte ich ihn gefragt? Ach, ja. Noten. »Ich war in der Schule auch nicht so gut, bis mein Arzt herausgefunden hat, dass ich ADHS habe. Ich weiß, wie es ist, sich abzumühen. Und frustriert zu sein. Und aufzugeben.« Ich rieb an einem Fleck auf dem Saphirglas meiner Uhr. »Aber nachdem ich die Hilfe bekommen hatte, die ich brauchte, lief es ganz gut.«

Eine Falte bildete sich auf Alicias Stirn zwischen ihren Augenbrauen. Sie starrte mich an, als würde sie fehlerhaften Code begutachten. »Du warst besser als nur ›ganz gut‹. Du bist nach Stanford gegangen.«

»Meine Familie ist reich. Sie haben für eine Menge Nachhilfe und Prüfungsvorbereitung bezahlt.«

»Verkauf dich nicht unter Wert.« Ihr Ton war anfangs scharf, aber darunter weich. »Du bist ein kluger Kopf. Und du musst hart gearbeitet haben.«

Ich senkte den Kopf. Das sagten nicht viele Leute. Wenn man mit allen Privilegien aufwächst, gehen viele Leute davon aus, dass der Weg zum Erfolg einfach ist. Sicher, für mich war es einfacher gewesen als für Alicia oder jeden anderen, dessen Eltern keine bedeutenden Spender der Universität waren, aber dass jemand meine Anstrengung sah, sah, dass mir nicht alles geschenkt worden war, bedeutete etwas. Und von Alicia zu hören, bedeutete es alles.

»Macht es euch was aus, wenn ich den Rest Kartoffelpüree aufesse?«, fragte ich und deutete auf den letzten Klecks in der Schüssel.

»Nur zu.« Esmy reichte mir die Schüssel.

Als mein Bauch vom Abendessen und einem extragroßen Stück Apfelkuchen mit Blue-Bell-Eis prall gespannt war, begleitete Alicia mich nach draußen. Ihr Kinn war wieder steif, wahrscheinlich, um mich daran zu erinnern, dies morgen bei der Arbeit nicht zu erwähnen.

Aber als sie den Mund öffnete, sagte sie: »*Das* ist dein Auto?«

Am Ende des Gehwegs wartete der schwarze Ford F-150 auf mich. »Es ist ein Mietwagen. Aber, ja, ich dachte mir, wenn man schon in Texas ist …«

»Mietest du einen Truck?«, lachte sie. »Um deine Sachen zum Zaunflicken zu transportieren? Deinen Viehanhänger hast du bei deiner Wohnung geparkt?«

Ich schob meine Hände in die Taschen, dankbar für das schwache Licht der Veranda, das meine Röte verbarg. »Es macht

Spaß, ihn zu fahren, so hoch über dem restlichen Verkehr. Überraschend leistungsstark. Und wenn du mal was zu transportieren hast, bin ich dein Mann.«

Sie rümpfte die Nase. »Trägst du deswegen die Stiefel?«

Ich wollte ihr auf keinen Fall erzählen, dass ich sie nur trug, um Cooper zu ärgern. Ich hoffte, ich hatte heute Abend ein paar Pluspunkte bei ihr gesammelt und wollte keinen Abzug für Kleinlichkeit bekommen. »Ja, ich schätze schon. Ich dachte irgendwie, dass bei der Arbeit mehr Leute welche tragen würden. Und dass sie bequemer wären.«

Sie schnaubte. »Sie sind bequem, wenn man sie erst einmal eingelaufen hat. Stiefel sind eine Verpflichtung, Jackson.« Ihr Lächeln verschwand, als hätte sie gerade gehört, was sie gesagt hatte. Sie biss sich auf die Lippe.

»Ich kann mich verpflichten. Ich brauche nur einen Grund.« Was zum Teufel redete ich da? Ich hatte mich noch nie zu etwas verpflichtet, außer so zu tun, als wäre es mir egal, was andere über mich dachten.

Sie ging auf den Truck zu. »Ich schätze, du bist deiner Firma schon eine Weile verpflichtet.«

Wahr. »Mehr als zehn Jahre.«

»Und Cooper?«

»Beste Freunde seit unserem ersten Tag am College.« Ich überlegte. »Meistens.«

»Meistens?« Sie hatte die glänzend schwarze Seite des Trucks erreicht und drehte sich jetzt um, ein Mundwinkel hob sich.

»Es ist kompliziert.«

»So wie ich Cooper kenne, kann ich mir das vorstellen.«

Ich widersprach ihr nicht. Keiner von uns beiden war einfach im Umgang. Aber egal, wie sehr ich es vermasselte, Cooper hatte mich nie aufgegeben, und ich würde einen Freund wie ihn nicht einfach so aufgeben.

Das Verandalicht schien golden auf ihr Haar, wo es sich über ihre Schultern lockte. Die Hälfte ihres Gesichts lag im Schatten. Ihr Lippenstift war längst verschwunden und ihre Augen hingen vor Müdigkeit. Sie wirkte sanft und zerbrechlich, obwohl ich wusste, dass sie so zäh war wie der Truck hinter ihr.

»Vielleicht probiere ich die Stiefel noch mal an«, sagte ich, als ob das irgendetwas damit zu tun hätte.

»Solltest du. Obwohl ...«

»Obwohl?«

»Es ist nicht mehr viel Zeit, bevor das Projekt endet und du nach San Francisco zurückgehst.«

Ich schlurfte mit meinem Turnschuh über den Gehweg. »Ich bin nicht sicher, ob ich nach Projektende zurückgehe. Cooper hat nicht gesagt, dass ich es darf.«

»Du bist sein Partner. Du lässt ihn dir sagen, wann du gehen und wann du zurückkommen kannst?«

So ziemlich. »Er ist der Kluge. Ich bin nur der Programmierer.«

»Du bist nicht *nur* irgendetwas.« Sie trat in meinen persönlichen Bereich und stieß mich mit dem Finger gegen die Brust. »Du bist auch der Kluge. Ich habe noch nie einen brillanteren Programmierer getroffen. Und du kommst gut mit dem Team klar. Tyler schaut zu dir auf. Du könntest so viel mehr sein, wenn du aus Coopers Schatten treten und der Anführer wärst, von dem ich weiß, dass du es sein kannst.«

Ich blickte von meinen Turnschuhen auf, um zu sehen, ob sie es ernst meinte. Ihr Kiefer war angespannt und ihre Augen verengt. Sie glaubte an mich.

Ich schloss die Lücke zwischen uns und ließ unsere professionelle Distanz zu Nichts zerfallen. Sie neigte ihr Gesicht nach oben und ich beugte meines nach unten. Zimt vom Kuchen mischte sich in unserem gemeinsamen Atem.

Würde ich sie wirklich küssen? Würde sie es zulassen? Ihre Wimpern flatterten auf ihre Wangen herab. Ich war nah genug, um ihre glatte Haut zu berühren, meine Finger in ihrem offenen Haar zu vergraben. Ich senkte mein Gesicht, bis es nur wenige Zentimeter über ihren vollen, rosafarbenen Lippen schwebte. Das hier war nicht wie das Flirten per Textnachricht oder gar wie unser von Anspielungen gespicktes Telefonat. Von hier gab es kein Zurück mehr. Ich atmete den reichen Duft von süßen Orangen in ihrem Haar ein.

Nein. Ich kniff die Augen fest zu und trat einen Schritt zurück. »Alicia, ich – ich habe es vermasselt.«

Sie blinzelte und nahm den leeren Raum zwischen uns wahr. Sie verschränkte die Arme. »Was?«

»Kurz bevor ich nach Austin gekommen bin. Deshalb habe ich am ersten Tag gesagt, dass ich nicht mit dir ausgehen kann. Deshalb kann ich dich jetzt nicht küssen.«

Eine winzige Falte bildete sich zwischen ihren Augenbrauen.

Ich streckte die Hand aus, um sie zu glätten, und hielt inne, schob meine Hand in meine Jeanstasche. »Es gab ein paar Fotos von mir vom Grand Prix in Monaco in den Klatschblättern. Weston hat mich in sein Büro gerufen und mich angeschrien, dass ich ein Vertreter von Synergy sei, sogar an den Wochenenden, und ich war stinksauer. Cooper war beschäftigt und wollte mein Gejammer nicht hören. Also bin ich in die nächste Bar gegangen und habe mich sturzbetrunken gemacht.« Ich fuhr mir mit der Hand über den Bart. »Da – da war diese Frau auf der anderen Seite der Bar. Sie, äh, sie hat mit mir geflirtet, und dann sind wir, äh, in die Gasse hinter der Bar gegangen. Du weißt schon?«

Natürlich wusste sie es nicht. Sie hatte in ihrem Leben noch nie etwas so Verantwortungsloses getan. Trotzdem murmelte sie: »Mhm.«

Jetzt kam der schlimmste Teil. »Am nächsten Tag ging ich ins Büro und sah sie dort. Sie war eine unserer College-Praktikantinnen. Callie. Ich schwöre, sie war einundzwanzig. Ich bin ausgeflippt. Ich bin direkt in Coops Büro gerannt und habe ihm davon erzählt. Und er – er hat es geregelt. Hat sichergestellt, dass es ihr gut ging. Sie stimmte zu, dass es einvernehmlich war. Cooper hat eine formelle Entschuldigung bei der Personalabteilung arrangiert. Und dann hat er mich hierher geschickt, damit ich sie nicht sehen muss. Oder damit ich es nicht konnte.«

Sie schluckte. »Wolltest du sie wiedersehen?«

»Nein! Ich meine, ich bin sicher, sie ist eine tolle Person. Aber es hat nichts bedeutet. Ich hatte keine Ahnung, dass sie in meiner Firma arbeitet oder dass ich sie jemals wiedersehen würde.«

»Empfindest du das für mich auch so?« Sie blickte auf ihren Flip-Flop hinunter.

»Nein. Niemals.« Ich legte einen Finger unter ihr Kinn und hob es an, bis sie meinem Blick begegnete. »Und deshalb kann ich dich nicht küssen.«

Ihr Lächeln war ein wenig traurig. »Wir beide kümmern uns zu sehr um unsere Unternehmen, um zuzulassen, dass aus einem Kuss mehr wird.«

Ich steckte meine andere Hand in die Tasche, um mich davon abzuhalten, ihr durchs Haar zu streichen, ihre weiche Haut zu berühren. »Ich mag dich, Alicia. Meinst du, wir könnten die Rivalität im Büro aufgeben und … Freunde sein?«

»Freunde?« Ein undurchschaubarer Ausdruck legte sich auf ihr Gesicht. »Ich schätze, wir könnten es versuchen.«

Es war bestenfalls lauwarm, aber das nahm ich hin. Ich konnte nicht so tun, als würde ich die Frau mit dem Kern aus Titan hassen, den ich einen Monat gebraucht hatte, um ihn zu entdecken. Ich wollte die Hand ausstrecken und sie umarmen – das tun Freunde –, aber angesichts der steifen Haltung ihrer Schultern streckte ich stattdessen meine Hand aus.

Sie schüttelte sie. »Danke, dass du mein Handy gebracht hast.« Dann drehte sie sich um und ging zügig den Gehweg hinauf, wobei ihre Flip-Flops auf den Beton klatschten.

Als sie die lila Tür schloss, umrundete ich die Vorderseite des Trucks und kletterte hinein. Ich lehnte meinen Kopf gegen die Kopfstütze. Nach vier Monaten in Austin hatte ich meinen ersten Freund gefunden.

Und doch wollte ich so viel *mehr*.

19

ALICIA

ICH MUSSTE WOHL GEGRINST HABEN, denn Tiannah stieß mir ihren Ellbogen in die Seite. »Worum geht es denn da?«

»Um nichts.« Ich ließ mein Handy in den Getränkehalter meines Campingstuhls fallen.

»Sieht aber nicht nach Nichts aus. Eher so, als würde dich etwas zum Erröten bringen.«

»Ach, du weißt schon. Nur eine SMS von jemandem von der Arbeit.« Scheiße, ich hätte die Arbeit nicht erwähnen sollen. Warum hatte ich nicht einfach so tun können, als hätte ich jemanden im Supermarkt oder in der Schlange bei der Zulassungsstelle kennengelernt? Ich starrte auf die Kinder, die vor dem Spiel ihre Übungen machten, in der Hoffnung, sie würde das Thema fallen lassen.

»Von Jackson Jones?«

Verdammt. Ihre Augenbrauen waren beinahe in ihrem Haaransatz verschwunden.

Esmy beugte sich an mir vorbei. »Er war gestern Abend zum Essen da.«

Tavon kletterte auf Tiannahs Schoß und steckte seinen Daumen in den Mund. Sie schlang einen Arm um ihn und stützte ihr Kinn auf die andere Hand. »Jackson Jones, Multimillionär, war zum Hackbraten-Essen in der Casa Weber?«

»Er hat Alicia ihr Handy gebracht«, sagte Esmy. »Ist er wirklich Multimillionär?«

Einhändig tippte Tiannah eine Suche in ihr Handy. Sie drehte das Gerät um. Auf dem Bild trug Jackson einen roten Overall, der mit Aufnähern von Mineralölfirmen und einem Autohersteller bedeckt war, und sein Haar war zerzaust und verschwitzt, als hätte er gerade einen Helm abgenommen. Darunter stand eine Zahl, die so groß war, dass ich die Kommas zählen musste.

Wenigstens hatte sie nicht das Foto von ihm ohne Hemd gefunden. Ich hatte gestern Abend darüber nachgedacht, danach zu suchen, aber Freunde machten so schmierige Sachen nicht.

Meine Mutter pfiff. »Man sollte meinen, ein Kerl mit so einem Kontostand hätte jemanden, der den Leuten ihre Handys vorbeibringt.«

»Mom.« Ich lehnte mich in meinem Stuhl zurück und fächelte mir Luft zu. All diese Kommas hatten mir den Kopf schwirren lassen. »Er ist nur ein ganz normaler Typ.« Zumindest hatte er bei der Arbeit so gewirkt. Seine Converse hatten ein Loch an der Seite.

»Alicia. Das ist kein normaler Typ.« Tiannah wedelte mir wieder mit dem Handy unter der Nase herum. »Er hat letztes Jahr mehr Steuern gezahlt, als du in, sagen wir, zehn Jahren verdienen wirst. Und das *bei* unserem ungerechten, regressiven Steuersystem, das die Reichen begünstigt. Jackson Jones gehört zu den verdammten ein Prozent. Er gehört wahrscheinlich zu den ein Zehntel von einem Prozent. Stell dir mal vor, wie viel er für wohltätige Zwecke spenden könnte, ohne es auch nur zu spüren.«

Ich ließ mich in meinen Stuhl zurücksinken und hielt meine Finger weit von meinem Handy entfernt. Bis vor einer Minute war sein Besitz der Firma etwas Abstraktes gewesen. Eine vage Art von Macht, die er über mich und die anderen Jungs im Team, über jeden im Gebäude hätte ausüben können, es aber bisher nicht getan hatte. Er hatte sich wie ein ganz normaler Cowboy-Coder benommen. Und das Geld? Was machte man mit all dem Geld? Lag es bei der örtlichen Genossenschaftsbank, so wie meins, und brachte jeden Monat winzige Zinsen? Oder war es wie meine private Altersvorsorge in Aktien und Anleihen investiert? Bewahrte er es in seiner Matratze auf? Das wäre eine ganz schön dicke Matratze.

»Hast du ihn danach gefragt?«

»Nach dem Geld? Nein, natürlich nicht. Wir sind Kollegen. Und wir sind gerade dabei, Freunde zu werden.« Das Wort fühlte sich in meinem Mund immer noch seltsam an.

Sie legte ihre Hände über Tavons Ohren. »Oh, zur Hölle, nein, das seid ihr nicht. Was du bist, ist realitätsfremd, wenn du denkst, du und dieser mehrfache Multimillionär seid gleichgestellt. Das ist ein verdammt gefährliches Spiel, das du da mit deinen anzüglichen SMS und deinen hausgemachten Abendessen spielst.«

Sie hob den Fußball unter ihrem Stuhl auf und gab ihn Tyesha. »Isha, nimm deinen Bruder mit auf das leere Feld und übe, den Ball zu dribbeln.« Tyesha nahm Tavon an die Hand und führte ihn mit dem Ball weg.

Tiannah beugte sich über die Armlehne ihres Stuhls und sagte mit leiser Stimme: »Männer wie er denken nicht darüber nach, wie sie normale Leute wie uns verletzen. Er will diese SMS« – sie nickte zu meinem Handy – »benutzen, um dir an die Wäsche zu gehen. Und sobald er bereit ist, weiterzuziehen, wird er es tun, ohne einen zweiten Gedanken an dich oder deine Karriere zu verschwenden.«

»Aber Jackson wirkt nicht wie diese Art von Kerl. Er ist fürsorglich. Aufmerksam. Manchmal sogar nett.« Ich schaute zu

Esmy, aber sie hatte diskret angefangen, mit Mom zu reden, als Tiannah anfing zu flüstern.

Ich hatte letzte Nacht länger über die Geschichte mit der Praktikantin nachgedacht, als ich sollte. Am Ende war ich zu dem Schluss gekommen, dass er einen Fehler gemacht hatte, und dann hatten er und Cooper es so gut wie möglich wiedergutgemacht.

Es war ein Fehler, Jackson so zu küssen, wie ich es gestern Abend hatte tun wollen. Es würde die Dinge bei der Arbeit verkomplizieren. Wenn das Team es wüsste, würde es die ganze Dynamik durcheinanderbringen. Vielleicht auch das Projekt. Ganz zu schweigen von meinem brandneuen Unternehmen. Cooper würde einen Tisch umwerfen, wenn wir tatsächlich getan hätten, was er dachte, was wir getan hatten. Dann wäre es das mit meiner Referenz gewesen. Was, wenn die Leute in der Tech-Community herausfanden, dass die CEO von Weber Technology Consulting bei ihren Aufträgen noch ein kleines Extra mit einbaute? Meine Wangen wurden heiß, und das lag nicht am warmen Nachmittagssonnenschein.

»Sicher. Wahrscheinlich hat er auch mit Noah geredet. Irgendeinen Weg gefunden, eine Verbindung zu ihm aufzubauen.« Tiannah spitzte die Lippen.

Autos. Woher hatte er gewusst, dass Noah auf Autos stand? Ich nickte. »Sie haben sich gut verstanden. Ich habe ihm aber nicht erlaubt, Noah anzubieten, ihn zum Circuit of the Americas mitzunehmen.«

»Oh, Süße.« Sie schüttelte den Kopf. »Er hat dich durchschaut. Der Weg zu deiner Mumu führt direkt über Noah.«

»Igitt, Tee. Das ist so widerlich.«

»Macht es aber nicht weniger wahr.«

Verdammt, sie hatte recht. Wenigstens hatte ich nicht nachgegeben und ihn eine Bromance mit Noah anfangen lassen. Jackson würde bald wieder weg sein. Sein Leben in Austin war nur vorübergehend. Es wäre schon schlimm genug, wenn ich ihn in mein eigenes Herz ließe. Das Schlimmste wäre, wenn er und Noah sich nahekämen und Jackson dann die Stadt verließe. Ich sah zum Feld und fand Noahs knubbelige, von Socken bedeckte Knie. Er dribbelte den Ball an Orlando vorbei, der das Tor verteidigte.

Mein Handy summte. So sehr es mich auch in den Augen juckte, Jacksons neueste Nachricht zu sehen, ich ignorierte es.

Tiannah warf ihm einen finsteren Blick zu. »Ganz zu schweigen von dem Schaden, den du anderen Frauen in diesem Büro zufügen würdest. Wenn zwischen euch etwas passiert und es rauskommt, ist das eine Ausrede für die Geschäftsleitung, keine Frauen als Beraterinnen oder Angestellte einzustellen. Und dann sind da noch die Frauen, die bereits dort arbeiten und denken, man müsse einen Kerl an seine Wäsche lassen, um voranzukommen.«

»Oh mein Gott.« Ich vergrub mein Gesicht in meinen Händen. »Ich bin die Schlimmste.« Ich wusste nur zu gut, was schon ein Hauch von Günstlingswirtschaft anrichten konnte. Der unheimliche Dr. Fletcher musste nur an meinem Schreibtisch verweilen, meine Hand zu vertraut berühren und meine Arbeit ein paarmal zu oft loben, und schon tuschelte der Rest des Kurses über mich und schloss mich aus seinen Lerngruppen aus. Markierte mich als jemanden, der sich für eine bessere Note hingegeben hatte.

»Nein, Schatz, du bist nicht die Schlimmste.« Tiannah legte ihre Hand auf meine Schulter. »Du bist eine starke Frau, großartig in deiner Arbeit und eine Bärenmutter, die Noah beschützt. Vergiss nie, dass du unter Beobachtung stehst – von Noah, von deinen Kunden und von allen anderen in dieser Firma. Ich wünschte, es wäre nicht so, aber so ist es nun mal.«

Sie wusste, wovon sie sprach. Als eine der wenigen schwarzen Programmiererinnen in der Gegend sah sich Tiannah noch größeren Herausforderungen gegenüber. Sie hatte während zwei Schwangerschaften gearbeitet und war nach beiden wieder ins Büro zurückgekehrt, zumindest teilweise, wie sie mir erzählt hatte, weil sie allen – einschließlich sich selbst – beweisen wollte, dass schwarze Frauen gleichzeitig Rockstar-Programmiererinnen und Mütter sein können. Bei der dritten Schwangerschaft war sie erschöpft. Nicht einmal, sich selbst etwas zu beweisen, war es wert, als sie drei kleine Kinder zu Hause hatte.

»Ich weiß. Ich werde stark sein wie du.«

»Nein, Süße. Du musst nicht jemand anderes sein. Sei du selbst. Du bist stark. Ich weiß, dass du das Richtige tun wirst.«

Ich lächelte meine beste Freundin an und ergriff ihre Hand.

Die Pfeife ertönte, und wir richteten unsere Aufmerksamkeit wieder auf das Spielfeld. Noah spielte als Stürmer auf der anderen Seite des Feldes. Er starrte aufmerksam auf den Ball.

Konzentration. Ich musste mich auf den Ball konzentrieren, so wie Noah. Und der Ball war nicht irgendein unterbesteuerter Multimillionär, der zum Spaß mit teuren Sportwagen spielte. Er war mein Job, meine Firma und meine Zukunft. Die Zukunft meiner Familie.

20

ALICIA

AM FREITAG, da Coopers persönliche Demo direkt nach dem Wochenende bevorstand, ging ich nach dem Stand-up-Meeting geradewegs an meinen Arbeitsplatz. Weil ich am Montag früher gegangen war und mich um Noahs obligatorische dreitägige Suspendierung wegen einer Schlägerei kümmern musste, war ich mit meiner Arbeit ins Hintertreffen geraten. Ich würde mir kein Nachfüllen meines Tees und keine Toilettenpausen erlauben. Ich würde mich nicht von meinem Stuhl rühren, bis ich meinen Code eingecheckt hatte. Während des Meetings hatte ich die gleiche Regel für alle anderen aufgestellt, die noch nicht fertig waren. Abgesehen von der Regel mit der Toilettenpause. Ich war eine strenge Chefin, aber kein Unmensch. Unsere Demo würde makellos sein. Cooper hätte diesmal keinen Grund, uns zur Schnecke zu machen.

Jackson stemmte seine Handfläche neben mir auf den Schreibtisch und beugte sich vor, um auf meinen Bildschirm zu spähen. Der kurze Ärmel seines Queen-T-Shirts spannte sich um seinen Bizeps, und ich folgte mit den Augen der Ader, die sich um seinen Unterarm bis zum Handgelenk wand. Wie würde sich dieser starke Arm anfühlen, wenn er mich umschlingen würde? Ich erschauderte.

»Arbeitest du immer noch an deinem Code?«, fragte er. Jackson hatte all seine Aufgaben bereits in die *Erledigt*-Spalte verschoben.

»Ja.«

»Lass mich dir helfen. Zusammen schaffen wir es schneller. Wir versuchen es noch mal mit Pair-Programming.«

Tyler und Amit steckten ihre Köpfe zusammen und gingen ihren Code durch. Für sie hatte es hervorragend funktioniert. Und Jackson war schnell. Wenn ich seinen Code überprüfte, während er durch die Zeilen flog, wären wir bis zum Ende des Tages fertig.

»Okay. Ich versuch's. In fünf Minuten.« Ich ging schnellen Schrittes nach unten und machte die IT-Höhle ausfindig. Als ich zu unserem Schreibtisch zurückkehrte, reichte ich Jackson eine Schachtel mit einer brandneuen Tastatur, die damit warb, flüsterleise zu sein. »Ich lass dich sogar ans Steuer.«

Grinsend schloss er die Tastatur an und ich rollte meinen Stuhl näher an ihn heran. Er öffnete das Programm, und wir begannen zu arbeiten. Er schaffte es immer noch, die weniger als flüsterleisen Tasten zum Klicken zu bringen, aber es hämmerte nicht mehr so in meinem Kopf wie am ersten Tag. Oder vielleicht war es sein Geruch nach Leder und Kiefernwald, der mich einhüllte und mich alles vergessen ließ, was mich früher irritiert hatte.

»Alicia?«

»Hmm?« Ich riss meinen Blick zu Jacksons Gesicht, das er mir über die Schulter zugewandt hatte.

»Ich habe gefragt, ob du damit einverstanden bist, was ich da gemacht habe. Es ist ein wenig ungewöhnlich, aber ich denke, wir erzielen damit die gewünschten Ergebnisse effizienter.«

»Oh, äh …« Ich überflog den Code und sah die Stelle, nach der er gefragt hatte. »Sieht für mich gut aus. Vielleicht fügst du einen Kommentar hinzu, falls es später jemand infrage stellt.«

Er drehte sich wieder zum Bildschirm, und ich rückte meinen Stuhl ein Stück weg. Freunde. Mehr konnten wir beide uns nicht leisten. Meine verräterischen Hormone mussten da endlich mitspielen.

Ein paar Stunden später knurrte Jacksons Magen.

Ich schaute auf die Uhr an der Wand. Es war fast ein Uhr. »Warum machst du nicht Mittagspause? Ich arbeite weiter.« Ich hatte mein Mittagessen von zu Hause mitgebracht, da ich wusste, dass ich heute keine Minute verschwenden durfte.

»Kein Mittagessen.« Er ließ seine Finger über der Tastatur kreisen. »Deine Regel.« Sein Magen grummelte erneut.

»Na gut. Willst du die Hälfte von meinem Sandwich?« Ich zog die Kühltasche aus der Schublade. »Es ist Esmys hausgemachter Pimento-Cheese-Aufstrich.«

»Pimento-Cheese?«

»Wenn ich dir sage, was drin ist, wirst du es ekelhaft finden. Aber es ist würzig und köstlich. Willst du probieren?« Ich legte die Hälfte des Sandwiches auf eine Serviette und reichte ihm den Rest, der noch in Plastikfolie eingewickelt war.

»Okay.«

Als er mir das Sandwich abnahm, war es nur der niedrige Blutzucker, der meine Haut kribbeln ließ. Ich biss in mein Sandwich, und er tat es mir gleich. In einer Minute würden wir uns beide besser fühlen.

Er schluckte. »Das ist wirklich gut. Bist du sicher, dass du mir nicht verraten willst, was drin ist?«

»Keine Chance. Hey, achte auf das überflüssige Leerzeichen da.«

Um vier Uhr begann unten Musik zu spielen. Einmal im Monat veranstaltete Synergy eine eigene Happy Hour für die Mitarbeiter mit Bier, Snacks und Musik. Als unser Team mit dem Programmieren fertig war und grünes Licht vom automatischen Testsystem bekam, schlenderten sie nach unten, bis nur noch Jackson und ich übrig waren, die unseren Code fertigstellten. Nach einer weiteren halben Stunde Arbeit drückte er den Knopf, um den Code zum Testprozess zu schicken.

Jackson lehnte sich in seinem Stuhl zurück und rieb sich die

Schulter, wo sie auf den Nacken traf. Er blickte auf das Board und den schrumpfenden Backlog an Arbeit. »Noch zwei Sprints nach diesem hier. Ich denke, wir werden sogar Zeit für einiges an Refactoring haben.«

Ich kicherte. »Jetzt übertreiben wir mal nicht. Vier Wochen sind nicht viel Zeit. Alles Mögliche könnte passieren.«

»Komm schon. Du weißt, dass du diesen Code zum Singen bringen willst.«

Ich ließ meine Handgelenke kreisen. »Okay, ja, das will ich. Ich will, dass er so schnell läuft, dass Cooper die Ohren schlackern.«

»Wenn wir die neuen Funktionen im nächsten Sprint fertigstellen, können wir den letzten damit verbringen, ihm einen Turbo zu verpassen.«

Wie wäre es, Cooper Fallon, den Tech-Superstar, mit unserer Demo zu beeindrucken? Ziemlich verdammt gut. »Okay. Wenn wir alle Funktionen frühzeitig fertigstellen, machen wir das.«

Er grinste den Fortschrittsbalken auf dem Bildschirm an.

Die Testroutine endete mit einem sauberen Bericht. Jackson checkte den Code im Repository ein, und ich benutzte meinen eigenen Computer, um zu überprüfen, ob der Code von allen anderen dort war, wo er hingehörte.

Er stand auf. »Komm mit.«

»Was?« Aber ich stand ebenfalls auf und streckte meinen Rücken durch.

»Wir müssen uns bewegen.« Er ging den offenen Flur entlang und bog links zur gläsernen Schiebetür ab, die auf Synergys kleine Terrasse im zweiten Stock mit Blick auf den Fluss führte. Da alle anderen bei der Happy Hour im Erdgeschoss waren, war die Terrasse leer, ebenso wie die Schreibtische drinnen, die darauf blickten. Er trat an das Geländer und stützte seine Ellbogen darauf, während er auf die Bäume und das glitzernde Wasser dahinter starrte.

Ich zog meine Jacke aus, legte sie über das Geländer und ahmte seine Haltung nach.

»Was machst du eigentlich danach?«

Ich neigte meinen Kopf zu ihm. »Du meinst heute Abend? Ich gehe nach Hause. Filmabend mit Noah.«

Sein Mundwinkel zuckte nach oben, und ich wollte ihm mit meinem Finger nachfahren. »Nein, ich meinte nach diesem Projekt. Hast du schon deinen nächsten Auftrag an Land gezogen?«

»Oh. Ja, ein örtliches Krankenhaus braucht Hilfe bei seinem Patientendatensystem. Ein ehemaliger Kollege hat mich empfohlen. Das sollte mich bis Ende des Jahres beschäftigen.« Es würde nicht das Prestige des Synergy-Projekts haben, aber es wäre ein Gehaltsscheck. Ich könnte Coopers Empfehlung für den nächsten Auftrag nutzen und anfangen, die Karriereleiter bei großen Unternehmen hinaufzuklettern. Vielleicht könnte ich nächsten Sommer sogar einen Auftrag außerhalb der Stadt ergattern. Endlich könnte ich so reisen, wie ich es mir immer gewünscht hatte.

»Nett.« Er beugte sich über das Geländer und musterte die Grünfläche unter uns.

»Was machst du nach dem Projekt?«, fragte ich.

»Wir werden noch einige lose Enden zu verknüpfen haben. Das Test-Team drüberschauen lassen. Und dann, keine Ahnung. Das hängt alles von Cooper ab.«

»Glaubst du wirklich, er würde dich nicht in die Zentrale zurücklassen, wenn du wolltest?«

»Kommt drauf an.« Er zuckte mit den Schultern. »Wenn er immer noch sauer auf mich ist, nein.«

»Warum lässt du dich von ihm so behandeln?« Ich dachte an meinen ersten Tag bei Synergy zurück, als Cooper Jackson nicht gesagt hatte, dass ich an seinem Projekt mitarbeiten würde. »Ihr seid Partner. Gleichberechtigt.«

Er erstarrte. »Er ist besser in den geschäftlichen Dingen als ich. Außerdem muss er es immer ausbaden, wenn ich Mist baue.«

»Du baust doch keinen …« Aber dann erinnerte ich mich an die Praktikantin. Er hatte gesagt, Cooper hätte die Situation für ihn geregelt. Trotzdem schien es nicht so schlimm gewesen zu sein. Sie hatte ihr Praktikum beendet und eine Empfehlung bekommen. »Ich bin sicher, Cooper hat auch schon einige Fehler gemacht.«

»Nicht wie meine.« Er sah mich an, seine braunen Augen voller etwas, das mir schwer ums Herz werden ließ. »Der Börsengang. In der Nacht, bevor wir uns mit den Bankern trafen, sind Cooper und ich ausgegangen. Wir haben uns die Kante gegeben. Normalerweise ist er der mürrische Betrunkene und ich der fröhliche. Aber aus irgendeinem Grund – der ganze Stress, ich weiß nicht – habe ich mich draußen mit einem Polizisten angelegt. Bin im Knast gelandet. Cooper war schon zurück ins Hotel gegangen und eingeschlafen, und er hat meine Nachricht erst am nächsten Tag bekommen. Er hat mich da rausgeholt, aber ich bin zu unserem Meeting in den Klamotten von letzter Nacht aufgetaucht und roch nach Gefängnis.« Er rümpfte bei der Erinnerung die Nase. »Die Banker sagten, wir müssten jemand anderen als CEO einstellen. Jemanden, den sie ausgesucht haben.« Sein Gesicht verzog sich, als er sagte: »Weston.«

Ich suchte sein Gesicht ab. Wäre er ein guter CEO gewesen? Wir hatten einen holprigen Start bei dem Projekt, aber in den letzten Wochen hatte er wahre Führungsqualitäten gezeigt. Er hatte Potenzial. Schade, dass er sich so viel Mühe gegeben hatte zu beweisen, dass ihm ein Unternehmen, das er offensichtlich liebte, egal war. Ich legte eine Hand auf seinen Arm. »Du hast hier nichts vermasselt. Du warst großartig mit den Jungs. Ein Anführer. Du könntest so viel mehr sein.« Ich wollte sagen, *wenn du aufhören würdest, dich von Cooper unterbuttern zu lassen,* aber er wäre vielleicht nicht glücklich, wenn ich ihm sagen würde, was ich wirklich von seinem besten Freund hielt. Ich hätte jedem die Augen ausgekratzt, der versucht hätte, ein Wort gegen Tiannah zu sagen.

»Du hast mich zu einem besseren Programmierer gemacht. Zu einem besseren Anführer.« Er wandte sich mir zu, seine braunen Augen ernst, fordernd. »Wir arbeiten gut zusammen. Gib es zu.«

»Das tun wir.«

Er neigte den Kopf. »Ich dachte, du würdest mir widersprechen.«

»Nein. Ich lüge nicht. Ich habe es versucht, als Melissa – meine Schwester – krank war. Ich habe versucht, ihr zu sagen, dass alles gut werden würde, dass sie sich erholen würde und wir wieder alles machen würden, was wir früher gemacht haben. Das war zumindest meine Hoffnung.« Ich starrte auf den Fluss hinaus, der träge in Richtung Golf floss. »Sie sagte mir, ich würde Scheiße erzählen und sie hätte nicht mehr genug Zeit, um sie damit zu verschwenden, mir zuzuhören.«

»Autsch.«

»Ja. Melissa hatte nicht viel Geduld für Lügen – weder für die, die wir anderen erzählen, noch für die, die wir uns selbst erzählen. Deshalb habe ich Noah. Sie hat unserer Mutter nie verziehen, dass sie so lange bei unserem Vater geblieben ist. Darauf gewartet hat, dass er uns verlässt.« Ich schluckte mühsam. Wo war das alles hergekommen? Ich sprach nie über Melissa. Schon gar nicht mit Arbeitskollegen.

»Ich glaube, sie wäre jetzt stolz auf dich. Dass du ausgebrochen bist. Dass du dein eigenes Unternehmen gegründet hast. Meinst du nicht auch?« Er legte eine Hand auf meine, die immer noch auf seinem Arm ruhte.

»Das ist ein Teil des Grundes, warum ich es getan habe. Für sie. Und für Noah. Um ihm zu zeigen, dass wir Webers alles schaffen können, was wir uns in den Kopf setzen.«

Er drückte meine Hand. »Alicia, ich …«

»Hey!« Der Ruf kam von unter uns, und ich riss meine Hand zurück. Tyler stand mit einem roten Becher in der Hand auf dem Rasen. »Die Party ist hier unten, ihr zwei!«

Ich legte eine Hand auf mein rasendes Herz. Hatte er gesehen, wie ich Jackson auf eine nicht ganz kollegiale Weise berührt hatte?

»Wir sind auf dem Weg«, rief Jackson hinunter. »Brauchten nur etwas frische Luft.«

Tyler hob seinen Becher zum Gruß und trottete dann um die Ecke des Gebäudes in Richtung der Musik.

»Ich sollte nach Hause gehen.« Ich hob meine Jacke auf und schüttelte sie aus, während ich mir wünschte, meine Wangen würden sich abkühlen.

»Ein Bier. Du kannst ein Bier mit mir trinken. Mit dem Team.«

Ein Bier klang gut an einem Freitag, nachdem man all diesen Code geschrieben hatte. Nach dem Seelenstriptease, den wir hingelegt hatten. »Ein Bier mit dem Team.« Ich schenkte ihm ein neckisches Lächeln. »Du darfst auch dabei sein.«

»Du hast mich zum glücklichsten Nerd in Austin gemacht.« Er bot mir seinen Arm an. »Sollen wir?«

Egal, wie sehr ich seinen Arm nehmen wollte, ich konnte es nicht. Keiner von uns konnte sich den Fehler leisten, als etwas anderes als freundliche Kollegen wahrgenommen zu werden.

»Komm schon.« Ich trat an ihm vorbei und schob die Glastür auf. »Lass uns zu den anderen Nerds stoßen.«

21

JACKSON

ICH HOB die Beine auf den Stuhl neben mir am Stehtisch und legte die Knöchel übereinander, sodass meine Stiefel praktisch in Coopers Schoß landeten.

Er sah sie an, als wären es ein Paar scheißverkrustete Arbeitsstiefel, hob dann aber sein Glas mit teurem Bourbon. »Darauf, dass wir das Projekt noch gerettet haben. Ich bin beeindruckt, Jay.«

Ich drehte mein Glas im Kreis und beobachtete, wie der goldene Extra-Añejo-Tequila gegen die Wände schwappte. »Das ist alles Alicias Verdienst. Sie ist unglaublich.«

Er hob seine dichten Augenbrauen. »Als ich mich heute Nachmittag mit ihr getroffen habe, hat sie gesagt, es wäre alles dein Verdienst gewesen.«

»Ich schätze, wir arbeiten einfach gut zusammen. Und wir sind beide bescheiden.«

Er schnaubte. »Du warst noch nie der bescheidene Typ. Als du in unserem Literaturkurs im ersten Semester eine Eins für eine Hausarbeit bekommen hast, hast du sie ›versehentlich‹ der ganzen Klasse gezeigt.« Der Mistkerl hatte die Dreistigkeit,

Anführungszeichen in die Luft zu malen. Ich war über den offenen Schnürsenkel meiner Converse gestolpert und die Arbeit war mir aus der Hand gefallen. Ich hatte nur die Gelegenheit genutzt, sie mit der Note nach oben fallen zu lassen.

»Das war auch eine Teamleistung. Ohne dich hätte ich den Kurs nie bestanden. Verdammt, ich hätte nie meinen Abschluss gemacht.«

»Es ist nichts Falsches daran, ein wenig Hilfe zu brauchen. Ich wünschte, du …« Er schüttelte den Kopf und nippte an seinem Whiskey.

Ich kniff die Augen zusammen. »Du wünschst, ich was?«

»Ich wünschte, du würdest nicht immer versuchen, alles im Alleingang zu machen, den Cowboy zu spielen.« Er nickte in Richtung meiner Stiefel.

Ich nahm die Beine vom Stuhl und hakte die Absätze meiner Stiefel um die Querstrebe meines Hockers. Wenn ich allein arbeitete, legte ich meine Scheiße vor niemand anderem offen. Oder riss sie mit mir in den Abgrund. Aber Alicia hatte mich nicht ausgelacht, nicht ein einziges Mal. Nicht einmal, als ich im Code herumsprang oder an dem Tag letzte Woche, als ich mich auf nichts zu konzentrieren schien und sie mich fünfmal dabei erwischt hatte, wie ich ins Leere starrte. Sie hatte mich sanft daran erinnert, woran wir arbeiteten, und einfach weitergemacht. Tatsächlich schien das ganze Team schneller und besser zu programmieren. Wir hatten in den letzten zwei Wochen mehr zusammen erreicht als in den vier Wochen davor getrennt.

Es gab nur zwei andere Menschen, denen ich zutraute, mich nicht zu verspotten. Die eine war meine Schwester Sam. »Du und ich haben immer gut zusammengearbeitet.«

»Stimmt.« Seine blauen Augen brannten sich in meine, die Ränder vom Bourbon leicht gerötet. »Wir sind ein super Team. Deshalb haben wir die Firma Synergy genannt. Erinnerst du dich?«

Ja, ich erinnerte mich. Vage. Wir hatten damals billigeren Fusel getrunken, in der Nacht, bevor wir uns den Risikokapitalgebern vorstellten. Eine Erinnerungsfetzen blitzte auf: Cooper, der lallte: »Ssssynergie. Das isses.« Vielleicht hatte ich ihn danach geküsst. Oder vielleicht war es nur dieses eine Mal im College gewesen. Wir waren damals jünger gewesen, und die Kater waren nicht so schlimm gewesen.

»Auf dich und Alicia Weber«, sagte er. »Eine Partnerschaft, die die Firma retten wird.«

Diesmal hob auch ich mein Glas und leerte es. Ich war so lange aufgeschmissen gewesen, bevor Alicia zu uns stieß. Egal, was sie oder Cooper sagten, sie war der entscheidende Faktor. Sie hatte das Projekt gerettet, nicht ich. Aber zum ersten Mal ärgerte ich mich nicht darüber, Hilfe zu brauchen. Ich winkte dem Kellner für eine weitere Runde.

»Ich denke, nachdem du dieses Projekt abgeschlossen hast, solltest du in die Zentrale zurückkehren. Wir haben ein paar Initiativen, die deine Expertise gebrauchen könnten. Vielleicht könntest du bei beiden in beratender Funktion mitarbeiten. Anfangen, dich wie ein Vizepräsident für Entwicklung zu verhalten, anstatt wie ein leitender Programmierer.«

Ich blinzelte ihn an. »Ernsthaft?«

»Du kannst dieses Projekt aus der Ferne fertigstellen. Du wärst rechtzeitig zum Thanksgiving-Essen bei deiner Familie zu Hause.«

Die Kellnerin stellte unsere Getränke auf den Tisch und ich trank die Hälfte meines Glases in einem Zug aus. Das Glas noch in der Hand, zeigte ich auf Cooper. »Du kommst auch zu Thanksgiving.«

Seine Wangenknochen färbten sich rosa. »Klar. Sehr gern.«

Natürlich würde er. Meine Mutter vergötterte ihn. Im Gegensatz zu ihrem eigenen Sohn war er perfekt.

Ich schob den Gedanken beiseite. Ich wurde aus dem Exil entlassen. Ich würde nach Hause gehen. Zurück in die Synergy-Zentrale und in mein Büro in der obersten Etage, wo mir niemand Befehle erteilte. Okay, außer meiner Assistentin Marlee.

Aber es würde keine Alicia geben, die dezent den Kopf schüttelte, wenn ich zu viele Haftnotizen aus dem Backlog zog. Die mit diesen scharfen blauen Augen durch meinen Code ging. Die mich ermutigte, mein Bestes zu geben. Die an mich glaubte.

Kein Wunder, dass ich nicht begeistert war.

DAS HAUS WAR DUNKEL, als ich davor hielt. Scheiße. Ich sah auf meine Uhr. Nach elf. Ich schaltete den Motor des Trucks aus und saß eine Minute lang in der stillen Dunkelheit.

Vielleicht schlief sie noch nicht. Ich tippte: *Wach?*

Eine Minute später schrieb sie zurück: *Nein.*

Na gut. Ich schwebte mit dem Finger über dem Zündknopf. Aber mein Handy vibrierte mit einer weiteren SMS.

ALICIA

Musst du reden?

Können wir uns auf deiner Veranda treffen?

Der Vorhang an einem Fenster im Obergeschoss zuckte, und ein paar Sekunden später ging das Verandalicht an. Ich kletterte aus dem Truck, sprintete den Gehweg und die Vordertreppe hinauf.

Alicia stand hinter der Fliegengittertür, die Arme vor einem Trägertop verschränkt. Sie trug ein Paar Schlafshorts, die noch kürzer waren als die abgeschnittenen Jogginghosen, die sie das letzte Mal getragen hatte. »Was machst du hier?«

»Ich musste reden. Und wir sind doch Freunde, oder? Freunde reden miteinander.«

Sie zögerte einen Moment, bevor sie die Fliegengittertür aufstieß und nach draußen trat. Sie ging zu der Hollywoodschaukel auf der einen Seite der Veranda, und ich folgte ihr. Sie knarrte, als ich mich auf die andere Seite der Bank setzte.

Alicia zog die Knie unters Kinn und umschlang sie mit den Armen.

»Ist dir kalt?«

»Nein, ich …«

Ihre Arme waren mit Gänsehaut bedeckt. Ich zog meinen Pullover über den Kopf und reichte ihn ihr. Sie starrte ihn eine Sekunde lang an, nahm ihn dann widerstrebend und zog ihn sich über den Kopf. Sie vergrub ihre Nase im Kragen.

»Entschuldige, er riecht wahrscheinlich nach der Bar.«

»Nein. Er ist perfekt. Danke. Worüber wolltest du reden?«

Ich zog mein T-Shirt nach unten, das hochgerutscht war, als ich meinen Pullover ausgezogen hatte. »Cooper sagt, ich kann am Ende des Projekts nach Hause gehen.«

Ich konnte ihren Mund nicht sehen, der vom Pullover verdeckt war. Ihre Stimme war gedämpft, als sie sagte: »Das sind gute Nachrichten.«

»Sind es das? Das ist es, was ich schon lange wollte. Aber als er es sagte, fühlte ich … ich weiß nicht, was ich fühlte.«

»Rechtfertigung? Erleichterung?«

»Enttäuschung.«

Sie zog den Kragen des Pullovers herunter, sodass ich ihr Gesicht wieder sehen konnte. »Warum enttäuscht?«

»Ich glaube, ich werde es hier vermissen. Ich werde das Team vermissen. Ich werde dich vermissen.«

Ihre Lippen verzogen sich zu einem Lächeln, aber ihre Augen wirkten traurig. »Das Team wird immer noch hier sein. Vielleicht könntest du aus der Ferne mit ihnen zusammenarbeiten. Oder einige von ihnen bitten, in die Zentrale zu wechseln.«

»Aber – aber nicht du.« Sie würde zu ihrem nächsten Beraterjob im Krankenhaus wechseln.

»Ich hätte dich sowieso verlassen. Das hier ist nur ein Job für mich.«

Ein scharfer Stich, wie von einem Papierschnitt, zuckte durch meine Brust. »Würdest du jemals in Erwägung ziehen, diesen Job … dauerhaft zu machen?« Wie wäre es, jeden Tag an ihrer Seite zu arbeiten? Ihre Ermutigung zu haben, selbst wenn niemand sonst glaubte, dass ich es schaffen könnte? Der Himmel.

»Das habe ich schon durch, und die emotionalen Narben habe ich zum Beweis.« Ihre Augen glitzerten im Licht der Veranda.

»Aber Synergy ist nicht so. Wir schätzen unsere weiblichen Angestellten. Verdammt, auch unsere trans- und nicht-binären. Wir haben Mitarbeiter-Ressourcengruppen …«

Sie streckte die Hand aus und legte sie auf meinen Arm. Ein Kribbeln stieg bis in meine Brust und ließ mein Herz schneller schlagen.

»Ich bin sicher, bei Synergy zu arbeiten, ist großartig. Aber mein eigenes Unternehmen gibt mir Unabhängigkeit. Flexibilität. Die Macht, Nein zu sagen.«

Meine Brust zog sich zusammen. »Die Macht, wegzugehen.«

»Nein, das ist nicht …« Sie biss sich auf die Lippe. »Ich schätze, das ist ein Teil davon.«

»Warum ist das wichtig, Alicia?« Das war unfair von mir, besonders nachdem sie mir gesagt hatte, dass sie nicht lügt. Aber ich konnte die Frage nicht für mich behalten. Jemand hatte sie verletzt, und ich wollte wissen, wer.

Sie hielt lange inne, bevor sie sprach, so lange, dass ich nicht sicher war, ob sie es mir erzählen würde.

»Mein Vater ist gegangen, als wir Melissas Diagnose bekamen. Ich weiß nicht, ob es daran lag, dass er mit dem Stress nicht umgehen konnte oder ob er schon mit einem Bein draußen war und das der letzte Tropfen war. Außer den Scheidungspapieren haben wir seitdem nichts mehr von ihm gehört. Dann habe ich gesehen, was mit Noahs Vater passiert ist. Melissa hat gesagt, er war schon weg, als sie herausfand, dass sie schwanger war. Und dann kam der Krebs zurück, schlimmer als je zuvor, und sie – sie ist auch gegangen.« Sie steckte ihre Hände in die zu langen Ärmel meines Pullovers. »Ich schätze, danach wollte ich diejenige sein, die geht. Die, die es beendet. Tiannah – sie ist meine beste Freundin – sagt, ich denke mir lächerliche Gründe aus, um Beziehungen zu beenden.«

»Wirklich?« Ich konnte es mir nicht vorstellen. Die solide,

beständige Alicia, die jemanden in den Wind schießt, weil er mit offenem Mund kaut? »Gib mir ein Beispiel.«

Sie lächelte, und ich war froh, die Stimmung aufgehellt zu haben. »Okay, hier ist das Schlimmste: Der letzte Kerl, mit dem ich ausging, war perfekt. Versteht sich super mit Noah, hat sogar ein Kind in seinem Alter. Schönen Arsch.«

»Aber?«, dehnte ich das Wort.

Sie grinste über mein schwaches Wortspiel. »Aber als wir endlich miteinander geschlafen haben, war es … nicht gut.«

Hitze stieg aus meiner Körpermitte auf und ich ballte meine Hände zu Fäusten. »Er hat dich doch nicht verletzt, oder?«

»Nein, nein. Es war einfach … na ja.« Sie zuckte mit den Schultern. »Ich konnte mir nicht vorstellen, das für den Rest meines Lebens mit ihm machen zu wollen.«

Meine Hände entspannten sich. »Ich bin kein Sextherapeut, aber vielleicht hättest du mit ihm darüber reden sollen?«

»Vielleicht hätte ich das tun sollen. Aber es war einfacher, es zu beenden. Weniger schmerzhaft, als wenn ich mich zu sehr darauf eingelassen hätte und er mich dann verlassen hätte. Ich weiß, das klingt schrecklich. Aber« – sie zuckte wieder mit den Schultern – »beweis mir das Gegenteil.«

»Ist das eine Einladung?« Was sagte ich da? Ich war Mr. One-Night-Stand. Alicia beendete die Dinge, bevor sie zu weit gingen; ich ließ sie nie erst anfangen.

»Du weißt, dass wir das nicht können. Es wäre eine berufliche Katastrophe. Für uns beide.«

»Es ist nur ein Job für dich, erinnerst du dich? Wir könnten uns daten, sobald das Projekt vorbei ist.«

»Du hast mir gerade gesagt, dass du nach San Francisco zurückgehst.«

»Ich habe gesagt, Cooper hat gesagt, ich könnte. Ich könnte bleiben. Wenn ich einen Grund hätte.« Meine Brust fühlte sich leichter an, sobald die Worte meinen Mund verließen. Ich könnte bleiben. Hier. Mit Alicia. Ich könnte mit ihr auf dieser Schaukel sitzen. Ihre Hand halten. Sie küssen, so wie ich es neulich Abend gewollt hatte.

»Ich wäre ein Grund zu bleiben.« Ihr Ton war ausdruckslos, ungläubig. Verdammt, ich glaubte selbst kaum, was ich da sagte.

Ich streckte die Hand aus und nahm ihre, schob den Ärmel meines Pullovers zurück, bis sich unsere Handflächen berührten. »Du bist der einzige Grund, den ich bräuchte.«

Ihre blauen Augen, so viel wärmer als die von Cooper, wurden weicher. »Lass uns darüber reden, wenn das Projekt endet. Wenn wir es dann immer noch versuchen wollen. Mal sehen, wie es für ein paar Wochen läuft.«

Ein Testlauf, wie wir ihn auf der Rennstrecke machten. Um sicherzustellen, dass das Auto renntauglich war. Nur dass ich in diesem Fall das Auto war. »Okay.«

Ich hob ihre Hand und küsste ihren Fingerknöchel. Dann stand ich auf. »Gute Nacht, Alicia.«

»Nacht, Jackson. Warte, dein Pullover.«

Ich war schon die Verandastufen hinunter und ging zurück zu meinem Truck. »Behalt ihn.« Als Beweis, dass ich nirgendwo hinging.

22

JACKSON

ICH LEHNTE mein Handy auf der Küchentheke gegen den riesigen Kürbis-Lampion aus Plastik und ließ die Tüten mit dem Deko-Zeug auf den Boden fallen.

»Schaffst du es wirklich nicht, einen Tag früher zu kommen?«, fragte ich und legte einen hoffnungsvollen Unterton in meine Stimme, so als ob ich wollte, dass er kam.

Das wollte ich nicht.

»Nein, ich habe heute Abend eine Benefizveranstaltung.« Auf dem Bildschirm schwankte Cooper hin und her, während der Schweiß von den dunklen Spitzen seiner Haare tropfte, als er auf seinem Heimtrainer in die Pedale trat. »Du feierst deine Party doch immer *an* Halloween, nicht am Tag davor.«

Ich hatte fast ein schlechtes Gewissen. *Fast.* Cooper und ich hatten seit dem ersten Studienjahr kein Halloween mehr getrennt verbracht. Von den Fassbierpartys, die wir in unserem Wohnheimzimmer veranstaltet hatten, über die übertriebenen Lagerhaus-Sausen bis hin zu diesem einen denkwürdigen Wochenende in Amsterdam – zumindest der Teil, bei dem ich keinen Filmriss gehabt hatte – Halloween war mein Ding. Keine Verpflichtungen gegenüber der Familie Jones, nur die Anonymität und der Mangel an Verantwortung, die mit Kostümen und einer Menge Alkohol einhergingen. Ja, ich gebe es zu: Diese wilden Partys spielten genau dem Playboy-Image in die Karten, das ich mir so mühsam aufgebaut hatte. Die Partys, die Rennen, die Frauen, all das fügte sich zu einer harten Schale zusammen, die ich um den unsicheren Jungen gebaut hatte, der sich nicht konzentrieren konnte, den Firmengründer, der regelmäßig Leute enttäuschte.

Nicht einmal Cooper durchschaute das.

»Als Halloween das letzte Mal auf einen Wochentag fiel, musste ich am nächsten Morgen Marlee auf dich ansetzen. Erinnerst du dich?«, fragte er liebevoll. »Wo hat sie dich aufgespürt?«

»Auf einer Chaiselongue neben Westons Pool.« Aus irgendeinem Grund hatte ich es für eine gute Idee gehalten, am frühen ersten November beim CEO aufzutauchen, aber ich war auf seiner Terrasse eingeschlafen, bevor ich den Streich hatte spielen können, für den ich dorthin gegangen war.

»Marlee ist Gold wert.«

Wem sagst du das. Einer der vielen Gründe, warum ich mich geweigert hatte, sie zu beurlauben. Ich hob eine Packung Spinnengirlanden aus einer der Tüten. Ich würde sie über die Terrassentür hängen, damit die Leute hindurchstreifen konnten, wenn sie sich ein Bier holten.

»Einige der Leute, die ich einlade, haben Kinder. Die würden an Halloween nicht zu einer Party nur für Erwachsene kommen. Also habe ich sie einen Tag früher gemacht.« Ich hätte fast getanzt, direkt im Büro, als Alicia sagte, dass sie kommen würde.

Cooper trat langsamer in die Pedale. »Das ist tatsächlich ziemlich rücksichtsvoll von dir.«

Ich zuckte mit den Schultern. »Ich schätze, ich werde erwachsen oder so.« Ich zog eine Packung Augapfel-Eiswürfelformen heraus. »Ich liebe die!«

»Erwachsen«, grummelte Cooper. Er trat schneller. »Vielleicht kann ich morgen Vormittag kommen. Wir könnten eine Runde fahren. Oder wandern.«

Wenn heute Abend alles gut ging, hatte ich gehofft, Alicia könnte mich vielleicht an Halloween zu sich einladen. Gemeinsam könnten wir mit Noah um die Häuser ziehen und »Süßes oder Saures« spielen. Das hatte ich nicht mehr getan, seit meine Schwestern klein waren. Ich hatte mir vorgestellt, wir wären wie Freunde. Nicht wie Kollegen.

Jetzt, wo ich beschlossen hatte, in Austin zu bleiben, hatte ich Wochen, wenn nicht länger, um Zeit mit Alicia zu verbringen. Vielleicht würde sie mich zu einem von Noahs Fußballspielen mitkommen lassen.

»Klar. Machen wir.« Ich würde den nächsten Tag mit meinem besten Freund verbringen, der nur für eine oder zwei Nächte in der Stadt sein würde.

Cooper wurde wieder langsamer und strahlte mich an. »Ich bin bis Mittag da. Und, Jay, ich bin stolz auf dich.«

Ich lächelte zurück, wenn auch nicht ganz so breit. »Kann's kaum erwarten.«

ALICIA

ICH HATTE ein flaues Gefühl im Magen bekommen, als ich Jacksons Adresse in der Einladungs-E-Mail gesehen hatte. Es gab eine Menge Apartmentanlagen in dieser Straße. Es konnte nicht dieselbe sein. So viel Pech konnte ich nicht haben.

Aber das hatte ich. Das flaue Gefühl verwandelte sich in ein richtiges Loch im Bauch, als ich vor Jacksons Gebäude parkte. Ich blickte zur anderen Seite des Komplexes, vorbei am Swimming-pool, dem Sportplatz und dem Clubhaus. Ich konnte nicht einmal das Gebäude sehen, in dem sich die Wohnung befand, in der ich damals ein einziges Mal mit Rick geschlafen hatte. Ich verlang-samte bewusst meine Atmung. Dies war ein Risiko, das ich vermeiden konnte. Wenn ich in Jacksons Wohnung blieb, besonders wenn ich früh ging, waren die Chancen, Rick zu begegnen, verschwindend gering.

Ich stieg aus meinem Honda, strich mein Kostüm glatt und wuschelte mir durchs Haar. Ich atmete tief durch, suchte das Gebäude ab, bis ich seine Wohnungsnummer fand – obwohl das aus seiner Tür dröhnende AC/DC ihn verriet – und ging hinein.

Die Wohnung war dunkel, bis auf farbige Lichter, die an die Decke gerichtet waren und deren Schein von unten allen einen unheimlichen Glanz verlieh. Überall hingen Girlanden: an den Wänden verteilt, von der Halbinsel, die die Küche vom Wohnzimmer trennte, baumelnd und über die offene Schiebetür zur Terrasse flatternd. Es schien kein bestimmtes Thema zu geben, außer Dingen, die man in einem Pop-up-Halloween-Laden finden konnte: Es gab Skelette, Spinnen, Fledermäuse und sogar ein paar *sehr* gruselige Clowns. Auf jeder ebenen Fläche standen Kürbis-Lampions aus Plastik, in denen batteriebetriebene Kerzen flackerten.

Jackson sprang auf mich zu, bekleidet mit Jeans und einem rosa Poloshirt, das er über der Hose trug und dessen Kragen hochgeschlagen war, um eine Goldkette um seinen Hals zu präsentieren. Eine nach hinten gedrehte Baseballkappe bedeckte sein dunkles Haar, und oben darauf saß eine Sonnenbrille. Und natürlich trug er seine mittlerweile allgegenwärtigen Stiefel. Sein Gesichtsausdruck war derselbe wie der von Noah im letzten Jahr gewesen war, als wir an Halloween auf die Veranda getreten waren, um »Süßes oder Saures« zu spielen: jungenhafte Freude. Jackson streckte die Hand aus, als wollte er mich umarmen, aber bei meinem warnenden Blick ließ er die Hände an seine Seiten fallen. Sicher, Freunde umarmten sich. Aber Kollegen taten das nicht, und ich hatte Kevin bereits in der Ecke mit einem orangefarbenen Plastikbecher in der Hand entdeckt.

»Ich bin froh, dass du hier bist.« Er musterte mich von oben bis unten. »Elfi aus *Stranger Things*, richtig?«

»Ja.« Ich hatte das Hemd mit dem geometrischen Muster in einem Vintage-Laden gefunden und es mit hochgeschnittenen

Jeans und Hosenträgern kombiniert. »Bist du … auch im Achtziger-Jahre-Motto?«

Sein Gesicht wurde ein wenig lang. »Ich bin ein *Brogrammierer*. Verstehst du?« Er machte eine ausladende Handbewegung.

»Oh. Total.« Ich rümpfte die Nase, um nicht zu kichern. Es *war* ein bisschen clever.

»Soll ich dir etwas zu trinken holen?«

»Ähm, okay. Ein Bier?«

Er führte mich nach draußen, durch die baumelnden Spinnen hindurch, zu einer Kühlbox. Er zählte die Biersorten auf, ich entschied mich für ein lokales IPA, und er grub es für mich aus dem Eis und öffnete es.

Er zog eine Flasche Wasser aus der anderen Kühlbox und lehnte sich gegen den Pfosten, der den Balkon darüber stützte. Er legte den Kopf schief und beobachtete mich.

»Was?« Ich überprüfte mein Kostüm. Alle Knöpfe waren noch zu, alles war in Ordnung.

»Ich habe dich im Büro gesehen. Und bei dir zu Hause. Aber das ist das erste Mal, dass ich dich hier sehe, bei mir.« Ein Mundwinkel verzog sich nach oben.

Er hatte Lindas Taquería nicht erwähnt. »Und?«

Der andere Mundwinkel hob sich. »Es gefällt mir. Wir könnten versuchen, auch an andere Orte zusammen zu gehen.«

»Jackson, ich –«

»Hör mir zu. Wir sind Freunde. Ich könnte zu einem von Noahs Fußballspielen kommen. Mir etwas von dieser Dienstag-Donnerstag-Magie ansehen.«

»Nein, Jackson, ich – ich will Noah da raushalten. Ich verstehe, dass du nach San Francisco zurückgehst« – ich hob eine Hand – »irgendwann. Aber er wird es nicht verstehen.«

Sein Lächeln erlosch. »Okay, dann musst du mir eben ein paar von Austins Sehenswürdigkeiten zeigen. Wie das Kapitol. Und das Alamo.«

Ich hätte fast mein Bier ausgespuckt. »Das Alamo ist in San Antonio.«

Er rümpfte die Nase. »Wirklich?«

»Eine neunzigminütige Fahrt bei wenig Verkehr. Und du wirst enttäuscht sein. Leute, die keine Texaner oder Geschichtsfreaks sind, sind es immer.«

»Ich fahre gern. Und wenn ich mit dir zusammen wäre, könnte ich nicht enttäuscht sein.«

Er stand gut zwei Meter entfernt, viel weiter als wenn wir im Büro Ellbogen an Ellbogen arbeiteten. Trotzdem begann eine Wärme in meinem Bauch und wanderte tiefer, kribbelte in meiner hochgeschnittenen Jeans im Schritt. Ich spannte meine Körpermitte an. *Nichts da.*

»Ich sollte dich nicht von deinen Gästen abhalten.«

Er warf mir einen Blick zu, als könne er direkt durch mich hindurchsehen. »Gehen wir rein. Ich stelle dich ein paar Leuten vor.«

»Wer ist überhaupt hier?« Außer Kevin erkannte ich ein paar andere Gesichter von Synergy. Noch kein Cooper Fallon, dem Halloween-Geist sei Dank. Aber es gab viele Leute, die ich nicht kannte. Wie kam es, dass Jackson so viele Freunde in Austin hatte?

»Leute von der Arbeit. Leute, die ich hier in der Gegend kennengelernt habe. Komm schon.«

Er stellte mich seinen Nachbarn von oben vor, dem Mann, der die Wohnanlage verwaltete, und ein paar Leuten, die auf der Formel-1-Strecke südlich der Stadt arbeiteten. Wir unterhielten uns noch mit seinen Nachbarn, die bis ich es ihnen sagte nicht gewusst hatten, dass sie über einem weltberühmten Programmierer wohnten, als sich ein schwerer Arm auf meine Schultern legte.

»Hey, Leute.« Tylers Atem an meinem Ohr roch nach Alkohol. »Was geeeht?«

»Hey, Mann.« Jackson, der nun auch Tyler aufrecht hielt, klopfte ihm auf die Schulter. »Amüsierst du dich?«

»Oh, ja. Ich hab ›Fuzzy Duck‹ mit deinen Nachbarn da drüben gespielt.« Er winkte einer Gruppe junger Männer zu, die alle als

Tom Cruise aus *Lockere Geschäfte* verkleidet waren, mit weißen Hemden, Boxershorts und Sonnenbrillen. Einer lag halb auf dem Sofa, ein anderer schwankte im Stehen, und zwei weitere saßen auf dem Boden und unterhielten sich ernsthaft.

»Du hast die College-Jungs eingeladen?«, fragte Jacksons Nachbarin June.

»Nein. Ich glaube, sie sind von Natur aus auf die Frequenz von Partymusik eingestellt. Ich könnte sie nicht draußen halten, selbst wenn ich es wollte.«

»Die sind spitzeeee«, sagte Tyler.

»Im Gegensatz zu dir können die nach Hause laufen. Holen wir dir mal etwas Wasser«, sagte Jackson.

»Ich mach das schon.« Ich duckte mich unter Tylers Arm weg. Er schwankte, blieb aber aufrecht, gestützt auf Jackson. Draußen auf der Terrasse tauchte ich meine Hand in das halb geschmolzene Eis und zog zwei Flaschen Wasser heraus. Ich wünschte, ich könnte meinen Kopf hineintauchen, um den Nebel zu vertreiben, den ich in der Nähe von Jackson Jones verspürte. Da ich das nicht konnte, würde ich das Wasser trinken und dann nach Hause gehen, wo ich vor dem Kribbeln sicher wäre, das ich zu spüren begann, wann immer er in der Nähe war.

Aber als ich durch die Spinnengirlande zurück in die Wohnung trat, sah ich etwas, bei dem ich mir wünschte, ich hätte ein Bier oder etwas Stärkeres gewählt.

»Alicia!« Jackson hatte zwischen der Couch und der Schiebetür gestanden. Er nahm eine der Wasserflaschen und reichte sie Tyler, der nun neben Tom Cruise Nummer eins auf der Couch zusammensackte. Er ergriff meine eiskalte Hand und zog mich an seine Seite. »Lass mich dir meinen Trainingspartner vorstellen.«

»Rick, das ist Alicia. Wir arbeiten zusammen.«

Ich starrte in das letzte Augenpaar, das ich heute Abend hatte sehen wollen. »Wir kennen uns«, sagte ich mit angespannter Stimme.

»Wir treffen uns immer mal wieder«, sagte Rick zur gleichen Zeit.

Ich starrte ihn an. »Immer mal wieder? Wir haben es vor vier Monaten beendet.«

Er zuckte mit den Schultern. »Ich dachte, du willst während der Saison nicht ausgehen, und wir machen danach da weiter, wo wir aufgehört haben.«

Jacksons Hand zuckte in meiner. »Alicia ist die Frau, von der du mir im Fitnessstudio erzählt hast?« Seine Wangen waren gerötet, und er sah mich nicht an.

Scheiße, was hatte Rick ihm erzählt?

»Du hast nicht gesagt, dass du jemanden triffst.« Ricks Blick schoss dorthin, wo unsere Hände immer noch verbunden waren.

»Das tun wir nicht –«, begann ich.

Jackson ließ meine Hand fallen. »Alicia und ich arbeiten zusammen.«

Eine Kälte breitete sich in meiner Brust aus.

»Rick. Du und ich kommen nicht wieder zusammen.« Meine Stimme knisterte vor Frost. »Nicht, wenn die Saison vorbei ist. Niemals.«

Seine grünen Augen blitzten auf. »Du warst sowieso eine schlechte Nummer im Bett, Eiskönigin.«

Einen Bruchteil einer Sekunde später stand Jackson ihm direkt gegenüber. »Raus.«

»Aber ich –«

»Raus.« Jackson nutzte seinen größeren Körper, um Rick zur Tür zu treiben, und ignorierte die Leute, die sie auf dem Weg anrempelten.

Ich stand da, wo sie mich zurückgelassen hatten, meine Füße klebten am Boden, als wäre ich genau das, was er mich genannt hatte, eine Eiskönigin, eine Statue. Ich hatte versucht, offen mit ihm zu sein. Ich hatte ihn in unser Leben gelassen. Er hatte Mom und Esmy kennengelernt. Wir hatten sogar die Jungs zu ein paar unserer Dates mitgenommen.

Aber hatte ich ihn wirklich an mich herangelassen? Hatte ich etwas zurückgehalten und ihm keine Chance gegeben? Würde ich immer einen Teil von mir zurückhalten, so wie Mom es bei Dad getan hatte?

War vielleicht ich diejenige, die im Bett schlecht war, und nicht er?

Ich riss den Deckel von der Wasserflasche und stürzte sie hinunter, die kalte Flüssigkeit brannte in meiner Kehle. Als Jackson wieder zu mir kam, hatte ich die Flasche geleert. Ich drückte sie ihm in die Hand. »Ich gehe jetzt. Danke für die Einladung.« Meine Stimme war flach, genau wie mein Herz.

»Geh nicht.« Er legte eine Hand auf meinen Arm unterhalb der Schulter, hielt mich damit nicht fest, sondern drückte ihn tröstend. »Das mit Rick tut mir leid. Ich wusste nicht, dass er derjenige war, von dem du mir erzählt hast.«

»Ja. Tja.« Ich starrte auf seine Stiefel. »Ich hätte nicht kommen sollen.«

»Alicia.« Sein großer Körper schirmte mich von Tyler und dem Collegestudenten ab, die auf der Couch lümmelten, wie auch vom Rest der Party. Seine Stimme war leise, eindringlich. »Ich bin froh, dass du gekommen bist. Ich will dich hier haben. Bitte lass nicht zu, dass dieses Arschloch Rick dir das hier verdirbt. Du bist eine starke Frau, eine der stärksten, die ich je getroffen habe. Es ist mir eine Ehre, dass du mir erlaubt hast, dein Freund zu sein. Menschen an dich heranzulassen, ist deine Entscheidung. Nicht meine und nicht seine.« Er nickte zu der Tür, durch die er Rick gedrängt hatte.

Meine Kehle schnürte sich zu und die Worte stauten sich dahinter wie Wasser hinter einem Damm. Obwohl wir von Leuten umgeben waren, von lauter Hair-Band-Musik, von den schaurigen Deckenflutern, waren wir beide ganz allein unter Synergys Markise, während seine sanften Finger das Blut an meinem Haaransatz abtupften. Ich griff nach unten und verschränkte für einen Moment meine Finger mit seinen. Ich hoffte, er konnte die Dankbarkeit in meinen Augen sehen.

»Autsch.« Er zuckte zusammen.

Ich lockerte meinen Griff und hob unsere verbundenen Hände.

Seine Knöchel waren rot und an einem war eine Schürfwunde, aus der bereits Blut sickerte.

Ich starrte ihn mit großen Augen an.

Er zuckte mit den Schultern. »Ein Schlag ins Gesicht ist gar nicht so einfach.«

Ein Stöhnen von Tyler zerriss den Moment. Ich ließ Jacksons Hand los und spähte um ihn herum. »Tyler, ist alles in Ordnung?«

»Alles dreht sich«, murmelte er.

Ich legte eine Hand auf Jacksons Brust und sagte: »Vielleicht sollten wir ihn in dein Badezimmer bringen.«

Ein Mundwinkel von Jackson hob sich zu etwas, das nicht ganz ein Lächeln war, und er zuckte mit einer Schulter. »Ich schätze, ich habe heute Abend keine Lust, Kotze aufzuwischen.«

Er sagte etwas zu den Collegestudenten, und sie rappelten sich auf, stützten den zusammengebrochenen und schlurften zur Tür. Die Wohnung hatte sich langsam geleert und die Musik schien lauter, da nicht mehr so viele Körper da waren, um sie zu absorbieren.

Er kauerte sich neben Tyler, legte einen von dessen Armen über seine Schulter und hievte ihn hoch. Ich eilte herbei, um Tylers anderen Arm zu stützen, und wir stolperten den Flur entlang. Jackson ging an der offenen Badezimmertür vorbei und öffnete die Tür am Ende des Flurs.

An den grauen Converse und der Tasche, die auf dem Boden lagen, erkannte ich, dass es sein Schlafzimmer war. Jackson steuerte uns auf eine offene Tür auf der linken Seite zu, die in ein geräumiges Badezimmer führte, das fast so groß war wie mein Schlafzimmer zu Hause. Als wir die Toilette erreichten, nahm ich Tylers Arm von meiner Schulter. »Kommst du ab hier allein mit ihm klar?«

Jackson nickte. »Wartest du im Schlafzimmer auf mich?«

»Okay.«

Ich hatte nur ein paar Sekunden Zeit, um sein Bett mit der einfachen weißen Bettdecke zu mustern, die darüber geworfen war, und den Wäschestapel, der aus dem Schrank quoll, bevor

Jackson zu mir kam und die Badezimmertür schloss. »Er sagt, es geht ihm gut.«

Aus dem Badezimmer kamen keine Geräusche.

»Du lässt ihn aber nicht nach Hause fahren, oder?«

»Nein, er kann seinen Rausch im Gästezimmer ausschlafen.«

»Gut. Dann denke ich, es ist das Beste, wenn ich–«

»Bleib. Wir … reden.« Er machte zwei Schritte und schloss die Lücke zwischen uns. Seine Lippen verzogen sich zu einem sündhaften Grinsen. Ich stellte mir die vielen, vielen Dinge vor, die er mit diesen Lippen mit mir anstellen könnte. Bei keinem einzigen davon ging es ums Reden.

»Vielleicht nur für ein paar Minuten.«

Er nahm meine Hand, als ob wir das jeden Tag täten, und führte mich ins Wohnzimmer.

June, seine Nachbarin von oben, winkte von der Haustür aus. »Alle gehen rüber in die Bar auf der anderen Straßenseite zum Karaoke. Kommst du mit?«

»Vielleicht später«, sagte er.

Als sie die Tür schloss und uns allein in der Wohnung ließ, drehte er die Musik leiser. »Hm. Normalerweise dauern meine Partys länger.«

Orangefarbene Becher und Flaschen lagen auf jeder freien Oberfläche verstreut. Auf dem Küchenboden lag ein weggeworfenes Kleidungsstück neben einer klebrig aussehenden Lache aus roter Bowle. Eine Chipstüte in der Ecke des Teppichs war geplatzt, und Krümel bedeckten eine Fläche von etwa einem Quadratmeter.

»Lass mich dir beim Aufräumen helfen.«

»Ich kümmere mich morgen früh darum. Heute Abend will ich lieber entspannen. Mit dir.«

»Entspannen?« Ich wischte Krümel vom Sofakissen, bevor ich mich darauf sinken ließ. »Ich bin nicht sicher, ob ich dieses Wort kenne.«

Er gluckste. »Hier. Gib mir deine Hand.«

»Meine … Hand?« Würde er sie wieder küssen, wie der Held in einem alten Schwarz-Weiß-Film?

»Ich gebe großartige Handmassagen. Das baut Stress ab und wirkt der ganzen Zeit entgegen, die wir mit Tippen verbringen.« Er streckte seine Hand aus, die Handfläche nach oben. »Darf ich?«

»Aber– deine Hand.« Er hatte eines dieser Lightning-McQueen-Pflaster über seinen aufgeplatzten Knöchel geklebt.

»Tut nicht mehr weh. Nicht, wenn ich bei dir bin.«

Ich schnaubte bei dem Spruch, dann legte ich meine Handfläche auf seine. Was konnte an einer kleinen Handmassage schon schaden? »Okay.«

Er drehte meine Hand um und drückte seinen anderen Daumen fest in die Mitte meiner Handfläche, wobei er winzige Kreise machte. Langsam erhöhte er den Druck, bis sich meine Hand warm und locker anfühlte.

Ich lehnte mich gegen die Sofakissen. »Machst du das mit all deinen Kolleginnen?«

Er blickte von meiner Hand auf. »Nee. Nur mit meiner Schwester, Sam. Sie ist auch Programmiererin. Sie bekommt schmerzende Handgelenke.« Er drehte meine Hand um und machte die Kreise auf dem Handrücken.

Daher kam also die Geduld. Deshalb hatte er mich angeleitet, anstatt mich für meine unterdurchschnittlichen Fähigkeiten zu beschimpfen. Ich wollte gerade nach seiner Schwester fragen, aber er sprach zuerst.

»Und bei meinem Dad. Als er noch bei uns war.«

»Er ist weggegangen?« Wir hatten mehr gemeinsam, als ich gedacht hatte.

»Nein.« Er erhöhte den Druck leicht, als er zu meinem Handgelenk überging. »Er ist gestorben.«

Gut gemacht, Alicia. Wieder mal ins Fettnäpfchen getreten. »Das tut mir so leid.« Ich wünschte, ich hätte ihn online gesucht, so wie ich es schon so oft in Versuchung gewesen war zu tun.

Er zuckte mit den Schultern. »Das ist schon eine Weile her. Im

Sommer nach meinem ersten Jahr am College. Herzinfarkt. Wie auch immer–«

»Nein, Jackson. Es tut mir wirklich leid. Egal wie lange es her ist oder wie alt du warst, es hat wehgetan. Ich verstehe das.«

Er blickte auf und unsere Blicke trafen sich. Melissas Tod war langsam und schmerzhaft gewesen, aber wir hatten uns wenigstens verabschieden können. Jackson hatte diese Chance vielleicht nicht gehabt. »Ich weiß, dass du das tust. Danke.«

Er machte lange, langsame Striche zwischen den Sehnen und drückte auf die Haut zwischen jedem Finger. »Bevor er seine Firma gründete, bevor er Geschäftsführer wurde, war Dad auch Programmierer.«

»Wie du.«

»Wie ich. Und seine Hände taten ihm weh. Er rieb sie immer. Also habe ich mir ein paar Videos angesehen und gelernt, wie man das für ihn macht. Und wir haben … geredet.«

Er hatte recht damit, dass es gut gegen Stress war. Ich fühlte mich, als hätte er mir das Rückgrat entfernt und ich wäre eine Wolldecke, die über seinem Sofa ausgebreitet war. »Reden. So wie du und ich es jetzt tun.«

»Ja, zwischen seinem Start-up und meinen drei Geschwistern war das meist die einzige Zeit zu zweit, die wir hatten.« Er legte meine Hand zwischen seine beiden und ließ seine Körperwärme in sie übergehen. »Es ist schön, wieder eine Massage zu geben. Und sich zu erinnern.«

Eine gemeinsame Erfahrung. Das war es, was dieser unsichtbare Faden war, der ihn mit mir verband. Das musste der Grund sein, warum ich mich in seiner Nähe lebendig und ohne ihn leer fühlte. Ich richtete mich von den Sofakissen auf und schob mich an unseren verbundenen Händen vorbei, um seine Wange zu küssen. Sein Bart war nicht so stachelig, wie ich es erwartet hatte, sondern weich und warm. Er hielt ganz still, während meine Lippen auf seiner Wange lagen. »Danke«, flüsterte ich.

Ich hätte mich zurück in die Kissen sinken lassen sollen, aber das tat ich nicht. Ich hatte das Zentrum seines berauschenden

Duftes gefunden, und es hielt mich dort, umschlang mich wie ein dritter Arm. Ich war ihm so nah, dass der steife Stoff meines Hemdes sein Poloshirt streifte und ich beinahe seinen rasenden Puls in meiner Brust spüren konnte. Er pochte an seinem Hals.

»Alicia, ich kann nicht–«

»Ich weiß.« Er hatte die gleichen Worte an dem Tag gesagt, an dem wir uns getroffen hatten. Als er wusste, dass ich bei Synergy arbeitete und eine Beziehung tabu war. Ich kannte all die Gründe, warum meine Lippen nicht nur wenige Zentimeter von seinen entfernt sein sollten, meine Hand zwischen seinen gefangen, mein eigener Puls zwischen meinen Beinen pochend.

»Nein. Ich meine, ich kann nicht aufhören.« Seine Lippen berührten meine.

Der Kuss war zunächst sanft, zögerlich, und gab mir Zeit und Raum, mich zurückzuziehen. Aber das war das Letzte, was ich wollte. Ich hob eine Hand zu seinem Nacken, zog ihn näher an mich heran, und spürte eine entsprechende Hand auf meinem Rücken, die mich fester an seine sich hebende Brust drückte. Mein Herz raste und hämmerte zwischen uns.

Endlich. Endlich küsste ich Jackson Jones. Und es war der Himmel.

Ich leckte über seinen Mundwinkel, und er öffnete ihn, sodass ich hineintauchen konnte. Er schmeckte nach Candy Corn und Sünde. Die kürzeren Haare um seinen Mund kitzelten meine Lippen, während meine Zunge leicht über seine glitt, wie ein Tanz. Unterdessen war mein Puls zu einem hämmernden Rhythmus in meinem Körper geworden, der mich drängte, schneller zu werden, tiefer zu gehen, mich rittlings auf ihn zu setzen und den Schmerz in meiner Mom-Jeans zu lindern.

Als ich mich zurückzog, um Luft zu holen, fuhr er mit seinen Lippen über meine Wange und meinen Hals hinunter und hinterließ eine brennende Hitzespur. Ich warf den Kopf zurück und machte ihm den Weg frei, um sich bis zur Kuhle zwischen meinen Schlüsselbeinen hinunterzuküssen. Ein Kribbeln schoss von jeder Stelle, die er berührte, direkt in meinen Kern. Mein billiges Polyester-Mischgewebe-Shirt würde gleich von mir schmelzen.

»Alicia«, murmelte er zwischen den Küssen, »ich will mehr.« Er fuhr mit seiner Hand meine Rippen hinauf zu meiner Brust und bedeckte sie, wobei er durch mein Hemd sanfte Kreise über meine Brustwarze malte.

Gott, ich wollte ihm mehr geben. Ich wollte ihm genau sagen, was er tun musste, damit mein Körper singt. Mit beiden Händen führte ich sein Gesicht zurück zu meinem und küsste ihn, gab mit meiner Zunge gegen seine einen Rhythmus vor. Ein Versprechen, wie wir zusammen sein würden, die Vereinigung unserer Körper, das perfekte Geben und Nehmen, das zu einem explosiven Höhepunkt führen würde. Ich vergrub meine Finger in seinem Nackenhaar und ließ meine andere Hand über den genoppten Stoff seines Polos gleiten.

»Jay?«

Wir drehten gleichzeitig die Köpfe, unsere Brustkörbe hoben und senkten sich gegeneinander, unsere Wangen klebten durch einen Schweißfilm aneinander.

Tyler lehnte mit hängenden Lidern im Flur an der Wand. »Hast du was dagegen, wenn ich auf deiner Couch penne?«

Mit einem letzten, bedauernden Blick auf mich sagte Jackson: »Klar, Kumpel.« Er stand auf, ging zu Tyler, packte ihn am Oberarm und führte ihn den Flur hinunter ins zweite Schlafzimmer. Ich folgte und blieb in der Tür stehen. Tyler ließ sich aufs Bett fallen und warf den Arm über die Augen. »Nacht, Mom. Nacht, Dad.«

Jackson wuschelte ihm durchs Haar, und ich betrat das Zimmer, um ihm die Turnschuhe auszuziehen und sie neben das Bett auf den Boden zu stellen. Ich führte den Weg zurück in den Flur an, und Jackson schloss die Tür hinter uns.

Jackson warf einen Blick auf seine Schlafzimmertür. Er musste denselben Gedanken gehabt haben wie ich: dort weiterzumachen, wo wir aufgehört hatten. Aber wir wussten beide, dass es eine schreckliche Idee war. Tyler hatte uns erwischt. Zum Glück war er zu betrunken, um sich morgen früh daran zu erinnern.

»Jackson, ich–« Gott, wie sehr ich es wollte. Mein Körper summte nach ihm. Zwei Wochen. Wir hatten nur noch zwei Wochen, bis das Projekt abgeschlossen war. »Ich gehe jetzt lieber.«

»Okay.« Mit einem leisen Streicheln seiner Bartstoppeln küsste er meine Wange. »Bis Montag.«

»Bis Montag«, sagte ich. »Danke für– für alles. Ich hatte eine gute Zeit.«

Er schenkte mir wieder dieses Grinsen, das mich in Flammen aufgehen ließ. »Ich auch.«

Bevor ich genau dort auf seinem Teppich dahinschmolz, zwang ich meine Füße den Flur entlang, durch die Haustür in die Nacht hinaus. Die kühle Luft prickelte auf meinen Wangen, ein Echo des Kratzens seines Bartes.

Wir hatten vereinbart, Freunde zu sein. Ich berührte meine Haut, die von unseren Küssen noch warm war. Aber gab es eine Chance, dass wir mehr sein könnten, nachdem wir das Projekt beendet hatten?

23

JACKSON

ICH STARRTE die Treppe zum ersten Stock hinauf, meine untere Körperhälfte zwickte bereits von dem kurzen Weg ins Büro. Warum hatte ich gestern während unserer Fahrt nichts gesagt, Cooper nicht gebeten, für fünf Minuten anzuhalten, um mein Fahrrad einzustellen?

Weil er Cooper war und ich ich war, und so funktionierten wir. Und jetzt bezahlte ich dafür mit stechenden Schmerzen in meinen Beinen und … anderen Bereichen.

Aber heute musste ich nicht tapfer sein. Ich machte einen schlurfenden Schritt auf den Aufzug zu.

»Jay! Wie war die Tour?«, sprang Tyler neben mich.

»Ausgezeichnet. Danke für den Tipp.«

Ich hatte ihn am späten Sonntagvormittag aus meiner Wohnung schmeißen müssen, weil ich mit Cooper zum Radfahren verabredet war. Als ich ihm von unseren Plänen erzählt hatte, hatte Tyler den Fahrradverleih in der Nähe des Barton Creek Greenbelt empfohlen.

Er neigte seinen Kopf in Richtung Treppe. »Nach oben?«

Ich warf einen Blick auf den Aufzug und seufzte. »Ja.«

Mein quälend langsames Tempo entging Tyler nicht, und als wir es in die Küche geschafft hatten, hatte er mir die ganze Geschichte entlockt.

Während ich mir Kaffee und Ibuprofen holte, ging er zum Kühlschrank. »Willst du 'nen Eisbeutel, wo ich schon mal hier bin, alter Mann?«

Ich zeigte ihm den Stinkefinger.

Er hatte die Frechheit zu lachen. »Ich dachte nur, du willst eine schnellere Genesung, damit du bei … Morgen, Alicia, deine beste Leistung bringen kannst.« Er steckte seinen Kopf zurück in den Kühlschrank, als ob er nicht schon eine Dose Mountain Dew in der Hand gehabt hätte.

»Morgen, Tyler.« Sie musterte ihn mit zusammengezogenen Augenbrauen. »Entschuldigung, ich wollte euch nicht stören.«

Mir pochte der Puls in den Ohren, und nicht auf die gute Art. Nicht wie damals, als ich sie neulich geküsst hatte. »Du hast niemanden gestört«, sagte ich. Ich funkelte Tyler an und forderte ihn damit heraus, mich noch einmal »alter Mann« zu nennen.

Tyler schloss den Kühlschrank und stellte sich neben mich an die Kaffeetheke. Ich unterdrückte ein Knurren. Er trank das Zeug nicht. Warum drängte er sich zwischen Alicia und mich?

»Du hast da was im Gesicht«, brummte ich.

Errötend rieb er sich mit der Hand über das Kinn. »Hab ich's erwischt?«

Ich kniff die Augen zusammen. »Nein.«

Alicia seufzte. »Tyler, er zieht dich wegen deines Bartes auf.«

»*Das* ist ein Bart?« Der Junge sah aus, als hätte er Trocknerflusen im Gesicht kleben.

Er wurde noch röter. »Er ist noch in Arbeit.«

Alicia formte hinter seinem Rücken stumm die Worte: *Vorbild.*

Verdammt. »Ähm, sieht gut aus.« Ich kratzte mich an meinem eigenen Bart.

»Danke, Mann.« Tyler ging zur Mittelinsel und verweilte in der Küche wie ein altmodischer Anstandswauwau, holte sich eine Serviette und ließ sich Zeit bei der Auswahl aus der Obstschale.

Alicia schritt zur Kaffeestation und stellte sich neben mich, um ihren morgendlichen Tee zuzubereiten. Ich atmete den Kräuterduft ihres Haares ein, das neben ihrem Ohr schwang.

»Du trägst dein Haar heute offen«, murmelte ich. Hatte ich ihr gesagt, dass ich es liebte, wenn sie es offen trug? Hatte sie es für mich getan?

Sie verzog das Gesicht und strich den Vorhang aus Haar von ihrem Hals, wo ein roter Ausschlag blühte. *Bartbrand*, formte sie stumm mit den Lippen.

»Oh, verdammt«, sagte ich laut genug, dass Tyler von der Obstschale aufblickte. »Sorry«, murmelte ich.

Sie schenkte mir ein schnelles Lächeln. »War's wert«, flüsterte sie.

Meine Brust schwoll an. Unsere Code-Überprüfung hätte an diesem Morgen krachend scheitern können, und ich wäre trotzdem der glücklichste Kerl in Austin gewesen. Aber wir hatten Publikum, also schaute ich, um mein Grinsen zu verbergen, auf das Ibuprofen, das ich noch in der Hand hielt, dessen oranger Überzug auf meiner Haut zu schmelzen begann. Ich warf die Tabletten in meinen Mund und spülte sie mit Kaffee hinunter.

»Du hast doch keinen Kater, oder?«, fragte Alicia leise, während sie immer noch ihren Teebeutel eintauchte.

»Nein, nur ein leichtes Zwicken von einer Radtour gestern.« Ich wischte meine Hand an meiner Jeans ab.

»Geht es Ihnen gut? Brauchen Sie Eis oder ein Heizkissen?«

Ja, bitte. Bring mich dazu, mich in einem dunklen Raum auf eine Couch zu legen, und küss den Schmerz weg.

Tyler schnaubte und murmelte etwas von »alten Knochen«.

»Nein, mir geht's gut.« Um es zu beweisen, humpelte ich durch die Küche und schnippte Tyler gegen den Hinterkopf.

»Au!«, quiekte er und tat so, als wäre er verletzt.

»Jay, was ist hier los?« Cooper stand groß und gerade im Türrahmen der Küche.

Verdammt perfekt, typisch Cooper, dass er mich erwischt, wie ich mich wie ein Zwölfjähriger aufführe. »Nichts. Nur ein wenig Teambuilding mit meinem Teamkollegen.« Ich packte Tyler an den Schultern und rieb ihm mit den Knöcheln durchs Haar.

»Versuchen wir doch mal, eine Verbindung ohne Körperkontakt aufzubauen.« Coopers Lächeln war gezwungen.

Tyler und ich erstarrten beide. Langsam ließ ich ihn los. Er trat einen Schritt zurück und fuhr sich mit den Fingern durchs Haar.

»Alles okay, Tyler?«, fragte Cooper.

»Mir geht's gut«, murmelte er.

»Gut.«

Tyler eilte aus der Küche. Alicia wollte ihm folgen, aber Cooper hielt sie auf, indem er sagte: »Guten Morgen, Alicia.«

»Morgen, Cooper. Hatten Sie einen angenehmen Flug?«

»Hatte ich, danke.«

Ihr Smalltalk brachte mich ins Schwitzen. Würde Cooper den Bartbrand an Alicias Hals sehen und irgendwie wissen, dass der betreffende Bart meiner gewesen war? Würde er die sexuelle Spannung spüren, die zwischen uns beiden knisterte? Ich brauchte Luft. Und dass wir drei nie wieder im selben Raum waren.

Als ich meinen Atem beruhigt hatte und mich wieder auf ihr Gespräch konzentrierte, sagte Cooper gerade: »Jay und ich waren gestern bei Barton-irgendwas zu einer Radtour.«

»Barton Creek. Sie sind im Greenbelt Rad gefahren?«

»Das haben wir, obwohl dieser Kerl hier es ein wenig übertrieben hat.« Cooper kicherte und schenkte mir ein liebevolles Lächeln. »Geht's dir heute besser?«

»Viel besser.« Mein Gesicht fühlte sich zu steif an.

Alicia blickte zwischen uns hin und her. »Also, ich werde mal nach dem Rest des Teams sehen, um sicherzugehen, dass wir für die Demo bereit sind.«

»Bevor Sie gehen, Alicia –«

Verdammt. Verdammt, verdammt, verdammt. Irgendwie hatte er es herausgefunden. Wer könnte uns beim Küssen gesehen und es Cooper gemeldet haben? Hektisch ging ich die Party in Gedanken durch.

»– ich dachte, wir lassen nach der Überprüfung Mittagessen kommen. Und ich habe eine Überraschung für Sie.«

»Für mich?« Sie legte eine Hand auf ihre Brust. Vielleicht versuchte ihr Herz auch, sich den Weg nach draußen zu bahnen.

»Für Sie. Gehen Sie besser, sonst komme ich in Versuchung, sie zu verraten.«

Mit einem letzten, besorgten Blick auf mich eilte sie hinaus und umklammerte ihren Tee.

»Eine Überraschung? Ich hoffe, es ist eine gute.« Zum Beispiel nicht dafür geoutet zu werden, dass sie mich geküsst hatte.

»Sie wird ihr gefallen. Dir auch.«

»Gib mir einen Hinweis.«

»Tut mir leid, Jay. Meine Lippen sind versiegelt.«

Warum musste er ausgerechnet Lippen erwähnen? Jetzt würde ich Alicias Mund anstarren, während sie die Demo präsentierte.

Er überbrückte die Distanz zwischen uns und stieß mich mit dem Ellbogen an, während er sich eine Tasse schwarzen Kaffee einschenkte. »Wirklich, geht's dir gut?«

Nein. »Absolut.«

———

ALICIA

ICH HATTE ERWARTET, die übliche Auswahl an Sandwiches und eine riesige Schüssel Salat auf der Anrichte neben der Tür des Konferenzraums zu sehen. Was ich nicht erwartet hatte zu sehen, war –

»Jamila!«, quietschte ich und eilte zu ihr, um sie zu umarmen.

»Hey, Süße, wie ist es dir ergangen?«

Ich brannte darauf, ihr all meine Sorgen und meine Verwirrung auszuschütten, aber ein paar der Jungs waren schon im Raum, und außerdem, was würde meine Mentorin von dem Chaos halten, in das ich mich bei meinem allererstem Auftrag gestürzt hatte, für den sie mich empfohlen hatte?

»Gut«, sagte ich mit zu hoher Stimme.

Sie hob eine zart geschwungene Augenbraue. »Komm, setz dich zu mir.« Sie ergriff meine Hand und führte mich zum hinteren Teil des Raumes, weg vom Essen.

»Cooper erzählt mir, du warst ein Rockstar.« Sie schlug ein langes Bein über das andere, ihr champagnerfarbener Rock hob sich bis zum Knie.

»Das Team war großartig. Wir sind wirklich zusammengewachsen.« Meine Wangen wurden heiß, als ich mich daran erinnerte, wie Jackson und ich auf seiner Party zusammengekommen waren.

Jamilas Stimme wurde leise und eindringlich. »Alicia, du musst dir deinen Erfolg zu eigen machen. Niemand sonst wird das tun. Sag: ›Ich bin ein Rockstar.‹«

»Ich bin ein Rockstar«, plapperte ich nach.

»Sie ist ein Rockstar.« Jacksons Hand landete halb auf der Stuhllehne und halb zwischen meinen Schulterblättern. Er lächelte zu mir herunter.

Jamila stand auf und umarmte Jackson. »Ist schon eine Weile her, Jay. Setz dich zu uns, dann können wir uns unterhalten.«

»Ich hole mir erst was zu essen«, sagte er. »Alicia, möchtest du das hier? Ich habe dir einen von diesen Chicken-Caesar-Wraps geholt, die du magst.«

Er hatte mir einen Teller gemacht. Mein Lieblingssandwich neben einem Haufen grünen Salats mit Balsamico-Dressing, und er hatte sogar den widerlichen Nudelsalat weggelassen. An der Seite lag ein Double-Chocolate-Chip-Cookie. Mir stachen die Augen, und ich blinzelte schnell.

»Danke. Das ist perfekt.«

Er grinste mich an und schlenderte zurück zur Essensschlange.

Jamila hob erneut eine Augenbraue. »Er hat dir einen Teller gemacht.«

Wie ich war auch Jamila in Austin aufgewachsen. Sie kannte unsere Sitten. Jackson nicht, und es bedeutete nichts. Obwohl …

vielleicht doch. Jackson gab sich so viel Mühe, es zu verbergen, aber ich hatte gesehen, wie er zeigte, wie sehr er sich kümmerte. Wie diesen grünen Smoothie, den er Cooper am Tag nach dem Kick-off geholt hatte. Abgesehen von der Lebensmittelvergiftung hatte er den Jungs Abendessen spendiert, als sie lange gearbeitet hatten. Er hatte mit Noah über Autos gesprochen. Und jetzt hatte er mir Mittagessen gebracht, obwohl ich absolut in der Lage war, es mir selbst zu holen.

»Er –«

Sie nickte. »Du hast dein Team gut erzogen. Ich glaube, du machst dich ganz gut.«

»Ganz gut?« Cooper war lautlos an Jamilas andere Seite getreten. »Sie macht sich großartig. Unsere Code-Überprüfung heute Morgen war tadellos.« Er stellte seinen Teller ab.

»Oh, du hast mir einen Teller gebracht. Wie süß«, sagte Jamila. »Komm wieder zu uns, wenn du dein Mittagessen hast.«

Ein winziges Stirnrunzeln überzog sein Gesicht, aber er drehte sich um und gesellte sich zu Jackson am Essenstisch. Jamila starrte auf den Teller, den er gebracht hatte, hochgetürmt mit Salat und ohne Keks. »Jungs aus dem Norden.« Sie schüttelte den Kopf, nahm aber die Gabel und stach in einen Bissen Salat.

»Du kennst die beiden schon lange, nicht wahr?«, sagte ich.

»Ewig. Seit unserem ersten Jahr in Stanford. Wir hatten zusammen einige Kurse. Ich habe Jay zuerst kennengelernt, und er hat mich Cooper vorgestellt, der sein Zimmergenosse war. Ich schätze, ich bin über die Jahre enger mit Cooper befreundet geblieben. Er und ich kommen aus einem ähnlichen Umfeld. Wir verstehen uns. Jay ist ein bisschen … anders. Er lässt nicht viele Leute an sich heran. Eigentlich nur Cooper.«

Ein warmes Gefühl breitete sich in mir aus, direkt neben dem Chicken-Caesar-Wrap. Er hatte mir von seinem ADHS erzählt. Von seinem Vater. Ich war eine seiner wenigen ausgewählten Freundinnen geworden.

Der Stuhl neben mir wurde vom Tisch weggezogen, und dann saß Jackson darauf. Ich musste nicht einmal hinsehen, um zu wissen, dass er es war. Ich konnte es an seinem Duft erkennen und an der Art, wie er hinter mir Raum einnahm. Mist, ich entwickelte ein Jackson-Jones-Radar.

Cooper saß auf Jamilas anderer Seite. »Jamila, du hast doch nicht versucht, Alicia Geschäftsgeheimnisse von Synergy zu entlocken, oder?« Er lachte über seinen eigenen Witz.

»Nein, Coop, ich habe nur nachgesehen, ob du dich gut um meine Kleine kümmerst.«

»Und wie lautet das Urteil?«

Sie lächelte Jackson an. »Ich denke, das tust du.«

Mein Herz ging direkt von einem nervösen Trab in einen ausgewachsenen Galopp über. Kannte sie ihn so gut, dass sie erkennen konnte, dass zwischen Jackson und mir etwas lief? Dass ich ihn neulich geküsst hatte?

Jacksons Knie drückte sich unter dem Tisch gegen meins. »Atme«, flüsterte er.

Ich nickte. Ich holte zitternd Luft, hielt sie eine Sekunde lang an und atmete aus.

»Also, Jay, hast du dieses Jahr eine deiner legendären Halloween-Partys geschmissen?«, fragte Jamila.

»Allerdings. Obwohl sie ziemlich entspannt war. Musik, Dekoration und Bier.«

Cooper sagte: »Jay hat mir erzählt, dass er Leute aus dem Büro eingeladen hat. Waren Sie da, Alicia?«

»Ich – ich war da.« Mist, hatte er etwas gehört?

»Dann können Sie uns ja sagen, ob sie legendär oder entspannt war.«

Ein Teil meiner Anspannung entwich mit meinem Atem. »Ich bin nicht so der Partygänger, daher bin ich keine gute Richterin.«

»Ich glaube, Jay würde eine Party als entspannt bezeichnen, wenn alle ihre Kleider anbehalten«, sagte Jamila mit einem Grinsen.

»Dann war sie definitiv entspannt.« Meine Stimme zitterte. Ich hatte meine Kleider anbehalten – gerade so.

»Das ist schade«, sagte Jamila. »Obwohl es mir leidtut, dass ich sie verpasst habe. Ich hoffe, du bist nächstes Jahr wieder in San Francisco, damit ich hingehen kann.«

»Du musst nicht allzu lange warten, bis Jay wieder in der Bay Area ist«, sagte Cooper. »Er kommt in ein paar Wochen zurück ins Hauptquartier, wenn das Projekt abgeschlossen ist.«

Ich warf einen Blick auf Jackson. Er hatte mir gesagt, dass er länger in der Stadt bleiben würde. Log er also mich an oder seinen besten Freund?

Jackson fuhr mit der Hand durch die Luft. »Coop, lass uns –«

»In dem Fall«, sagte Jamila, »müssen wir dafür sorgen, dass du die volle Austin-Erfahrung bekommst. Schon mal Chicken Shit Bingo gespielt?«

Jackson rümpfte die Nase. »Kann nicht behaupten, dass ich das schon gemacht habe.«

»Was ist mit dir, Coop?«

Er schüttelte den Kopf. »Wir reden doch nicht von echtem –«

»Heute Abend. Alicia, du kommst auch mit.«

»Heute Abend?« Die abendliche Routine aus Abendessen und Hausaufgaben raste durch meinen Kopf.

Jamila las meine Gedanken. »Diane und Esmy schaffen das schon«, murmelte sie.

Aber es war Jacksons hoffnungsvolles Lächeln, das mich überzeugte. »Okay.«

»Hühnerkacke.« Cooper schüttelte den Kopf. »In was ihr zwei mich immer hineinzieht.«

24

JACKSON

»NEUNZEHN!«, brüllte Cooper und riss die Arme in die Luft.

Auf dem Bildschirm über ihnen pickte das Huhn auf die Zahl und trottete dann in die Ecke seines Käfigs.

»Fuck.« Er schlug die Hände über dem Kopf zusammen.

Ich stieß Alicia an. »Ich kann nicht fassen, dass er sich so reinsteigert, nur weil es darum geht, wohin ein Huhn scheißt. Kannst du …«

Sie zischte mir ein »Pst« zu und murmelte: »Na los, mein Schatz.«

Ein Kribbeln durchfuhr mich. Sie hatte noch nie ein Kosewort für mich benutzt. Wahrscheinlich war es auch besser so, solange das Projekt noch lief. Ich drehte mich um und stellte fest, dass ihr Blick starr auf den Bildschirm gerichtet war. »Mach auf die Fünf«, flüsterte sie.

Ich versuchte, Jamilas Blick über den Stehtisch hinweg zu erhaschen, aber auch ihre Aufmerksamkeit war auf den Bildschirm gerichtet. Sie umklammerte ihre Holzmarke, auf die die Zahl Zweiundzwanzig gemalt war.

Ich schob meinen Stuhl über die Terrassenplatten zurück. »Will noch jemand was?«

Alle drei zischten mir nur ein »Pst« zu, also nahm ich mein leeres Glas und schlenderte in Richtung Bar. Doch bevor ich dort ankam, fiel mir etwas ins Auge. Ich ging hin, um es mir genauer anzusehen.

Abseits des Bingo-Käfigs und des Gedränges standen ein paar Geflügelkäfige, und in einem davon pickte die seltsamste Kreatur, die ich je gesehen hatte, an einer Schale mit Körnern. Es war lohfarben wie ein Löwe und schien eher Fell als Federn zu haben, besaß aber einen scharfen, blauschwarzen Schnabel. Seine Füße waren von flauschigen Bauschen verdeckt, und ein weiterer Puschel auf seinem Kopf verdeckte seine Augen.

Ich beugte mich hinunter, um es zu untersuchen. »Ist das ein Huhn oder ein winziges Lama?«

Ein Mädchen im Teenageralter mit einer Stimme, die so dick wie Melasse war, säuselte: »Das ist Leo. Er ist ein Seidenhuhn.«

»Was ist er also?«

Sie lachte. »Er ist ein Hahn. Ein Huhn.«

Ich richtete mich auf. »Gehört er Ihnen?«

Sie warf einen roten Zopf hinter die Schulter ihres karierten Westernhemds. »Seit er ein Ei war. Ich züchte sie.«

»Sie züchten sie?« In ihrem Alter war ich nicht einmal für einen Fisch verantwortlich. Ich war es immer noch nicht.

»Ja, diese hier sind nicht allzu schwierig. Freundlich. Ruhig. Er geht direkt in seinen Käfig, wenn es Zeit ist, hierherzukommen.«

»Macht er …?« Ich neigte meinen Kopf in Richtung des Bingo-Käfigs.

»Nee. Der Barbesitzer bittet mich, meine Vögel mitzubringen, um sie den Kindern zu zeigen. Wissen Sie, falls sie sich langweilen. Manche Eltern können da ziemlich fanatisch werden, wissen Sie?«

»Oh, das weiß ich.« Die Bargäste brüllten. Das Huhn musste sein Geschäft erledigt haben. »Schön, Sie kennenzulernen …?«

»Bonnie.« Sie schenkte mir ein schüchternes Lächeln.

»Jay. Viel Glück mit den Hühnern.« Ich ging in Richtung Bar.

Mit vier Langhalsflaschen in der Hand kehrte ich zum Tisch zurück. Jamila nahm eine und begann, Alicia ins Ohr zu flüstern. Ich reichte Cooper eine, der murmelte: »Ein bisschen jung, selbst für dich.«

»Wovon redest du?« Ich stellte ein Bier vor Alicia ab und nahm einen Schluck von meinem.

»Das Mädchen da drüben kann nicht älter als siebzehn sein.«

Ich blickte zurück zu Bonnie, die ein Kleinkind hochgehoben hatte, damit es in Leos Käfig schauen konnte. »Wir haben über Hühner geredet. Das ist Leo, und er ist ein Seidenhuhn. Was zum Teufel, Coop?«

Die Frauen unterbrachen ihr Gespräch, um zu uns herüberzusehen, und Cooper hielt zurück, was auch immer er sagen wollte.

Jamila legte ihm eine Hand auf den Arm. »Hey, Alicia, vielleicht solltet ihr beide euch mal die Musik drinnen ansehen.«

»Gute Idee.« Alicia huschte an mir vorbei, und mit einem letzten finsteren Blick auf Cooper folgte ich ihr durch die Türen in die Dunkelheit der Bar. Sie führte mich an den Rand der kleinen Tanzfläche, wo sich ein paar Paare zu dem lebhaften Lied drehten, das aus den Lautsprechern drang.

»Hey, alles in Ordnung bei dir?« Sie packte meinen Unterarm und sprach direkt in mein Ohr, ihr Atem kitzelte meine Wange.

»Nicht wirklich. Er hat mir tatsächlich vorgeworfen, mit diesem … diesem Kind zu flirten.«

Sie biss sich auf die Lippe. »Ihr beide seid nicht so, wie ich es erwartet habe. Ist er immer so … streitlustig?«

»Ich und Coop?« Jamila sagte, wir wären beste Freunde mit Biss. »Ich liebe ihn wie einen Bruder. Und wir streiten uns wie Brüder. Ich vertraue ihm mein Geschäft an; ich würde ihm auch mein Leben anvertrauen.«

»Trotzdem verdienst du es, mit Respekt behandelt zu werden. Das weißt du, oder?«

Ich zuckte mit den Schultern. Ich verstand, warum er die Bemerkung gemacht hatte. Mit Callie hatte ich ziemlich großen

Mist gebaut. Er würde mich das so schnell nicht vergessen lassen.

Ihre Stimme wurde energisch. »Jackson Jones, du bist wertvoll. Und lass dir von Cooper nichts anderes einreden.«

Ich wandte meinen Blick von den Tänzern ab und sah ihr in die Augen, blau wie die heißen Quellen unten bei Santa Barbara. Sie glaubte an mich, wie niemand sonst es je getan hatte, nicht einmal ich selbst. Ich wollte sie küssen, genau dort in dieser Bar voller Leute, wo Jamila oder Cooper jeden Moment hereinkommen konnten.

Aber ich tat es nicht. Stattdessen ergriff ich ihre Hand. »Bringst du mir das Tanzen bei?«

»Du willst Two-Step lernen?« Sie legte den Kopf schief.

»Ich will dich berühren, und das ist die einzige Möglichkeit, wie ich das tun kann, solange er hier ist.« Ich deutete mit dem Kopf in Richtung der Bingo-Terrasse.

Ihre Wangen röteten sich, aber sie hob unsere verbundenen Hände und legte die andere auf meine Schulter. Sie musste mir nicht sagen, meine Hand auf ihre Taille zu legen. Ich hatte die anderen Paare beobachtet.

»Ich gehe rückwärts, du gehst vorwärts. Lass die Füße gleiten. Fang mit links an. Eins-und-zwei Schritt. Eins-und-zwei Schritt.«

Innerhalb einer Minute schlurften wir über die Tanzfläche, ein Teil des Kreises der anderen Tänzer. Die Sohlen meiner Stiefel glitten über den Holzboden, und Alicia hob sich auf die Zehenspitzen, damit ihre Absätze uns nicht zum Stolpern brachten.

»Hör auf, auf deine Füße zu schauen. Sie machen es richtig.«

»Aber ich will dir nicht auf die ...« Ich erkannte den Fehler, sobald ich aufblickte. Ihre Augen, die in der Dunkelheit der Bar loderten, sogen mich ein, bis ich nichts anderes mehr sehen konnte. Sogar die schräge Musik verblasste. Alicia glaubte an mich. Sie glaubte, ich könnte tanzen. Dass ich Cooper die Stirn bieten könnte. Dass ich das Team und sogar die Firma leiten könnte. Dass ich es wert war, einen Schatz wie sie in meinen Armen zu halten.

»Alicia, ich ...« Ich senkte meinen Kopf, bis unsere Lippen nur noch Zentimeter voneinander entfernt waren, bis ich das Heben und Senken ihrer Brust an meiner spüren konnte und mir vorstellen konnte, was passieren könnte, wenn wir allein wären, so wie wir es am Samstagabend in meiner Wohnung fast gewesen waren.

»Hey, ihr beiden.« Jamilas Stimme durchbrach den Nebel meiner Gedanken. »Ich glaube, wir sollten gehen. Cooper hat schon wieder verloren und ist schlecht gelaunt.«

Ich riss den Kopf hoch und trat von Alicia weg. Ihre Wangen waren rot geworden. Sie zog ihre Finger aus meinen. »Ja, Zeit zu gehen.«

Jamila entging nichts. Sie bemerkte Alicias Erröten, meine Finger, die sich immer noch nach ihr ausstreckten. Aber sie sagte kein Wort, als wir zurück durch die Bar trotteten, nicht einmal, als wir uns zu Cooper in seinen Mietwagen gesellten, der still und brütend war.

Auf der Rückfahrt, im engen Fond so nah, dass ich Alicias süßen Duft nach Orange und an der Leine getrockneter Baumwolle riechen konnte, fragte ich mich, was passiert wäre, wenn Jamila uns nicht unterbrochen hätte. Wir tanzten auf einem schmalen Grat zwischen Freundschaft und etwas, das ich mehr als alles andere wollte, etwas, das ich nicht haben konnte.

Oder konnte ich es doch? Sie hatte genauso schwer geatmet wie ich, ihr brennender Blick war ein Spiegelbild meines eigenen. Beim Programmieren waren wir zusammen besser. Könnten wir auch außerhalb der Arbeit ein Paar sein? Und nicht nur für eine Nacht, sondern für eine endlose Reihe von Nächten? Mehr als eine mehrwöchige Probezeit. Für immer?

War das, was ich wollte?

Mein rasendes Herz antwortete für mich: *ja, ja, ja.*

25

JACKSON

AN DIESEM MITTWOCHNACHMITTAG, nach unserer grandiosen Code-Prüfung und jenen magischen Momenten auf der Tanzfläche des Honky-Tonks, hatte Alicia mich bis dahin schon zweimal versehentlich unter dem Schreibtisch getreten, ihren Tee umgestoßen und Tyler für eine zugegebenermaßen dumme Frage angefahren. Ich war fast erleichtert, als sie um zehn nach drei aufstand.

»Ich mache mich auf den Weg.« Ihre Stimme war eisern und ihre Hände zu Fäusten geballt.

»Was ist los?«, fragte ich sie so leise, dass die anderen Jungs es nicht hören konnten.

»Ich habe heute Morgen allen gesagt, dass ich früher gehen muss.« Sie ließ ihren Laptop in die Tasche gleiten.

»Ich erinnere mich. Ich meine, was ist mit dir los?«

Sie riss ihre Schublade so heftig auf, dass ihre Handtasche gegen die Rückwand knallte. »Das geht dich nichts an, Jackson.«

»Du bist ... nervös oder so. Ich will helfen.«

»Das ist nichts, wobei du mir helfen kannst. Das ist kein Stück Code oder eine Party.«

Ich lächelte durch den stechenden Schmerz in meiner Brust. »Ich kann auch bei anderen Dingen helfen.«

Ihre Nüstern bebten. »Nicht hierbei.« Sie wirbelte herum, hätte mich mit ihrer Laptoptasche beinahe umgehauen, und stampfte in Richtung Treppe.

Ich schnappte mir meine Schlüssel und mein Portemonnaie und joggte los, um sie einzuholen. »Du bist aufgebracht.«

Ohne langsamer zu werden, sagte sie: »Nicht aufgebracht. Besorgt, vielleicht.«

»Warum? Wohin gehst du, nach Mordor?«

Ihr Kiefer war angespannt, versteinert. Sie warf einen Blick zurück, um sicherzugehen, dass wir außer Hörweite des Teams waren, und sagte dann: »Noch eine Konferenz für Noah. Seine Lehrerin hat eine lange Liste von … von Sorgen.«

»Sorgen?« Soweit ich das bei unserem einzigen Treffen beurteilen konnte, war Noah ein toller Junge. Abgesehen von der Schlägerei vielleicht. »Hat er sich wieder geprügelt?«

Wir hatten das obere Ende der Treppe erreicht und sie verlangsamte ihr Tempo, um in ihren Absätzen vorsichtig nach unten zu steigen. »Nein. Es geht um Dinge wie verhauene Arbeiten und Störungen im Unterricht. Dass er ins Leere starrt, wenn er eigentlich arbeiten sollte. Sie hat mich gefragt, ob er Drogen nimmt. Er ist zehn!« Sie musste ihre Karte zweimal an das Lesegerät halten, bis es grün aufleuchtete.

Ich hatte den einen oder anderen Jungen gekannt, der in der fünften Klasse hinter unserer elitären Privatschule etwas Gras geraucht hatte. Na schön, ich war einer dieser Jungen gewesen. Und Mutter hatte jede Menge Gespräche mit meinen Lehrern, um über ähnliche Sorgen zu sprechen. Aber ich glaubte nicht, dass diese Fakten Alicia in diesem Moment eine Hilfe sein würden.

Ich hielt ihr die Eingangstür auf und sie schritt hinaus ins Sonnenlicht. Nachdem sie sich vergewissert hatte, dass kein Verkehr kam, joggte sie auf die Straße. Ich folgte ihr. Auf der anderen Seite drehte sie sich um.

»Was tust du da?«

»Ich komme mit dir. Ich glaube, du bist zu aufgebracht, um zu fahren.«

»Das bin ich nicht!« Sie stach versehentlich auf den Abwärtspfeil des Aufzugs, bevor sie den Aufwärtspfeil drückte.

»Ich denke schon.« Ich stieg mit ihr in den Aufzug und wir fuhren in die dritte Ebene. Sie schritt zu dem wohl gewöhnlichsten grauen Honda Civic der Welt und fummelte mit dem Funkschlüssel herum.

»Lass mich. Bitte?« Ich hielt meine Hand für die Schlüssel hin.

»Wie kommst du dann zurück?«

»Ich nehme einen Fahrdienst. Ich verspreche, dass ich dir keine Umstände machen werde.«

Sie verdrehte die Augen. »Du machst mir keine Umstände. Außer dass ich wegen dieser Diskussion zu spät komme.«

Ich zwinkerte ihr zu, etwas, das ich in Texas zusammen mit dem Truck und den Stiefeln ausprobierte. »Ich verspreche dir, du kommst nicht zu spät.«

Sie schüttelte den Kopf, ließ den Schlüssel aber in meine Handfläche fallen. Ich schob den Fahrersitz ganz nach hinten und stellte die Spiegel ein, während sie sich auf dem Beifahrersitz niederließ. Nachdem sie sich angeschnallt hatte, fuhr ich aus der Parklücke und vorsichtig aus dem Parkhaus. Das Tempo, um die verlorene Zeit aufzuholen, legte ich erst auf den Hauptstraßen ein.

»Das ist also nicht das erste Mal, dass seine Lehrerin dich einbestellt hat?«

»Wir hatten letzten Monat ein reguläres Gespräch mit seinem Lehrerteam. Da hatte sie schon einige Bedenken. Und dann natürlich die Schlägerei, aber das war mit dem Rektor. Ich – ich weiß nicht, was ich tun soll. Ich wünschte, Kinder würden mit einer Bedienungsanleitung geliefert. Oder einer Kundenservice-Hotline. Weißt du? Es ist eine Menge.«

»Deine Mutter und Esmy unterstützen dich nicht?« Sie schienen neulich Abend großartig zu sein.

»Doch, das tun sie.« Sie biss sich auf die Lippe und drehte sich zum Fenster. »Aber Melissa hat mich zum Vormund ernannt und Mom war deswegen schon immer ein wenig empfindlich. Also erledige ich die meisten Vormundschaftsangelegenheiten allein. Und als Mom Melissa und mich großgezogen hat, musste sie sich nicht wirklich mit Problemen wie Noahs befassen.«

Ich lachte leise. »Das kann ich mir vorstellen.« Alicia war bestimmt die perfekte Schülerin, die perfekte Tochter gewesen. Wie mein Bruder Andrew und meine jüngste Schwester Natalie. Ganz anders als Sam oder ich. »Nach dem, was ich an dem Abend bei dir zu Hause gesehen habe, machst du das großartig mit ihm. Er scheint glücklich und ausgeglichen zu sein.«

»Ja, scheint er, oder? Ich kann einfach nicht herausfinden, was in der Schule los ist.«

»Hast du mit seinem Kinderarzt darüber gesprochen?«

»Seinem Kinderarzt? Nein. Bei seinen Vorsorgeuntersuchungen ist er unauffällig. Und ehrlich gesagt, kennen ihn die Leute in der Notaufnahme am besten. Wir haben dort viel Zeit mit all den Fußballverletzungen und den Beulen und blauen Flecken vom Spielplatz verbracht, die er sich früher geholt hat.«

»Er ist unfallanfällig?«

»Sind das nicht alle Jungs?«

Ich warf ihr einen Blick zu. »Nicht alle Jungs.«

»Oh.« Sie biss sich auf die Lippe und alles, was ich tun wollte, war, sie zu umarmen, damit sie sich besser fühlte.

»Du hast ihn also nie auf eine Lernschwäche oder ein neurologisches Problem testen lassen?«

»Nein.« Sie sah mich an, eine Falte auf ihrer Stirn. »Sollte ich?«

»Ich habe dir ja erzählt, dass ich große Schwierigkeiten in der Schule hatte. Als Letzter in der Klasse fand ich heraus, dass es dort unten zwei Arten von Kindern gab: Kinder, denen die Schule egal war, weil sie größere Probleme hatten, was bei Noah nicht der Fall zu sein scheint, und Kinder, die unerkannte Lernschwächen oder neurologische Besonderheiten hatten. Das war ich, bevor bei mir ADHS diagnostiziert wurde. Vielleicht solltest du mit seinem Arzt sprechen.«

»Aber wenn ich – wenn sie herausfinden, dass er anders ist, werden sie ihn aus dem Unterricht für den Förderunterricht nehmen.«

»Ja, ich fand es auch nicht toll, für die Nachhilfe herausgepickt zu werden. Aber diese Hilfe machte für mich den Unterschied zwischen Scheitern und Erfolg aus. Ohne die Lerntechniken, ohne die organisatorische Hilfe, die ich von meinem Förderlehrer bekam, hätte ich es nie nach Stanford geschafft. Außerdem, sobald Noah als jemand mit einer ›Behinderung‹ identifiziert wird« – ich machte Gänsefüßchen in die Luft, da ich es lieber als eine Besonderheit denn als eine Störung betrachtete – »bekommt er besondere Erleichterungen in der Schule. Mehr Zeit für standardisierte Tests. Dinge, die ihm helfen werden, erfolgreich zu sein.«

»Was ist, wenn … was ist, wenn sie ihm Medikamente verschreiben? Ich habe gehört, dass sie die Persönlichkeit von Kindern verändern. Ich will auch nicht, dass sie sein Wachstum hemmen. Er ist ohnehin schon eher klein.«

»Medikamente sind nicht für jeden das Richtige. Du und Noahs Arzt müsst entscheiden, was das Beste für ihn ist. Aber ich glaube nicht, dass ich Synergy ohne den Fokus, den es mir gab, hätte gründen können.«

»Du nimmst es immer noch?« Ihre Augen weiteten sich. »Entschuldigung, das sind private medizinische Informationen. Vergiss, dass ich gefragt habe.«

»Macht mir nichts aus. Ich nehme es nicht jeden Tag. Nur wenn ich merke, dass ich zerstreuter oder impulsiver bin als sonst.« Ich grinste. »Okay, ich sollte es wahrscheinlich die ganze Zeit nehmen. Ich bin ziemlich impulsiv.« Ich machte eine Geste zum Innenraum ihres Autos. Ich hatte meinen Code definitiv nicht eingecheckt, bevor ich aus dem Büro gestürmt war.

Sie wurde still und sprach nur, um mir den Weg zu Noahs Schule zu weisen. Das Schulgelände hatte diese kinderlose Leere, aber der Lehrerparkplatz war noch voll.

Sie holte tief Luft und legte ihre Hand auf den Türgriff. »Danke, Jackson. Ich weiß den Rat zu schätzen. Und die Fahrt.«

»Kann ich – willst du, dass ich mit reingehe?«

»Mit reingehen? Nein.« Sie rümpfte die Nase mit diesem Ausdruck, den ich bezaubernd fand.

»Als moralische Unterstützung.«

»Nein, ich – Na gut. Wenn du willst.«

Wir stiegen aus. Ich schloss das Auto ab und gab ihr den Schlüssel. Sie führte mich hinein, wo wir uns anmeldeten. Die Gerüche von Desinfektionsmittel, Büchern und den stinkenden Turnschuhen der Kinder versetzten mich direkt in meine eigene Schulzeit zurück. Ich rechnete halb damit, Baron Sinclair und seine Schlägerbande um die Ecke kommen zu sehen, die mir drohten, die Nase einzuschlagen. Aber die Stille, nur unterbrochen von ein paar leisen Erwachsenenstimmen den Flur hinunter, verriet mir, dass keine Kinder im Gebäude waren.

Wir gingen den mit übrig gebliebenen Jack-o'-lanterns aus Tonpapier geschmückten Flur entlang zu einer Tür mit der Aufschrift *Frau O'Reilly, 5. Klasse Sprachunterricht*. Alicia klopfte an und öffnete die Tür.

»Ms. Weber. Kommen Sie herein.« Mrs. O'Reilly hätte eine meiner alten Lehrerinnen sein können. Ihr Haar war rosarot, aber die Falten um ihre nach unten gezogenen Mundwinkel verrieten ihr Alter. Sie saß hinter ihrem Schreibtisch und deutete auf zwei kindgroße Stühle davor. Alicia ließ sich zierlich auf einem nieder. Meiner quietschte, als ich mich setzte, und meine Knie reichten mir fast bis zur Brust.

Mrs. O'Reilly blickte über ihre Halbrandbrille zu mir. »Und Sie sind?«

»Ein Freund der Familie«, log ich.

»Das ist höchst –«

»Mrs. O'Reilly, ich weiß, wir haben nur zwanzig Minuten«, unterbrach Alicia sie, was die Lehrerin die Stirn runzeln ließ. »Ich würde gerne Ihre Bedenken bezüglich Noah hören.«

»Noah macht sich in meiner Klasse nicht gut. Obwohl sich seine Noten verbessert haben« – sie warf Alicia einen vielsagenden Blick über ihre Brille zu – »geringfügig, war er störend. Er redet dazwischen, klopft mit seinem Stift, spricht mit den anderen Kindern. Ganz zu schweigen von der Schlägerei auf dem Spielplatz letzten Monat.«

»Es – es tut mir leid«, sagte Alicia mit blassem Gesicht. »Was denken Sie, was wir tun können, um ihm zu helfen?«

»Ich habe alles getan, was mir eingefallen ist«, sagte Mrs. O'Reilly. Sie deutete auf einen Schreibtisch im hinteren Teil des Klassenzimmers, der von einer Papptrennwand umgeben war. »Ich habe ihn von den anderen Kindern getrennt. Ich habe ihn diszipliniert.« Sie zeigte auf den Rand des Whiteboards hinter sich mit einer Liste von Kindernamen und entweder Smileys oder traurigen Gesichtern. Neben Noahs Namen waren eine Menge traurige Gesichter. »Er hat die ganze Woche während der Pause drinnen gesessen, um seine Klassenarbeiten zu beenden.«

»Während der Pause drinnengesessen?« Mein Blutdruck war bei jeder ihrer Interventionen gestiegen. Als sie die Pause erwähnte, dachte ich, mein Kopf würde explodieren. »Das ist das Schlimmste für ihn.«

»Ihr Name?« Diesmal nahm sie die Brille ab und bohrte ihren stechenden Blick in mich.

»Jackson Jones, Ma'am.«

»Mr. Jones, ich weiß nicht, warum Sie hier sind, aber ich spreche mit Noahs Vormund.«

»Schon gut«, sagte Alicia. »Warum ist die Pause so eine große Sache, Jackson?«

»Wenn er ADHS hat, muss er seine überschüssige Energie irgendwie loswerden. Den ganzen Tag drinnen zu sitzen, wird es nur noch schlimmer machen. Selbst wenn er es nicht hat, brauchen Kinder Bewegung. Sie müssen herumrennen. Sozialisieren. Eine Pause machen. Kein Wunder, dass er aus der Rolle fällt.« Ich stand auf und ging hinter dem Stuhl auf und ab. Dieses Klassenzimmer und die Erinnerungen an mein eigenes elendes Grundschulleben machten mich nervös.

Mrs. O'Reilly wandte sich Alicia zu. »Ich verstehe, dass Noahs Vater nicht bei Ihnen wohnt.«

»Nein. Wir, äh. Nein.«

»Kinder, die in Alleinerziehenden-Haushalten aufwachsen, neigen eher zu Drogenkonsum.«

Ich wirbelte auf meiner Stiefelsohle herum. »Woher haben Sie diese Statistik?«

Sie funkelte mich an. »Das weiß doch jeder.«

Alicia räusperte sich. »Er lebt auch bei seinen Großmüttern.«

Mrs. O'Reillys dünne Augenbrauen verschwanden in ihren Stirnfalten. »Wird er zu Hause irgendwie diszipliniert? Oder spielt er die ganze Nacht Videospiele?«

Alicias Gesicht wechselte schneller von blass zu rot, als es wahrscheinlich gesund war. »Natürlich disziplinieren wir ihn. Und er darf erst Videos ansehen oder Spiele spielen, wenn er seine Hausaufgaben erledigt hat.«

»Vielleicht würden eine stärkere Disziplin und ein strukturierteres Familienleben helfen.« Mrs. O'Reilly warf mir einen abschätzenden Blick zu. »Ich bin nicht sicher, ob Mr. Jones die beste Person ist, um das zu bieten.«

Alicia holte scharf Luft. Ich legte ihr eine Hand auf die Schulter, um sie davon abzuhalten, etwas zu sagen, das sie bereuen würde.

»Hat die Schule einen Vertrauenslehrer?«, fragte ich.

»Ja, natürlich«, sagte die Lehrerin.

»Alicia, ich denke, du solltest einen Termin mit dem Vertrauenslehrer vereinbaren. Vielleicht auch mit dem Rektor. Sprecht über Möglichkeiten, wie die Schule ihm helfen kann.« So sehr ich es auch wollte, ich sagte nicht, dass Mrs. O'Reilly die absolut falsche Lehrerin für ein Kind wie Noah war.

Alicia kniff die Augen zusammen und sah Mrs. O'Reilly an. »Ich denke, das ist eine ausgezeichnete Idee.« Sie stand auf. »Danke, Mrs. O'Reilly. Ich werde mit Noah über einige dieser Verhaltensweisen sprechen. Ich werde auch mit seinem Kinderarzt und dem Vertrauenslehrer sprechen. Wir werden ihm Hilfe besorgen.«

Das Lächeln der Lehrerin war gezwungen. »Ausgezeichnet. Wir alle wollen, was das Beste für Noah ist.«

»Das wollen wir.« Alicia erhob sich. »Einen schönen Abend noch.« Sie schritt hinaus und ich eilte, um mit ihr Schritt zu halten.

Als wir den stickigen Mauern der Schule entkamen und die frischeren Düfte draußen einatmeten, joggte ich um sie herum, um sie zum Anhalten zu zwingen. »Bist du okay?«

Ihre Augen schimmerten vor Tränen. »Nein.«

Vorsichtig, wie bei einem wilden Reh oder einer wilden Katze, streckte ich die Hand aus und streichelte ihren Arm. »Du hast dich da drin großartig geschlagen.«

»Bis ich heute dieses Klassenzimmer betreten habe, hatte ich keine Ahnung, wie schrecklich es war. Beim Tag der offenen Tür war es nicht so. Kein Wunder, dass Noah die Schule hasst.«

»War seine Lehrerin letztes Jahr wie – wie sie?« Ich hielt mich nur knapp davon ab, Mrs. O'Reilly ein Schimpfwort nachzurufen, das ich bereuen würde.

»Nein. Ich meine, ja, wir hatten ein paar Probleme, aber nichts dergleichen. Das war eine tolle Idee von dir. Mit seinem Vertrauenslehrer zu sprechen. Und dem Kinderarzt. Ich werde sie beide morgen anrufen. Danke, dass du mitgekommen bist.«

Meine Brust füllte sich mit Wärme. Das war eine Sache, die ich nicht vermasselt hatte.

»Ich wünschte, ich könnte versprechen, dass eine Diagnose oder Medikamente all seine Probleme lösen werden, aber bei mir war das nicht so. Ich hatte zu kämpfen. Das habe ich immer noch. Aber du tust das Richtige. Du unternimmst Schritte. Du hilfst ihm.«

Sie trat näher, legte ihre Arme um mich und schmiegte ihre Wange an meine Schulter. »Danke. Ich wünschte –«

»Was wünschst du dir?«

Sie umarmte mich fester und trat dann einen Schritt zurück. »Nichts.«

Was wünschte sie sich? Ich würde ihr alles geben, was sie

wollte. Würde sie mich einen Nachhilfelehrer für Noah engagieren lassen?

Als Alicia zu ihrem Auto ging, fiel mir ein, dass ich eine Mitfahrgelegenheit in die Innenstadt brauchte. Ich öffnete die App und forderte ein Auto an, während ich ihr folgte.

»Du bist wirklich gut darin. Dich für Kinder einzusetzen«, sagte sie. Ihre Augen waren jetzt trocken.

»Bin ich?« Ich konnte mein Grinsen nicht unterdrücken.

»Hast du jemals darüber nachgedacht, Organisationen zu finanzieren, die Kindern mit Lernschwierigkeiten helfen? Oder selbst eine zu gründen?«

Ich, eine wohltätige Organisation gründen? Ich hätte fast gelacht, aber dann sah ich ihren störrischen Gesichtsausdruck. »Äh, nein.«

»Du hast beachtliche Ressourcen. Sowohl geistig als auch finanziell. Du solltest sie für Gutes einsetzen.«

Ich stolperte zurück. »Was?«

»Du bist ein sehr reicher Mann, Jackson. Du könntest niemals alles ausgeben, was du hast. Du könntest es nutzen, um anderen zu helfen.«

»Aber ich —« *Ich bin ein Versager,* wollte ich sagen. Unsozial. Unzuverlässig. Kaum stubenrein. Aber wenn Alicia sagte, dass ich das nicht war …

»Denk darüber nach.« Sie lehnte sich an ihr Auto. »Du könntest eine Menge Gutes tun.«

Das hatte noch nie jemand zu mir gesagt. Niemand, nicht einmal Cooper, hatte so an mich geglaubt.

Ein schwarzer Nissan fuhr auf den Parkplatz. Meine Mitfahrgelegenheit.

»Ich werde darüber nachdenken.« Ich starrte in ihre blauen Augen, so gütig. Ich wollte sie nicht einmal küssen. Okay, das wollte ich schon. Aber die Dankbarkeit, die ich empfand, überwog das leise köchelnde Verlangen in meinen Adern. Sie glaubte an mich.

Vielleicht konnte ich auch an mich selbst glauben.

26

ALICIA

AM FREITAG um kurz vor fünf herrschte in der Damentoilette von Synergy diese leere Feierabendstimmung. Die, die sich noch frisch machten, waren schon weg und saßen bereits bei der Happy Hour. Diejenigen mit Familien hatten sich mit den anderen davongeschlichen, begierig darauf, zu ihren Lieben zurückzukehren. Ich hätte zu ihnen gehören sollen.

Ich stemmte meinen Fuß auf die Armlehne des Sofas, um meinen Turnschuh zu binden. Wie hatte ich mich nur von ihm dazu überreden lassen?

Ich wusste ganz genau, wie. Ich war dabei, mich in Jackson Jones zu verlieben. Zwischen seiner Intelligenz beim Programmieren, der Freundlichkeit, die er hinter seiner unverschämten Großspurigkeit zu verbergen versuchte, und der moralischen Unterstützung, die er mir im Gespräch mit Mrs. O'Reilly gegeben hatte, hatte er jede meiner Verteidigungslinien durchbrochen, und jetzt konnte ich nicht anders, als zu hoffen, dass er wirklich in Austin bleiben würde, wie er gesagt hatte, und wir unsere Freundschaft auf die nächste Stufe heben würden. Die, auf der es nicht nur mehr hilfreiche Ratschläge zu Noah und mehr erdachte Möglichkeiten für Jackson jenseits des Programmierens gab, sondern auch mehr Küsse. Denn obwohl Jackson Jones der vielleicht beste Programmierer war, den ich je getroffen hatte, war er ein noch besserer Küsser.

Meine Wangen glühten. Ich zog eine Baseballkappe aus meiner Tasche und zog sie mir über die Haare, die ich aus dem Dutt gelöst und geflochten hatte. Der Schirm verdeckte einen Teil meiner Röte. Aber es wurde spät, und ich konnte nicht warten, bis sie ganz verblasst war.

Ich stieß die Tür zur Toilette auf und prallte gegen eine harte Brust in einem Pantera-T-Shirt. Jackson hatte sich dafür nicht umziehen müssen.

»Bereit?«, fragte er und federte auf den Zehenspitzen.

»Ja. Lass mich das nur an meinem Schreibtisch ablegen.« Ich hielt die Tragetasche hoch.

Er nahm sie mir ab. »Ich will nicht, dass du von deinem Laptop abgelenkt wirst. Sie könnten heute früher losfliegen.« Er trampelte über den Holzboden zu unserem Arbeitsbereich und joggte zurück. »Lass uns gehen.«

Ich konnte mir ein Lächeln nicht verkneifen. »Du bist genauso schlimm wie Noah.«

Er ging in Richtung Treppe, und ich passte meinen Schritt seinem an. »Hast du ihn schon mal mitgenommen, um sie zu sehen?«

»Nicht speziell. Wir waren ein- oder zweimal auf dem Weg, als es passierte. Sie absichtlich anzusehen, ist eher so ein Touristen-Ding.« Ich biss mir auf die Lippe. Ich hatte nicht gewollt, dass das so herablassend klang.

»Niemand wird mir glauben, dass ich in Austin war, wenn ich erzähle, dass ich die Fledermäuse nie gesehen habe. Schaffen wir es rechtzeitig? Was ist mit dem Verkehr?«

»Wir gehen zu Fuß. Wir sind zehn Minuten von einem erstklassigen Aussichtspunkt entfernt.«

»Zehn?« Er warf einen Blick auf sein Handy. »Die Sonne geht in fünfundzwanzig Minuten unter.«

»Jetzt fängst du an, wie ich zu klingen.« In Turnschuhen waren unsere Schritte in der leeren Lobby lautlos. »Wenn du dir nur solche Sorgen um Projektfristen machen würdest.«

»Ich mache mir Sorgen um Projektfristen.« Er hielt mir die Tür auf, und ich trat hinaus in den späten Nachmittagssonnenschein. »Ich mache mir Sorgen, dass sie unseren Fokus von dem ablenken, was wirklich wichtig ist, nämlich die Qualität des Codes. Mein Name steht auf der Website der Firma. Jede Zeile ist mein Ruf.«

Ich stieß ihn in Richtung Zebrastreifen. »Ich schätze, so habe ich das noch nie betrachtet. Trotzdem, ohne Fristen würden wir nie etwas veröffentlichen. Wir würden den Rest unserer Karriere damit verbringen, es zu perfektionieren.«

Er grinste. »Siehst du, du kapierst es!«

Kopfschüttelnd schloss ich den Reißverschluss meiner Jacke.

»Ist dir kalt?« Er trug keine Jacke.

»Es ist ein bisschen frisch, findest du nicht?«

Er ergriff meine Hand und bog auf die Straße ab, schlängelte sich zwischen den im Verkehr stehenden Autos hindurch. »So wohl habe ich mich nicht mehr gefühlt, seit ich aus dem Flugzeug aus San Francisco gestiegen bin. Es ist perfekt.«

Der Weg am Seeufer war leicht zu finden, und wir folgten ihm, bis er hinter den Bäumen hervortrat und uns einen ungestörten Blick auf das Wasser und die Congress Avenue Bridge bot. Es war keine Touristensaison und für die Einheimischen wurde es zu kalt, aber auf der Brücke zeichneten sich Menschengruppen als Silhouetten gegen die untergehende Sonne ab. Wir verließen den Weg in Richtung Wasser, bis der Boden unter meinen Turnschuhen weich wurde.

»Da kommen sie raus?« Jackson zeigte auf die Brücke.

»Ja, aber um diese Jahreszeit sind sie weniger zuverlässig. Sie haben bereits mit dem Zug begonnen. Sei nicht zu enttäuscht, wenn sie gar nicht auftauchen, okay?« Obwohl es mir leidtun würde, wenn meine Heimatstadt ihn enttäuschen würde. *Lasst uns nicht im Stich, Fledermäuse.*

»Ist das eine?« Er zeigte über uns auf eine dunkle Gestalt vor den dünnen, rosafarbenen Wolken.

»Das ist ein Falke. Die Fledermäuse sind winzig. Sie haben mal welche in meine Schule gebracht. Die passen in die Handfläche eines Kindes.«

»Ah.« Er blickte über das Wasser zur Brücke.

Ich wusste, dass wir ein paar Minuten hatten, also ließ ich meinen Blick über den Weg schweifen. Ein paar Radfahrer sausten vorbei, dann eine Frau, die einen Jogging-Kinderwagen schob. Es war ein beliebter Ort für Radfahrer und Läufer. Tatsächlich hätte es mich gewundert, wenn Jackson hier nicht selbst schon gejoggt wäre. Sein Apartmentkomplex lag in der Nähe eines Zugangspunktes zum Weg. Rick hatte mir erzählt, dass er hier oft lief und manchmal mit dem Rad auf dem Weg zur Arbeit fuhr.

Als hätte der Gedanke ihn heraufbeschworen, trat eine vertraute, schlaksige Gestalt aus den Bäumen hervor. Ich schnappte nach Luft. »Rick!«

Er stutzte und blieb keuchend stehen. »Alicia.« Dann spannte er sich an. »Jay.« Er hatte einen grünlichen Fleck am Kiefer, den er an seiner Schulter rieb.

Jackson wirbelte vom Wasser weg und trat vor mich. »Rick.« Er schien sich aufzublähen, bis ich meinen Ex nicht einmal mehr sehen konnte. Ich spähte um Jacksons Arm herum.

»Schöner Abend zum Joggen.« Rick wischte sich mit dem Unterarm den Schweiß von der Stirn.

»Anscheinend.« Jacksons Stimme war hart, wie ich sie noch nie gehört hatte. Sein allgegenwärtiger Sinn für Humor war verschwunden.

»Hey, Alicia, wie geht's–«

»Solltest du nicht weiter? Nicht, dass deine Muskeln steif werden. Du könntest stolpern und hinfallen.« Jackson verschränkte die Arme.

Rick riss seinen Blick von mir los und richtete ihn auf Jackson. »Stimmt. Wir sehen uns.« Er sprintete davon.

Ich legte eine Handfläche auf Jacksons steinharten Bizeps. »Worum ging es da gerade?«

Er entspannte sich, aber seine Augenbrauen trafen sich fast in der Mitte. »Geht es dir gut?«

»Mir geht's gut.« Rick war nicht lange genug geblieben, um etwas Widerliches zu sagen. Jetzt, wo ich darüber nachdachte, hatte ich ihn schon eine Weile nicht mehr gesehen, nicht einmal bei der Saisonabschlussparty von Noahs Team. Ich hatte gefürchtet, er könnte überraschend auftauchen. Hatte Jackson etwas damit zu tun?

Als ich aufschaute, um ihn danach zu fragen, sah ich einen Fleck über den Himmel huschen. »Sie fliegen los.«

Er wirbelte vom Weg weg und blickte über das Wasser, das in Silber und Roségold von der untergehenden Sonne glitzerte. Die Sonne küsste den Horizont und schickte ihre letzte Salve zitrusfarbener Strahlen. Über uns war der Himmel blassblau geworden.

Unter der Brücke strömten Millionen winziger Kreaturen in den Abendhimmel. Sie schossen in einer S-Form in die Höhe, breiteten sich dann aus, machten dann eine Schleife zurück zur Brücke und verteilten sich zu einer getüpfelten Wolke. In einem Moment waren sie ein Schwarm von Vögeln, die gemeinsam kreisten, und im nächsten zerstreuten sie sich am Himmel auf der Suche nach ihren Insektenmahlzeiten.

Als eine Gruppe von ihnen über uns flatterte, übertönten ihre Klicks und Zirpen den Verkehr auf den nahen Straßen. Jackson hielt sein Handy hoch, um es festzuhalten. Ich stand still und versuchte, Muster in ihrem Flug zu erkennen.

Schließlich zerstreuten sie sich, obwohl gelegentlich eine Fledermaus auf der Suche nach ihrem Abendessen über uns flatterte.

»Das war unglaublich.« Jackson starrte immer noch in den Himmel. Ein Stern oder Planet blinkte hell in dem dunkler werdenden Blau.

»Das war es, selbst für eine abgestumpfte Einheimische wie mich.«

Er riss seinen Blick vom Himmel. »Danke, dass du mich auf meine kitschige Touristen-Tour mitgenommen hast.«

Ich lächelte, obwohl er es im Dunkeln wahrscheinlich nicht sehen konnte. »Dafür sind Freunde da.«

Er trat näher. »Sind wir nicht mehr als Freunde?«

»Nicht, bevor das Projekt vorbei ist.« Ich verschränkte die Arme.

Jackson legte seine Hände auf meine Schultern und rieb sie langsam an meinem Bizeps auf und ab, um meine unterkühlten Arme zu wärmen. »Nicht mehr lange.«

»Noch eine Woche.«

»Und dann?« Sein Daumen strich über die obere Rundung meiner Brust, und selbst durch meine Jacke und mein Shirt schickte seine Berührung einen elektrischen Strom direkt zwischen meine Beine. Meine Mitte verkrampfte sich. Ohne darüber nachzudenken, rückte ich näher, sodass sich unsere Turnschuhe berührten. Unsere Knie und Hüften stießen aneinander, und ich lehnte meine Brust gegen seine, dem Gefühl nachjagend.

»Kommt drauf an«, murmelte ich.

»Worauf?« Er neigte seinen Kopf näher, bis ich seinen warmen Atem auf meiner Wange spürte.

»Darauf, ob du in der Stadt bleibst oder nach Hause fährst.«

»Nach Hause? Zuhause ist hier. Mit dir.« Er berührte mit seinen Lippen meine, und im Dunkeln, während das Rosa in Violett überging und der Himmel mit Sternen übersät war, entzündete sich eine Flamme in mir. Wenn ich meine Augen hätte öffnen können, hätte ich erwartet, dass meine Finger an seiner Brust leuchten würden. Die Fledermäuse und die rastenden Vögel machten leise Musik um uns herum.

Jackson hatte meine Heimatstadt genommen und sie zu etwas mehr gemacht. Er hatte den Sonnenuntergang heller gemacht, der Honky-Tonk-Musik einen zusätzlichen Kick gegeben und mich bei der Arbeit so lebendig fühlen lassen wie nie zuvor.

Und er blieb. Wenn das Projekt am Montag in einer Woche endete, würde ich das neue und von Jackson verbesserte Austin behalten.

»Alicia«, murmelte er und küsste sich über meine Wange zu meinem Ohr, »ich kann dich denken hören. Lass einfach los. Genieß den Moment.« Und dann fand er eine Stelle an meinem Hals, die mich wie die Neonreklamen auf der Sixth Street zum Leuchten brachte. Ich schlang meine Hände hinter seinen Nacken und hielt mich fest, als er weiter nach unten zu meinem Jackenkragen und dann wieder nach oben wanderte und meine Lippen wiederfand.

Wir nippten, wir kosteten, wir verschlangen einander. Als ich meine Hüften gegen seine wiegte, rieben die stählerne Härte seiner Erektion Versprechen an meinem Bauch.

Er lehnte seine Stirn gegen meine und atmete schwer. »Eine Woche.«

Verdammt. Wenn er sich nicht zurückgezogen hätte, hätte ich ihn in die Büsche gezerrt. Ich seufzte. »Eine Woche.«

Er bückte sich und hob meine Baseballkappe auf, die irgendwann heruntergefallen war, wahrscheinlich als ich versucht hatte, ihn in einem öffentlichen Park trocken zu vögeln. Er setzte sie mir verkehrt herum auf den Kopf und küsste mich dann sanft auf die Schläfe. »Vielleicht zeigst du mir ja das Alamo, wenn das Projekt vorbei ist?«

»Vergiss nicht, das ist in San Antonio. Neunzig Minuten pro Strecke.«

»Ich glaube, wir müssten über Nacht bleiben.« Ein Mundwinkel zuckte nach oben.

Ein Hotelzimmer. Und Jackson Jones. Ich zitterte, obwohl mir nicht mehr kalt war. »Okay.«

»Versprochen?« Genau wie heute Abend würde er aufgeregt sein wie ein kleiner Junge.

»Versprochen.«

»Es ist noch früh. Willst du zum Abendessen gehen?«

»Warum nicht. Ich kenne einen tollen Laden für Tacos.«

Er grinste. »Natürlich tust du das. Lass uns gehen.«

Ich legte meine Hand in seine und führte ihn zurück auf den Weg und in Richtung der hellen Lichter der Innenstadt.

————

»HEY.«

Am folgenden Freitag schreckte mich Jacksons Stimme auf. Ich blickte von dem Code auf, den ich überprüfte. Er hielt einen roten Plastikbecher in der Hand, und der herbe Duft von Hopfen stieg mir in die Nase.

»War die Party eine Niete?«, fragte ich.

Er lächelte. »Ja. Du warst nicht da. Also habe ich die Party zu dir gebracht.« Er stellte den Becher auf den Schreibtisch neben mich.

»Das ist süß, aber ich–« Ich wedelte mit der Hand auf den Bildschirm. Ich würde die, wie ich hoffte, letzte Demo für Cooper Fallon nicht vermasseln. Ich scannte jede einzelne Codezeile, selbst nachdem sie den automatisierten Testprozess bestanden hatte. Man konnte es Cooper zutrauen, eine Tastenfolge auszuführen, die der Qualitätssicherungsprozess nicht testete.

»Du weißt, was man über nur Arbeit und kein Vergnügen sagt.«

»Du meinst, dass das zu einer fehlerfreien Demo führt?«

Er zog die Augenbrauen zusammen. »Nicht das, was ich im Sinn hatte.« Er streckte die Hand aus und hielt sie einen Zentimeter von meiner Schulter entfernt. »Darf ich?«

Ich sah mich um. Die Etage war menschenleer. Nicht einmal ein Tastenklicken war auf der anderen Seite der Reihe von Topfpflanzen zu hören. »Ich schätze schon?«

Er drückte die Muskeln, die meinen Nacken mit meiner Schulter verbanden, und grub dann seine Finger hinein. »Ist das okay?«

Ich stöhnte. Es. War. Himmlisch.

»Du musst deine Schultern entspannen, während du tippst. Du trägst all diesen Stress in deinem Nacken.«

Ich ließ den Kopf hängen, um ihm besseren Zugang zu gewähren. »Ich trage eine Menge Stress, Punkt. Weniger reden. Mehr Nackenmassage.«

»Ja, Ma'am.« Ein Lächeln lag in seiner Stimme. Er trat hinter meinen Stuhl und legte beide Hände auf mich, rieb meine Schultern. Die Muskeln lockerten sich unter dem Druck und der Wärme seiner Hände.

Ich hob den Kopf, um meine Überprüfung des Codes wieder aufzunehmen, aber es war vergeblich. Die Buchstaben und Zahlen verschwammen auf dem Bildschirm. Seine Daumen wanderten zu beiden Seiten meiner Wirbelsäule, zwischen meine Schulterblätter. Magisch.

»Ich lege jetzt eine Hand vor deine Schulter und benutze meinen Handballen, um–«

Aber in der Sekunde, als er seine große Hand unter mein Schlüsselbein legte und sein heimtückischer kleiner Finger die obere Rundung meiner Brust streichelte, rollte ich mit meinem Stuhl zurück, stieß gegen seinen Stiefel und stand auf.

»Aua! Warum hast du–«

»Nicht hier«, flüsterte ich. Ich stand zu nah an ihm. So nah, dass ich die Hitze seines Körpers spürte. Meine Nerven kribbelten immer noch von seiner Berührung und schrien nach mehr. Auf meinen Absätzen war ich auf Augenhöhe mit seinen Lippen. Diesen weichen, rosafarbenen Lippen, die ich letzte Woche am Ufer des Lady Bird Lake geküsst hatte. Alles, was ich wollte, war, mich wieder mit ihnen vertraut zu machen.

Seine Lippen teilten sich. »Wo dann?«

Ich drehte mich um und schritt zum Hauptflur. Als ich ihn nicht hinter mir spürte, drehte ich mich um. Ich winkte ihn zu mir. *Komm her*, formte ich mit den Lippen.

Er blinzelte und joggte los, um aufzuholen.

Ich bog links in den kleineren Flur mit den Toiletten ab. Als ich die Tür zur Damentoilette aufstieß, gingen die Bewegungsmelder-

Lichter an. Ich streckte die Hand aus, zog Jackson hinter mir herein und schob dann den Riegel an der Tür vor.

Er sah sich um. »Hey, wir haben keine Couch in–«

Ich drückte ihn gegen die Tür und stellte mich auf die Zehenspitzen. »Weniger reden, mehr küssen.« Ich presste meine Lippen auf seine.

Nach einer Sekunde schockierter Stille schlangen sich Jacksons Arme um mich, und seine Lippen wurden unter meinen weich. Wie damals, als wir uns an Halloween bei ihm geküsst hatten, aber *mehr*. Der herbe Geschmack von Bier auf seiner Zunge. Der Duft von Leder und Kiefer auf seiner Haut. Die Rauheit seines Bartes, die an meinen Wangen und meiner Nase rieb. Plus das erhöhte Gefühl der Dringlichkeit, weil wir uns bei der Arbeit küssten, wo jede Minute jemand an die Tür klopfen könnte. Ich packte eine doppelte Handvoll seines T-Shirts. Welche Band war es heute? Spielte keine Rolle. Alles, was zählte, war das Gleiten seiner Zunge an meiner, das Drücken seiner festen Brust gegen meine harten Brustwarzen, das Kribbeln, das mir verriet, dass mein Höschen nicht lange trocken bleiben würde.

Er löste sich von dem Kuss, um mit seinen Lippen meinen Hals hinabzuwandern und seine Nase in meinem Kragen zu vergraben. »Scheiße, Alicia, ich … ich will dich hochheben und zu dieser Couch tragen.« Sein Daumen öffnete den obersten Knopf meiner Bluse, und er grub seine Nase tiefer in mein Dekolleté, sein Bart kratzte an der Wölbung meiner Brust über meinem BH. »Ich will deinen Rock hochziehen, abreißen, was auch immer du darunter trägst, und dich schmecken.« Er fuhr mit der Zunge über meine Haut, und meine Knie wurden weich.

Ja, ja, ja. Mein Gehirn war zu einem Fanclub für Jackson Jones' schmutzige Sprüche geworden. Er müsste mich nicht hochheben. Ich würde freiwillig dorthin sprinten, mich auf der Couch ausbreiten und ihn abreißen lassen.

»Aber.« Er hauchte einen Kuss mit geschlossenen Lippen in das flache Tal zwischen meinen Brüsten und knöpfte dann den

Knopf wieder zu, den er gelöst hatte. »Ich werde dich nicht zum ersten Mal in der Damentoilette schmecken.«

»Das … das wirst du nicht?« Die Jubelrufe in mir wurden zu Buhrufen.

»Nein, Baby.«

Das Letzte, was ich brauchte, war, dass er mich bei der Code-Überprüfung am Montag *Baby* nannte. »Tu das nicht–«

Er legte einen Finger auf meine Lippen und küsste dann meinen Mundwinkel. »Du bist kein Toiletten-Flirt. Ich will mehr.« Er rieb mit dem Daumen unter meiner Unterlippe. Seine eigenen Lippen waren im selben Rosa wie mein Lippenstift gefärbt. »Du verdienst mehr. Die ganze Nacht.«

Das Pochen zwischen meinen Beinen wiederholte es. *Die ganze Nacht, die ganze Nacht, die ganze Nacht.*

»Versprochen?«

Er küsste mich ein letztes Mal, eine sanfte Berührung seiner Lippen. »Versprochen.«

Ich versuchte, meinen vom Küssen schlaffen Mund wieder in Form zu bringen. »Daran werde ich dich halten, Jones. Nachdem wir das Projekt abgeschlossen haben.«

»Nachdem wir das Projekt abgeschlossen haben.« Seine Hände streichelten meine Hüften und fielen dann an seine Seiten. »Dieser Code ist verdammt perfekt. Check ihn ein und geh nach Hause.«

Er hatte recht. Er war fertig, und das Letzte, was wir brauchten, war, dass jemand – ich – versehentlich einen neuen Fehler einbaute. »Finger weg am Wochenende, okay, Cowboy?«

»Vom Code schon. Ich kann garantieren, dass ich etwas anderes anfassen werde.« Er verlagerte seine Hüften, und eine Beule drückte sich gegen meinen Bauch.

Ein oder zwei Zentimeter tiefer, und ich hätte mich an ihm reiben können. Es würde wahrscheinlich weniger als eine Minute dauern, um mich zum Orgasmus zu bringen. Vielleicht uns beide. Aber er hatte recht. Wir waren bei der Arbeit. Vorausgesetzt, die Demo lief gut, würde das Projekt am Montag enden. Und wir wären keine Kollegen mehr. Wir wären frei, uns anzufassen, wo immer wir wollten.

»Heb mir was auf.« Ich zwinkerte.

Seine Augen wurden groß, und dann schnellten sie zur Couch. »Wenn ich es mir recht überlege–«

Schnell wie eine Klapperschlange entriegelte ich die Tür und zog sie auf. »Wir sehen uns am Montag«, rief ich über die Schulter, lachend, als ich zu unserem Schreibtisch zurücktrabte. Selbst Jackson Jones war nicht kühn genug, um mit einer Latte in seinen engen Jeans durch das Büro zu laufen. Und ich war schon zur Tür hinaus, bevor er zu unserem Arbeitsbereich zurückkehrte.

27

JACKSON

ES WAR DAS, worauf ich gewartet hatte, seit ich vor fünf Monaten nach Texas verbannt worden war: Coopers seltenstes, breites Lächeln, das, das ich immer nur bekam, wenn ich irgendwie *nicht* etwas verbockt hatte.

»Das ist großartig, Leute.« Cooper stand am Ende des Konferenztisches. Wir waren in demselben Raum, in dem alles begonnen hatte, in dem Alicia mit einer noch blutenden Schramme auf der Stirn hereingekommen war und ich gedacht hatte, wir bräuchten sie nicht. Ich hatte gedacht, *ich* brauchte sie nicht. Nie hatte ich mich mehr geirrt.

Jemand knipste die Lichter an und schaltete den Projektor aus. »Ich bin wirklich stolz auf euch alle«, sagte mein bester Freund. »Ihr habt an einem Strang gezogen und etwas wirklich Besonderes geschaffen.«

Meine Brust drohte zu zerspringen, oder ich würde etwas Lächerliches tun, wie vor Freude weinen, wenn ich mich nicht bewegen könnte. Als ich aufstand, sahen mich alle erwartungsvoll an. Erwarteten sie, dass ich etwas … Anführerhaftes sagen würde? Normalerweise war es Cooper, der die Dinge tat und die

Worte sprach, nicht ich. Ich warf ihm einen verstohlenen Blick zu und er nickte kaum merklich mit dem Kinn.

Ich räusperte mich. »Ähm ... ich möchte jedes einzelne Teammitglied für seinen Beitrag würdigen. Ihr seid Superhelden.« Langsam umrundete ich den Tisch und sagte zu jeder Person etwas Wichtiges, das sie für das Projekt getan hatte. Es wurde einfacher, je weiter ich kam, sodass ich mich wohl und locker fühlte, als ich bei Alicia ankam. »Und schließlich Alicia. Sie hat es geschafft, uns alle zusammenzubringen und jeden von uns unterstützt, als wir dachten, wir würden es nicht schaffen. Sie hat uns gezeigt, wie wahre Führung aussieht.«

Sie blinzelte schnell und schniefte. Ihre Lippen zitterten, als sie mich anlächelte, aber ihre blauen Augen leuchteten stolz und grimmig. Ich sehnte mich danach, sie in meine Arme zu reißen und sie direkt auf dem Konferenztisch zu küssen. Aber Cooper hätte dazu sicher etwas zu sagen gehabt.

Er erhob sich von seinem Platz. »Ihr werdet alle bei der nächsten Gehaltsabrechnung ein kleines Extra sehen, als Zeichen unserer Anerkennung. Und ich weiß, es ist erst Montag, aber ich möchte euch alle zu Drinks und einem Abendessen einladen, um zu feiern.«

Die Jungs jubelten. Cooper wiederholte meine Runde um den Tisch, beginnend bei Alicia, schüttelte jedem die Hand und sagte ein paar Worte zu jedem von ihnen. Langsam leerte sich der Raum, bis nur noch Cooper und ich übrig waren. Er streckte seine Hand aus, und als ich sie ergriff, zog er mich zu einer Umarmung heran, bei der er mir auf die Schulter klopfte. »Du hast es geschafft, Jay.«

Ich schüttelte den Kopf. »Ohne Alicia hätten wir das nicht geschafft. Und den Rest des Teams.«

Cooper hob die Augenbrauen. »Das Team?«

Ich richtete mich auf. »Tyler hat sich sehr weiterentwickelt. Ich denke, er wäre eine Bereicherung für unsere Automotive-Analytics-Gruppe in San Francisco. Würdest du ihn fragen, ob er an einer Versetzung interessiert wäre?« Er wäre es; ich hatte ihn bereits vorgefühlt. Aber Cooper traf die Personalentscheidungen.

»Sicher.« Er verzog die Lippen. »Ich bin überrascht, dass dich das interessiert. Normalerweise interessierst du dich nicht für Personalangelegenheiten.«

Ich zuckte mit den Schultern und schob meinen Stuhl an den Tisch. »Ich entwickle mich wohl wieder weiter.«

»Das ist großartig.« Er legte eine Hand auf meine Schulter. »Wenn du nach San Francisco zurückkommst, werden wir darüber sprechen, eine Position für dich zu schaffen, die dir hilft, dieses Wachstum fortzusetzen.«

Meine Brust zog sich nicht zusammen. Ich bekam kein mulmiges Gefühl im Magen. Führung klang nicht mehr wie ein sicherer Weg, meinem Vater in ein frühes Grab zu folgen, so wie früher. Oder wie etwas, das ich mit Sicherheit vermasseln und mit dem mein Name in den Wirtschaftsmagazinen als der Jones prangen würde, der es versucht, aber nicht draufgehabt hatte.

Alicia hatte mir gezeigt, dass Führung etwas war, wozu ich fähig war. Ich würde vielleicht auf dem Weg Fehler machen – diese Kneipenschlägerei mit Tyler war einer davon –, aber ich konnte mich davon erholen. *Wir* konnten uns erholen, wenn wir alle auf ein gemeinsames Ziel hinarbeiteten.

Verdammt, genau wie Cooper es mir am Tag des Projektstarts gesagt hatte. Er hatte die ganze Zeit recht gehabt.

Ich musste nicht CEO sein. Oder Chief Irgendwas. Es würde mir nichts ausmachen, die Entwicklung zu überwachen, einen strategischen Blick auf unsere Produkte zu werfen und darauf, wie wir die besten Teile jedes einzelnen nehmen könnten, um sie alle besser zu machen. Junge Programmierer wie Tyler zu fördern, um ihnen ebenfalls beim Wachsen zu helfen.

Aber ich blieb hier. Vielleicht würde er mich meine neue Rolle von Austin aus aufbauen lassen. Als ich den Mund öffnete, um zu fragen, sah er mich mit dem Blick an, den er mir nur gab, wenn wir zusammen abhingen, der bei der Arbeit so selten geworden war. Fürsorglich. Freundschaftlich. Ich vermisste diesen Blick.

Und ich konnte ihn nicht auslöschen, indem ich sagte, dass ich hier bleiben wollte, wo mein bester Freund nicht war. Jedenfalls nicht heute. Ich würde es ihm morgen sagen. »Das würde mir gefallen.«

Sein Handy summte, und als er darauf schaute, runzelte er die Stirn. »Weston. Was zum Teufel will der denn?«

Ich mochte ein Anführer sein, aber ich würde nicht zulassen, dass unser CEO die Feier meines Teams ruinierte. »Ich treffe dich im Restaurant. Lass dich von dem Arschloch nicht aufhalten.«

Er nickte geistesabwesend und hob das Telefon an sein Ohr. Ich huschte aus seinem Büro.

Zurück an unserem Schreibtisch hatte Alicia ihren Ausweis auf ihren von Synergy gestellten Laptop gelegt. Der Anblick ließ mein Inneres wie eine von Tylers Aluminiumdosen Mountain Dew in sich zusammenfallen.

»Das war's dann wohl.« Ich schob meine Hände in die Taschen.

Ein Mundwinkel zuckte nach oben. »Ich schätze schon. Ich hätte nicht gedacht, dass es so traurig sein würde, eine Firma nach nur ein paar Monaten zu verlassen. Berufsrisiko.«

»Du musst nicht gehen. Du könntest bleiben.«

Sie blickte zu den anderen Programmierern, die für den Tag zusammenpackten. »Das Team löst sich auf. Amit sagt, er wird in der Datenmodellierungsgruppe arbeiten. Es wäre nicht dasselbe.«

»Ich bleibe. Du könntest mit mir arbeiten.«

»Cooper scheint zu denken, dass du nach San Francisco zurückgehst.« Sie steckte ihr Handy in ihre Handtasche.

Ich hielt meine Stimme leise. »Ich spreche morgen mit ihm. Ich verspreche es.«

Das Licht kehrte in ihre blauen Augen zurück wie Sonnenschein auf dem Lady Bird Lake. Ich wollte dieses Licht jeden Tag sehen. Ich wollte, dass es das Erste war, was ich morgens sah, und das Letzte, was ich nachts sah. Ich wollte es an Arbeitstagen und an Wochenenden.

Verdammt. Was war das? Es war keine Freundschaft, nicht

einmal die Art, die ich mit Cooper hatte. Und es war keine Lust. Ich hatte nie bleiben und meine Partnerin am Morgen sehen wollen, ihr Make-up auf dem Kopfkissenbezug und ihr Haar zerzaust. Und ich hatte ganz sicher nicht gewollt, dass sie mich sahen, nackt, jeder Anschein von Macht verschwunden, nur Jackson Jones und sein ganzes Schlamassel.

Alicia war nicht so. Sie sah hinter die Galionsfigur und das Geld auf der Bank. Sie hatte mich gedemütigt gesehen, und sie hatte mich triumphieren sehen. Sie glaubte, ich sei kein völliger Versager. Dass ich einen Wert hatte. Dass ich mehr sein konnte, als ich war. Und vielleicht konnte ich das, mit ihr an meiner Seite.

»Also … Feier?« Beide Mundwinkel von Alicia zuckten nach oben. Und dann traf es mich. Das Projekt war vorbei. Alicia war nicht länger auf ein Gehalt von Synergy angewiesen. Wir konnten jetzt zusammen sein. Im Sinne von sein. Zusammen.

»Ja.« Nach dem Team-Dinner würde ich sie mit zu mir nehmen. Wir könnten beenden, was wir nach der Halloween-Party auf meiner Couch begonnen hatten, im Park mit den Fledermäusen. In der Damentoilette von Synergy.

Ihre Augen weiteten sich bei dem, was ein Ausdruck eines ausgehungerten Wolfs auf meinem Gesicht gewesen sein musste. Und dann wurde ihr Lächeln breiter. »Bringst du mich raus?«

In diesem Moment, wenn sie mich gebeten hätte, mit ihr in die Tiefen der Hölle zu gehen, hätte ich dasselbe gesagt. »Ja.« Dann lauter: »Hey, Leute, ich bringe Alicia zu ihrem Auto. Wir treffen euch im Restaurant.«

Ich schnappte mir die Schlüssel zu meinem Truck, mein Portemonnaie und Alicias Laptop. Sie hängte ihre Handtasche über ihre Schulter und überprüfte den Schreibtisch und die Schubladen ein letztes Mal. Als sie fertig war, gingen wir nach unten in die IT-Höhle, wo sie ihre Ausrüstung und ihren Ausweis abgab. Sie hatte für jeden, den wir trafen, ein freundliches Wort und ein Dankeschön, vom IT-Praktikanten bis zu Ivan am Empfang.

Ich begleitete sie zu ihrem Honda, der ein paar Plätze von meinem Mietwagen entfernt geparkt war. Ich ließ meinen Schlüsselanhänger um meinen Finger kreisen, plötzlich zögernd, sie aus den Augen zu lassen. Was, wenn sie es sich anders überlegte und beschloss, zu ihrer Familie nach Hause zu fahren? »Willst du mit mir mitfahren?«

Sie öffnete ihre Autotür. »Nein, ich hätte lieber mein Auto, falls die Party lange geht. Aber du kannst mit mir fahren, wenn du möchtest.«

Ich sprang zur Beifahrertür und rutschte hinein. Selbst in der schattigen Garage glitzerten ihre Augen so hell, dass ich beinahe meine Sonnenbrille aufgesetzt hätte.

»Du warst bei dem Projekt großartig«, sagte sie.

»Wir sind ein gutes Team. Ich wünschte, du würdest darüber nachdenken—«

Sie beendete meine Worte mit einem Kuss und verschlang sie in einem Feuer aus Hitze. Und ich war ja kein Idiot. Ich machte mit, ließ meine Hand ihre Schulter hinaufgleiten, um ihren Nacken, hielt sie an mich gedrückt, damit ich in ihre Weichheit eindringen und ihre Leidenschaft und Süße wieder schmecken konnte. Ich würde hier bleiben, in ihrem engen Honda, meine Knie gegen die Plastikkonsole gedrückt, die genoppte Stoffkopf- stütze in meinem Bart verhakt, bis meine Glieder verkrampft wären und ich ihre Lippen nicht mehr erreichen könnte.

Das Wuwu einer Autoalarmanlage schreckte uns auseinander.

»Wollen wir von hier verschwinden?« Ich streichelte ihre Hand, die auf meinem inneren Oberschenkel lag.

Sie räusperte sich. »Ich könnte einen Drink vertragen.«

»Ich habe Bier bei mir zu Hause. Es sei denn, du willst lieber mit dem Team ausgehen?« *Bitte sag nicht, dass du lieber mit dem Team ausgehen willst.*

»Perfekt. Ich schreibe Tyler, dass ich nach Hause gehe. Du schreibst Cooper, dass du nicht kommst?«

Ich schmiegte mich an ihren Nacken. »Du könntest Tyler sagen, dass wir beide uns drücken.«

Sie zuckte mit der Schulter, und ich hörte auf, ihre weiche Haut zu küssen. Ohne von ihrer SMS aufzusehen, sagte sie: »Ich brauche immer noch diese Empfehlung von Cooper. Ich würde es vorziehen, wenn er nicht von uns erfährt, bis ich das auf meiner Website habe.«

Mein nicht ganz so verschrumpeltes Herz schwoll an. Sie hatte *uns* gesagt. Vielleicht spürte sie dasselbe seltsame Gefühl wie ich.

Während sie die paar Blocks zu meiner Wohnung fuhr, konnte ich die Hände nicht von ihr lassen. Ich legte meine Hand auf ihr Knie, spielte mit dem Saum ihres Rocks und beobachtete, wie sich ihr Atem beschleunigte, je höher ich ihn schob. Ich streichelte die weiche Haut ihres inneren Oberschenkels, so wie ich es seit dem Abendessen mit ihrer Familie hatte tun wollen. Gänsehaut bildete sich auf ihrer Haut, und ich strich darüber. Als wir an der Ampel direkt vor der Einfahrt zu meinem Wohnkomplex hielten, ergriff sie meine Hand, beugte sich vor und küsste mich wild. »Hör auf damit. Ich will, dass wir sicher in deiner Wohnung ankommen. Dann lasse ich dich das Versprechen einlösen, das du am Freitag gegeben hast.«

»Versprechen?«, flüsterte ich. Ich erinnerte mich daran. Ich hatte ihr die ganze Nacht versprochen. Ich zappelte auf meinem Sitz, meine Jeans war plötzlich zu eng.

Sie antwortete nicht, aber ein Mundwinkel zuckte nach oben.

Ich saß auf meinen Händen, aber sie hatte nichts über meine Augen gesagt. Ich katalogisierte jeden Teil von ihr, den ich berühren, schmecken wollte: die Biegung ihres Halses, die weiche Schwellung ihrer Brüste, die hinter ihrer Bluse verborgen war – ich schluckte – , diese Schenkel, die mich gereizt hatten, als sie ihre abgeschnittenen Jogginghosen trug. Die Innenseiten ihrer Knöchel.

Als sie vor meinem Gebäude hielt, war ich bereit, über die Konsole zu springen und sie anzufallen. Stattdessen sprang ich aus dem Auto und ging um es herum, um ihre Tür zu öffnen.

Sie schwang ihre langen Beine aus dem Auto und setzte ihre Schuhe – die roten Power-Slingbacks, die sie trug, wenn Cooper in der Stadt war – auf den Bürgersteig. Ich streckte eine Hand aus, sie legte ihre Handfläche darauf und stemmte sich hoch.

Ihr Gesicht war nur wenige Zentimeter von meinem entfernt. Cooper konnte uns hier nicht sehen. Also küsste ich sie, zog sie an mich und ließ sie meine verzweifelte Erregung spüren, goss meine neuen Gefühle – was auch immer sie waren – in den Kuss.

Schließlich drückte sie gegen meine Brust und lachte atemlos. »Lass uns das nach drinnen verlegen.«

Ich muss zwischen ihrem Auto und meiner Haustür einen Geschwindigkeitsrekord aufgestellt haben. Beim ersten Versuch ließ ich den Schlüssel fallen, aber beim zweiten schaffte ich es, die Tür aufzuschließen. Ich stieß sie auf, knipste das Licht an und ließ sie vor mir eintreten.

In der Sekunde, in der die Tür ins Schloss fiel, drückte ich sie dagegen und pinnte ihre Hände auf beiden Seiten ihres Kopfes fest. Ich küsste ihren Hals, ihren Kiefer, das V ihres Kragens, das durch ihr Hemd sichtbar war. Ihre Haut schmeckte nach Himmel, und ich wollte jeden Zentimeter verschlingen. Ich schnüffelte in ihrem Hemd, um mit meiner Zunge über die obere Wölbung ihrer Brust zu streichen. Ich brauchte mehr – mehr Haut, mehr Geschmack, mehr von den leisen Geräuschen, die sie machte, wenn ich an der Sehne zwischen ihrem Hals und ihrer Schulter sog.

»Jackson«, keuchte sie. »Hör auf.«

Ich erstarrte und ließ ihre Hände los. Ich trat einen halben Schritt zurück, um ihr Gesicht zu sehen. »Aufhören?« Hatte ich sie verletzt? Oder hatte sie es sich anders überlegt?

»Ich muss erst zu Hause anrufen. Nach Noah sehen.«

»Richtig.« Sie hatte Verpflichtungen. Ich hoffte, das bedeutete nicht, dass sie das Interesse verloren hatte.

»Treffen wir uns in zehn Minuten in deinem Schlafzimmer?«

»Verdammt, ja.« Ich stürmte in mein Badezimmer, wo ich mir die Zähne putzte und die schnellste Dusche der Welt nahm. Dann tapste ich ins Schlafzimmer, zog die ungeöffnete Schachtel Kondome aus der Nachttischschublade und legte sie auf den Tisch. Meinen Blick über den Rest des Zimmers schweifen lassend, zuckte ich zusammen. Das Bett war ungemacht, und überall lagen Kleider. Wie viel Zeit hatte ich noch?

Ich sammelte die Kleider auf und joggte zum Schrank. Ich schob die Tür auf und warf alles auf den Boden. Auf dem obersten Regal lag eine ungeöffnete Packung Bettwäsche, der Ersatzsatz, den ich nie benutzt hatte. Ja, ich hatte meine Bettwäsche in den fünf Monaten, in denen ich in der Wohnung gelebt hatte, gewaschen – ich war ja kein Unmensch –, aber ich hatte immer die frisch gewaschene wieder auf das Bett gelegt. Ich riss die Verpackung auf, fand das Spannbetttuch und zwei Kissenbezüge und ersetzte, was auf dem Bett war. Ich knüllte die schmutzige Bettwäsche zusammen, warf sie auf den Kleiderhaufen und schob die Schranktür zu. Ich kickte die Bettdecke in die Ecke des Zimmers.

Hatte ich Alicias zehn Minuten aufgebraucht? Sie hatte es sich doch nicht anders überlegt, oder? Ich zog eine saubere Jogginghose an und ging zurück den Flur entlang ins Wohnzimmer.

Sie saß auf meinem Sofa und starrte auf ihr Handy. »Hey.«

»Alles in Ordnung?« Ich setzte mich neben sie und legte ihr sanft eine Hand auf den Rücken.

»Ja, alles gut. Ich – ich mache das nicht oft. Ich meine, mit einem Partner.« Ihre Wangen wurden rot.

Alles Blut schoss mir aus dem Kopf direkt in die Leiste bei dem Gedanken, dass sie sich selbst anfasste, ein Spielzeug bei sich benutzte. Verdammt, ich wünschte, ich hätte daran gedacht, einen Vibrator zu kaufen. Das wäre ein guter Einstieg gewesen. Und dann dachte ich natürlich daran, wie ich langsam in Alicia eindrang, und meine Jogginghose verbarg nichts darüber, was ich davon hielt.

Ich küsste sie sanft auf die Lippen. »Wir können es so langsam angehen lassen, wie du willst, Baby. Wir müssen nicht einmal vögeln. Ich kann dich einfach nur halten. Würdest du mich das tun lassen?«

Sie zuckte zurück. »Glaubst du, das ist es, was ich will? Dass ich keinen Sex will, weil ich – weil ich frigide bin?«

»Nein, Baby.« Verdammt, ich hatte die eine andere Sache verbockt, in der ich gut war – vögeln. »Ich finde dich wunderschön und sexy. Und alles, was ich will, ist, dass du dich gut fühlst.« Ich berührte sanft ihren Kiefer, und als sie nicht zurückzog, nahm ich ihr Gesicht in meine Hand. Ich küsste sie wieder, diesmal weniger sanft, und versuchte, auf eine Weise zu kommunizieren, wie ich es mit meinen ungeschickten Worten nicht konnte, was ich für sie empfand.

Als sie nach Luft schnappte, küsste ich ihren Wangenknochen, ihren Hals, die Stelle, die ich letztes Mal an der Seite ihres Halses gefunden hatte. Als sie stöhnte, grinste ich. Vielleicht würde ich das hier nicht vermasseln.

Ich hob sie auf meinen Schoß und lehnte mich zurück, um ihr die Führung zu überlassen, und breitete meine Arme entlang der Sofalehne aus. Sie starrte einen Moment auf meine nackte Brust und streckte dann einen Finger aus, um einen der Tropfen aufzufangen, die von meinen feuchten Haaren auf meinen Hals gelaufen waren. Sie verschmierte die Nässe über meiner linken Brustwarze und ließ sie zu einer Spitze erstarren. Ein elektrischer Schlag fuhr direkt in meine Leiste. Ich hatte nicht gedacht, dass ich noch härter werden könnte. Ich hatte mich geirrt. Ich umklammerte die Kissen, um mich davon abzuhalten, ihr die Bluse vom Leib zu reißen.

»Ich denke, ich hätte lieber, dass wir uns beide gegenseitig gut fühlen lassen.« Und sie bewegte sich, sodass sie mit ihrem Hintern an meinem Schwanz rieb.

Ich warf den Kopf zurück, um sie nicht auf die Couch zu werfen und eine Hand unter ihren Rock zu schieben. Ich hatte beschlossen, ihrer Führung zu folgen, und wenn sie mich necken wollte, würde ich sie lassen.

Sie stand auf, und ich vermisste ihr Gewicht, die Berührung ihrer Hüfte an mir. Dann verschränkten sich ihre Finger mit meinen. »Lass uns das ins Schlafzimmer verlegen.«

Ich war blitzschnell auf den Beinen und führte sie den Flur entlang in mein eilig aufgeräumtes Schlafzimmer. Ich breitete mich in der Mitte des Bettes aus und wartete darauf, dass sie den nächsten Schritt machte.

Sie kniete sich an die Seite des Bettes. Dann kroch sie auf Händen und Knien auf mich zu und ließ ihren Rock dabei immer höher rutschen. Schließlich hob sie ihren Rock hoch genug, um meine Hüften zu umspannen.

»Wenn ich etwas tue, das dir nicht gefällt, sag mir, dass ich aufhören soll, okay?«

Meine Augen weiteten sich. Was zum Teufel wollte sie mit mir anstellen? Was war die Steigerung von stocksteif? Denn mein Schwanz wurde steinhart und versuchte, ein Loch in meine Jogginghose zu bohren. »O-okay.«

Dann berührte sie mich. Ihre Fingerspitzen strichen leicht von meinem Schlüsselbein über meine Brustmuskeln und wirbelten durch mein Brusthaar. Und es setzte mich in Flammen. Meine Haut hungerte nach mehr, ich zuckte.

Mit der Kuppe ihres Daumens strich sie über meine linke Brustwarze. Gehorsam richtete sie sich zu einer Spitze auf. Sie kniff sie, nicht fest, aber genug, um mich die Luft einziehen zu lassen.

»Gefällt dir das?«

»Oh, ja.« Es kam als Seufzer heraus.

Sie ließ ihre Finger zu meiner rechten Brustwarze wandern, umkreiste sie mit einem Finger und kniff zu.

»Fester«, grunzte ich.

Sie hob die Augenbrauen, aber sie tat es und ließ einen weiß-glühenden Schmerz von meiner Brustwarze direkt in meine Leiste schießen. Ich stöhnte. Gott, jetzt wünschte ich, ich hätte mir unter der Dusche einen runtergeholt. Ich würde kommen, sobald sie meinen Schwanz berührte.

Dann streichelte sie meine Brustwarze und linderte den krib-belnden Schmerz. Meine Brust hob und senkte sich mit der Anstrengung, die Kissen zu umklammern, um sie – oder mich selbst – nicht zu berühren. Ich war aufgeschobene Befriedigung nicht gewohnt. Der Puls, der in meinem Schwanz pochte, schmerzte.

Sie blickte zurück auf das Zelt in meiner Jogginghose. Ihr Lächeln wurde teuflisch. »Ungeduldig, loszulegen?«

»Bitte, willst du – darf ich dich sehen?«

Sie biss sich auf die Lippe, nickte aber. Sie knöpfte ihre Manschetten auf und begann dann mit dem Knopf ganz oben.

»Langsam?«, keuchte ich. Ich hatte von diesen verdammten Knöpfen geträumt, mir einen auf meine eigene Fantasie runtergeholt, wie sie sie langsam öffnete und enthüllte, was darunter war. Dieses geschäftsmäßige Ausziehen war zu viel.

Ihre Finger erstarrten und wanderten dann zum Saum. Sie spielte mit dem untersten Knopf. »So?«

Ich konnte vor lauter Enge in meinem Hals nicht sprechen, aber ich nickte mit aufgerissenen Augen.

Ganz langsam öffnete sie die Knöpfe ihrer Bluse und gewährte mir Blicke auf die Haut ihres Bauches und einen Blitz weißer Spitze. Ich spannte jeden Muskel in meinem Körper an, als sie den letzten erreichte. Dann hob sie sich von mir ab und drehte sich auf den Knien, um mir den Rücken zuzuwenden.

»Noch ein Knopf«, sagte sie mit einem frechen Blick über ihre Schulter. Sie legte ihre Hände auf die Rückseite ihres Rocks und ließ sie zum Knopf am Rücken gleiten. Ihre langen Finger lösten ihn, und dann wanderten sie zum kurzen Reißverschluss darunter. Ich sah nur ein V aus Weiß, bevor sie die Luft einzog, ihr Hemd auszog und es mir ins Gesicht warf.

»Ups«, murmelte sie. »Das hatte ich nicht geplant – warte mal.«

Ich schüttelte den Kopf, um ihre Bluse abzuschütteln, aber alles, was ich sehen konnte, war weißer Stoff. Ich hörte ein Rascheln, und dann riss sie ihr Hemd von meinem Gesicht. Ich blinzelte. Sie war komplett nackt.

Ich nahm ihren Anblick in mich auf – eher kleine Brüste, eine schmale Taille, breitere Hüften. Die hellere Haut in Form eines alles andere als freizügigen Badeanzugs, die mich von warmen

Brisen und dem Liegen neben ihr auf blendend weißem Sand träumen ließ. Ein ordentliches Dreieck dunkelblonder Haare, das ihr Geschlecht verbarg. Ich ließ meinen Blick zu ihrem Gesicht wandern. Sie biss sich wieder auf die Lippe.

»Darf ich – darf ich dich berühren?« Ich löste meine Finger von der Bettwäsche.

Sie ließ ihre Lippe los und lächelte. »Nur mit deinem Mund.«

»Verdammt, ja.«

»Ich habe meine Schuhe angelassen«, sagte sie. »Ist das okay?«

»Oh, mein Gott.« Die roten Slingbacks. »Ja, bitte.«

Sie kniete sich auf das Bett. Dann spreizte sie die Beine über meiner Brust. Zu weit weg. Sie beugte sich über mich, sodass ihre Brüste wie reife Früchte über meinem Gesicht hingen. Ich leckte eine rosa Brustwarze, dann die andere. Sie bog den Rücken durch und drückte sie zu meinem Gesicht hinunter. Langsam, vorsichtig, hob ich meine Hände und drückte ihre Brüste zusammen, während meine Zunge in einer Acht über die Spitzen wirbelte. Sie stöhnte und rieb sich an meiner Brust.

Ich nahm eine ihrer Brüste in den Mund und sog kräftig an der Brustwarze. Sie keuchte, drückte sich aber zu mir. Innerlich jubelte ich. Sie verlor die Kontrolle. Wegen mir. Ich ließ meine Hände ihre Rippen hinabgleiten, bis zu ihren Hüften, dann fuhr ich mit meinen Daumennägeln leicht über ihre Pobacken. Sie zitterte.

Mutig ließ ich eine Hand um die Rundung ihres Hinterns zum Tal zwischen ihren Beinen wandern. Noch bevor ich ihre Mitte erreichte, glitten meine Finger durch ihre Feuchtigkeit. Ich erkundete sie mit meinen Fingern: Lippen, ihr lockender Spalt und ihre geschwollene Klitoris. Sie hielt inne, als ich sie berührte.

»Darf ich« – ich musste schlucken, um die Worte an meiner plötzlich trockenen Kehle vorbeizukrächzen – »darf ich dich schmecken?« Ich wusste, es war unfair, aber ich ließ ihre Klitoris vibrieren, als ich die Frage stellte.

Sie richtete sich auf. »Ähm, ich schätze schon?«

»Du schätzt schon?« Ich wusste, dass es sie gab, aber ich hatte nicht viele Frauen getroffen, die keinen Oralsex mochten. Könnte Alicia eine von ihnen sein? Ich hoffte nicht, aber selbst wenn, würde ich etwas finden, das ihr gefiel. »Rutsch näher ran. Wir probieren es aus, und du kannst mir jederzeit sagen, dass ich aufhören soll.«

Sie griff nach dem Kopfteil und rutschte hoch. Nicht nah genug. Ich hob ihren Hintern an und rutschte selbst nach unten, bis mein Ziel direkt über mir war. Ich drehte meinen Kopf nach links und leckte die Feuchtigkeit auf ihrem inneren Oberschenkel, lang und langsam. Salzig, moschusartig, süß. Ich drehte mich nach rechts und wiederholte die Bewegung. Dann, ihre Hüften packend, wirbelte ich meine Zunge direkt über ihre Mitte und geradeaus zu ihrer Klitoris, die ich mit der Zungenspitze kitzelte. Sie keuchte.

Ermutigend. »Ist das okay?«

»Ja.« Das Wort war klar genug, aber ihre Stimme war hoch und atemlos.

Ich machte mich an die Arbeit, als würde ich einen kniffligen Code knacken, testete, während ich schmeckte, und prüfte, was funktionierte – was sie winden und stöhnen ließ – und was nicht. Notiz des Entwicklers: Es gab sehr wenig, das nicht funktionierte. Bald keuchte sie, als ich an ihrer Klitoris sog, während mein Mittelfinger in sie hinein- und wieder herausglitt.

Ich ließ ihre kleine Perle für einen Moment los und hauchte einen kühlen Luftstoß darüber. »Du kannst so laut sein, wie du willst. Auf dieser Seite der Wohnung gibt es keinen Nachbarn.«

Sie stöhnte, als ich mit meinen Zähnen über ihre empfindliche Haut schabte. Dann, als ich sanft meinen Zeigefinger in sie drückte, stieß sie einen unzusammenhängenden Laut aus. Sie stöhnte meinen Namen, und ich sog fester an ihrer Klitoris und biss sanft in deren Basis.

Sie stieß einen klagenden Laut aus – nicht laut, aber es reichte. Mein Schwanz, gefangen in meiner Jogginghose, pulsierte, und mein Blick wurde für eine Sekunde schwarz, während ich kam. Ich grunzte und ließ ihre Klitoris los, leckte sie mit langen, flachen

Zügen, um sie zu beruhigen. Mein Atem strich über sie, und sie zitterte.

»Also, ich nehme an, das war okay?«, konnte ich mein arrogantes Grinsen nicht verbergen, als sie auf mich herabsah.

Sie ließ sich neben mich auf den Rücken fallen und warf einen Arm über die Augen. »Gibt es irgendetwas, worin du nicht gut bist? Außer Demut?«

Ich zuckte mit den Schultern und hob dann meine klebrige Hose von meiner Haut ab. »Impulskontrolle?«

28

ALICIA

»WASSER?«

Ich war irgendwo zwischen völliger Glückseligkeit und dem Versuch, den besten Orgasmus meines Lebens noch einmal zu durchleben, dahingedriftet, als Jacksons Stimme mich aus meinem Rausch riss. Ich nahm meinen schweren Arm vom Gesicht und blinzelte. Er beugte sich über die Bettkante und hielt mir eine Flasche Wasser hin.

Ich stützte mich auf einen Ellbogen und nahm sie ihm ab. Ich nahm einen Schluck und gab sie ihm dann zurück. Er leerte den Rest in einem Zug.

Er hatte sich seine Hose abgestreift und war zum ersten Mal nackt. Oder besser gesagt, es war das erste Mal, dass ich ihn nackt sah. Er hatte diese graue Jogginghose doch sicher getragen, um mich zu reizen. Sie war geradezu unanständig und verbarg nichts, während er neben mir auf der Couch gesessen hatte. Und seine offensichtliche Erregung hatte mir den Mut gegeben, zu vergessen, was Rick über mich gesagt hatte, und darauf zu vertrauen, dass Sex mit Jackson etwas Besonderes sein könnte.

Wow, und ob er das war.

Sex mit Rick war wie der uralte Buick, den Melissa mir vererbt hatte, als sie aufs College ging. Am Anfang lief es gut, aber irgendwann blieb ich am Straßenrand liegen und musste aus eigener Kraft ans Ziel kommen. Jackson hatte mich davon überzeugt, dass er eher wie mein Honda sein würde, ein zuverlässiges Gefährt, das die ganze Strecke durchhielt. Aber, oh mein Gott, er war die Corvette, in der uns einer von Melissas Freunden dieses eine Mal zur Schule gefahren hatte. Volle Kraft, in den Kurven gezügelt und bereit, auf der nächsten Geraden aufzuheulen.

Und dabei hatte ich seinen Schwanz noch nicht einmal in mir gehabt. Ich starrte ihn an, während er die leere Flasche zuschraubte und auf den Nachttisch stellte. Er sah ein wenig schlaffer aus als zuvor. Hatte ich ihn abgetörnt?

Ein Schauer lief mir über die Haut. Ich hatte mich so verletzlich gezeigt, ihm meinen Körper und sogar meine geheimsten Stellen offenbart, als ich auf seinem Gesicht geritten war. Ich bedeckte meine Brüste mit einem Arm und schlug die Beine übereinander. Warum hatte er kein Laken, mit dem ich mich zudecken konnte?

»Kalt?«, fragte er.

»Mm-hmm.«

Er drehte sich weg und gewährte mir einen Blick auf die sexy Grübchen über seinem Gesäß. Dann sein ganzer Arsch – oh, mein Gott, der konnte es definitiv mit Ricks aufnehmen –, als er sich bückte, um die weiße Bettdecke vom Boden aufzuheben. Er hielt sie mir hin, und ich schnappte sie mir und grub mich darunter ein.

Die Matratze sank neben mir ein. »Ist alles in Ordnung? Habe ich etwas Falsches gemacht?«

»Nein.« Ich streckte den Kopf unter der Decke hervor. »War es für dich in Ordnung? Soll ich …« Ich ließ meinen Blick dorthin wandern, wo sein Schwanz auf seinem Oberschenkel lag.

»Verdammt, nein. Ich meine, ich würde es lieben, wenn du es wollen würdest. Aber das hier ist kein Geschäft. Wir haben – wir genießen einander. Du hast keine Ahnung, wie lange ich dich schon so berühren wollte. Dich schmecken. Die Geräusche hören, die du machst, wenn du kommst. Ich bin gekommen, ohne dass einer von uns mich berührt hat. Du warst fantastisch.«

»Ja?« Ich wusste nicht, dass Männer das konnten.

»Du hattest doch auch eine tolle Zeit, oder?«

Ich hatte Sterne gesehen. »Natürlich. Ich bin noch nie so gekommen … überhaupt noch nie.«

Er rollte näher an mich heran und legte eine Hand auf die Bettdecke, die mich bedeckte. »Ich liebe« – er schluckte – »wie ehrlich du bist.«

Mein Herz raste. Wollte er mir gerade sagen, dass er mich liebte? Darum ging es hier doch nicht. Oder? Wie er gesagt hatte, wir waren zwei erwachsene Menschen, die sich gegenseitig genossen.

»Glaubst du, da drin ist noch Platz für mich?« Er nickte in Richtung der Bettdecke. »Hier draußen ist es ein bisschen kühl, und ich bin ein Kuschler.«

»Das glaube ich dir keine Sekunde.« Dennoch brachte mich der hoffnungsvolle Ausdruck in seinem Gesicht zum Schmelzen. Ich schlug eine Seite der Decke auf und bedeckte meinen Oberkörper mit dem Rest. »Na, dann komm schon.«

Er schob sich hinein und löffelte sich dann an mich. Ein Arm lag unter meinem Kopf, der andere um meine Taille. Die Bettdecke wickelte sich um uns und bildete einen unbequemen Knubbel unter meiner Hüfte. Ich zappelte und zupfte, um sie zu glätten, und als meine Hüfte flach auf der Matratze lag, schmiegte sich mein Hintern an Jacksons steifer werdende Erektion, und sein Atem war heiß an meinem Ohr.

Seine Hand wanderte hoch und umschloss meine Brust. »Hätte ich eine Chance, dich für eine zweite Runde zu begeistern?« Er zupfte an meiner Brustwarze.

Dieses Zupfen schickte einen Schock direkt in meine Mitte. Ich keuchte bei der Intensität. Jeder Teil von mir war mit seinem Vorschlag einverstanden. »Du hast gesagt, du willst kuscheln«, neckte ich ihn und wand mich erneut an ihn.

»Das war, bevor du deine schönen, weichen Teile an meinen nicht ganz so weichen gerieben hast.« Um seine Aussage zu untermauern, glitt die Eichel seines Schwanzes zwischen meine Beine.

Ich unterdrückte ein Stöhnen. »Ich wollte es mir nur bequem machen.«

»Das hier ist ziemlich bequem, findest du nicht?« Er zog seine Hüften zurück und schob sie dann nach vorne, sodass sein Schwanz über meine Muschi glitt.

Mein Schoß verkrampfte sich, hungrig nach ihm. Die Zeit des Neckens war vorbei. »Fühlt sich gut an.«

Er ließ seine Finger über meinen Bauch wandern und legte die Hand zwischen meine Beine. »Wie fühlt sich das an?« Er ließ seine Finger über meinen Kitzler trommeln.

Ich schwang mein oberes Bein über seins und stöhnte auf.

»Okay«, flüsterte er an meinem Hals. »Ich werde das mal als ›verdammt fantastisch‹ interpretieren.«

Er ließ seine Finger immer schneller über mich tanzen, bis ich den Atem anhielt und auf den Orgasmus wartete, der verlockend außer Reichweite baumelte. »Jackson«, murmelte ich, »bring mich zum Kommen.«

»Was brauchst du, Süße?«

»Ich – ich weiß nicht.«

»Was ist mit –« Er küsste mich genau an der Stelle zwischen meiner Schulter und meinem Hals, und dann spürte ich den Biss seiner Zähne auf meiner Haut. Der kleine Schmerz, gepaart mit einem Zwicken an meinem Kitzler, schoss durch mich und jagte mich mit einem Schrei über die Klippe.

Als ich von meinem sternenübersäten Orgasmus zurückkam, küsste er die Stelle, die er gebissen hatte, und drückte sanft auf meinen Kitzler.

Ich versuchte, seinen Namen zu sagen, aber es kam nur als unverständliches Murmeln heraus. Mein Mund funktionierte nicht. Keiner meiner Muskeln.

»Alles gut bei dir, Baby?«

Meine Haut prickelte bei dem Kosenamen. Er konnte mich so oft nennen, wie er wollte, jetzt, wo wir nicht mehr zusammenarbeiteten. Keine Chance mehr, dass er sich vor dem Team verplapperte. Ich nickte.

Er rollte sich für eine Sekunde weg, und ich hörte Papier reißen. Er schlüpfte zurück unter die Bettdecke und kniete sich zwischen meine Knie. Aber anstatt direkt einzudringen, rutschte er zum Fußende des Bettes und beugte sich so weit vor, dass sein Kinn zwischen meinen Beinen schwebte.

»Darf ich dich noch mal schmecken? Ich bin vorsichtig, falls du empfindlich bist.«

Immer noch im Tal der post-orgastischen Glückseligkeit, nickte ich.

Bevor er mich berührte, tastete er unter der Decke nach meinen Knöcheln. Ich trug immer noch einen Schuh. Der andere war irgendwo zwischen den Orgasmen abgefallen. Er legte meine Knöchel um seinen Oberkörper und achtete darauf, dass die Spitze meines roten Absatzes in seiner Hüftbeuge ruhte. »Gib mir ruhig die Sporen«, sagte er mit einem Grinsen. »Aber pass auf die baumelnden Teile auf, sonst verpasst du vielleicht noch einen Orgasmus.«

Er beugte sich vor und rieb seinen stoppeligen Kiefer an der Innenseite meines Oberschenkels entlang, bis er meine Mitte erreichte. Er spreizte mich mit seinen Daumen und leckte meine Muschi von innen und außen. Meine Beine fingen an zu zittern, und ich grub meine Fersen in seine Hüften.

»Genau so, Baby«, sagte er an meinem Schoß. »Gib ihn mir noch mal.«

Meine Hüften hoben sich, und ich rieb mich an seinem Gesicht. Was war es an diesem Mann, das meinen Widerstand auflöste, das durch die Risse in meiner Rüstung drang? Ich konzentrierte mich einzig und allein auf meine Lust und wie er sie steigerte.

Er ließ ein oder zwei Finger in mich gleiten, pulsierte und

bewegte seine Lippen zu meinem Kitzler. Er begann langsam, mit Küssen und sanftem Lecken. Meine Beine zitterten stärker.

»Halt dich an mir fest, Süße«, sagte er. »Kannst du mehr vertragen?«

»Ja, ja.« Die Worte brachen aus mir hervor.

Er ließ seine Zunge über meinen Kitzler schnellen, brachte ihn wieder auf Touren, bevor er seinen Mund darüber schloss und einen langen, harten Saugstoß von sich gab, der mich von der Matratze abheben ließ.

Dann waren seine Finger weg, ersetzt durch einen stumpfen Druck an meinem Eingang. Er umschloss meine Hüften mit seinen Händen und glitt mit einem langen, langsamen Stoß in mich hinein. Meine Nachbeben umschlossen ihn fest.

»Oh, Gott, Baby, ja. Fühlt sich so gut an.« Er blieb regungslos und umklammerte meine Hüften.

Endlich öffnete ich meine Augen. Ich wünschte, ich hätte es nicht getan, denn in seinen Augen spiegelte sich alles, sanft und voller Sehnsucht. Sein Ausdruck spiegelte den Schmerz in meiner Brust wider, den, der nur noch schlimmer werden würde, wenn er schließlich nach Kalifornien zurückging.

Wir starrten uns einen langen Moment schweigend an. Er brach den Blickkontakt zuerst und schaute nach unten, wo meine Beine gespreizt auf dem Bett lagen. Einer von uns hatte die Bettdecke weggeschleudert. Er hob meinen Fuß und zog mir den Schuh aus. Dann legte er meinen Knöchel auf seine Schulter. Er hob mein anderes Bein und legte es auf seine andere Schulter. Dann zog er seine Hüften zurück und stieß erneut in mich, was tief in mir ein Feuer entfachte. Ein scharfes Quietschen entfuhr mir.

»Okay, machen wir damit weiter«, sagte er mit einem Grinsen.

Er legte einen gemäßigten Rhythmus an den Tag, der es uns erlaubte, die Reibung zu genießen, während er in mich hinein- und wieder herausglitt. Meine Beine zitterten an seinen Schultern, bis er sanft seine Hände auf meine Knöchel legte. Er drehte sein

Gesicht, um erst den einen, dann den anderen zu küssen, so zärtlich, dass mir die Tränen in die Augen stiegen.

»Wofür war das?« Ich hob meine Handflächen, um die Feuchtigkeit in meinen Augenwinkeln wegzuwischen.

»Das wollte ich schon den ganzen Nachmittag tun. Ich habe noch mehr Stellen, die ich küssen will.« Er stieß noch zweimal zu, ohne zu sprechen.

»Wirst du es mir verraten?«

»Ich werde es dir zeigen«, sagte er. »Später.«

Sein Mund verkrampfte sich, und er beschleunigte seinen Rhythmus. Eine Hand wanderte zwischen uns und er rieb über meinen Kitzler. Gepaart mit dem tiefer werdenden Druck in mir, ließ mich seine Berührung um ihn herum verkrampfen. Er lutschte an seinem Daumen und drückte ihn dann wieder auf meinen Kitzler, kreisend. Meine Beine glitten von seinen Schultern, und ich stieß ihm entgegen, einmal, zweimal, bevor ich meinen Höhepunkt herausschrie.

Er hielt inne, und ich konnte nicht sagen, ob die Pulse in mir seine oder meine waren. Dann, meine Knie um seine Taille geschlungen, rollte er sich so, dass mein Körper über seinem lag. Meine Haare hatten sich aus dem Knoten gelöst und klebten an seiner Haut. *Ich* klebte an seiner Haut, und ich wollte dort bleiben, an ihm haften, für immer. Ich strich über die Seite seiner Brust und ließ dann meinen Arm auf die Matratze fallen. Er flüsterte meinen Namen in mein Haar.

Ich muss eingenickt sein, denn ich nahm nur vage wahr, wie er unter mir hervorkroch, ins Bad ging und zurückkam.

Als ich einige Zeit später die Augen aufschlug, war das goldene Nachmittagslicht verschwunden und das Zimmer war dunkel. »Wie spät ist es?«, murmelte ich.

»Nicht zu spät. Halb acht. Hast du Hunger?«

Nur nach mehr von ihm. Mehr von seiner Wärme, die mich umgab. Mehr von seinen beruhigenden Worten darüber, wie fantastisch ich war. Mehr von der Sanftheit in seinen Augen, die widerspiegelte, was ich fühlte.

Liebe.

Ein leiser Schrei begann in meinem Gehirn. Ich hatte mich in Jackson Jones verliebt. In einen Mann, der gesagt hatte, er würde bleiben, obwohl sein Job, seine Firma, fast zweitausend Meilen entfernt war. Vielleicht könnten wir eine Weile so tun, als wären wir zusammen, aber irgendwann müsste er zurückkehren. Er gehörte dorthin, als Führungskraft.

Der Fluch der Weber-Frauen hatte mich eingeholt.

Bleib cool, sagte ich dieser schreienden Stimme. Ich würde dieses lästige Gefühl in eine Kiste sperren. Sicher, sie würde klappern, wenn Jackson ging. Aber dann würde ich sie in Ruhe lassen, sie einstauben lassen. Vielleicht würden die Motten sie zerfressen, so wie sie es mit Mamas Hochzeitskleid auf dem Dachboden getan hatten, und es mit Löchern wie einen Schweizer Käse zurücklassen, sodass wir kein schlechtes Gewissen hatten, es in den Müll zu werfen.

Der Schrei wurde lauter. Wen wollte ich hier verarschen? Was ich für Jackson empfand, war neu, aber es war zu groß, um es in einer Kiste aufzubewahren. Es war wie das riesige Babymonster, gegen das der Superheld in einem von Noahs Lieblingsfilmen gekämpft hatte. Zu unschuldig, zu ahnungslos, um die Zerstörung zu verstehen, die es anrichtete. Es würde alles auf seinem Weg zerschmettern und mich als Ruine zurücklassen.

Wenn ich bliebe, würde ich es mit Sicherheit gestehen. Jackson hatte mich vielleicht die Kontrolle über meinen Körper verlieren lassen, aber ich war nicht bereit, meine Gefühle auf diese Weise freizulassen.

»Ich muss gehen.« Ich blickte auf den Boden. Wo hatte ich meine Unterwäsche hingeworfen, diesen riesigen, unsexy weißen Slip mit dem Aufdruck »Big Girl Panties« auf dem Hintern, den Tiannah mir zum letzten Geburtstag als Scherz geschenkt hatte, und den ich vergessen hatte, bis ich diesen Striptease für ihn versucht hatte?

»Kannst du nicht bleiben? Nicht mal zum Abendessen? Hier in

der Nähe gibt es einen großartigen Thai zum Mitnehmen. Die sind wirklich schnell.«

Ich rutschte weg und setzte mich auf. »Ich kann nicht. Morgen ist Schule, und ich möchte Noah noch sehen, bevor er ins Bett geht.«

Er ergriff meine Hand. »Willst du duschen?«

Ich stellte mir sein Gesicht zwischen meinen Beinen vor, während ich meine Wange an glatte Fliesen drückte. »Verführerisch, aber ich muss wirklich nach Hause.«

»Keine Dummheiten. Versprochen. Nur sauber machen. Du kannst sogar allein duschen, wenn du willst.«

Meine Lippen verzogen sich zu einem Lächeln. Wer hätte gedacht, dass Jackson Jones, Rockstar-Programmierer und internationaler Playboy, mich anflehen würde, mit ihm zu duschen, nachdem er mir wer weiß wie viele Orgasmen beschert hatte? Ich, die Sexgöttin, ehemals bekannt als die Eiskönigin? »Na gut«, sagte ich. »Komm schon.«

Seine Dusche war mehr als groß genug für zwei, und es wäre ein Leichtes gewesen, noch eine Runde dranzuhängen. Aber die einzige Berührung war, dass wir uns gegenseitig den Rücken einseiften. Als Jackson fragte, ob er meine Haare waschen dürfe, erlaubte ich es ihm. Das warme Wasser prasselte auf meine Brust und meinen Bauch, und ich schloss die Augen, während seine großen Finger all die Anspannung aus meiner Kopfhaut massierten. Ich hatte ihn hereingelassen, sowohl emotional als auch körperlich, und er hatte es nicht gegen mich verwendet. Stattdessen gab er mir das Gefühl, sicher, umsorgt und geschätzt zu sein. Nach so vielen Jahren, in denen ich für mich selbst – und Noah – gesorgt hatte, wünschte ich, es würde für immer so weitergehen.

Wie lange konnten wir das machen? Ein paar Wochen, bis Thanksgiving uns trennte? Oder länger? Würden wir samstagabends ausgehen, die Sixth Street entlangschlendern, Händchen halten und die Musik vor jeder Bar probieren? Könnte ich faule

Sonntage bei ihm verbringen, seine T-Shirts tragen und bei einem Kaffee in seiner Küche verweilen?

Das Wasser prasselte auf meinen Scheitel und meinen unteren Rücken, Jacksons großer Körper wärmte meine Vorderseite. Zu schnell hatte er den Schaum aus meinen Haaren gespült und um mich herumgegriffen, um das Wasser abzustellen.

Nachdem wir uns abgetrocknet hatten, strich ich mein Haar zu einem Knoten zurück. Jackson bestand darauf, die Knöpfe meiner Bluse zuzumachen – was absolut unnötig war –, half aber auch praktischerweise beim Reißverschluss und Knopf an der Rückseite meines Rockes. Er fand irgendwo in seinem Schlafzimmer ein frisches Hemd und Shorts und ließ mich dann auf der Bettkante sitzen, während er mir meine roten Slingbacks anzog, als wäre ich Aschenputtel.

Er zog mich auf die Füße. »Wann kann ich dich wiedersehen?«

Das Beste war, dass ich keinen falschen Grund erfinden musste, um mit Jackson Schluss zu machen. Wir hatten bereits einen eingebauten. »Du reist ab.«

Seine Augen wurden scharf wie ein Skalpell und schnitten meine Verteidigung weg. Verdammt. Er wusste über die Ausreden Bescheid und warum ich sie machte. »Ich habe dir gesagt, dass ich bleibe.«

»Für wie lange?«

Sein Mund verzog sich für eine Sekunde. »Langfristig war nie mein Ding. Ich bin eher der Typ für eine Nacht. Ich war noch nie mit jemandem zusammen – habe mir nie erlaubt, mit jemandem zusammen zu sein –, der mich so herausgefordert hat wie du, der auch noch schön und klug ist. Jemand, den ich respektiere.«

»Du meinst doch wohl nicht, ich sei nicht wie andere Frauen, oder?« Ich verschränkte die Arme.

»Nein.« Eine Röte breitete sich auf seiner Stirn aus. »Ich meine, natürlich bist du außergewöhnlich. Aber ich – ich dachte nicht, dass ich mit jemandem zusammen sein könnte, der –«

»Dir deinen Scheiß vorhält?«

Er schnaubte. »Genau. Was ich zu sagen versuche, ist, dass das für mich eine Premiere ist. Ich werde es wahrscheinlich vermasseln. Aber ich – ich will es versuchen. Ich hatte bereits vor, morgen mit Cooper darüber zu sprechen, weiterhin von Austin aus zu arbeiten. Ich will dem eine Chance geben. Uns eine Chance geben.«

»Du wirst Cooper doch nichts sagen, oder? Über … uns?« Gab es wirklich ein *uns?*

Er schauderte. »Noch nicht. Wir bringen ihn erst dazu, diese Empfehlung für dich zu schreiben.«

Ich löste meine Arme und nahm seine Hände. »Danke.« Es würde nicht schaden, ihn noch ein paar Mal zu sehen, bevor er ging. So oder so wäre ich am Ende ruiniert. Und mir gefiel die Variante mit Orgasmen besser als die ohne.

»Mein nächster Auftrag fängt erst nächste Woche an, also habe ich den Rest der Woche frei.«

»Cooper bleibt bis morgen. Aber übermorgen könnte ich blaumachen.«

»Ich bin einen Tag aus dem Projekt raus und du machst schon blau?«

»Ich bin ein Versager.« Er zuckte mit den Schultern. »Jeder erwartet es.«

Mein Magen verkrampfte sich. Ich wollte ihn schütteln. »Hör mir zu, Jackson Jones. Du bist kein Versager. Du bist ein Star. Cooper hat dich gelobt, und ich habe das Gefühl, dass er das nicht oft tut. Du hast diese Software entwickelt und sie zum Singen gebracht.«

Sein Gesicht wurde weicher. »Ich weiß. Aber es klingt besser, wenn du es sagst.«

Ich küsste ihn fest auf die Lippen. »Und du verdienst ab und zu einen freien Tag.«

Seine Arme schlangen sich um mich. »Du auch. Du musst Zeit mit deinem Freund verbringen, der zufällig auch der beste Liebhaber ist, den du je hattest.«

Ein Schauer durchlief mich. »Lass uns mal nichts überstürzen. Du hast mich noch nicht einmal zu einem Date ausgeführt.«

»Übermorgen. Ich führe dich am Mittwoch aus.«

»Okay. Schreib mir.« Ich beugte mich vor, um ihm einen Kuss auf die Lippen zu geben, aber er nahm meinen Mund in einem verschlingenden Kuss gefangen, der meine Knie weich werden ließ und mir den Atem raubte. Er ließ mich vergessen, warum wir so lange gewartet hatten, miteinander zu schlafen.

Cooper. Der Gedanke an sein verurteilendes Gesicht ließ Eis durch meine Adern fließen.

»Was? Warum hast du ›Cooper‹ gesagt?«, murmelte Jackson in meinen Hals.

»Ups.« Ich trat um ihn herum, aus dem Schlafzimmer. Er folgte mir, seine nackten Füße wurden vom Teppich gedämpft.

»Hey«, sagte er, als wir das Wohnzimmer erreichten. »Vielleicht könnten du, ich und Noah etwas zusammen unternehmen. Wir könnten zu einem Basketballspiel gehen. Oder wandern. Sogar zu einem dieser nervigen Orte mit Animatronics und Pappkarton-Pizza.«

Es wäre für mich schon schlimm genug, wenn Jackson ging. Ich konnte nicht noch einen von Noahs sehnsüchtigen Blicken ertragen, wie den, den er immer aufsetzte, wenn wir Rick sahen. »Ich – ich will Noah nicht verwirren. Also würde ich ihn lieber nicht mit einbeziehen.«

Jacksons Gesichtsausdruck fiel. Dann schenkte er mir ein halbes Lächeln, das seine Augen nicht erhellte. »Was immer du willst, Süße.«

Ich wollte es zurücknehmen und ihn wieder lächeln sehen. Aber ich konnte nicht. Ich konnte nicht zulassen, dass er Noah wehtat. Ich nahm seine Hand und drückte sie. Endlich hob sich auch der andere Mundwinkel.

»Schreibst du mir morgen?«, sagte ich.

»Ich schreibe dir heute Abend.«

Ich stellte mich auf die Zehenspitzen und küsste ihn, ein langer, schmachtender Wir-haben-alle-Zeit-der-Welt-Kuss. Vorerst würden wir beide so tun, als würde er lange genug bleiben, um uns eine Chance zu geben. Vielleicht würde es wahr werden, wenn wir nur fest genug so taten.

»Ich schreibe dir zurück. Nacht, Jackson.«

Ich trat hinaus in die kühle Novembernacht, meine Wangen glühten bei dem Gedanken, übermorgen mit Jackson blauzumachen. Es würde nicht ewig dauern, aber er hatte sich meinen Freund genannt, und der Gedanke, ihn wieder zu küssen, ließ meine Knie weich werden.

Wie lange konnte er hier in Austin bleiben? Ich wusste es nicht, und ich glaube, er wusste es auch nicht. Aber zum ersten Mal in meinem Leben würde ich mir keine Sorgen um ein Jahr oder auch nur einen Monat in der Zukunft machen. Ich würde diese neue Sache mit Jackson Jones genießen, solange ich konnte.

Dann würde ich zerbrechen.

29

JACKSON

NACHDEM ALICIA GEGANGEN WAR, hatte ich ein Loch im Magen. Ich durchwühlte meine Schublade mit den Speisekarten von Lieferdiensten und zog die des thailändischen Restaurants heraus, mit der ich versucht hatte, sie zu ködern, doch ich legte sie zurück in die Schublade neben die in Plastik verpackten Gabeln, Stäbchen und Ketchup-Päckchen. Selbst thailändisches Essen würde die Leere in mir nicht füllen.

Im Schlafzimmer schnupperte ich an beiden Kissen. Eines roch schwach nach süßer Orange, also nahm ich es mit ins Wohnzimmer. Ich streckte mich auf dem Sofa aus, sodass meine Füße über die Armlehne hingen, schob das Kissen unter meine Wange und griff nach der Fernbedienung. Worauf hatte ich Lust? Sport? Eine Komödie? Etwas Sexy-Romantisches?

Ich ließ die Fernbedienung aus meiner Hand fallen. Nichts konnte mit der Wiederholung meines Nachmittags mit Alicia mithalten. Ich rieb mit einer Hand über mein Led-Zeppelin-T-Shirt. Eine Brustwarze brannte noch von ihrem Kniff. Ich fragte mich, ob ich einen Abdruck auf ihrem Hals hinterlassen hatte. Ob sie heute Abend ein wenig wund sein würde. Ob sie an ihrer Haut schnuppern würde, um Spuren von mir zu finden.

Mittwoch. Ich würde sie am Mittwoch sehen. Vielleicht könnten wir am Fluss entlang spazieren gehen. Oder sie könnte mir eine Führung durch das Kapitol geben. Ich würde den albernen Touristen spielen, im Geschenkeladen den lächerlichsten Nippes kaufen, den ich finden konnte, und sie wäre meine sexy Reiseführerin.

Oder vielleicht würden wir für den Nachmittag ein Hotelzimmer mit Blick auf den Fluss mieten und uns an den Fenstern lieben.

Uns lieben? Ich meinte vögeln. In die Kiste springen. Ihren Acker bestellen. An ihrem Altar knien. Sie lecken.

Verdammt. Ich drückte das Kissen. Wem machte ich hier eigentlich was vor? Mir selbst jedenfalls nicht.

Diese Sache mit Alicia war anders. Sicher, ich fühlte mich seit dem ersten Tag von ihr angezogen, als ich ihr Haar zur Seite gestrichen und ihre Wunde mit meinem T-Shirt abgetupft hatte. Und dann hatte ich sie gehasst. Na ja, nicht sie direkt, sondern alles, was ihre Anwesenheit über mich aussagte. Bis der Groll dem Respekt gewichen war. Der Bewunderung. Und etwas Zarterem, das mich jedes Mal zum Leuchten brachte, wenn ich sie ansah.

Verdammt. War ich verliebt?

Ich war noch nie zuvor verliebt gewesen. Ich hatte nie jemanden gedatet, mit dem ich mich auf diese Weise verbinden konnte. Es war sicherer, Frauen zu daten, die mir egal waren. Wenn sie mir egal waren, würde es nicht wehtun, wenn sie mich auslachten und verließen.

Aber nach allem, was wir zusammen durchgemacht hatten, glaubte ich nicht, dass Alicia mir das antun würde. Ich hatte diesen Ausdruck auf ihrem Gesicht in der Dusche gesehen, nachdem ich ihr die Haare gewaschen hatte. Sie hatte mich angesehen, als wäre ich ihr auch nicht egal. Als würde sie mich vielleicht irgendwann hereinlassen, wenn ich nur lange genug an ihr Tor klopfte. Wenn ich hartnäckig und vertrauenswürdig wäre, würde sie mich vielleicht sogar in ihr Leben lassen. Außer den Teil mit Noah.

Dafür vertraute sie mir nicht genug. Vielleicht war das fair, wenn man bedachte, dass ich immer noch Sachen verbockte. Und bei einem Kind gab es keinen Raum für Fehler. Der arme Kerl hatte genug Mist in seinem Leben, wenn man bedachte, dass er keine Eltern und wahrscheinlich ADHS hatte.

Diese Konferenz hatte ich aber nicht verbockt. Ich hatte Alicia da durchgeholfen. Und vielleicht würde er sich in der Schule besser machen, sobald sie Noah aus diesem furchtbaren Klassenzimmer geholt und ihm eine Behandlung besorgt hatte.

Könnte sie mir dann vertrauen?

Ich erlaubte mir, es mir vorzustellen: mit den Fahrrädern auf dem Grünstreifen fahren. Oder sie beide mit nach San Francisco zu nehmen und den Touristenkram zu machen, so wie Alicia es mit mir und den Fledermäusen getan hatte. Mit Noah die Seelöwen beobachten. Ich würde sie nicht nach Alcatraz mitnehmen; das war gruselig. Wir würden im Golden Gate Park sitzen und Musik hören oder am Strand entlanglaufen oder die California Academy of Sciences besichtigen. Wir wären eine Familie.

War ich bereit für eine Familie? War das Kribbeln in meinen Fingern Aufregung oder Angst?

Beim Abendessen mit Alicias Familie war sie so stark gewesen, so selbstbewusst. So wie sie es bei der Arbeit immer war. Bei der Arbeit waren wir Partner geworden. Könnten wir das auch mit ihrer Familie sein?

Ich ließ mich zurück auf das Sofa fallen und gab mich meiner Fantasie hin. Ich würde sie meiner Mutter vorstellen. Sie wäre von Alicias Reife und Tatkraft verzaubert. Würden wir die Feiertage bei ihrer Familie oder meiner verbringen? Vielleicht wäre Weihnachten in den Alpen am besten. Oder in der Karibik. Ich stellte mir Alicia im Bikini vor. Wie wir Hand in Hand am Strand spazierten, während der Mond auf dem Wasser glitzerte, dem

Rauschen der Brandung lauschten und warmes Wasser unsere Zehen umspülte. Ich verlor mich in der Fantasie.

Deshalb kauerte ich auch unter meiner Bettdecke, eingehüllt in Alicias Duft, als drei laute Schläge an meiner Tür rüttelten.

Brummend warf ich die Decke weg. Nur eine Person klopfte so. Ich schlurfte zur Tür und schaute durch den Spion. Tatsächlich, Cooper stand da, immer noch in seiner Arbeitskleidung, und starrte die Tür mit Dolchen in den Augen an. Verdammt, was hatte ich jetzt schon wieder angestellt?

Ich öffnete die Tür. »Hey, Coop.«

Er trat ein und musterte mich von meinem T-Shirt bis zu meinen Boxershorts und nackten Füßen.

»Ist sie hier?«

»Wer?« Ich schloss die Tür. Er hatte sein »Ich-schrei-dich-gleich-an«-Gesicht aufgesetzt.

»Unsere ehemalige Beraterin, Alicia Weber.«

Verdammt. Sie brauchte seine Referenz. Ich log Cooper nie an, aber dieses eine Mal konnte ich die Wahrheit ein wenig verschleiern.

»Warum sollte sie hier sein?« Ich ging zurück zur Couch und warf die Bettdecke und das Kissen dahinter. Er würde sie doch nicht riechen können, oder?

Er setzte sich in den Sessel gegenüber der Küche. »Ernsthaft? Du willst deswegen deinen besten Freund anlügen? Als du mit dieser Praktikantin geschlafen hast, hast du es wenigstens zugegeben.«

Wie zum Teufel hatte er das herausgefunden? Alicia hätte ihn nicht angerufen. Und sie und ich waren die einzigen, die wussten, was wir ein paar Stunden zuvor getan hatten. Ich ließ mich auf die Couch fallen. »Wovon redest du?«

»Als du nicht beim Abendessen warst—«

Verdammt. Alicia hatte mich gebeten, Cooper zu texten, dass ich es nicht schaffen würde.

»—hat Tyler mir erzählt, dass ihr das seit Wochen treibt.«

»*Tyler* hat das gesagt?« Ich hätte nie gedacht, dass er uns verpetzen würde. Andererseits hatte ich auch gedacht, alle wären blind dafür, wie nahe Alicia und ich uns gekommen waren.

»Er sagte, er dachte, es sei allgemein bekannt.«

»Was war allgemein bekannt?«

Aber Cooper fiel nicht länger auf meine Unschuldsnummer herein. Sein Gesicht war rot im Lampenlicht. »Dass du die Beraterin vögelst, die ich eingestellt habe. Ehrlich gesagt dachte ich, sie wäre zu professionell, zu reif, um auf deine« – er wedelte mit der Hand in Richtung meiner Boxershorts – »Reize hereinzufallen. Jamila sagte, sie sei unantastbar. Der Inbegriff von Integrität. Ich schätze, Alicia hat sie getäuscht, und sie dachte, sie könnte mich auch täuschen. Aber wie man hier in Texas sagt: Ich bin nicht erst gestern vom Rübenlaster gefallen.«

»Sagt man das hier? Habe ich noch nie gehört.« Ich musste ihn aufhalten, bevor er sich richtig in Rage redete.

»Ich werde dafür sorgen, dass sie nie wieder für ein seriöses Unternehmen arbeitet. Sie wird sich nicht durch die Tech-Bosse von Austin vögeln, wenn ich etwas dazu zu sagen habe.«

»Moment mal—« Ich stand auf. Ich wünschte wirklich, ich hätte eine Hose an. Und meine Arschtrittstiefel.

»Du hattest dich so gut gemacht. Drei Monate hier ohne einen Vorfall. Und dann taucht sie auf, und du wirst wieder rückfällig.« Er verengte die Augen. »Sie ist nicht einmal dein Typ.«

»Hör mir zu, Cooper. Ich habe Alicia nicht gevögelt, während wir an dem Projekt gearbeitet haben.«

»Tyler scheint zu denken, dass du das getan hast.«

Ein Schmerz durchfuhr mich. »Wir kennen uns seit vierzehn verdammten Jahren. Und du glaubst einem Junior-Programmierer mehr als mir, deinem besten Freund?«

»Ja, wir kennen uns seit vierzehn Jahren, und ich habe dich noch nie so erlebt, dass du auch nur die geringste Zurückhaltung gezeigt hättest, wenn es um deinen Schwanz ging. Du hast jede heterosexuelle Frau in unserem Wohnheim im ersten Studienjahr gevögelt.«

»Ich war achtzehn verdammte Jahre alt. Denkst du nicht, dass ich mich seitdem verändert habe? Heute Nachmittag hast du gesagt, ich sei erwachsen geworden.«

»Das war, bevor ich wusste, dass du und Alicia hier gevögelt habt, anstatt mit uns bei der Teamfeier zu sein.«

»Sie und ich waren im Büro nichts als Kollegen. Alicia ist ein absoluter Vollprofi.«

»Anscheinend schien sie nicht zu denken, dass diese professionelle Integrität auch für Veranstaltungen außerhalb des Büros gilt. Tyler sagte, ihr wart auf deiner Halloween-Party zusammen.«

Mir wurde eiskalt. Hatte er gesehen, wie ich sie geküsst hatte? Wir waren vor ihm unvorsichtig gewesen, weil wir dachten, er sei zu betrunken, um sich zu erinnern. Nein, *ich* war unvorsichtig gewesen. Und jetzt musste ich dafür bezahlen.

»Tyler war an dem Abend betrunken. Er hat am Ende in meinem Gästezimmer geschlafen. Aber er hat falsch verstanden, was er gesehen hat. Ja, ich habe Alicia umworben, aber sie hat es nicht erwidert. Ich habe sie auf der Party geküsst. Sie war zu nett, um mir eine zu klatschen, aber sie sagte mir, dass sie nicht interessiert ist. Sie ist gegangen.«

»Aber ihr beide habt heute Abend zusammen das Büro verlassen.«

Ich biss die Zähne zusammen. Ich hasste es, meinen Freund anzulügen, aber Alicias Geschäft, ihre verdammte Karriere, stand auf dem Spiel. »Ich habe sie um eine Mitfahrgelegenheit gebeten. Ich habe versucht, sie in ihrem Auto wieder zu küssen. Sie hat angehalten und mich rausgeworfen. Ich bin hierher gelaufen. Ich schätze, keiner von uns hatte danach noch Lust zu feiern. Sie muss nach Hause gegangen sein.«

Cooper rieb sich die Schläfen. »Verdammte Scheiße, Jackson. Jetzt muss ich das Unternehmen auch noch vor einer Klage wegen sexueller Belästigung schützen. Obendrein—«

»Ich – ich glaube nicht, dass sie Anzeige erstatten wird. Sie will wahrscheinlich nur ihre Referenz.« Ich ließ mich auf den Couchtisch vor meinem Freund sinken.

Er rieb sich das Gesicht. »Das ist nicht einmal mein größtes Problem heute.«

»Was meinst du?« Ich hielt den Atem an. Wenn er ein größeres Problem als mich hatte, würde er vielleicht früh nach San Francisco zurückkehren und mich in Ruhe lassen.

»Weston. Er hat eine Alle-Mann-an-Deck-Situation im Hauptquartier. Wir haben einen aktivistischen Aktionär, der unsere Beziehung zu dieser Offshore-Firma infrage stellt.«

Ich erstarrte. »Die, die Weston an Bord geholt hat, weil sie billiger waren als unser Team in Singapur?«

»Genau die. Sieht so aus, als hätten sie keinen existenzsichernden Lohn gezahlt, und jetzt müssen wir Schadensbegrenzung betreiben.«

»Und verdammte Wiedergutmachung.«

Er senkte die Hände und durchbohrte mich mit seinem stählernen Blick. »Deshalb kommst du mit mir.«

»Ich – was?« Ich konnte nicht mit ihm gehen. Alicia und ich hatten am Mittwoch ein Date.

»Alle Mann an Deck schließt unseren neuen Vizepräsident für Entwicklung ein, in dessen Zuständigkeitsbereich die Beziehungen zu Offshore-Entwicklern fallen.«

»Was?« Die Zahnräder in meinem Gehirn rutschten durch.

»Das ist auch dein verdammtes Problem. Du kommst mit mir, um es zu lösen.«

»Ich – ich kann nicht.«

»Und warum nicht? Wir sind Partner. Synergy ist zur Hälfte deine Firma.«

Weil ich dich angelogen habe und unsere ehemalige Beraterin vögle. Nee. *Weil ich mich in unsere ehemalige Beraterin verliebt habe.* Stimmt, aber damit würde ich auch nicht durchkommen.

Verdammt. Alicia wollte, dass ich ein Anführer bin. Ein Anführer zu sein war scheiße.

»Na gut. Fliegen wir heute Abend?«

Er stand auf. »Morgen früh. Wir halten im Büro für ein kurzes Gespräch mit Tyler an, um ihn aufzuklären, und dann fliegen wir mit dem Jet zurück. Pack deine Sachen heute Abend. Das Team wird hier fertigmachen. Du musst nicht zurückkommen.«

»Aber—«

»Wenn wir nach Hause kommen und ich auch nur ein Gerücht von sexueller Belästigung höre, schicke ich dich in dieses Kloster in den Bergen bei Big Sur. Du kannst deinen Code per Esel runterschicken.«

Esel? Ich war derjenige, der sich gleich wie ein Esel benehmen würde.

30

ALICIA

ICH STARRTE LÄNGER auf Jacksons Nachricht, als ich sollte, ganz allein mit meiner Tasse Tee in der Küche meiner Mutter am nächsten Morgen, zerlegte die Worte und versuchte, die Bedeutung dahinter zu finden. Das Warum.

Aber das Warum spielte keine Rolle. Nicht wirklich.

Alles, was zählte, war, dass er weg war.

Er hatte gestern all diese perfekten Dinge gesagt. Darüber, wie unvollkommen er war. Wie er noch nie eine Beziehung gehabt hatte, aber bereit war, es zu versuchen.

Und dann war er gegangen, noch bevor der Bartbrand auf meinen Oberschenkeln verblasst war.

Ich schauderte und stand auf, zog meinen Morgenmantel enger um mich. Ich stellte meinen kalten Tee in die Mikrowelle und wartete darauf, dass er heiß wurde.

Mama würde mir sagen, ich hätte ihm gegeben, was er wollte,

also gab es keinen Grund zu bleiben.

Tiannah würde es unverblümter ausdrücken. Sie würde mir sagen, dass meine Muschi und ich geradewegs in seine Falle getappt waren.

Melissa würde mir sagen, dass sie stolz auf mich war, weil ich es gewagt hatte, auch wenn es nicht geklappt hatte.

Ich wischte mir eine Träne von der Wange. Jackson Jones war meiner Tränen nicht würdig.

»Cariño.« Ich hatte nicht gehört, wie Esmy in die Küche gekommen war. »Stimmt etwas nicht?«

»Nein.« Ich schniefte. »Muss eine Allergie sein.«

»Im November?« Sie schnalzte ein paar Mal mit der Zunge und legte den Handrücken auf meine Stirn. »Das hat doch nichts mit deinem Date von gestern Abend zu tun, oder?«

»Date?« Ich öffnete den Schrank und holte das Honigglas herunter.

»Ich bin schon eine Weile raus aus dem Dating-Leben, aber zu meiner Zeit, wenn ich mit nassen Haaren und zerknitterten Klamotten nach Hause kam, bedeutete das, dass bei mir was gelaufen war.« Sie drückte den Knopf an der Mikrowelle. »Und der Tee wird nicht heiß, wenn du sie nicht anmachst.«

Ich verzog das Gesicht. »Du und Mama sagt mir ständig, ich solle mehr ausgehen.«

»Und das solltest du. Aber du strahlst heute nicht so wie gestern Abend.«

Letzte Nacht war ich praktisch ins Haus geschwebt. Heute Morgen, seit ich Jacksons Nachricht gelesen hatte, hatte ich Blei in den Adern.

»Mir geht es gut.« Und das würde es mir auch. Leute hatten ständig One-Night-Stands. Und nichts anderes war die Nacht davor gewesen. Ich musste nur mein angeknackstes Herz davon überzeugen.

Und, anscheinend, Esmy. Sie kniff die Augen zusammen. »Bist du sicher?«

»Absolut.« Die Mikrowelle piepte und ich holte meinen Tee

heraus. »Ich werde ein paar Schränke ausmisten. Wir sehen uns später.«

Die Arbeit tat mir gut. Ich ließ Rihanna durch meine Kopfhörer dröhnen, während ich Noahs Schrank und Schubladen durchging und alles, was zu klein aussah, in Tüten packte. Im Garten spritzte ich seine Fußballschuhe mit dem Schlauch ab und stellte sie zum Trocknen auf die hintere Terrasse. Als Nächstes nahm ich mir mein eigenes Zimmer vor. Jacksons Pullover, der, den ich behalten durfte, wie er sagte, in der Nacht, als wir zusammen auf der Verandaschaukel saßen, wanderte zusammen mit Noahs zu klein gewordenem SpongeBob-Schlafanzug in die Tüte für die Kleiderspende.

An diesem Abend kochte ich, um Esmy zu zeigen, dass es mir gut ging, King Ranch Chicken, Noahs Lieblingsessen, in der Küche, die ich geschrubbt hatte.

Trotzdem schürzte sie ihre Lippen, wann immer sie mich über den Tisch hinweg ansah.

Der Mittwoch war nicht so gut. Nachdem Noah in den Schulbus gestiegen war, schaute ich stündlich auf mein Handy, in der Hoffnung, eine Nachricht oder einen verpassten Anruf von Jackson zu sehen. Irgendetwas als Antwort auf die Nachricht, die ich ihm geschickt hatte.

Kommst du zurück?

Nichts.

Trotzdem schaffte ich es, mich anzuziehen, bevor Noah von der Schule nach Hause kam, und machte sogar Spaghetti zum Abendessen.

Am Donnerstag, nachdem ich von der Bushaltestelle zurückgegangen war, schnappte ich mir Tigger und rollte mich mit ihm auf meinem Bett zusammen. Was hatte ich falsch gemacht? War ich schlecht im Bett gewesen? Ich war eine Weile komisch drauf gewesen und hatte mich unter seiner Bettdecke versteckt. Und dann hatte ich all diese Dinge gesagt, die mich überhaupt nicht wie die Wonder Woman klingen ließen, deren Image ich so sehr versucht hatte zu vermitteln. Vielleicht hatte er entschieden, dass ich die Mühe nicht wert war.

Wahrscheinlich war ich das nicht.

Tigger knetete meine Kopfhaut, fuhr mit seinen Krallen durch mein Haar und erinnerte mich an Jacksons Shampoo-Massage unter seiner Dusche. Er war so zärtlich, so fürsorglich gewesen. Hatte er mir nur etwas vorgemacht? Geschauspielert?

Dieser Spruch, den er benutzt hatte, dass er sich nie erlaubt hätte, mit jemandem zusammen zu sein, den er respektierte, bis zu mir, hatte meine Verteidigungsmauern eingerissen. Aber mehr war es nicht gewesen: ein Spruch. Hatte er denselben bei dieser Praktikantin benutzt? Vielleicht benutzte er ihn bei jeder, mit der er schlafen wollte.

Ich war nichts Besonderes. Nicht für Jackson Jones. Wenn ich es wäre, hätte er sein Versprechen gehalten.

Vorsichtig hob ich Tigger von meinem Kissen und presste es mir auf den Kopf. Ich stieß einen Schrei aus – von den Federn gedämpft – und noch einen und noch einen, bis ich heiser war. Vielleicht entkam eine Träne. Oder vielleicht zwei. Mein Kissen saugte sie auf und niemand bemerkte etwas.

Ich versteckte mich bis weit in den Nachmittag hinein unter meiner Bettdecke. Schließlich schleppte ich mich unter die Dusche und sah einigermaßen normal aus, als Noah zur Tür hereinkam.

Ich fand ein paar Fischstäbchen und Kroketten im Gefrierschrank für das Abendessen. Esmy biss sich auf die Lippe, sagte aber nichts.

Schließlich, am Freitag, sah ich mir die Ringe unter meinen Augen von meiner zweiten schlaflosen Nacht an und beschloss, dass ich Hilfe brauchte.

Tiannah öffnete ihre Tür mit Tavon auf der Hüfte. »Du siehst aus, als könntest du eine Margarita vertragen.«

»Es ist halb elf am Morgen.«

»Dann eine Mimosa. Komm, wir gehen raus.«

Während Tiannah Tavon in seinem Kindersitz anschnallte, sammelte ich Cheerios aus dem Fußraum ihres Minivans.

Sie lugte über meine Schulter. »Mach dir keine Sorgen. Orlando und die Kinder waschen jeden Samstag mein Auto. Er kümmert sich darum.«

Tiannah hatte Orlando, der sie so sehr liebte, dass er Cheerios aus ihrem Auto saugte. Mit seiner Kopfmassage am Montag hatte Jackson mich glauben lassen, dass ich ihm wichtig war. Aber er machte sich nicht einmal die Mühe, auf meine Nachricht zu antworten.

Eine Träne platschte auf den Ledersitz. Eine weitere folgte ihr. Dann ein Schluchzer, so heftig, dass ich meine Hände auf die Autotür stützen musste, um nicht direkt dort auf den klebrigen Sitz zu kollabieren.

»Oh nein, Schatz, was ist los?« Tiannah rieb mir den Rücken.

»Es ist nur – nur – Jackson.«

Die Seitentür rollte zurück, und ein paar Sekunden später drehte Tiannah mich sanft vom Van weg. »Komm schon. Lass uns wieder reingehen.«

Wir saßen auf ihrer Couch, während Tavon auf einem Spielzeugkeyboard herumhämmerte.

»Erzähl mir davon«, sagte sie.

Ich wischte mir die Tränen mit dem zerknüllten Taschentuch aus dem Gesicht, das sie aus ihrer Jeanstasche zog. »Also, am Montag, nach der Projekt-Abschlussbesprechung mit Cooper Fallon, sollten wir das Team zum Abendessen in einem Restaurant treffen. Aber stattdessen sind Jackson und ich zu ihm gefahren.«

Ihre Augenbrauen hoben sich. »Und?«

»Wir, äh« – ich blickte zu Tavon – »wir sind zusammen ins Bett gegangen.«

»Mädel …« Sie schüttelte den Kopf. »Na gut, wie war es?«

»Gut. Dachte ich. Und dann fühlte ich mich … komisch.«

»Komisch? Meinst du körperlich?«

»Nein. Zu entblößt, weißt du?«

»Verletzlich. Okay.«

»Und dann hat er dafür gesorgt, dass ich mich besser fühlte. Sicher. Umsorgt. Ich dachte, es h-hätte etwas bedeutet.«

Sie ging ins Bad und reichte mir eine Schachtel Taschentücher. »Und dann?«

»Wir sagten, wir würden am Mittwoch etwas unternehmen. Aber er hat am Dienstag geschrieben, dass er weg war. Und als ich fragte, ob er zurückkommt, hat er nicht geantwortet. Er hat mich g-geghostet.« Ich schluckte auf.

Sie rieb einen Kreis auf meinem Rücken. »Vielleicht ist ihm etwas passiert.« So wie die Worte durch ihre zusammengebissenen Zähne kamen, klang es, als würde sie dafür sorgen, dass ihm etwas zustößt, wenn ihm nichts passiert war.

»Das Gute daran, mit jemand Berühmtem auszugehen, ist, dass man so ziemlich weiß, wenn ihm etwas passiert ist. Ich, äh« – ich schloss die Augen und seufzte – »ich habe einen Google-Alert für ihn eingerichtet. Nichts. Na los, du kannst mir sagen, dass du es mir ja gesagt hast.«

»Warum sollte ich dir das antun?« Die Kreise hörten nicht auf.

»Weil du mir gesagt hast, ich soll mich nicht darauf einlassen. Dass dabei nichts Gutes für mich herauskommen kann. Dass ich verletzt werde. Du hattest recht.«

»Ich werde nicht nachtreten, wenn du schon am Boden liegst. Liebe tut schon genug weh.«

»Liebe?« Ich tupfte meine Augen trocken. »Ich bin nicht verliebt.« Sicher, ich hatte es für eine Sekunde gedacht. Aber ich konnte es auslöschen, so tun, als wäre es nie passiert.

»Schatz, du bist zu klug, zu ehrgeizig, um deine Karriere für etwas anderes als Liebe riskiert zu haben. Ich weiß, dass du nicht mit deinem Kollegen ins Bett gestiegen bist –«

»Ehemaligen Kollegen.«

»Und dem besten Freund der Person, die dir ein Empfehlungsschreiben ausstellen soll. Das hättest du nicht aus reiner Lust getan. Liebe lässt einen dumme Dinge tun. Wenn es nicht so schiefgegangen wäre, würde ich sagen, ich bin stolz auf dich, dass du jemanden an dich herangelassen hast.«

Es war nur ein Spalt gewesen, aber er hatte sich mit seinen breiten Schultern hindurchgezwängt und mich weit offen und verblutend zurückgelassen. Die Tränen begannen wieder zu fließen.

Tavon zog sich hoch, tapste herüber und umarmte mich um die Knie. Ich strich ihm über seine weichen Locken.

»Diesen Fehler werde ich nicht noch einmal machen.«

»Oh, Schatz. Ich weiß, es tut jetzt weh. Aber hat es sich nicht für einen Moment gut angefühlt? Sich um jemanden zu sorgen und sich umsorgt zu fühlen?«

Ich zog Tavon auf meinen Schoß und umarmte ihn. »Ich schätze schon.«

»Eines Tages wirst du den richtigen Mann finden, der emotional reif genug ist, um über seine Gefühle zu sprechen. Der nicht geht, wenn es schwierig wird.«

»Gibt es solche Männer? Ich sehe jedenfalls keinen Beweis dafür.«

Sie schürzte die Lippen. »Du hattest ein paar schlechte Vorbilder.«

»Das hier?« Ich deutete auf meine geschwollenen Augen und die vom Taschentuch aufgeraute Nase. »Das passiert, wenn ich mich auf einen Kerl einlasse. Du ziehst mich immer damit auf, dass ich Männer aus trivialen Gründen abserviere. Aber das ist besser als das hier.«

»Lass alles raus, Schatz.«

»Vielleicht sollte ich anfangen, Frauen zu daten, wie Mama.«

»Vielleicht solltest du das. Aber komm nicht auf dumme Ideen. Ich werde Orlando nicht mit deinem dürren, weißen Hintern betrügen.«

Ich kicherte, und dann gluckste Tavon, und ich begann so sehr zu lachen, dass ich nicht mehr aufhören konnte.

»Ich habe Orangensaft und W-O-D-K-A. Wie wäre es mit einem Screwdriver?«

Ich konnte nicht aufhören zu lachen, aber ich gab ihr einen Daumen hoch.

Nachdem Tiannah in die Küche gegangen war, umarmte mich Tavon klebrig. Schließlich legte sich mein hysterisches Lachen. Ich atmete seinen Baby-Shampoo-Duft ein. Was hatte ich getan? Warum war Jackson auch so in seinen Gefühlen gefangen gewirkt, und dann ... nichts?

Ich hob Tavon hoch und brachte ihn in die Küche, wo ich ihn in seinem Hochstuhl anschnallte. Tiannah stellte einen Trinkbecher vor ihn und verstreute Cheerios auf dem Tablett. Sie reichte mir ein Getränk.

»Auf meine beste Freundin, die Weise in den Wegen des Herzens.« Ich stieß mit meinem Glas an ihres.

»Du wirst über den Mistkerl hinwegkommen. Sobald du mit deinem nächsten Projekt anfängst, wirst du so beschäftigt sein, dass du dich nicht so in deinen Gefühlen verhedderst.«

Mein Handy klingelte in meiner Handtasche. Ich sprang nicht danach, wie ich es die letzten drei Tage immer getan hatte, wenn es klingelte.

»Gehst du nicht ran?«, fragte Tiannah. »Was, wenn es ...«

»Ist er nicht.« Es war nicht sein Klingelton. »Es ist wahrscheinlich Jamila.«

»Hast du es ihr erzählt? Sie ruft wahrscheinlich an, um dir zu sagen, dass sie ihm gleich den A-R-S-C-H aufreißt.«

»Nein! Und du sagst es ihr auch nicht. Ich will nicht, dass sie weiß, was für eine – was für eine Närrin ich war. Sie ruft wegen eines Jobs an. Sie hat ein paar Nachrichten hinterlassen.«

»Ein Job hier in Austin?«

»Nein. In ihrem Büro in San Francisco. Ein langer Auftrag ab dem neuen Jahr.«

»Das solltest du machen. Um dich auf andere Gedanken zu bringen.«

In San Francisco zu sein, wo Jackson lebte, würde mich auf keine anderen Gedanken bringen. »Ich kann Noah nicht verlassen. Oder dich.«

»Es ist nur vorübergehend. Wir können uns für dich um Noah kümmern.«

»Tee.« Ich griff über den Tisch und legte meine Hand auf ihre. »Ich gehe nicht.« Ich leerte mein Glas.

»Du brauchst Nachschub.« Sie nahm mein Glas.

»Diesmal mehr W-O-D-K-A, bitte?«

»Wird gemacht.« Sie mixte den Drink, diesmal nur mit einem Schuss Orangensaft. »Wie wäre es, wenn du und Noah morgen rüberkommt? Orlando grillt ein paar Steaks, und wir lassen die Kinder im Garten herumtoben.«

Als sie mir das Glas reichte, nippte ich daran, der starke Drink brannte in meiner Kehle. »Das klingt gut.« Es würde mich davon abhalten, – wieder – an seiner Wohnung vorbeizufahren, um nach seinem Truck Ausschau zu halten.

Sie drückte meine Hand. »Du wirst das durchstehen.«

Ich schüttelte den Kopf. »Ich glaube nicht.« Ich war mir nicht sicher, ob die Wunde jemals heilen würde. Dass der Schmerz jemals aufhören würde. »Ich schätze, das Gute ist, dass ich etwas gelernt habe: Ich tauge nichts für Beziehungen. Ich hatte die ganze Zeit recht, mich von ihnen fernzuhalten.«

»Schatz, das ist nicht –«

»Ich werde sein, wie Rick mich genannt hat, eine Eiskönigin.« Ich stellte es mir vor. Obwohl es sich nicht wirklich von der Fassade unterschied, die ich in meinen Anfängen bei Synergy aufgesetzt hatte.

»So hat er dich genannt?«, entrüstete sich Tiannah.

»Auf Ja… auf der Party.« Aber ich wollte nicht an die Art denken, wie Jackson sich für mich eingesetzt und seinen ehemaligen Trainingspartner geschlagen hatte. »Wer braucht schon einen Partner, wenn es so eine Vielfalt an batteriebetriebenen Spielzeugen gibt? Vielleicht bestelle ich mir ein neues.« Irgendjemand musste doch eines herstellen, das an meinem Kitzler saugte wie Jackson.

»Verdammt … verfluchter Rick. Ich mochte ihn sowieso nie.«

»Du hast gesagt, ich sollte ihm noch eine Chance geben.«

»Ich wusste nicht, dass er dich so genannt hat. Dem werde ich die Meinung geigen, wenn ich ihn das nächste Mal sehe.«

»Ich bringe das Popcorn mit.«

»Der richtige Kerl wird kommen. Es ist nicht Rick, und es ist nicht Jackson Jones. Aber er ist da draußen.«

»Spielt keine Rolle. Ich bin fertig mit Männern.« Ich würde niemand anderem die Chance geben, mich zu verletzen.

Sie nahm mein Glas. »Ich mache dir noch einen. Wir betrinken uns ordentlich vor dem Mittagessen.« Sie verzog die Lippen. »Ich bin stolz auf dich, weißt du. Dass du verletzlich warst. Dass du jemanden so weit an dich herangelassen hast, dass er dich verletzen konnte.«

»Du bist stolz darauf, dass ich dumm genug war, verletzt zu werden? Wie viele davon hattest du schon?« Ich nickte auf die leeren Gläser in ihrer Hand.

»Süße, verletzlich zu sein, macht dich nicht schwach. Sich wie eine Frau zu verhalten, die Gefühle hat, macht dich nicht schwach. Schwäche ist, sich vor Schmerz zu verstecken. Niemals Risiken einzugehen, um etwas zu bekommen, das man will. Du bist ein Risiko eingegangen. Diesmal hat es nicht geklappt. Aber beim nächsten Mal vielleicht schon. Und ich will nicht, dass du das verpasst.«

Verdammte mütterliche Weisheit.

31

ALICIA

ALS ICH AM ersten Dezember in die Lobby des Synergy-Büros in Austin schritt, schnappte ich mir zur Stärkung ein Glas Champagner vom Tablett eines Kellners. Die winterliche Dunkelheit vor den großen Fenstern spiegelte die Schwärze in meinem Herzen wider.

Ich ließ den Blick durch den Raum schweifen. Normalerweise hätte ich nicht an der Launch-Party eines Kunden teilgenommen. Als Auftragnehmerin sollte ich meine Arbeit unauffällig erledigen und nichts weiter als meinen Lohn erwarten. Aber nachdem ich in den letzten beiden Wochen jede seiner Einladungen zum Mittagessen abgelehnt hatte, hatte Tyler mich angefleht zu kommen und gesagt, er müsse mir etwas persönlich sagen. Also war ich hier.

Ich will ehrlich sein: Ich suchte auch nach einem Abschluss. Endlich würde ich Jackson Jones zur Rede stellen und ihm sagen können, was ich von seinem Mangel an emotionaler Intelligenz hielt.

Er war nicht in der Lobby und Tyler auch nicht. Immer noch an meinem Champagner nippend, ging ich die Treppe hinauf.

Ich fand Amit und Kevin in der Nähe der Balkontüren. Nach

ein paar Minuten Small Talk über ihre neuen Projekte und den Krankenhaus-Auftrag, an dem ich gearbeitet hatte, entschuldigte ich mich, um meinen Streifzug fortzusetzen.

Cooper Fallon stand in der Nähe unseres alten Arbeitsbereichs. Sie hatten die ehemalige U-Form umgestaltet, und jetzt waren die Schreibtische alle zusammengeschoben. Jemand anderes saß jetzt dort.

Ich schuldete Cooper Dank für die sehr nette Empfehlung, die er mir etwa eine Woche nach meinem letzten Tag bei Synergy geschickt hatte. Sie war wie er gewesen: kalt, distanziert und professionell. Aber am selben Tag, an dem ich sie auf meine Website gestellt hatte, hatte ich drei Anrufe von potenziellen Kunden erhalten.

Ich fing seinen Blick auf, und sein Gesichtsausdruck veränderte sich: ein Anflug von Überraschung, gefolgt von misstrauisch zusammengekniffenen Augen. Was zur Hölle?

Ich brauchte noch ein Glas Champagner, bevor ich ein Gespräch mit ihm wagen konnte. Ich ging in Richtung Küche, wo ich ein frisches Glas fand, aber keinen Jackson. Wo war er? Welches Recht hatte er, wegzubleiben, sich vor mir zu verstecken? Er hätte wenigstens den Arsch in der Hose haben sollen, aufzutauchen und mir meinen Abschluss zu geben.

Ich schritt die Fronten der Büros ab und warf einen Blick in jedes einzelne. Ich hätte es Jackson zugetraut, eine neue Kollegin zum Verführen gefunden zu haben und mit ihr in einem der Büros herumzumachen, dieser Hund.

Nicht, dass es mich kümmerte. Was Jackson Jones tat, war nicht mehr meine Angelegenheit.

Seit meinem Zusammenbruch bei Tiannah war ich mein zugeknöpftes, professionelles Vor-Jackson-Ich gewesen. Aber ich hatte bei der Arbeit bei Synergy ein oder zwei Dinge gelernt und ein paar stilistische Änderungen umgesetzt. Ich nahm die Einladungen zur Happy Hour an. Ich war sogar zu einer Spendenveranstaltung für das Krankenhaus gegangen, für das ich arbeitete. Einer der Verwaltungsleiter, die ich kennengelernt hatte, hatte ein

Kind mit ADHS, und wir hatten uns ausgetauscht. Wir wollten in der folgenden Woche zusammen zu Mittag essen.

Ich war herzlich. Freundlich. Und immer noch professionell.

Schade, dass ich diese Balance bei Synergy nicht gefunden hatte. Wenn ich sie gefunden hätte, wäre mir vielleicht nicht das Herz gebrochen worden. Ich würde nicht wie eine Miss Havisham im Hosenanzug durch die Gänge wandern und nach der verlorenen Liebe suchen. *Er* hatte mir das angetan. *Er* hatte mich zu dieser brodelnden, champagnerklammernden, tunnelsehenden Version meiner selbst degradiert. Ich hätte mich auf dieser schicken Party amüsieren, mir heimlich für meine Beiträge zum Projekt auf die Schulter klopfen und mit anderen potenziellen Kunden plaudern sollen. Jackson musste hier irgendwo sein, die Hände in den Jeanstaschen, auf den Zehenspitzen dieser lächerlichen Stiefel wippend, und sich in Lob und Bewunderung sonnen.

Ich blickte zurück zur Treppe und erhaschte einen Blick auf zerzaustes, sandbraunes Haar. Tyler. Ich schritt in diese Richtung. Er würde mir sagen, wo Jackson war, und dann würde ich meinen verdammten Abschluss bekommen.

JACKSON

»VERDAMMT«, murmelte ich, als der Fehler erneut auf meinem Bildschirm aufblitzte. Irgendwie hatte ich es geschafft, alles zu vergessen, was ich über das Programmieren wusste. Entweder das oder ich war, wie die Pawlowschen Hunde, darauf konditioniert worden, zu programmieren, wenn ich Earl-Grey-Tee roch, und ohne ihn war ich aufgeschmissen.

Vielleicht könnte ich Marlee bitten, mir eine Tasse zu machen, die ich auf meinen Schreibtisch stellen könnte, und das würde mein Gehirn zurücksetzen, damit ich wieder programmieren konnte.

Als hätte sie meine Gedanken gelesen, klopfte sie sanft an die

Tür. Früher war sie nie wie auf Eiern um mich herum gelaufen. Als ich Bad-Boy-Jackson war, hatte sie mich gedrängt und gezogen, bis ich das Richtige tat. Meistens jedenfalls. Aber selbst Marlee kam mit dem Vorzeige-Programmierer-Jackson nicht klar, der um acht Uhr morgens in meinem Büro im sechsten Stock auftauchte, um zu programmieren, den Kopf unten hielt und direkt in meine einsame Wohnung zurückging, wenn das Reinigungspersonal spät in der Nacht kam.

Und es schaffte, nichts als beschissenen Code zu produzieren.

Es spielte keine so große Rolle. Cooper hatte mir ein paar Programmierer zugewiesen, die »hinter mir aufräumen« sollten. Ihr Code funktionierte zumindest fehlerfrei, auch wenn er klobig und uninspiriert war. Er war nichts im Vergleich zu dem eleganten Programm, das ich mit Alicia produziert hatte.

Ich würde nie wieder so einen Code schreiben.

Alicia. Was sie wohl gerade tat? Wahrscheinlich bei ihrem Krankenhausprojekt voll durchstarten. Und mich hassen.

»Jackson?«, Marlee steckte ihren Kopf herein.

»Ja?«, Ich starrte auf meinen Bildschirm. Die Fehlermeldung war nicht verschwunden.

»Ich habe dir ein Sandwich mitgebracht. Und einen Keks.« Sie hielt eine weiße Bäckertüte hoch.

»Keinen Hunger.«

Sie legte sie auf meinen Schreibtisch. »Du musst etwas essen.«

»Ich habe gesagt, ich habe keinen Hunger«, knurrte ich. Seit dieser letzten Nacht mit Alicia hatte ich keinen Appetit mehr verspürt. Das Adderall, das ich nahm, um mich auf die Arbeit zu konzentrieren, half wahrscheinlich auch nicht.

»Wie wäre es mit einem Spaziergang? Wir können in den Park gehen und du kannst meditieren.«

Das hatte ich auch schon versucht, aber ich konnte die Gedanken an Alicia nicht aus meinem Kopf verbannen. »Nein.«

»Dann ins Fitnesscenter. Sport sorgt immer dafür, dass man sich besser fühlt.«

»Was zum Teufel, Marlee? Warum versuchst du, mich abzulenken?«

Sie machte den Fehler, auf meinen Bildschirm zu schauen, den leeren Bildschirm mit der Zeit- und Datums-App in der Ecke. Sechzehn Uhr am ersten Dezember.

Erster Dezember. Zweitausend Meilen entfernt veranstaltete das Büro in Austin die Launch-Party. Für das Produkt, das unser Team produziert hatte. Und sie taten es ohne mich.

Ich hätte dort sein sollen. Nur dass ich es nicht verdient hatte.

War sie da? Suchte sie nach mir?

In der Nacht vor dem Mittwochmorgen, an dem ich sie hätte treffen sollen, hatte Cooper mich bei mir abgesetzt, nach vier Stunden wütenden Schweigens im Firmenjet und nach weiteren acht Stunden, in denen wir mit vereinten Kräften Westons Problem gelöst hatten. Er hatte besorgt die Augenbrauen zusammengezogen. Ich schätzte, er hatte erwartet, dass ich ihn anbrüllen, streiten würde. Dass ich schmollen würde. Dass ich weglaufen würde.

Ich hätte mir am liebsten die Haut vom Leib gerissen, während ich mit Weston und unserem PR-Team in diesem Konferenzraum festsaß, als ich eigentlich wieder in Austin hätte sein und Pläne für mein Date mit Alicia schmieden sollen. Aber ich war geblieben. Es war das Richtige für meine Firma. Für Cooper, für Marlee, für alle in der Zentrale und das gesamte Team in Austin. Es war sogar das Beste für Alicia. Wenn ich ihr hätte sagen können, was ich tat, wäre sie vielleicht stolz gewesen. Aber ich konnte es nicht. Kein Wort über das Offshoring-Fiasko durfte an die Medien gelangen. Weston hatte uns einen Maulkorb verpasst, der enger saß als sein eigenes Arschloch.

Solange Alicias Empfehlung auf dem Spiel stand, wagte ich es nicht, sie zu kontaktieren. Ihre Nachricht lag auf meinem Handy und quälte mich. Das war es, was ich verdiente, nachdem ich beinahe ihr Geschäft ruiniert hatte.

Sie hielt mich also für ein Arschloch. Ich hätte sie früher oder später sowieso enttäuscht. Und tief in ihrem Inneren wusste sie das auch. Sie hatte gewusst, dass sie mir Noah nicht anvertrauen konnte. Schade, dass sie mit sich selbst nicht so vorsichtig gewesen war.

Wer war ich, zu denken, ich könnte ein Mann sein und als Elternteil für Noah einspringen? Ich bekam nicht einmal meinen eigenen Scheiß auf die Reihe.

Am nächsten Tag hatte ich ihre Nummer blockiert und sie dann von meinem Handy gelöscht, um der Versuchung zu widerstehen, sie zurückzurufen. Und dann war ich zum Müllcontainer gestampft und hatte das nutzlose Stück Technologie hineingeworfen. Es war mit einem befriedigenden Krachen auf dem Metallboden aufgeschlagen. Wofür zum Teufel brauchte ich ein Telefon? Ich wäre eine Drohne, die zwischen dem Büro und meiner Wohnung hin und her pendelte. Keine Versuchungen. Kein Sozialleben, keine Freunde. Keine Illusionen, dass ich mehr sein könnte.

Trotzdem konnte ich nicht aufhören, mich selbst zu quälen.

Auf meinem Computer öffnete ich ein Browserfenster und rief eine Social-Media-Seite auf.

»Jackson, tu das nicht«, sagte Marlee und spreizte die Finger, als wollte sie mich aufhalten. »Bitte.«

»Hat er dich gebeten, mich davon fernzuhalten?« Ich suchte nach dem Hashtag #SynergyLaunch. Fotos des vertrauten Büros in Austin überfluteten den Bildschirm. Leute, die Champagner tranken. Kevin und Amit am Buffet. Ich musste beinahe lächeln. Ich vermisste diese Jungs. Oben eine Gruppe posierender, strahlender Mitarbeiter.

»Er sagte, es würde dich nur aufregen.«

Ich stieß ein bitteres Lachen aus. »Mich aufregen?« Wie zum Teufel könnte ich noch aufgebrachter sein, als ich es ohnehin schon war?

Ich scrollte durch ein Foto von Cooper, der mit irgendeinem Anzugträger in der Nähe unseres alten Arbeitsbereichs stand. Cooper mit ein paar grinsenden Mitarbeitern. Dieselben Mitarbeiter, ohne Cooper, obwohl ich ihn im Hintergrund entdeckte, wie er finster auf –

Ich zoomte heran. Eine Hand, die ein Glas Champagner umklammerte. Der größte Teil von ihr war außerhalb des Bildes, und ihr Gesicht wurde von einem ausgestreckten Ellbogen verdeckt.

Aber diese Hand würde ich überall wiedererkennen. Lang und blass. Ich hatte wochenlang beobachtet, wie diese schlanken Finger lautlos über ihre Tastatur flogen.

Ich scrollte durch weitere Fotos. Da war sie wieder, im Hintergrund eines Fotos des IT-Teams. Sie hatte ihre Hand auf jemandes Arm. Tylers. Sein Gesicht war unscharf, aber sein zerzaustes Haar war dasselbe wie auf der Party bei mir. Ein paar Fotos später entdeckte ich sie hinter dem Glas einer Konferenzraumwand. Sie waren im Hintergrund eines anderen Bildes unscharf, aber ich kannte die Rundung ihrer Hüfte. Die Hüfte, die sie mir offenbart hatte, als sie ihren Rock hatte fallen lassen. Die Hüfte, die ich ehrfürchtig gestreichelt hatte, während ich mich mit ihrer Essenz überzogen hatte. Die Hüfte, die ich gehalten hatte, nachdem sie mir gezeigt hatte, was sich hinter ihrem Schutzschild verbarg, nachdem sie zusammengebrochen war.

Im Vordergrund lächelte Cooper. Als hätte er monatelang in der Sommerhitze von Austin geschuftet, um die verdammte Software zu entwickeln. Als wäre er nicht am Ende hereingeschneit und hätte das erste Glück, das ich seit langer Zeit gefunden hatte, zunichtegemacht. Als hätte er mich nicht gezwungen, mich wie all die anderen Männer in ihrem Leben zu verhalten und die beste Frau, die ich je gekannt hatte, zu enttäuschen. Als wäre es ihm scheißegal. Was für ein Partner er doch gewesen war.

»Jackson?« Ich hatte fast vergessen, dass Marlee immer noch da war. »Was ist in Austin passiert? Und warum liegt ein in eine Socke gewickeltes Stück Eis im Mitarbeiter-Gefrierschrank?«

»Hat er dir nicht erzählt, wie ich alles versaut habe? Wieder einmal?«

Eine Falte bildete sich zwischen ihren zarten Augenbrauen.

»Es ist nicht versaut. Sieh doch, wie glücklich alle sind. Die Kunden stehen Schlange, um die neue Version zu kaufen.«

Ich klickte auf das Foto von Alicia mit Tyler. Zoomte heran, bis es so verpixelt war, dass ich ihre Gesichtszüge nicht mehr erkennen konnte. Aber ich erinnerte mich. Ich erinnerte mich an die Form ihrer Nase. Die perfekte Biegung ihrer kaum sichtbaren blonden Augenbrauen. Ihre Augen so blau und tief, dass ich darin hätte ertrinken können. Das vertrauensvolle, hoffnungsvolle Lächeln, das sie mir schenkte, als ich ihr versprochen hatte, ihr zu schreiben.

»Sie.« Ich stach mit dem Finger auf den Bildschirm. »Sie ist der Grund, warum das Projekt erfolgreich war. Dass alle so glücklich sind. Dass ich eine Weile glücklich war.« Ich versuchte zu schlucken, aber mein Hals war wie zugeschnürt.

Marlee zog einen meiner Gästestühle auf meine Seite des Schreibtisches und ließ sich hineinfallen. »Erzähl es mir.«

Und das tat ich. Ich ließ alles raus. Die guten Seiten und die schlechten. Und dann den schlimmsten Teil, wo ich sie genau so im Stich gelassen hatte, wie sie es erwartet hatte.

Als ich fertig war, kniff Marlee die Augen zusammen. »Und warum bist du so?«

»Wie was?«

Ihre Lippe kräuselte sich. »Hier, dich wie ein Roboter verhaltend, und nicht bei einem Rennen in Brasilien oder auf einem Segelboot im Mittelmeer oder umgeben von Frauen in einem Whirlpool in einem Ski-Chalet. Weißt du, das tun, was du immer tust, wenn du etwas versaust.«

Ich blinzelte. »Ich-ich habe darüber nachgedacht. Aber ich schätze, der Typ bin ich nicht mehr.«

Ihre Augen weiteten sich. »Sie hat das getan. Sie hat dich verändert. Wie in dem Roman, den ich gerade lese!«

Sie rannte aus meinem Büro und kam mit einem zerlesenen Taschenbuch zurück. Auf dem Cover war ein barbrüstiger Typ in einem Kilt. Sie fuchtelte damit vor mir herum. »Sie vervollständigt dich. Und das macht dich zu einem besseren Mann.« Sie seufzte und schloss für eine Minute die Augen.

»Na und, verdammt noch mal«, knurrte ich. »Hat der Typ in dem Buch zufällig auch seine große Liebe genau da geschlagen, wo sie schon verletzt war? Ich kann hier nicht Strg+Z drücken und es ungeschehen machen.«

Marlee richtete sich auf. »Nein, das kannst du nicht. Aber du kannst es wieder gutmachen. Du musst zu Kreuze kriechen. Und dann, *dann* werdet ihr glücklich bis ans Ende eurer Tage leben.« Ihre Lippen verzogen sich zu einem Lächeln, und ihre Augen wurden weich.

»Nein!« Das Wort schoss aus mir heraus wie ein Formel-1-Wagen am Startgitter. »Wie lange könnten wir es schaffen? Zwei Wochen? Einen Monat? Und dann würde ich es versauen, wie ich alles andere versaue. Das kann ich ihr nicht antun.«

»Warum nicht, Jackson?«, fragte sie. »Sie wollte es doch versuchen.«

»Weil sie mir zu viel bedeutet. Weil ich sie liebe.« Ich wandte mich vom Bildschirm ab und starrte aus meinem Fenster auf das hässliche Gebäude gegenüber.

»Sie liebt dich auch.«

»Das weißt du nicht.«

»Doch, das weiß ich. Sie ist eine kluge Frau. Sie hätte ihre Referenz nicht für dich aufs Spiel gesetzt, wenn sie dich nicht lieben würde.«

»Sie wird darüber hinwegkommen.« Ich würde es jedoch niemals. Mein eigenes Herz war in tausend Stücke zersprungen, genau wie mein gottverdammtes Handy.

»Jackson Jones.« Als sie aufstand, scharrten die Stuhlbeine über den Holzboden. »Ich lasse mir eine Menge von deinem Scheiß gefallen, aber das hier lasse ich mir nicht gefallen. Es ist an der Zeit, dass du aufhörst, dich hinter dieser Mir-ist-alles-scheiß-egal-Fassade zu verstecken. Ich weiß, es ist schwer für dich zu zeigen, dass dir etwas wichtig ist. Es macht dich angreifbar für Spott. Und Liebeskummer. Aber wenn dir Alicia wichtig ist, musst du dich zusammenreißen. Glaub an dich. Glaub daran, dass ihr zusammen stärker sein könnt.«

In Austin waren Alicia und ich ein Team gewesen. Wir hatten zusammen mehr erreicht, als wir es getrennt je hätten schaffen können. Aber das war nur für zwei Monate gewesen. Konnten wir das länger aufrechterhalten, für – ich schluckte – immer? Denn das war es, was Alicia verdiente. Was sie brauchte.

»Sie hat ein Kind, weißt du. Er ist zehn. Ich kenne mich mit Kindern überhaupt nicht aus.«

»Du hast Sam praktisch großgezogen, seit sie nur ein wenig älter war als er. Aus ihr ist was Tolles geworden. Ich denke, du bist klug genug, um das hinzukriegen.«

Sam hatte auch nie in die Vorstellungen unserer Mutter gepasst, nicht so wie Andrew und Natalie. Also hatte ich viel Zeit mit ihr verbracht. Ihr das Programmieren beigebracht. Vielleicht konnte ich dasselbe für Noah tun. Das wäre ein Anfang.

»Glaubst du wirklich, ich könnte ein – ein Vater sein?«

Marlee lächelte. »Ich wette, den erzieherischen Teil hat Alicia im Griff. Ziele auf die Rolle des großen Bruders als Vorbild ab. Zumindest für den Anfang.«

Ein winziger Samen keimte in meinem Gehirn. *Die Rolle des großen Bruders als Vorbild.* »Marlee, ich brauche deine Hilfe.«

Sie zog ihr Handy hervor. »Willst du den Jet oder willst du einen Linienflug nach Austin nehmen?«

»Nein.« Ich legte meine Hand auf ihre und hielt ihre Finger auf dem Handy fest. »Ich brauche einen Termin bei meinem Finanzberater. Und zwar sofort. Und ich brauche eine Liste mit wohltätigen Stiftungen, die Kindern helfen. Vorzugsweise neurodivergenten Kindern. Und wenn sie dafür Computer oder Programmieren nutzen, umso besser.«

Marlees Mund wurde wieder flach und entnervt. »Jackson, sie braucht nicht, dass du deine Würdigkeit beweist, indem du einen Haufen Geld verschenkst. Sie braucht nur dich.«

»Ich muss mir selbst beweisen, dass ich würdig bin. Bevor ich sie bitten kann, mich zurückzunehmen.«

Sie schüttelte den Kopf. »Bei dir immer auf die harte Tour.«

Ich verzog einen Mundwinkel. »Du würdest es auch nicht anders wollen.«

Endlich verdiente ich mir ihr Lächeln. »Nein, Boss, würde ich nicht.« Sie sank zurück in den Stuhl. Ihre Finger flogen über den Bildschirm ihres Handys.

»Danke, Marlee. Für alles.« Ich hätte sie umarmt, aber ich wollte sie nicht bei ihrer Recherche stören.

»Du kannst dich bei mir bedanken, indem du vor Alicia auf Knien rutschst, bis sie dich zurücknimmt, und sie dann hierher nach San Francisco bringst. Ich will diese Frau kennenlernen, die dich verändert hat.«

»Du wirst sie lieben. Ich tue es.« Ich hatte verdammt viel Arbeit vor mir, bevor ich das Ziel erreichen konnte, das Marlee für mich zusammengefasst hatte. Aber wie Alicia es mir beigebracht hatte, würde ich es in Aufgaben aufteilen und sie eine nach der anderen erledigen. Obwohl ich nicht glaubte, dass sie von einem ›Gewinne-Alicia-zurück‹-Aufgabenboard beeindruckt wäre. Das würde ich für mich behalten und mich auf die große Geste konzentrieren, von der Marlee in ihren Liebesromanen immer sprach.

Marlee sah auf, ihre Augen funkelten. »Wir brauchen einen Codenamen für dieses Projekt.«

»Findest du nicht, das ist ein bisschen –«

Sie tippte sich mit einem Finger an die Lippen. »In den meisten Filmen muss der Held der Heldin ein Ständchen bringen, um sie zurückzugewinnen. Du singst nicht, also könntest du immer eine *Say Anything*-Nummer mit einem Ghettoblaster abziehen. Wir könnten es nennen –«

»Kein Gesang. Kein Ghettoblaster. Und wir nennen es Projekt ›Sattel Fest‹.«

Sie grinste. »Klingt gut, Boss. Dein Finanzplaner wird dich in einer Stunde hier treffen.«

»Ich muss erst zu mir nach Hause. Ich brauche meine Stiefel.«

»Deine –«

»Stiefel.« Ich hatte mich den verdammten Stiefeln verpflichtet. Es war nicht dasselbe wie das, was ich mit Alicia vorhatte, aber sie würden mich an das erinnern, was sie mich gelehrt hatte, und daran, wie ich den Rest meines Lebens leben wollte.

»Verstanden, Boss. Projekt ›Sattel Fest‹ wird legendär werden.«

Bücher waren mir egal. Oder Filme. Nur Alicia und ob ich sie zurückgewinnen konnte.

———

ALICIA

»DU WAS?«

Tyler zuckte zusammen und schob die Hände in seine Hosentaschen. Er warf einen Blick auf die geschlossene Tür des kleinen Konferenzraums, in den ich ihn gezerrt hatte, als würde er einen Ausbruch planen. »Cooper hat gefragt, wo ihr beide seid, und ich habe gesagt, ihr wollt wahrscheinlich lieber allein feiern. Es war eine beiläufige Bemerkung. Ich wusste nicht, dass es ein Geheimnis ist. Ich dachte, er wüsste es. Ich dachte, jeder wüsste es.«

»Es war kein Geheimnis«, sagte ich mit zusammengebissenen Zähnen, »weil es nichts zu erzählen gab. Jackson und ich waren kein Paar.«

»Aber ich – aber ihr habt euch geküsst. Auf der Party bei Jay.«

Die Hitze schoss mir in die Wangen. »Okay, das haben wir getan. Mir war nicht klar, dass du uns gesehen hast. Oder dass du dich daran erinnern würdest. Aber das bedeutete nicht, dass wir zusammen waren.« Ich dachte an jenen Montagabend in Jacksons Wohnung zurück, als ich gehofft hatte, wir könnten etwas Echtes anfangen, wenn auch nur für eine Weile. Aber selbst das hatte er nicht gewollt.

»Gott, es tut mir leid. Wirklich. Weißt du, wo er ist? Ich möchte mich unbedingt bei ihm entschuldigen.«

»Er ist nicht hier?«

Tylers Stirn legte sich in Falten. »Nicht seit dem Tag, an dem das Projekt endete. Er kam rein, um sich beim Team dafür zu entschuldigen, dass er ein feindseliges Arbeitsumfeld geschaffen hat. Und jetzt geht er nicht ran, wenn ich anrufe, und er schreibt auch nicht zurück. Glaubst du, er hasst mich? Denn –« Er senkte den Kopf. »Ich habe eine Beförderung bekommen. Und eine Versetzung nach San Francisco. Ich werde in seiner Abteilung arbeiten. Und es wäre scheiße, wenn er mich hassen würde.«

»Nein, Tyler. Er hält dich für einen tollen Kerl. Und herzlichen Glückwunsch zum neuen Job.« Ich streckte eine Hand aus, um sie ihm auf die Schulter zu legen, erstarrte aber. Die Jalousien des Raumes waren offen, und ich wollte nicht, dass mich jemand berührte – anscheinend die Büroschlampe. Ein feindseliges Arbeitsumfeld? Vielleicht hatten sich unsere Blicke ein paar Mal zu lange getroffen. Vielleicht bedrohten unsere Küsse – außerhalb der Arbeit und an Orten, an denen wir dachten, niemand könne uns sehen – Tyler und den Rest des Teams. Wir waren nicht so diskret gewesen, wie ich gedacht hatte. Wenn sie nur den Rest gewusst hätten. Jackson und ich hatten kaum darauf gewartet, dass meine Firmenzugangsdaten aus dem System gelöscht wurden, bevor wir zusammen ins Bett gefallen waren. Mein Gesicht brannte.

Und doch hatte Cooper mir die Referenz gegeben, die ich brauchte, trotz eines Verhaltens, das er eindeutig als unprofessionell ansah. Warum? Ich musste ihn finden. Ich würde ihm für die wertvollen Worte danken. Und ich würde mich entschuldigen, wenn es nötig wäre.

»Hast du ihn heute Abend gesehen?« Ich spähte aus dem winzigen Fenster des Zimmers.

»Wen?«

»Cooper.«

»Ja. Er ist irgendwo hier. Ich wollte ihn nach Jay fragen.«

»Macht es dir etwas aus, wenn ich zuerst mit ihm rede?«

»Nur zu. Es tut mir wirklich leid, dass ich etwas gesagt habe.«

»Mach dir keine Sorgen. Das wird schon gut gehen.« Ich öffnete die Tür und schritt auf die Treppe zu. Würde es gut gehen? Oder würde Cooper jedem, der eine Referenz einholte, erzählen, dass ich eine unangemessene Beziehung mit einem Kollegen eingegangen war? Ich nehme an, das würde ich herausfinden, wenn ich bei meinem nächsten Auftrag auftauchte und alle Keuschheitsgürtel trügen.

Ich entdeckte sein dunkelblondes Haar, das über die anderen hinausragte, unten. Mit fest auf ihn gerichtetem Blick stieg ich hinab und bahnte mir meinen Weg dorthin, wo er stand und sich mit einer Gruppe von Leuten unterhielt. Führungskräften, der Qualität ihrer Kleidung nach zu urteilen. Ich zupfte an meinem Rock herum und vergewisserte mich, dass er meine Knie bedeckte. Ich wünschte, ich hätte eine Hose getragen.

Coopers Blick traf meinen. Er zuckte zusammen. Kein gutes Zeichen.

Ich hielt mich am Rande des Kreises auf, bis er sich schließlich entschuldigte und vor mich trat.

»Ms. Weber. Wie läuft das Geschäft?« Er schüttelte meine Hand, seine Finger waren eiskalt.

»Gut, danke. Ich arbeite gerade an einem Projekt mit einem örtlichen Krankenhaus. Nochmals vielen Dank für die freundliche Referenz. Ich habe sie auf meiner Webseite veröffentlicht, und sie hat mir geholfen, neue Aufträge zu bekommen.«

»Das freut mich. Könnten wir einen Moment sprechen?« Er neigte den Kopf in Richtung des kleinen Konferenzraums neben dem Sicherheitsschalter.

Ich nickte und folgte ihm.

Als die Tür geschlossen war, sagte er: »Ich hätte mich früher bei Ihnen melden sollen, aber wir hatten eine Art Notfall in der Zentrale. Ich möchte mich für Jacksons Verhalten entschuldigen. Wir dulden keine sexuelle Belästigung, und er wird disziplinarisch bestraft.«

Ich blinzelte. »Sexuelle Belästigung?«

»Er sagte, Sie hätten seine Annäherungsversuche mehrfach

zurückgewiesen, auch an dem Tag, an dem das Projekt endete. Ich weiß Ihre Diskretion zu schätzen und hoffe, die Referenz, die ich Ihnen gegeben habe, wird alle unangenehmen Gefühle, die er hervorgerufen hat, glätten.«

Was. Zur. Hölle? Was hatte Jackson getan?

»Er hat Ihnen gesagt, ich hätte ihn abgewiesen. Dass das, was Tyler gesehen haben will, nicht einvernehmlich war.«

Er hielt seine Hände hoch, die Handflächen nach oben. »Jackson ist immer ehrlich zu mir.«

Ich konnte mir ein Schnauben kaum verkneifen. Jacksons gesamte Persönlichkeit war eine Lüge. Ich nahm an, Cooper wusste, dass Jackson viele Schichten aus lässiger, rücksichtsloser Angeberei benutzte, um sein weiches, verletzliches, fürsorgliches Ich zu verbergen. Aber jetzt wusste ich etwas, was Cooper nicht wusste.

Wäre ich ein anderer Mensch, würde ich die Angst in Coopers Augen ausnutzen, die mir verriet, dass er sich außergerichtlich auf eine Summe einigen würde, die meiner Familie und mir viele Jahre lang ein angenehmes Leben ermöglichen würde. Privatschulgebühren für Noah. Ein schönes Polster für das College und die Rente.

Aber so war ich nicht.

»Mr. Fallon, Jackson war nicht ganz ehrlich zu Ihnen, was die Art unserer Beziehung angeht. Es war einvernehmlich. Jackson hat nichts Falsches getan.«

»Sagen Sie mir gerade, dass Sie, eine Beraterin, eine Affäre mit Ihrem Kunden hatten?« Sein Kiefer war zu Stein geworden.

Oh, Scheiße.

Ich wünschte, ich könnte meine brennenden Wangen mit meinen kalten Händen kühlen. »Nicht direkt. Unsere Beziehung war während des Projekts fast ausschließlich platonisch.« Abgesehen vom Küssen. Ich biss mir auf die Lippe.

»Leider erweckte sie nicht den Anschein einer platonischen Beziehung. Anderen im Team ist das aufgefallen.«

»Ich weiß, aber –«

»Sie wissen das vielleicht nicht« – seine Augen waren wie Eissplitter – »aber das ist nicht Jacksons erste ... Büro-Indiskretion. Und es wird wahrscheinlich nicht seine letzte sein.«

Wow. Meine Augen quollen hervor, und es hätte mich nicht gewundert, wenn sie aus ihren Höhlen auf den Industriefußboden gerollt wären. Ich schätze, man musste Eier aus Stahl und Eiswasser in den Adern haben, um ein Unternehmen von seinem Wohnheimzimmer zu einem multinationalen Giganten aufzubauen.

»Jackson ist in die Zentrale zurückgekehrt. Ich würde Ihnen raten, zu vergessen, was auch immer hier in Austin passiert ist. Da Sie zugegeben haben, seine ... Annäherungsversuche erwidert zu haben, denke ich nicht, dass Synergy Ihnen noch etwas schuldig ist. In Zukunft, Ms. Weber, überlegen Sie es sich gut, bevor Sie sich auf das Personal Ihrer Kunden einlassen. Nicht jeder wird so verständnisvoll sein wie ich.«

Er drehte sich auf dem Absatz seines italienischen Loafers um. Er hatte eine Hand am Türgriff, als ich mit einer Stimme, so süß wie Esmys Tee, sagte: »Ich glaube nicht, dass ich für Ihr Verständnis viel Verwendung habe, Mr. Fallon.«

Er erstarrte und drehte sich um. Seine großen Augen verrieten mir, dass nicht viele Leute so mit ihm sprachen wie ich.

»Jackson Jones ist ein ausgezeichneter Programmierer und ein unzureichend genutztes Kapital für dieses Unternehmen. Eines Tages wird er herausfinden, wie viel er genau wert ist und wie wenig Sie nicht nur seine Partnerschaft, sondern auch seine Freundschaft verdienen.« Ich stemmte die Hände in die Hüften und starrte zu ihm auf, so tuend, als wäre ich über eins achtzig groß und könnte tatsächlich auf ihn herabsehen.

Er starrte mich zehn meiner rasenden Herzschläge lang an. Dann riss er die Tür auf und stürmte hinaus, mich keuchend in seinem Kielwasser zurücklassend.

»Fick dich, Cooper Fallon«, murmelte ich. Dadurch fühlte ich mich ein wenig besser. Ich hatte alles getan, was ich konnte: Ich hatte mich für den Mann eingesetzt, der sich für mich eingesetzt hatte. Der gelogen hatte, um mich zu schützen.

Aber ich hatte ihn nicht darum gebeten. Ich hatte ihn gebeten zu bleiben. Und das hatte er nicht getan.

Zähneknirschend starrte ich auf das Telefon auf dem Konferenztisch. Ich wollte ihn anrufen. Ihn anschreien. Aber er würde nicht rangehen. Er war bei keinem meiner Anrufe rangegangen. Vielleicht war er deprimiert. Oder wütend.

Meine Hände zitterten. Na, fick ihn doch. Ich war auch wütend. Hauptsächlich auf Cooper und seine hochnäsige Arschloch-Art. Aber auch auf Jackson. Wer war er, dass er entschied, was das Beste für mich war, dass er die Schuld für etwas auf sich nahm, dem ich von ganzem Herzen zugestimmt hatte? Und dann ohne ein Wort abzuhauen, wie ein Ghosting-Arschloch?

Genau wie mein Vater. Wie Noahs Vater. Den einfachen Weg nehmen, wenn das Leben schwierig wird.

Wisst ihr was? Nichts an meinem Leben war einfach. Und es gab keinen Platz darin für jemanden, der sich nicht die Mühe machen konnte zu bleiben.

32

JACKSON

»SIEHT GUT AUS.« Cooper legte das Tablet auf meinen Schreibtisch und lehnte sich in meinem Besucherstuhl zurück.

»Glaubst du, das wird funktionieren?« Ich stützte die Ellbogen auf den Schreibtisch.

»Fragst du, ob ich es für einen tragfähigen Plan für eine Stiftung halte, oder …?«

»Ja.« Ich wollte sein *oder* nicht hören. »Werde ich damit meine Ziele erreichen und neurodiversen Kindern helfen können?«

»Ich denke schon. Das ist eine Menge Geld. Du wirst jemanden brauchen, der die Leitung übernimmt und es verwaltet.«

»Ich habe mehr Geld, als ich je ausgeben könnte. Aber wen kann ich dafür gewinnen, es zu leiten?«

Er zuckte mit den Schultern. »Du könntest eine Personalvermittlung engagieren. Die würden dir eine qualifizierte Person finden.«

»Ich brauche jemanden, dem ich vertrauen kann. Meinst du …« Meine Kehle war wie ausgedörrt, bevor ich ihren Namen aussprechen konnte.

»Sie ist Programmiererin, keine Geschäftsführerin einer gemeinnützigen Organisation.«

»Sie ist eine großartige Managerin. Sie kann alles schaffen, was sie sich vornimmt.«

Seine Augenbrauen zogen sich zusammen. »Machst du das, um Kindern zu helfen, oder um Alicia zurückzugewinnen?« Seine Lippen verzogen sich, als er ihren Namen sagte. Er war mit der Stiftung einverstanden, weniger mit Alicia, obwohl er mir gesagt hatte, dass sie ihm auf der Eröffnungsparty die Wahrheit erzählt hatte. Das war seltsam, denn meine beiden liebsten Alphatiere hätten sich eigentlich blendend verstehen müssen.

»Ich tue es, um Kindern zu helfen.« Obwohl es auch nicht schaden würde, wenn ich Alicia damit beeindruckte.

»Dann such dir einen qualifizierten Geschäftsführer.«

Ich seufzte und blickte zum Fenster, auf den strömenden Regen, der das Gebäude auf der anderen Straßenseite verdeckte. In Austin regnete es fast nie, wenn ich dort war. Ich wünschte, ich wäre jetzt dort und würde die gleiche saubere, trockene Luft atmen wie sie.

Bald.

»Ich bin stolz auf dich, Jay.«

Ich drehte den Kopf so schnell, dass es in meinem Nacken knackte. »Was?«

»Du hast mich gehört. Nicht nur das Projekt in Austin, sondern auch diese Stiftung von dir. Du bist wirklich erwachsen geworden.«

»Danke.« Ich wünschte, ich hätte ein paar Papiere zum Umsortieren oder eine Festplatte zum Auseinandernehmen gehabt, aber Marlee hatte meinen Schreibtisch aufgeräumt, während ich in Austin war. Es gab nichts, hinter dem ich mich vor der Intensität seines Laserblicks verstecken konnte.

»Und du verdienst … Liebe. Ihre, wenn du das willst.« Er schnippte einen unsichtbaren Fussel von seiner Anzughose.

»Wirklich?« Über so einen Scheiß redeten wir nie.

Er sah müde aus. Er hatte Fältchen unter den Augen und

Schatten, die mir noch nie zuvor aufgefallen waren. Ich hatte gerade den Mund geöffnet, um ihn danach zu fragen, als die Stimme der Person, die ich am meisten hasste, ins Büro drang.

»Oh, Verzeihung, ich dachte, das wäre ein Meeting von Führungskräften und keine Folge von *Gossip Girl*.« Unser CEO, Harris Weston, schlenderte in mein Büro. War die Tür vorhin nicht geschlossen gewesen?

Verdammt, wie viel hatte er gehört? Genug, wenn ich das wissende Funkeln in diesen wulstigen Augen richtig deutete. Meine Gefühle für Alicia waren privat. Meine besten Freunde, Cooper und Marlee, wussten davon, aber sie waren nichts, was Weston in seinem Hort an Geheimnissen sammeln, mit seinen manikürten Händen durchwühlen und zu seinem eigenen Vorteil nutzen sollte.

Ich sprang so schnell auf, dass der Stuhl hinter mir wegrollte und mit der Anrichte kollidierte. »Was wollen Sie, Weston?«

Er blickte auf seine Patek-Philippe-Armbanduhr. »Ich dachte, wir hätten einen Termin, Jones.«

Verdammt, hatten wir. Warum hatte Marlee mich nicht gewarnt, dass es Zeit war? Weston hatte sie wahrscheinlich abberufen, um sie abzulenken, und ohne Handy konnte ich ihre SOS-Nachrichten nicht empfangen.

Cooper stand auf. »Dann überlasse ich euch das Feld. Es sei denn, Sie brauchen mich auch?« Das musste ich ihm lassen. Cooper teilte meinen Hass auf Weston nicht und versuchte normalerweise, als Puffer zwischen uns zu fungieren.

»Nein, danke, Fallon. Ich sehe nur bei Jones hier nach dem Rechten, jetzt, da er aus ...« Er hustete, und ich konnte nicht sagen, ob er *Austin* oder *Exil* gesagt hatte.

Mit einem letzten, bestärkenden Nicken verließ Cooper den Raum und schloss die Tür.

Weston ignorierte meinen Besucherstuhl und ließ sich mit seiner typischen reptilienhaften Geschmeidigkeit in einen der Ohrensessel in meiner Sitzecke nieder. Er deutete mit einer Hand auf die benachbarte Chaiselongue. Der Wichser sagte mir in meinem eigenen Büro, wo ich sitzen sollte.

Ich stapfte hinüber und setzte mich in den Ohrensessel gegenüber von ihm am Couchtisch. Ich verschränkte die Arme. »Was brauchen Sie, Weston? Marlee hat meinen Projektbericht bereits eingereicht.«

»Danke dafür.« Er strich sich über seinen Bart, der größtenteils grau geworden war und nur noch ein paar braune Strähnen im umgekehrten Verhältnis zu seinem Haar aufwies. »Aber ich bin gekommen, um mit Ihnen über etwas ... Persönlicheres zu sprechen.«

Hitze stieg von meiner Brust in meinen Hals. Hatte Cooper ihm von Alicia erzählt? Wenn er versuchen würde, sie gegen mich zu verwenden – Alicia, der beste Mensch, den ich je getroffen hatte –

»Ich habe gehört, dass Sie im Begriff sind, einen erheblichen Teil Ihres Vermögens in eine Stiftung zu stecken. Was für ein ehrenwertes Unterfangen.«

Ich blinzelte und war völlig perplex. War das ein Kompliment? »Danke?«

Er nickte wie ein König, der eine Gnade gewährt. »Wie Sie wissen, unterstütze ich viele wohltätige Zwecke. Sobald Ihre Stiftung bereit ist, Spenden anzunehmen, stelle ich Ihnen gerne einen Scheck aus. Wären zehn Millionen annehmbar?«

Ich konnte nicht anders, ich machte große Augen. Nicht einmal Cooper, nicht einmal meine Mutter hatte so viel angeboten. Ich kam mir vor wie George Bailey in *Ist das Leben nicht schön?*, der in dem niedrigen Stuhl saß, während Mr. Potter ihm zwanzigtausend im Jahr anbot. Ich wünschte, ich hätte tun können, was George tat, und es einfach ablehnen. Ich wollte Westons schmierige Hände nicht in meiner Stiftung haben, aber das Geld würde vielen Kindern helfen.

Ich schluckte. »Ja, danke.«

»Gern geschehen.« Er breitete seine Hände in einer weiten, großzügigen Geste aus. Dann lehnte er sich vor. »Ich habe auch gehört, dass Sie jemanden kennengelernt haben. Jemanden, der ein wenig mehr« – er lachte leise – »Werbung erfordert.«

Ich erstarrte. Woher zum Teufel wusste er das?

»Als jemand mit ein wenig Erfahrung auf diesem Gebiet« – er lachte wieder leise, ein Versuch der Selbstironie, denn jeder wusste, dass er ein paar mit Diamanten behängte Ex-Frauen hatte – »kann ich Ihnen sagen, Ehefrauen und Freundinnen sind nicht billig. Wie eines Ihrer edlen Automobile benötigen sie Wartung, damit sie schnurren.«

War Alicia so? Wollte sie Diamanten und Villen? Rennpferde, wie sie eine von Westons Ex-Frauen besaß? Sie kam auch aus Texas, erinnerte ich mich.

»Zwischen der Gründung Ihrer Stiftung und den Geschenken für diese verdienstvolle junge Frau könnten Sie ein wenig knapp bei Kasse sein.«

Ich schürzte die Lippen. Er hatte recht; ich hatte geplant, den größten Teil meines liquiden Vermögens zu spenden, um der Stiftung einen gesunden Start zu ermöglichen. Ich hatte nicht einmal daran gedacht, Alicia Schmuck oder ein großes Haus oder auch nur ein schickes Auto zu kaufen. Ich war davon ausgegangen, dass sie, sobald ich mich als würdig erwiesen hatte, einfach … mich wollen würde. War das naiv?

»Ich kann Ihnen helfen.« Weston lehnte sich in seinem Stuhl zurück. »Sie besitzen eine beträchtliche Anzahl von Synergy-Aktien. Ich würde sie Ihnen gerne zum Marktpreis abnehmen. Zur sicheren Verwahrung.«

Verdammt. Wie Potter hatte er mich wie eine Kobra umgarnt und versucht, mich zu hypnotisieren. Es ging nicht darum, mir oder der Stiftung zu helfen. Es war ein Griff nach den Aktien.

Zusammen hielten Cooper und ich einundfünfzig Prozent der Anteile, genug, um die Kontrolle über unser Unternehmen zu behalten. Wir hatten uns versprochen, sie zu behalten, egal was passierte. Niemand konnte uns wegnehmen, was wir gemeinsam aufgebaut hatten.

Ich sprang auf. »Ich bin nicht daran interessiert, meinen Anteil an Synergy aufzugeben.«

Weston stand auf und zuckte mit den Schultern. »Ich versuche ja nur zu helfen. Wie auch immer, mein Spendenangebot steht noch.«

Er schlenderte zur Tür und hielt mit der Hand am Knauf inne. »Lassen Sie es mich wissen, falls Sie Ihre Meinung ändern. Nach … allem könnten Sie ein Geschenk gebrauchen, um die Wogen mit Ihrer Angebeteten zu glätten.«

Das Arschloch schloss die Tür und ließ mich innerlich leer zurück. Woher wusste er, wie sehr ich es bei Alicia verbockt hatte?

Aber er kannte Alicia nicht. Wenn sie mich nicht meinetwegen zurücknehmen würde, würden sie auch keine Diamanten, Pferde oder eine Privatschulausbildung für Noah überzeugen können. Ich musste all das abstreifen und ihr etwas unermesslich Schwierigeres beweisen: dass ich ein Mann war, auf den sie sich verlassen konnte. Einer, dem sie vertrauen konnte, dass er es auf lange Sicht ernst meinte. Mit ihr und mit Noah.

Und nachdem ich alles so gründlich verbockt hatte, hatte ich keine Ahnung, wie ich das anstellen sollte.

Aber ich würde es versuchen.

33

JACKSON

ICH HATTE NULL ERFAHRUNG DAMIT, zu Kreuze zu kriechen.

Jede andere Beziehung, die ich gehabt hatte – und ich benutze den Begriff *Beziehung* hier sehr locker –, hatte ich irgendwie vermasselt; entweder absichtlich, indem ich mich mitten in der Nacht aus dem Staub machte, ohne eine Nachricht zu hinterlassen, oder unabsichtlich, wie das eine Mal, als ich eine Frau Caroline anstatt Catherine nannte. Während sie meinen Schwanz im Mund hatte. Autsch.

Aber jedes Mal hatte ich nur mit den Schultern gezuckt und war weitergezogen. Es war mir nie wichtig genug gewesen, die Dinge wieder in Ordnung bringen zu wollen.

Okay, ich bin nicht stolz darauf, aber das war der alte Jackson.

Der neue Jackson wollte das hier nicht versauen.

Und das bedeutete, dass ich schnell lernen musste, wie man zu Kreuze kriecht.

Marlee, die ihren Stapel Liebesromane umklammerte, hatte die ganze letzte Woche über jeden Tag versucht, mich zu coachen. Sie hatte Dinge gesagt wie Fehler eingestehen, sich verletzlich zeigen und seine Gefühle ausdrücken. Sie hatte einen spektakulären Auftritt, Geschenke und sie von den Füßen zu fegen erwähnt – und ich wurde das seltsame Gefühl nicht los, dass sie das wörtlich meinte.

Cooper hatte keinen Rat für mich. Er hatte im Auto auf dem Weg zum Flughafen und im Jet auf dem ganzen Flug nach Texas aus dem Fenster gestarrt. Das störte mich nicht. Wir redeten nie über Gefühle.

Seine Stille hatte mir Zeit gegeben, ein paar Dutzend E-Mails abzuarbeiten. Eine Stiftung zu gründen war verdammt schwer. Wer hätte gedacht, dass man das nicht in drei Wochen schaffen konnte? Sobald ich jemanden an Bord hatte, der die Stiftung leitete, konnten wir ein paar Camps einrichten. Bis dahin würden wir das Geld an Organisationen weiterleiten, die Kindern mit ADHS, Legasthenie, Autismus, Tourette und Zwangsstörungen halfen. Ich war mir sicher, dass ich auch noch andere Zwecke im Zusammenhang mit Neurodivergenz entdecken würde.

Am Flughafen trennten sich unsere Wege. Cooper machte sich auf den Weg zur Weihnachtsfeier des Büros, und ich fuhr direkt nach Cherrywood.

Die Wolken hingen an diesem Nachmittag tief über dem gelben Haus der Webers. Sie waren nicht grün wie an dem Tag, an dem ich Alicia vor dem Synergy-Büro getroffen hatte, aber ihre Unterseiten waren dunkel und schwer. Es würde passen, wenn Austin beschließen würde, eine neue meteorologische Hölle über mir losbrechen zu lassen.

Meine Mission war zu wichtig, um mich von Hagel, Tornados oder vom Himmel fallenden Fledermäusen abschrecken zu lassen. Ich straffte die Schultern und schritt den Gehweg der Webers hinauf, einen Strauß Blumen aus dem Supermarkt in der Hand. Man muss mir zugutehalten, dass sie aus dem schicken Bioladen stammten, an dem ich auf dem Weg vom Flughafen vorbeigekommen war.

Ich klopfte an die lila Tür.

Das Verandalicht ging an, dann öffnete sich die Tür. Alicias Mutter, Diane, lehnte in Jeans und einem gestreiften Pullover im Türrahmen. Sie blinzelte mich durch die Fliegengittertür an. »Was machen *Sie* denn hier?«

So viel zur südstaatlichen Gastfreundschaft. Nicht, dass ich sie verdient hätte. »Guten Tag, Ms. Weber. Ist Alicia da?«

Sie verschränkte die Arme. »Nein, sie ist bei der Arbeit.«

Eine Stille dehnte sich zwischen uns aus. »Wissen Sie, wann sie nach Hause kommt?«

»Ich glaube nicht, dass Sie das etwas angeht, Mr. Jones. Sie hat gesagt, dass es zwischen Ihnen beiden nicht so gut zu Ende gegangen ist.«

Ende? Ich schluckte. Aber natürlich dachte niemand, dass ich zurückkommen würde. »Nein, und das ist meine Schuld. Ich bin hier, um mich zu entschuldigen. Darf ich hereinkommen?«

»Ich denke nicht, Mr. Jones. Ich glaube, Sie haben meine Tochter schon genug verletzt. Sie können in Ihrem Auto warten. Oder, noch besser, ich sage ihr, dass Sie vorbeigekommen sind, und sie kann Sie anrufen, wenn sie mit Ihnen sprechen möchte.«

Sie schloss die Tür und ließ mich auf die lila Farbe starren. Scheiße, ich hätte Wein oder Pralinen mitbringen sollen, um mir den Weg ins Weber-Haus zu erleichtern.

»Dann warte ich wohl«, murmelte ich. Ich ließ mich auf die oberste Verandastufe fallen und starrte auf die Straße, als würde sie jeden Moment ankommen. Ich legte die Blumen neben mich und schob meine Hände in die Taschen. Ein Regentropfen klatschte auf meine Stiefelspitze.

Die Bäume waren jetzt kahl, ihre verdrehten Äste krümmten sich in den dunkler werdenden Himmel. Die Kühle sickerte durch meine Jeans von den Holzdielen der Veranda und ließ mich frösteln. Ein paar weitere Regentropfen prasselten herunter, und ich zog meine Stiefel enger unter die Veranda. Leiden musste doch ein Teil des Zu-Kreuze-Kriechens sein, oder? Es war mein Hassfreund, seit ich Austin vor über einem Monat verlassen hatte.

Die Haustür knarrte erneut auf, und diesmal schwang die Fliegengittertür nach außen. Langsame Schritte näherten sich.

»Willst du einen Kaffee?«

Ich roch ihn im selben Moment, in dem er es sagte, und der Duft des Gebräus ließ meinen Rücken gerader werden. »Ja, bitte.«

Noah reichte mir eine Tasse. In seiner anderen Hand hielt er eine weitere Tasse, dem Geruch nach heiße Schokolade. Er setzte sich neben mich.

Ich lächelte. Ein Mitglied der Weber-Familie hasste mich nicht. »Es ist ziemlich kalt hier draußen, Kumpel. Und nass. Wird das gehen?«

Er schnaubte. »Wird das bei dir gehen? Sieht so aus, als ob ich jederzeit wieder ins Haus gehen kann, während du hier wie ein Loser im Regen festsitzt und darauf wartest, dass Alicia kommt und dir in den Arsch tritt.«

Oh. So lief das also.

Ich blickte in meine Kaffeetasse und schnupperte daran. Konnte man Rattengift riechen? Ich stellte sie beiseite. »Wie läuft's in der Schule?«

Er zuckte die Schultern. »Ist okay. Ich bin jetzt in Ms. Frasers Klasse. Und ich nehme jetzt ein paar Medikamente, damit ich im Unterricht besser aufpassen kann.«

»Hilft es?«

»Vielleicht. Ich habe letzte Woche eine Eins in meiner Mathearbeit bekommen.«

»Das ist großartig. Und die anderen Kinder lassen dich in Ruhe? Keine blauen Augen mehr?«

»Nee. Der Schulberater hat eine Stunde darüber gehalten, wie man andere mit Respekt behandelt. Und Alicia hat mit mir geübt, meine Worte zu benutzen.« Er nippte an seinem Kakao. »Sieht so aus, als hättest du auch ein paar Worte benutzen sollen.«

»Ich nehme an, sie hat dir erzählt, was ich getan habe.«

»Musste sie nicht. Erst bist du hier aufgetaucht und hast gesagt, du nimmst mich mit zur Rennstrecke. Hilfst mir bei den

Hausaufgaben. Bringst mir bei, wie man einen Schlag austeilt. Dann warst du weg. Alicia hat gesagt, du bist zurück nach Kalifornien. Und sie hat so ein Gesicht gemacht, als ich nach dir gefragt habe.« Er rümpfte die Nase und verzog die Lippen, als hätte er auf eine Zitrone gebissen. »Genau so.«

»Ich schätze, wenn man es so betrachtet … Nein. Egal, wie man es betrachtet, ich bin ein Arschloch.«

»Japp. Also. Was machst du hier?«

»Ich bin gekommen, um zu Kreuze zu kriechen.«

»Was ist das?«

»Ich werde mich für das entschuldigen, was ich getan habe. Ihr sagen, dass ich sie liebe. Und sie bitten, mich zurückzunehmen. Meinst du, das wird funktionieren?«

Er musterte mich. Das Hemd. Die Blumen. Die protzigen, aber eingetragenen Stiefel. »Ich weiß nicht. Du wirkst nicht wie die anderen Typen, mit denen sie ausgegangen ist.«

Ich senkte den Kopf. »Sie ist mit vielen Typen ausgegangen, was?« Eine fantastische Frau wie Alicia musste eine Schlange von Männern haben, die darauf warteten, mit ihr auszugehen.

»Nicht viele. Einige. Der Vater meines Freundes Palmer, Rick. Er trägt bei der Arbeit eine Krawatte. Hat sie zum Abendessen und so ausgeführt. Hat uns alle vier einmal zu Hamburgern und Eis eingeladen. Hast du sie jemals ausgeführt?«

»Nicht – nicht wirklich.« Sie hatte mich an jenem Abend mitgenommen, um die Fledermäuse zu sehen. Dann hatte ich die Gelegenheit verpasst, sie auszuführen und ihr zu zeigen, dass sie mir wichtig war.

Er kniff ein Auge zu. »Ich glaube, deine Chancen stehen nicht so gut.«

»Ich habe Blumen mitgebracht.« Ich hielt sie hoch. Eine der großen Chrysanthemen ließ den Kopf hängen.

Er kräuselte die Lippe. »Hat sie gesagt, dass sie Blumen mag?«

»Ich – ich habe nicht gefragt.« Marlee mochte Blumen. Sie quietschte immer, wenn ich ihr welche zum Tag der Verwaltungs-

fachleute schickte. Und sie trug die ganze Zeit geblümte Kleidung. Aber ich hatte Alicia noch nie in irgendeinem Muster gesehen. Nur unifarbene Kleidung. Keine davon besonders blumig.
Mist.

»Weißt du, was sie mag?«

»Was?« Ich würde loslaufen und es besorgen. Ich hatte Zeit.

»Typen, die keine Arschlöcher sind.«

»Oh.« Ich sackte in mich zusammen. Er hatte recht. Was zum
Teufel machte ich hier und fror mir den Arsch auf ihrer
Veranda ab?

Er schlürfte den Rest seiner heißen Schokolade aus. »Ich geh
rein, um mich aufzuwärmen. Falls wir uns nicht wiedersehen,
tschüss.«

Ich schenkte ihm ein halbes Lächeln. »Tschüss, Noah. Aber ich
bleibe, bis sie kommt.«

Er zuckte mit den Schultern. »Wie du meinst.«

Die Fliegengittertür knallte hinter ihm zu. Ein Licht flackerte
über mir auf – eine Weihnachtsbeleuchtung. Die altmodische,
bunte Lichterkette verlief in einer geraden Linie über die Traufe
der Veranda. Alicias Werk, vermutete ich. Lichter erwachten in
dem Baum-Paar, das am nächsten am Haus wuchs. Diese waren
rosa, blau und lila, und ihr wahlloses Muster deutete auf die
Bemühungen eines anderen Familienmitglieds hin.

Ein Auto hielt unter dem Carport auf der anderen Straßenseite. Ein Mann stieg aus und musterte mich stirnrunzelnd, bevor
er sich umdrehte und ins Haus ging. Eine Minute später klingelte
in Alicias Haus ein Telefon, aber ich konnte die Person, die
abnahm, nicht hören. Der Regen hatte sich zu einem tosenden
Wolkenbruch verstärkt, der meine Stiefel und die unteren Säume
meiner Jeans durchnässte. Ich zog mich weiter unter den Über-
hang der Veranda zurück.

Ein Miauen kam von hinten, und ein dicker, orange getigerter
Kater mit einem blauen Halsband zwängte sich durch die Klappe
in der Tür. War das derselbe Kater, der mich in der Nacht, als ich

hier zu Abend gegessen hatte, angefaucht hatte? Wie hieß er noch?

Er schlich auf Zehenspitzen um mich herum, beschnupperte den welken Strauß und ließ sich in Armlänge Entfernung auf der Veranda nieder. Er miaute wieder. Ich streckte meinen Arm aus und ließ ihn an meiner Hand schnuppern, bevor ich ihn zwischen den Ohren kraulte. Er schloss die Augen, und ich schaute auf die Marke an seinem Halsband. Tigger. Ja, das war Alicias Kater.

»Du hasst mich nicht, oder, Großer? Du weißt, dass ich hier bin, um zu versuchen, es bei ihr wiedergutzumachen, richtig?«

Er miaute und rieb die Seite seines Gesichts an meiner Hand.

»Ja, wir sind Kumpels. Du wirst für mich bürgen. Ihnen sagen, dass ich kein komplettes Arschloch bin. Und dann werden wir beste Freunde sein. Ich bring dir Thunfisch-Leckerlis mit.«

Er hörte auf, sich an meiner Hand zu reiben. Seine Augenlider schnellten auf, meine einzige Warnung, bevor er meinen Zeigefinger biss.

»Au!« Ich riss meine Hand zurück. »Kein Fan von Thunfisch, was?«

Er drehte sich um, wedelte mit dem Schwanz und sprang mit einem Schnappen durch die Katzenklappe.

Zwei Blutstropfen quollen auf meinem Knöchel hervor. »Harte Nummer.« Ich steckte mir den Knöchel in den Mund.

Ein paar Pick-up-Trucks und ein Lieferwagen ratterten vorbei. Ich schaute auf meine Uhr. Es war nach fünf. Vielleicht würde Alicia bald nach Hause kommen. Ich sollte planen, was ich sagen wollte.

Ich lehnte mich auf meine Ellenbogen zurück und starrte an die Decke. Sie war in einem beruhigenden Rotkehlchenblau gestrichen. Vielleicht könnte ich eines Tages eine Veranda mit einer blauen Decke haben. Alicia und ich könnten in der Verandaschaukel sitzen–

Die Fliegengittertür knallte erneut zu. Noah stampfte hinaus, doch anstatt sich neben mich zu setzen, lehnte er sich an den Pfosten. »Immer noch hier, was?«

»Ja.«

»Ich habe dir ein Sweatshirt mitgebracht. Es ist von Alicia, aber es ist ziemlich groß.« Er hielt mir einen grauen Kapuzenpulli mit einem orangefarbenen Longhorn-Symbol über der Känguru-tasche entgegen.

»Danke.« Ich nahm es ihm ab und zwängte mich hinein. Für Alicia war es vielleicht groß, aber mir passte es eng. Sofort wurde mir wärmer, und ich atmete Alicias vertrauten, sauberen Duft ein.

Er sprang zurück durch die Tür, und ich richtete mich aufs Warten ein.

Fast eine Stunde später rollte Alicias Honda die Straße herun-ter. Ich wusste nicht sofort, dass es Alicias war – sie fuhr das unscheinbarste Auto der Welt –, aber ich hoffte es. Und als er in die Einfahrt abbog, wusste ich, dass mein Bauchgefühl mich nicht getäuscht hatte.

Ich stand auf und verzog das Gesicht bei den Schmerzen, die durch meine Muskeln schossen. Mein Hintern kribbelte, als der Blutfluss wieder einsetzte. Die Autotür öffnete sich, und ein schwarzer Regenschirm ragte heraus. Die Autotür schloss sich, und der Regenschirm bewegte sich zügig den Gehweg entlang und die Verandatreppe hinauf. Dann neigte er sich zurück, und als sie mich sah, wurde ihr Gesicht blass.

Alicia trug eine schwarze Hose und Stiefel – städtische, keine Westernstiefel wie meine. Ihr Regenmantel hing offen und zeigte eine hellblaue Bluse mit ein paar Regenflecken. Ihr Haar war zu dem Knoten zurückgesteckt, den sie immer bei der Arbeit trug. Ihr Make-up verdeckte die lila Schatten unter ihren Augen nur schlecht, und ihr Lippenstift war abgerieben, sodass ihre Lippen blass waren. Ich wollte das Zittern von ihnen küssen, sie in meine Arme schließen, nasser Mantel und alles, und sie wärmen. Sie langsam ausziehen und unter die Dusche stellen. Sie ins Bett stecken, wo sie die Woche ausschlafen konnte. Sie festhalten, bis die Schatten aus ihren Augen verblassten.

Aber ich hatte sie verletzt. Wenn ich der Grund war, warum

sie erschöpft und unglücklich war, hatte ich kein Recht, irgendetwas davon zu tun. Noch nicht. Vielleicht niemals.

Ich machte einen Schritt auf sie zu, meine Hände hingen nutzlos an meinen Seiten. »Hallo, Alicia.«

Ihre Lippen pressten sich zusammen. »Warum bist du hier, Jackson?«

Ich versuchte, ihr ein gewinnendes Lächeln zu schenken. Nicht zu viel. Freundlich, aber nicht zu sehr nach Schlangenölverkäufer. Aber mein Gesicht war kühl, und ich brachte nur eine Grimasse zustande. »Um mich zu entschuldigen. Ich habe Austin verlassen, ohne mich zu verabschieden. Ich habe dir nicht zurückgeschrieben oder angerufen, um es zu erklären. Für all das tut es mir leid.«

»Warum hast du das getan? Warum bist du gegangen?« Sie lehnte den Regenschirm an einen der Verandapfosten und verschränkte die Arme.

»Teilweise weil – nun, ich kann dir nichts darüber erzählen, sonst reißt Cooper mir die Eier ab. Aber hauptsächlich, weil ich nicht bereit war. Ich war nicht gut genug für dich, und ich wollte weder dein Geschäft noch – noch dein Leben ruinieren.« Ich deutete hinter mich auf die lila Tür. »Aber, siehst du, ich habe ein paar Schritte unternommen, um mich zu ändern. Ich habe eine–«

Sie unterbrach mich, mitten in dem Griff nach der Gründungsurkunde in meiner Tasche.

»Ich wollte nicht, dass du dich änderst. Ich wollte dich genau so, wie du warst, hier in Austin. Den Mann, in den ich mich – in den ich mich verliebt habe.«

Mein Herz raste wie ein Rennwagen an der Startlinie. »Aber ich musste mich ändern. Für mich. Ich musste mich selbst würdig fühlen, bevor ich versuchen konnte, dich davon zu überzeugen, dass ich eine zweite Chance verdiene.« Ich legte all die Hoffnung, all die Liebe, die ich hatte, in den Blick, den ich auf sie heftete. *Gib mir noch eine Chance.*

Ihre Lippen wurden schmal. »Es ist zu spät.«

»Zu spät?« Marlee hatte mir nicht gesagt, dass ein Büßergang zu spät kommen könnte. Sie hatte gesagt, die Heldin vergebe dem Helden immer.

»Ich kann das nicht.« Sie schaute weg, eine unvergossene Träne schimmerte grün im Licht der Weihnachtsbeleuchtung.

»Du kannst dir eine Zukunft mit mir nicht vorstellen? Denn das ist es, was ich will.« Scheiße, ich hätte ihr einen Ring kaufen sollen. Sogar Marlee hatte gesagt, das sei zu viel, zu schnell. Aber ich wollte ihr den Teil mit dem glücklich bis ans Lebensende geben, und gehörte dazu nicht immer eine Hochzeit?

»Für immer?« Sie lachte bitter, und als die Träne ihre Wange hinunterrollte, wischte sie sie weg, als wäre sie auch auf sie wütend. »Wir wissen beide, dass ich nur eine deiner Affären war. Dir ging es nur um die Jagd, nichts weiter. Nun, du hast mich erwischt. Und wie ein Narr bin ich darauf reingefallen. Ich habe mich in dich verliebt. Ich dachte, ich wäre verliebt. Aber jetzt weiß ich es besser. Und diesen Fehler werde ich nicht noch einmal machen.« Sie machte einen Schritt zur Tür.

Mein Herz pochte. Sie liebte mich. Oder sie hatte es einmal getan. Ich berührte ihren Arm. »Alicia, ich liebe dich auch. Gib mir noch eine Chance. Ich werde dir beweisen, dass ich mich geändert habe.«

Da sah sie mich an, ihre blauen Augen glänzten. »Ich kann nicht. Du solltest besser das tun, was du am besten kannst, und gehen.« Dann riss sie die Fliegengittertür auf, stieß die lila Tür auf und war verschwunden.

Der Regen rauschte wie das statische Rauschen in meinem Gehirn.

Sie hatte Nein gesagt.

Eigentlich … ich spielte ihre Worte noch einmal vor meinem inneren Auge ab. Sie hatte gesagt, sie könne nicht. Ähnlich, aber nicht genau dasselbe. Sie hatte mir gesagt, dass sie mich geliebt hatte. Vergangenheitsform. Und dann hatte sie mir gesagt, ich solle gehen.

Oh. Ich ließ mich wieder auf die oberste Stufe sinken, wo der

Wolkenbruch meine Knie und die Spitzen meiner Stiefel durchnässte.

Sie traute mir nicht zu, dass ich nicht wieder gehen würde. Wie ihr Vater. Wie Noahs Vater. Ich hatte mich mit diesen Schwachköpfen gemein gemacht.

Die Stiftung bedeutete ihr nichts. Auch nicht, dass ich gekommen war, um sie zu sehen. Das Einzige, was beweisen würde, dass ich anders war, war zu bleiben.

Also würde ich verdammt noch mal bleiben.

34

JACKSON

WIE SICH HERAUSSTELLTE, ist es ein schmaler Grat zwischen Hartnäckigkeit gegenüber der Frau, die man liebt, und Stalking. Und nicht nur, dass ich mit meiner Aufdringlichkeit keine Pluspunkte bei Alicia sammeln würde, eine einstweilige Verfügung oder eine Gefängnisstrafe würden auch nichts beweisen.

Also brachte ich ihnen Frühstück. Und dann ging ich wieder. Jeden Tag.

Am ersten Tag, einem Samstag eine Woche vor Weihnachten, öffnete Noah die Tür. Der Kater, Tigger, stand zu seinen Füßen. Beide blinzelten mich durch das Fliegengitter an. »Ich dachte, sie hätte dir gesagt, dass du abhauen sollst.«

Ich zuckte zusammen. »Hat sie dir das erzählt?«

»Nee. Wir haben alle im Esszimmer gelauscht. Alicia ist danach direkt in ihr Zimmer gegangen und nicht wieder rausgekommen.« Er blinzelte mich an. »Warum bist du also wieder da?«

Ich lächelte den Jungen an, obwohl ich am liebsten in mich zusammengesackt wäre. Sie hatte die Nacht getrennt von ihrer Familie verbracht? Ich hasste mich dafür, dass ich sie schon wieder verletzt hatte.

»Frühstück.« Ich reichte ihm den Getränkehalter – zwei Kaffee, eine heiße Schokolade und Earl Grey für Alicia – und die Tüte mit dem Gebäck. Ich spähte an ihm vorbei, konnte aber niemanden außer dem Kater sehen. »Ich komme morgen wieder. Lass mich wissen, wenn ihr irgendwelche Sonderwünsche habt.«

Dann tat ich das Schwierigste: Ich drehte mich um und ging die Verandastufen wieder hinunter. Ich stieg in meinen Mietwagen – diesmal eine langweilige blaue Limousine – und fuhr ins leere Büro, wo ich den halben Tag am Code arbeitete und die andere Hälfte damit verbrachte, E-Mails für die Stiftung zu beantworten.

Am Montag kam ich sogar noch früher, damit ich das Frühstück abliefern konnte, bevor Alicia zur Arbeit ging. Diesmal öffnete Diane die Tür und schlug einen Morgenmantel über ihren Pyjama.

Kein Guten Morgen, kein Danke für die Bagels. »Sie will Sie nicht sehen.«

»Ich verstehe.« Ich reichte ihr den Getränkehalter. »Wie trinken Sie Ihren Kaffee?«

Sie kniff die Augen zusammen, genau wie ihr Enkel es getan hatte. »Das spielt keine Rolle. Sie werden nicht wiederkommen.« Sie schlug mir die Tür vor der Nase zu.

Aber am nächsten Tag, als ich ihr ein duftendes Tablett mit mexikanischem Kaffee mit Zimt und heißer Schokolade sowie Alicias Tee reichte, sagte sie: »Schwarz. Aber Esmy nimmt Sahn–Milch und Zucker. Fettarme.« Dann schloss sie die Tür.

Ich grinste.

Am Freitag – Heiligabend – öffnete Esmy die Tür. »Du bist gekommen!« Sie nahm das Tablett mit den Getränken und die Tüte Kolatschen sowie eine Dose Katzenleckerli mit Lebergeschmack und stellte sie drinnen auf einen Tisch. Dann trat sie tatsächlich auf die Veranda, um mich zu umarmen. »Danke für die Sahne. So verwöhnt habe ich mich seit Monaten nicht mehr gefühlt. Aber verbringst du die Feiertage nicht mit deiner Familie?«

Ich legte meine Arme um ihren Rücken. Ihre Umarmung war stark und sanft zugleich. Und bis sie mich berührt hatte, war mir gar nicht bewusst gewesen, wie sehr ich nach Körperkontakt hungerte. Tyler – ein Umarmer, aber immer noch auf meiner Abschussliste – hatte die Versetzung nach San Francisco angenommen. Cooper war nach Hause gefahren, um die Feiertage bei seiner Mutter zu verbringen, und das Büro war die ganze Woche wie ausgestorben gewesen.

»Nein. Ich bin lieber hier. Wo sie ist. Wie geht es ihr?«

Esmy lehnte sich zurück. »Ihr geht es gut. Sie isst besser. Obwohl das auch am Weihnachtsessen liegen könnte. Willst du morgen rüberkommen? Wir machen zu Weihnachten immer Tamales.«

Mein Herz machte einen Sprung und mir lief das Wasser im Mund zusammen. »Will sie mich dabeihaben? Hat sie dich gebeten, mich einzuladen?«

»Na ja …« Sie betrachtete ihren Pantoffel.

»Ich komme nicht rein, wenn sie es nicht will«, sagte ich sanft zu ihr. »Und bitte frage sie nicht, ob sie mich einladen soll. Ich warte so lange, wie sie es braucht.«

Esmy schürzte die Lippen. »Ich setze auf dich, mi querido.«

»Warte, was? Wettet ihr auf mich?«

Grinsend schloss sie die Tür.

Ich verbrachte Weihnachten allein im Aparthotel. In der Lobby stand ein trauriger kleiner Baum. Am anderen Ende des Ganges waren ein paar laute Familien untergebracht, und Kinderschritte donnerten an meiner Tür vorbei, im Wettlauf zur Eismaschine.

Bei dem Videoanruf, den ich an diesem Nachmittag machte, musste ich die Wut meiner Mutter ertragen, weil ich nicht zu Hause war, und Sams anklagenden Blick. Es war scheiße von mir, sie mit unseren perfekten Geschwistern allein zu lassen. Aber ich würde in Austin bleiben, solange Alicia mich brauchte. Ich hatte ihr die Ewigkeit versprochen, und vielleicht würde es so lange dauern.

Aber es war nicht alles schlecht. Nach dem Anruf biss ich in eine der Tamales aus der Papiertüte, die Esmy mir an diesem Morgen gegeben hatte. Ich stellte mir die vier vor, wie sie um ihren Baum saßen – ob sie ihn im Wohnzimmer vor die Fenster oder direkt in die Mitte des Raumes gestellt hatten? – und bei Weihnachtsmusik Geschenke auspackten.

Ich wünschte, ich hätte Esmys Angebot annehmen können, dabei zu sein. Ich hatte Alicia seit über einer Woche nicht gesehen und fragte mich, ob sie ausgeruhter war, ob ihre Haut ihren Glanz zurückgewonnen hatte. Ich wollte nicht, dass ihre Familie mir sagte, dass es ihr gut ging; ich wollte es unbedingt selbst sehen.

Aber hier ging es nicht um mich oder meine Verzweiflung. Es ging darum, was Alicia brauchte. Wenn sie entschied, dass sie mich nicht wollte, wenn sie mir wieder sagen würde, ich solle gehen, würde ich es hassen, aber ich würde es tun. Wenigstens wüsste sie dann, dass sie es wert war, dass man für sie blieb. Vielleicht würde sie mir nie verzeihen, aber vielleicht würde ich ihr den Glauben an Männer zurückgeben, und sie würde den richtigen Kerl – den, der die Dinge nicht so vermasseln würde wie ich – nicht von sich stoßen, wenn er auftauchte.

Ich knüllte gerade die Tüte zusammen, als mein Telefon klingelte. Ich hechtete danach. Dann seufzte ich. Sie war es nicht.

»Hey, Coop, was gibt's?«

»Kling ja nicht so begeistert, mit mir zu reden. Frohe Weihnachten.«

»Frohe Weihnachten. Wie geht's deiner Mom?«

»Gut. Sie hat auch genug Essen für dich gemacht. Ich glaube, ich habe vergessen, ihr zu sagen, dass du nicht kommst.«

»Sorry, Mann. Ich rufe sie heute Abend an.«

Er brummte unverbindlich. »Wann kommst du also zurück?«

Mein Magen zog sich zusammen. »Weiß nicht.«

»Ich könnte hier wirklich Hilfe gebrauchen. Ich präsentiere Anfang Januar vor dem Vorstand und würde mich freuen, wenn du dabei wärst.«

»Wirklich?« Das hatte er mich seit ein paar Jahren nicht mehr gefragt. Ich hasste es, vor dem Vorstand aufzutreten, aber dass

Cooper mir genug vertraute, um mich zu fragen, könnte es wert sein. Außer – »Ich kann nicht. Ich bleibe eine Weile hier.«

»Wie lange? Du könntest ja eine Pause von eurem Sexmarathon einlegen, um mal wieder richtig zu arbeiten.«

Ich erlaubte mir für eine Minute, mir vorzustellen, was hätte passieren können, wenn Alicia mir verziehen hätte. Wir hätten jede Nacht miteinander schlafen können. Wenn die Feiertage nicht gewesen wären, hätten wir ein faules Wochenende im Bett verbringen können. Ich würde mich jetzt an sie schmiegen, ihren Duft einatmen, ihr Haar an meiner Nase kitzeln lassen. Ich rieb mir über die Brust. »Schön wär's.«

»Du – was?«

»Ich warte immer noch darauf, dass sie mir verzeiht. Dass sie mir vertraut. Das wird einige Zeit dauern.«

»Und du sitzt in Austin auf deinem Arsch und wartest darauf, dass sie sich besinnt? Das ist das Lächerlichste, was ich je gehört habe.«

»Warst du jemals verliebt, Coop?«

Er war eine Weile still. »Ja.«

Huh. Ich fragte mich, wer es gewesen war. Ein Mädchen aus der Highschool, bevor ich ihn kennengelernt hatte? Oder eine Beziehung, die ich nicht einmal bemerkt hatte, während ich egoistisch auf meine eigenen Probleme konzentriert war? »Also verstehst du, warum ich so lange warte, wie es nötig ist.«

»Du kannst auch hier in San Francisco warten.«

»Nein. Ich muss hierbleiben, um ihr zu beweisen, dass sie es wert ist, dass man für sie bleibt. Sorry, Coop. Ich werde von hier aus alles tun, um dir zu helfen. Wir können morgen einen Videoanruf machen.«

»Du weißt, dass du ein Idiot bist.«

»Wer hat gesagt ›In der Liebe sind wir alle Narren‹?«

»Jane Austen. *Stolz und Vorurteil*. Literatur im ersten Studienjahr. Obwohl du nur den Film gesehen hast.«

»Stimmt. Stimmt.« Vielleicht würde ich ihn mir noch einmal ansehen, um mir ein paar Tipps zu holen. Vielleicht hatte Weston recht und ich brauchte eine schicke Villa. Bei Mr. Darcy hatte es ja auch funktioniert. Mit meiner Wohnung in San Francisco würde ich niemanden begeistern, zumal ich einen Monat damit verbracht hatte, wegen Alicia den Verstand zu verlieren und mich nicht um das Chaos zu kümmern. »Ruf mich morgen an. Dann arbeiten wir an deiner Präsentation.«

»Gut.« Dieses Wort trug das Gewicht anderer, aber die wollte ich nicht hören.

»Denk dran, Coop, sorge dafür, dass deine Spende bis Ende des Jahres bei meiner Stiftung eingeht. Marlee kann dir sagen, wie.«

»Leck mich doch.« Aber sein Tonfall war nicht scharf, sondern nur liebevoll.

»Du weißt, ich werde dich nerven, bis du es tust.«

»Ich freue mich schon drauf. Nacht, Jay.«

»Nacht.«

Mitte der nächsten Woche, zwischen Weihnachten und Neujahr, hielt ich hinter einem im Leerlauf stehenden, sportlichen schwarzen Lexus. Ein Mann saß darin, den Kopf gesenkt, als würde er auf sein Telefon schauen. War er ein echter Stalker?

Ich ließ das Frühstück für die Webers im Auto und ging langsam zur Fahrerseite des Wagens.

Rick, mein ehemaliger Trainingspartner, saß auf dem Fahrersitz und tippte. Er war doch wohl nicht hier, um Alicia zu belästigen? Oder – mein Herz setzte aus – auf ihre Einladung hin?

Ich klopfte an die Scheibe.

Ricks Kopf fuhr hoch, und als er sah, dass ich es war, fuhr seine Hand zu seinem glatt rasierten Kiefer. Er ließ das Fenster halb herunter. »Jay.«

»Rick. Was machst du hier?«

»Ich hole meinen Jungen ab. Er hat hier übernachtet. Ich schätze, ich weiß, was du machst.« Seine Lippe kräuselte sich.

»Ach ja? Was denn?« Ich stemmte die Hände in die Hüften.

»Es ist kein Geheimnis, dass du Mist gebaut hast. Du kriechst jeden Tag wie ein Verlierer hierher und versuchst, sie zurückzugewinnen. Erbärmlich«, höhnte er.

Das Blut pochte in meiner Schläfe. »Ich muss mich vor dir nicht rechtfertigen.«

»Nein, das musst du nicht. Aber wenn du deinen Arsch zurück nach Kalifornien schleppst, mit eingezogenem Schwanz, rate mal, wer dann immer noch hier sein wird?« Er wartete nicht, bis ich meinen Kiefer wieder lockerte. »Genau. Ich.«

Ein Junge, stämmiger als Noah und mit Ricks grünen Augen, sprang die Verandastufen hinunter und rannte zur Beifahrerseite von Ricks Auto. Er warf seinen Rucksack auf den Rücksitz und rutschte dahinter. »Alicia hat gesagt, danke für die Blumen.«

Sie mochte keine Blumen. Und doch hatte sie sie von Rick angenommen. Verdammt. Vielleicht hatte er recht. Vielleicht hatte er einen längeren Atem als ich. Vielleicht würde er damit, dass er bewies, gut mit Kindern umgehen zu können, Pluspunkte sammeln, die ich mir niemals erhoffen konnte.

Rick grinste mich an. »Man sieht sich, Jay. Vielleicht.« Er wartete nicht darauf, dass ich zurücktrat, bevor er vorfuhr.

Ich holte den Kaffee und die Muffins aus meinem Auto. Mit zusammengebissenen Zähnen trug ich sie den Gehweg hinauf und machte mich auf den feindseligen Weber gefasst, der die Tür öffnen würde. Vielleicht machte ich mich zum Narren. Vielleicht würde ich am Ende scheitern. Aber vorerst würde ich es weiter versuchen und hoffen, dass Alicia sich daran erinnern würde, wie gut wir zusammen gewesen waren, dass sie mich einst geliebt hatte, und mir eine weitere Chance geben würde.

Coopers Spende landete an Silvester auf dem Konto der Stiftung. Zusammen mit Westons Spende und mehreren anderen hatten wir einen ausgezeichneten Start, und ich verdoppelte die Gesamtsumme mit meiner eigenen Spende. Ich war vielleicht der schlechteste Eintagsfreund aller Zeiten, aber ich tat, was ich den Kindern versprochen hatte.

Ich stieß mit einem lokalen IPA auf das neue Jahr an und ging schlafen.

Am Neujahrstag schritt ich mit einer Tüte Donuts und neuer Zielstrebigkeit den Gehweg zu Alicias Haus hinauf. Ich würde den Tag damit verbringen, neurologische Studien zu recherchieren und ein paar Wissenschaftler vormerken, die ich in den Vorstand meiner Stiftung bitten würde. Dann würde ich vielleicht –

Ich erstarrte auf der untersten Stufe. Alicia stand hinter der Fliegengittertür und trug wieder einen UT-Hoodie und eine weich aussehende Jogginghose. Ihr Haar fiel ihr offen über die Schultern, und ihr Gesicht war ungeschminkt. Zwei Farbtupfer blühten hoch auf ihren Wangen. Sie war wunderschön.

»Komm rein.« Sie rieb sich die Arme. »Es ist kalt da draußen.«

»Kalt?«

Sie stieß die Fliegengittertür auf, und ich sprang die Stufen hinauf und drängte mich mit ihr in den Flur. Sie sah zierlicher aus, als ich sie in Erinnerung hatte, verschluckt von ihrem übergroßen Sweatshirt. Oder vielleicht hatte mein Gehirn ihre Statur mit ihrem starken Geist verwechselt.

Als ich da stand und der bitter-orangene Duft ihres Tees meine Nase füllte, war ich wieder in der Gemeinschaftsküche von Synergy an dem Montag, nachdem ich sie das erste Mal geküsst hatte, verzweifelt nach mehr. Ich umklammerte den Getränkehalter und die Papiertüte, um sie nicht zu berühren.

»Frohes neues Jahr.« Ihre Füße waren nackt, und sie musste zu mir aufschauen. Nicht wie im Büro, wo sie durch ihre Absätze fast meine Größe erreichte. Ich wollte alles fallen lassen und sie in meine Arme nehmen, diese rosa Lippen küssen, meine Finger in ihrem seidigen Haar vergraben. Der Getränkehalter aus Pappe zitterte.

»Du kannst das in der Küche abstellen.« Sie nickte zu den Getränken und drehte sich dann um, um die lila Tür zu schließen.

Etwas streifte meine Knöchel. Ich blickte nach unten, und der Kater schlang sich um mein Bein und sah zu mir auf. Er miaute. Gut, dass ich Jeans trug. Wenn er mich angriff, würde er nur den

Stoff zerfetzen. Ich machte mich bereit. Aber dann schnurrte der kleine Mistkerl.

»Guter Junge«, flüsterte ich.

Er löste sich von meinem Bein und schritt in Richtung Küche.

Ich folgte ihm durchs Wohnzimmer und am Baum vorbei. Ringsherum lagen auf dem Teppich Kartons mit Weihnachtsschmuck, und eine Seite des Baumes war kahl.

Ich stellte die Donuts und Getränke auf den runden Küchentisch und drehte mich um. Alicia stand auf der Schwelle zwischen Küche und Wohnzimmer, die Lichter des Baumes funkelten hinter ihr wie ein Heiligenschein. War das real, oder schlief ich noch? Ich grub meine Fingernägel in meine Handflächen, aber alles war taub.

Wenn es ein Traum war, wollte ich nicht aufwachen.

ALICIA

ER FING AN, mir Angst zu machen. Ich glaubte nicht, ihn jemals so still gesehen zu haben, nicht einmal, wenn er programmierte. »Du hast kein Wort gesagt. Bist du in Ordnung?«

»Ich –« Seine Stimme war heiser, und er räusperte sich. »Ich habe nicht erwartet, dich zu sehen. Vielleicht hatte ich auf dem Weg hierher einen Unfall, und das ist alles nur ein Hirngespinst meines Schädeltraumas. Ich hatte Angst, wenn ich etwas sage, wache ich auf.«

»So wie du fährst, wäre das kein Wunder.« Ich lächelte, aber er nicht. Er starrte mich nur an, als wollte er mich mit seinen Augen verschlingen. Meine Wangen glühten. »Ich habe alle zum Frühstück und ins Kino geschickt. Ich dachte, es wäre Zeit für uns, zu reden.« Ich trat über die Schwelle in die Küche und zog meinen Stuhl heraus.

Er stellte eine Tasse vor mich und setzte sich auf Noahs Stuhl, die Hände zwischen die Knie geschoben. Sein Gesicht war ein wenig grau geworden. »Reden?«

Ich hob den Deckel ab und schnupperte. Earl Grey. Er hatte es jedes Mal richtig gemacht. »Ich kann nicht glauben, dass du meine Lieblings-Teesorte bemerkt hast. Am ersten Tag dachte ich, es wäre ein Zufall. Aber du hast ihn jeden Tag gebracht.«

»Du hast ihn jeden Morgen im Büro getrunken. Außer an dem einen Tag, als ich dich verärgert habe, weil ich unser Modul alleine fertiggestellt habe. An dem Tag hast du etwas Süßes getrunken. Aber danach jeden Tag Earl Grey. Ich werde nie –« Er schluckte und schloss den Mund.

»Es war nett von dir, uns Frühstück zu bringen. Das Gebäck hat dir Pluspunkte bei Noah eingebracht. Normalerweise bekommt er morgens keine Süßigkeiten.« Er war so hibbelig geworden, dass ich ihn ein riesiges Glas Wasser trinken und dann einmal um den Block joggen ließ.

»Oh.« Er zuckte zusammen. »Habe ich Mist gebaut?«

»Nein, es sind die Feiertage. Ein paar zusätzliche Leckereien sind in Ordnung. Aber warum hast du das getan? Schlechtes Gewissen?«

»Ich – ich wollte dich sehen. Wissen, dass es dir gut geht. Ich habe dich im Stich gelassen. Und es tut mir leid. Ich wünschte, ich könnte zurückgehen und – aber das kann ich nicht. Das war die einzige Möglichkeit, die mir einfiel, dir zu zeigen, dass du jemanden verdienst, der bleibt. Ich war ein hirnloser Arsch, überhaupt wegzugehen und dich etwas anderes denken zu lassen. Aber ich werde dich nicht wieder verlassen. Ich meine, es sei denn, du sagst mir, ich soll gehen. Ich bin kein Stalker.«

Jede Tasse Tee, jede Kolatsche oder jeder Bagel war ein Stein, der von der Festung um mein Herz weggerollt wurde. Nach einer Woche konnte ich nicht mehr genug Wut auf ihn aufbringen, um finster auf die Anordnung von Frühstücksspeisen zu blicken, die Esmy auf einer Platte auslegte. Und nachdem er zwei Wochen lang aufgetaucht war und das eisige Schweigen meiner Mutter und Noahs Sticheleien ertragen hatte, hatte er einen Weg zu meinem Herzen freigemacht. Alles, was noch übrig war, war, ihn hereinzubitten.

»Wenn ich dir sagen würde, du sollst gehen und mir nie wieder über den Weg laufen, würdest du das tun?« Ich hielt den Atem an.

»Natürlich würde ich das. Du bist mir wichtig, und ich will dich nie wieder verletzen. Ist es das, was du willst? Dass ich gehe?« Seine braunen Augen wurden rund und flehten mich an, Nein zu sagen.

»Ich habe dich gebeten zu gehen. In der ersten Nacht, als ich nach Hause kam und dich auf meiner Veranda wartend fand. Im Regen.« Ich hatte geglaubt, ich hätte ihn sicher halluziniert. Ich hatte so oft an ihn gedacht, dass ich ihn hätte heraufbeschwören können.

»Ich dachte nicht – ich hoffte, du meintest es nicht ernst. Aber wenn du mich jetzt bittest zu gehen, werde ich es tun. Ich verspreche es.«

»Du wirst gehen. Du wirst zurück nach Kalifornien gehen und ich werde dich nie wiedersehen.« Er hatte es einmal getan, und es hatte mich gebrochen. Schon allein die Worte auszusprechen, ließ mein Herz sich in meiner Brust auswringen.

»Ist es das, was du willst?«

Ich überlegte zu lügen. Es wäre einfacher. Es würde bestätigen, was ich seit Jahren gedacht hatte. Und ich liebte es, recht zu haben.

Aber dann flüsterte Melissas Stimme in meinem Kopf. *Bitte um das, was du willst. Und dann nimm es dir.*

»Nein. Ich will, dass du bleibst. Ich will dir wieder vertrauen. Kannst du mein Vertrauen verdienen?«

Seine Wangen röteten sich über seinem Bart. »Ich habe einen Fehler gemacht. Ich dachte, ich wäre schlecht für dich. Dass du mich nicht wollen solltest. Und dann erinnerte ich mich daran, wie schlau du bist. Dass du weißt, was du willst, und ich nicht für dich entscheiden sollte. Ich war ein Arschloch. Und es tut mir leid. Ich bin nicht gut genug für dich. Das weiß ich. Aber ich will es versuchen.« Er streckte die Hand über den Tisch, hielt aber inne, bevor er mich berühren konnte, die Handfläche nach oben. »Du hast mir gezeigt, wie man ein besserer Mann sein kann. Und ich will weiter daran arbeiten. Weil ich dich liebe.«

Ein Prickeln begann an meiner Kopfhaut und ergoss sich durch meinen Körper. Ich legte meine Hand auf seine, und er umfasste sie. »Du warst schon ein guter Mann, Jackson Jones. Du musstest es nur selbst sehen.« Ich dachte an das zurück, was er zuvor gesagt hatte, auf der Veranda im Regen. »Was wolltest du mir neulich erzählen? Etwas, das du aufgebaut hast?«

Ein neuer Funke leuchtete in seinen dunklen Augen auf. »Ja, ich habe eine Stiftung für neurodivergente Kinder gegründet. Wie Noah. Wie meine Schwester und ich. Ich möchte versuchen, ein paar Programmier-Camps zu organisieren. Aber zuerst brauche ich jemanden, der sie leitet. Also, das Tagesgeschäft. Du bist nicht zufällig interessiert?«

»Ich weiß nichts über gemeinnützige Organisationen oder die Leitung einer Stiftung. Außerdem tue ich, wovon ich immer geträumt habe: mein eigenes Unternehmen zu führen.«

»Ich weiß. Und du bist großartig darin. Ich wünschte …« Er blickte auf unsere verschränkten Hände.

»Was wünschst du dir?«

»Ich wünschte, wir könnten wieder zusammenarbeiten. Wir waren zusammen besser. Du hast mir beigebracht, wie man führt.«

Ich drückte seine Hand. »Du bist ganz allein ein guter Anführer. Du musst nur daran glauben. Und ich bin diejenige, die einen Meisterkurs im Programmieren bekommen hat.«

Er verschränkte seine Finger mit meinen. »Ich will nicht über die Arbeit reden. Oder über die Stiftung. Ich will nur über dich und mich reden. Ich liebe dich. Wirst du mich dich lieben lassen?«

Mein Herz schlug, als wollte es direkt aus meiner Brust in seine springen. Es wusste, was es wollte. Der Rest von mir zögerte. Ihn zu akzeptieren bedeutete, jeden Teil meines Lebens zu öffnen, einschließlich Noah. Konnte ich ihm vertrauen? Ich nippte an meinem Tee, der vertraute Duft umspielte mein Gesicht.

Ich musterte Jackson Jones von seinem ängstlichen, hoffnungsvollen Ausdruck bis zu seinen polierten Stiefeln. Er würde wahrscheinlich wieder Mist bauen. Ich auch. Aber wir würden einen Weg hindurch finden. Gemeinsam.

»Okay. Versuchen wir es.«

Sein Gesicht leuchtete vor Hoffnung auf. »Du meinst das ernst? Ich träume das alles nicht, während ich auf deinem Küchenboden liege und Tigger meine Eingeweide frisst?«

Ich schnaubte. »Sei nicht so dramatisch. Ihr zwei werdet euch prächtig verstehen. Und jetzt komm.« Ich stand auf und führte ihn zum Sofa. Wir setzten uns nebeneinander, und sein Arm legte sich um meine Taille. Tigger sprang aufs Sofa, rollte sich an meiner anderen Seite zusammen und schnurrte. Ich legte meinen Kopf auf Jacksons Schulter und ließ meinen Blick weich werden, bis die Lichter des Weihnachtsbaums verschwammen.

»Ich kann meinen Job von Austin aus machen«, sagte er schließlich. »Cooper und ich werden eine Kombination aus der Leitung von Projekten hier und den Managementaufgaben, die er von mir für die Zentrale will, ausarbeiten.«

»Nein!« Ich setzte mich auf. »Sie brauchen dich in der Zentrale.«

Er zog mich zurück an seine Brust und atmete ein. »Aber ich muss bei dir sein. Ich muss beweisen, dass ich bleiben kann.«

Ich rieb seine Brust über seinem Pullover. Ich hatte in der letzten Woche darüber nachgedacht, als klar war, dass er nirgendwo hinging. Ich war bereit, es eine Weile mit einer Fernbeziehung zu versuchen. Und wenn die Zeit reif war, würde ich in Erwägung ziehen, nach San Francisco zu ziehen. Dorthin gehörte er als Anführer von Synergy. Und obwohl ich mein ganzes Leben mehr oder weniger glücklich in Austin festgesteckt hatte, wollte ich schon immer die Welt sehen. San Francisco wäre ein erster Schritt. »Wir können zusammen sein und nicht … zusammen.

Zumindest für eine Weile. Solange du bei mir bist. Hier.« Sein Herz schlug stark und gleichmäßig unter meiner Hand.

»Immer.« Er küsste meine Schläfe. Ich drehte mein Gesicht zu ihm hoch und nahm seine Lippen gefangen. Der Funke war immer noch da und entzündete sich zwischen uns. Aber er war nicht so verzweifelt wie zuvor, als wir wussten, dass wir ein Zeitlimit hatten. Es war die Wärme eines lodernden Lagerfeuers, das stundenlang brennen konnte, nicht der Blitz eines Papierschnipsels, der zu Nichts verglühte.

Er legte eine Hand an meinen Hinterkopf, und ich drehte mich zu ihm. Zum ersten Mal seit Wochen berührte ich seine Haut, streichelte seinen Hals und die Weichheit seines Bartes. Ich durfte ihn berühren, ihn halten, ihn küssen, wie er gesagt hatte, »Immer«. Ich nahm mir Zeit, mich wieder mit der Weichheit seiner Lippen, dem Kratzen seines Bartes, seinem Geschmack vertraut zu machen. Das Heben seiner Brust gegen meine.

Er stöhnte auf und ließ eine Hand unter mich gleiten, um mich so zu verschieben, dass ich rittlings auf ihm saß. Ich rieb meine Hüften an seinen, und er fuhr mit seinen Lippen meinen Hals hinunter und murmelte meinen Namen. Gänsehaut breitete sich auf meiner Haut aus. Mein Höschen war durchnässt, und meine Jogginghose würde bald folgen, besonders wenn er so weitermachte, meinen Hintern zu kneten.

»Jackson.« Ich zog mich zurück. »Wir tun das nicht hier auf dem Sofa, wo meine Familie jeden Moment hereinplatzen könnte.«

Er verlagerte die Hand, die nicht auf meinem Hintern lag, auf meine Taille und schob sie unter mein Sweatshirt. »Ich dachte, du hättest gesagt, sie wären im Kino.«

»Hör auf.« Ich warf ihm meinen strengsten Blick zu. »Was ich mit dir anstellen will, wird mehr Zeit in Anspruch nehmen, als wir haben. Stunden.«

Sein Adamsapfel bewegte sich auf und ab. »Stunden?«

»Stunden. Bei dir. Heute Nacht.«

»Die ganze Nacht?« Seine Finger neckten die untere Rundung meiner Brust.

»Morgen auch. Es ist Wochenende.«

»Das ganze Wochenende im Bett? Das klingt gut.« Der tiefe Ton seiner Stimme traf etwas in mir, und mein Schoß verkrampfte sich.

Ich kletterte von ihm herunter und zog mein Sweatshirt zurecht. »Aber jetzt haben wir Arbeit zu tun. Du machst die Spitze des Baumes, und ich mache den unteren Teil.«

Er runzelte die Stirn. »Aber ich –«

»Jackson Jones. Willst du die ganze Nacht und den ganzen morgigen Tag mit mir im Bett verbringen oder nicht?«

Sein Gesicht wurde für einen Moment schlaff. Schnell sagte er: »Das will ich.«

»Dann tust du, was ich sage. Fang mit dem Stern an.«

»Ja, Ma'am.« Er sprang vom Sofa auf, und ich sah seinem straffen Hintern den ganzen Weg bis zum Baum nach.

»Mhm-hm«, schnurrte ich und hob den leeren Karton auf.

Er streckte sich mühelos nach dem perforierten Blechstern und pflückte ihn von der Spitze. Er legte ihn in den Karton, den ich hielt, und küsste mich dann. »Zusammen besser, oder?«

»Immer.«

EPILOG
DREI MONATE SPÄTER

ALICIA

MIT DEM BESUCHERAUSWEIS, den Jackson für mich am Empfang hinterlegt hatte, trat ich in den Innenhof hinter dem Synergy-Büro in San Francisco. Musik und Stimmen hallten von den Pflastersteinen und den Wänden der umliegenden Gebäude wider, sodass ich zusammenzuckte. Es war ein langer Tag voller Arbeit und Reisen gewesen, und hinter meinen Augen lauerte ein Kopfschmerz, der jeden Moment aufzuflammen drohte. Vielleicht konnte ich Jackson finden und ihn überreden, sich mit mir an einen ruhigen Ort davonzustehlen, damit ich ihm meine Neuigkeiten erzählen konnte. Mein Magen kribbelte vor Vorfreude.

Ich ließ meinen Blick über die Party schweifen. Es war mein erster Besuch in der Zentrale von Synergy. Die paar Male, die ich Jackson besucht hatte, holte er mich am Flughafen ab und entführte mich direkt zu sich nach Hause. Aber er hatte die vierteljährliche Feier von Synergy vergessen, als ich diesen Ausflug geplant hatte. So müde ich auch war, ich war neugierig, ihn in der Zentrale zu beobachten.

Die Leute saßen an den Tischen, die über den von Pergolen beschatteten Innenhof verteilt waren. Andere standen in Gruppen zusammen und wiegten sich zur Musik, die aus den Lautsprechern dröhnte. Drinnen war ich an einem langen Tisch voller Snacks vorbeigekommen; hier draußen diente ein weiterer, kleinerer Tisch als Bar. Eine Schlange von Mitarbeitern zog sich quer durch den Hof, die leeren Becher im Anschlag. Hinter der Bar befand sich der Grund für die Schlange. Anstelle von professionellen Barkeepern füllten Jackson und Marlee die Becher mit Bier. Ihre Stirnen glänzten trotz der kühlen Aprilluft in San Francisco vor Schweiß. Was machten der Firmengründer und seine Assistentin dort, wenn sie sich eigentlich unter die Mitarbeiter mischen sollten?

Ich ging an der Schlange vorbei und näherte mich dem Tisch. Marlee sah mich zuerst. Sie ließ den Zapfhahn fallen. »Alicia!« Sie breitete die Arme für eine Umarmung aus. Wir hatten uns bei meinem letzten Besuch bei Jackson kennengelernt und einen Teil unseres kostbaren Wochenendes für einen reinen Mädels-Shoppingtrip geopfert. Ich mochte sie sehr. Außerdem war sie wichtig für Jackson. Ich konnte mir vorstellen, dass wir Freundinnen werden würden, besonders angesichts meiner Neuigkeiten.

Ich trat in ihre Arme und küsste sie auf die Wange. Ein Schweißrinnsal lief von ihrer Schläfe zu ihrem Kinn. »Was ist denn los?«

Ihre Augenbrauen zogen sich zusammen. »Die Barkeeper sind nicht aufgetaucht. Der Caterer schickt Ersatz, aber wir haben hier durstige Leute.« Sie deutete auf die Schlange.

»Soll ich helfen?« Ich hatte noch nie Bier aus einem Fass gezapft – in der Uni war eher die Bibliothek mein Revier gewesen –, aber es sah nicht allzu schwierig aus.

»Auf keinen Fall.« Sie pumpte den Hebel, nahm dann den Zapfhahn und griff nach dem nächsten Becher. Sie stieß Jackson mit dem Ellbogen an. »Mach mal Pause, Jackson. Alicia ist da.«

Er blickte auf, und der Becher, den er gerade füllte, lief über und bespritzte seine Jeans. »Alicia!« Er schob den Becher der wartenden Person hin, sodass es über ihre Hand schwappte, und mit einer schnellen Entschuldigung ließ er seinen Zapfhahn fallen und schloss mich in seine Arme.

Er roch nach Bier und Schweiß, aber darunter lag der Duft meines Jacksons nach Leder und Seife. Ich atmete ihn ein und hob dann mein Gesicht für seinen Kuss.

Sein Bart war frisch gestutzt und kratzte auf meinen Wangen, ein Kontrast zum weichen Druck seiner Lippen und seiner Zunge. Er schmeckte nach Hopfen und Orangenschale von dem Bier. Ich fuhr mit den Fingern durch sein Haar und zog ihn näher an mich. Seine Hände drückten sich in meinen unteren Rücken und pressten mich direkt an die harten Linien seines Bauches. Etwas anderes Hartes stieß gegen meinen Unterleib.

Eine seiner Hände glitt über meinen seidenen Rock. Während unseres Einkaufsbummels hatte Marlee mich überredet, den bauschigen, kurzen Rock zu kaufen, der sich so sehr von meinen üblichen schmalen, professionellen Röcken unterschied. Sein fröhliches Blumenmuster passte viel besser nach Austin, wo bereits Frühling war, als ins winterliche San Francisco.

Er wanderte mit seinen Küssen zu meinem Ohr. »Ich mag diesen Rock. Ich glaube, da ist Platz für meine beiden Hände.«

»Ich hab dir doch gesagt, dass das ein toller Rock ist«, sagte Marlee.

Ich schnappte nach Luft und zog mich zurück. »Du kannst mich nicht vor deinen Angestellten begrapschen.« Ich neigte meinen Kopf zu Marlee, die uns angrinste.

»Marlee macht das nichts aus«, sagte er. »Sie hat versucht, mir bei meinem Flehen zu helfen.«

»Hat doch geklappt, oder?« Aber sie sah uns nicht mehr an. Sie blickte hinauf in Cooper Fallons Gesicht.

Sein Kiefer spannte sich an, als er Jacksons Hand auf meinem Hintern sah.

»Hey, Cooper«, sagte Marlee. Ihre Stimme war hoch und hauchend geworden, und ihre rosa Lippen waren leicht geöffnet. Flirtete sie etwa mit dem Kerl? Ihr Wimpernklimpern und ihr süßes Lächeln hatten keine Chance gegen den fast zwei Meter großen Eisblock, der Cooper Fallon war, CEO und zertifizierter knallharter Kerl.

»Jay, ich …«, begann er.

Im selben Moment sagte Marlee: »Willst du ein Bier?«

Ohne hinzusehen, pumpte sie enthusiastisch am Zapfhahn. Aber sie musste ihn im falschen Winkel getroffen haben. Er sprang ab, und Schaum schoss ihr aus dem Fass ins Gesicht.

»Verfluchter, biestiger Robert Boyle!«, heulte sie, sprang zurück und schützte ihre Augen vor dem Sprühnebel.

Jackson hielt mich fester und drehte mir den Rücken zum Geysir zu, um mich zu schützen.

Tyler Young sprintete aus dem Nichts herbei, sprang über den Tisch und rammte den Zapfhahn auf den Schaumvulkan. Er kämpfte einen Moment gegen den Druck, seine Unterarme spannten sich an, bis er ihn schließlich festklemmte.

Mit pochender Brust blickte er zu Marlee auf. Nicht zu Jackson, seinem Chef, oder Cooper, oder gar zu mir. Bier glänzte auf seinen Händen und nackten Armen und färbte sein graues T-Shirt dunkel. »Ist alles in Ordnung mit dir?«

Marlees Wangen waren unter dem weißen Schaum rosa. Sie zupfte den durchnässten Stoff ihrer rosa Bluse von ihrer Haut weg. »Ich werde es überleben. Cooper, es hat dich nicht erwischt, oder?«

Er wischte sich einen Schaumfleck vom Wangenknochen. »Mir geht es gut. Obwohl ich denke« – er sah zum Tisch, zu Jackson, überall hin, nur nicht zu Marlee –, »dass du dir vielleicht trockene Kleidung suchen solltest.«

Ihre blassrosa Bluse war durchsichtig geworden und ihr roter Spitzen-BH schimmerte durch.

Ihre Wangen wurden knallrot. »Ich – ich –«

»Komm mit«, sagte Tyler. »Wir trocknen dich ab. Ich meine, du kannst dich abtrocknen. Drinnen.« Jetzt wurden seine Wangen rosa. Interessant.

Sie warf Cooper einen weiteren Blick zu. Noch interessanter.

Aber eine Sekunde später war Drill-Sergeant-Marlee wieder

da. Sie zeigte auf die nächsten beiden Jungs in der Schlange. »Du und du. Übernehmt.«

Gehorsam traten sie um den Tisch und nahmen ihre Posten am Fass ein.

Mit einem letzten Blick auf Cooper – heilige Scheiße, stand sie etwa auf den Schneekönig? – stapfte sie zur Tür, während Bier von ihren Haarspitzen tropfte. Tyler trottete ihr hinterher wie ein hungriger Welpe.

»Alles okay bei dir?«, murmelte Jackson.

»Mir geht es gut. Und dir?« Ich vergrub meine Finger in seinem Haar, das sich als feucht herausstellte.

»Es ist nur ein bisschen Bier. Mir geht es fantastisch, jetzt, wo du hier bist.« Seine Hand schlich sich wieder nach unten zum Saum meines Rocks.

Trotz der durchdringenden Kälte wärmte mich die Nähe zu Jackson von innen heraus.

Allerdings.

»Immer mit der Ruhe, Cowboy. Alle schauen zu.«

»Sie haben dafür Verständnis. Ich habe meine Freundin seit zwei Wochen nicht gesehen.« Seine Hand kroch tiefer, streichelte die Rückseite meines Oberschenkels und ließ meine Haut prickeln.

»Vielleicht trage ich etwas Besonderes darunter, und ich würde es lieber nicht vor deinen Angestellten zur Schau stellen, wenn es dir nichts ausmacht.« Ich lächelte, als er erstarrte, sein Puls wild gegen meine Wange schlug. »Vielleicht finden wir einen privateren Ort?«

Er sog die Luft ein, strich meinen Rock glatt und entführte mich auf die andere Seite des Innenhofs. Er zog mich hinter einen Baum in einem Pflanzkübel, der größer war als Noah, lehnte sich dann an die Hauswand und zog mich an sich hoch. Der Baum spendete uns Schatten und tauchte die Ecke in Halbdunkel.

»Also, wo waren wir? Soweit ich mich erinnere, war ich kurz davor, etwas Besonderes zu entdecken.« Seine große Hand fuhr über meinen Hintern und spielte mit dem Saum meines Rocks.

Ich schlug meine Hand auf seine und hielt sie an. »Zuerst habe ich Neuigkeiten. Willst du sie hören?«

»Gute Neuigkeiten?« Er musterte mein Gesicht. »Du hast deinen nächsten Auftrag an Land gezogen?«

»Hey, nicht raten.« Ein Teil meiner Aufregung verflog. Ich hatte ihn überraschen wollen.

»Ich höre auf zu raten.« Er verstärkte seinen Griff um mich. »Erzähl.«

Mit meiner Fingerspitze fuhr ich die Rundung der Lippen auf seinem Rolling-Stones-T-Shirt nach. »Ich habe meinen nächsten Auftrag an Land gezogen. Und er ist hier in San Francisco.« Ich wagte es, aufzuschauen. Im letzten Monat hatte er mich angebettelt, hierher zu ziehen, damit wir die endlosen Reisen und Trennungen beenden könnten, die uns beide erschöpften. Aber war es wirklich das, was er wollte? Sein Gesichtsausdruck war leer und regungslos.

»Jamila hatte mich letzten November gebeten, einen Job für sie zu machen, aber ich habe abgelehnt. Sie hat das Projekt dann verschoben, und jetzt ist es wieder verfügbar. Es ist ein … ein einjähriger Auftrag.« Meine Stimme stockte. Warum sah er nicht glücklich aus?

»Ich dachte, ich bringe Noah mit, wenn das Schuljahr endet. Er würde den Sommer über hier bleiben, und wenn alles gut läuft, könnte er im Herbst hier zur Schule gehen. Wenn … wenn das ist, was wir wollen.« Meine Stimme war zu einem Flüstern gesunken.

»Du sagst mir, dass du für das nächste Jahr nach San Francisco kommst? Vielleicht länger?« Seine Stimme dröhnte durch meine Brust, die an seine gepresst war.

»Ja?« Es war kaum hörbar.

Er presste mich an seine Brust und hob mich vom Boden hoch. »Ich fasse es nicht. Das sind die besten Nachrichten überhaupt.« Er setzte mich wieder ab und starrte mir ins Gesicht. »Ist das echt? Hat mich dieser Zapfhahn nicht am Kopf getroffen und ohnmächtig gemacht? Kneif mich lieber mal.«

Ich kniff ihn etwas fester in die Brustwarze, als ich sollte. »Du hast mir Angst gemacht! Ich dachte, du wärst verärgert. Dass du mich doch nicht hier haben willst.«

Er schnappte vor Schmerz nach Luft. Und dann krachte er seine Lippen auf meine und presste sie gegen meine Zähne. Seine Zunge drang in meinen Mund ein, und seine Finger marschierten direkt am Saum meines Rocks vorbei und streichelten die nackte Haut meines Hinterns, die durch meinen roten Tanga freigelegt wurde. Ich hatte für mein Wochenende mit den großen Neuigkeiten eine andere Art von Erwachsenen-Unterwäsche getragen.

Er war wie Stahl an meinem Bauch, und ich rieb mich an ihm, brauchte mehr. Als er ein Bein zwischen meine schob, rieb ich mich an der Rauheit seiner Jeans. Mein Tanga grub sich in mein geschwollenes Fleisch und entzündete mich vor Vergnügen. Wenn er mich so weiter küsste und den Rand meines Höschens streichelte, würde ich vielleicht genau dort an seiner Jeans kommen. Ich rieb mich fester an ihn, jagte der Empfindung nach.

»Jay. Bist du hier hinten?«

Coopers Stimme klang entschieden wenig amüsiert. Dennoch gab er uns eine Minute, um uns zu sammeln. Jackson strich meinen Rock glatt und richtete dann seine Jeans. Ich rieb meinen rosa Lippenstift von seinem Mundwinkel und verwischte dann mit dem Daumen die Kontur meiner Lippen.

»Genau hier, Coop.« Er trat um mich herum und schirmte mich vor seinem Partner ab.

»Entschuldigung für die Störung. Ich nehme an, Sie werden bald gehen, und ich wollte die Stichpunkte für die Rede mit dir durchgehen.«

Ich griff nach Jacksons Hand. »Bleib. Halte die Rede. Ich warte.« Jackson hatte in den letzten zwei Monaten zu hart daran gearbeitet, sich zu behaupten und ein gleichberechtigter Partner zu werden, um diese Gelegenheit zu verpassen, als Führungskraft vor seinen Mitarbeitern aufzutreten.

Als er sich zu mir umdrehte, war sein Blick sanft und dankbar und voller Liebe. »Wir machen das jetzt. Ich brauche nur eine Minute.«

»Alicia.« Coopers Blick wanderte von meinem Gesicht weg. Ich musste einen Lippenstiftfleck übersehen haben.

»Cooper. Herzlichen Glückwunsch zu den Jahresendergebnissen.« Sie hatten sie vor ein paar Tagen bekannt gegeben. Ich wünschte, meine Kennzahlen wären so gut. Aber ich würde das schaffen. Irgendwann.

»Danke sehr.« Er warf mir einen Blick zu, der nicht so eiskalt war wie sonst. Nicht ganz freundlich, aber näher dran als damals, als er aus dem Konferenzraum bei der Launchparty gestürmt war. Könnten er und ich vielleicht Freunde werden?

»Ich hole mir ein Bier und suche mir einen Platz, um deiner Rede zuzuhören«, sagte ich.

Ich trat neben Jackson, um an ihm vorbeizugehen, aber er hielt mich an und flüsterte mir ins Ohr. »Du musst müde vom Flug sein. Geh hoch in den sechsten Stock. Du kannst dich in meinem Büro entspannen.«

Meine High Heels auszuziehen, klang ziemlich fantastisch. Ich nickte und überquerte den Innenhof, um wieder in die Lobby zu gelangen. Nachdem ich den Aufzug in den obersten Stock genommen hatte, trat ich in einen hellen, luftigen Raum. Der ursprüngliche Dielenboden der umgebauten Mühle glühte in der Reflexion des Oberlichts darüber.

Wohin sollte ich gehen? Es gab vier Eckbüros; sicherlich musste der Mitbegründer der Firma eines davon haben. Ich schritt über den Boden auf das nächste zu und schlängelte mich zwischen den Arbeitsplätzen in der Mitte hindurch.

Das Büro war unbeleuchtet und die Tür geschlossen. Auf dem Namensschild stand *Cooper Fallon*. Cooper war unten, also riskierte ich einen Blick durch die Glaswand. Es sah genauso aus wie bei dem katastrophalen Videoanruf nach dem Vorfall mit dem schlechten Sushi. Der Tag, an dem Cooper uns eine Affäre vorgeworfen hatte und ich ihm gesagt hatte, dass ich Jackson nicht einmal mochte. Ich log nie, aber an diesem Tag hatte ich gelogen.

Ein Klingeln ertönte von jemandes Arbeitsplatz hinter mir und erinnerte mich daran, dass ich in das Büro des COO starrte. Ich sah mich um. Einer der anderen Führungskräfte oder ihre Assistenten könnten noch hier oben sein. Weston, der CEO, den ich nie getroffen hatte, von dem mir Jackson aber alles erzählt hatte, könnte auf der Etage herumstreifen. Ich trat zurück und ging zum nächsten Eckbüro.

Ich hatte Glück gehabt. An dieser Tür stand Jacksons Name und sein neuer Titel, VP of Development. Die Tür war geschlossen, und das Licht des Scanners daneben leuchtete rot.

Zögernd drückte ich auf die Klinke, aber sie rührte sich nicht. Jackson hatte mir gesagt, ich solle in seinem Büro warten. Gab es Kameras, die jede meiner Bewegungen aufzeichneten? Würde ein Sicherheitsmann auf die Etage stürmen und mich hinausbegleiten? Ich versuchte, das besorgte Zucken aus meinem Gesicht zu verbannen, als ich den an meinem Ausschnitt befestigten Besucherausweis zum Scanner hielt. Das Licht blitzte grün auf, und das Schloss klickte. Mit einem siegreichen Lächeln stieß ich die Tür auf.

Im Gegensatz zu Coopers sonnigem Büro wurde Jacksons von zwei angrenzenden, höheren Gebäuden überschattet. Dennoch sickerte etwas Tageslicht durch die beiden riesigen Fenster und die Glasfront seines Büros.

Ein Teppich bildete das Zentrum einer kleinen Sitzecke mit einer Couch, einer Chaiselongue und zwei Sesseln. Durch eine halboffene Tür dahinter war ein kleines Badezimmer sichtbar. An der gegenüberliegenden Wand war ein Bücherregal mit Computerteilen vollgestopft: ein Stapel Festplatten und ein weiterer mit Platinen, ein paar zerlegte Laptops, eine durchsichtige Acrylschale voller Schrauben.

Erwartungsgemäß befand sich auf Jacksons Schreibtisch eine ähnliche Ansammlung von Elektronik, plus ein paar Stapel Papiere, die mit Haftnotizen und Fähnchen verziert waren, auf denen stand: »Hier unterschreiben«. Das riesige Holzrechteck war groß genug, um eine Dockingstation für Jacksons Laptop sowie drei große Monitore zu tragen. Die Ränder der Monitore stießen aneinander, sodass Jackson ohne Ablenkung durch die Fenster oder die vordere Glaswand programmieren konnte. Es war eine gute Einrichtung für ihn. Marlee hatte es wahrscheinlich arrangiert.

»Alicia.« Jacksons Stimme, die die Stille des sechsten Stocks durchbrach, ließ mich aufspringen. Ich wirbelte herum.

Er trat näher und verschränkte seine Finger mit meinen.

Wortlos zog er mich in sein Büro. Er schloss die Tür hinter sich und legte den Riegel um. Er betätigte einen Schalter an der Wand, und Jalousien rauschten herunter und schirmten den Rest des Büros ab. Er schlich auf mich zu.

»Wie ist es gelaufen?« Meine Stimme klang hoch und hauchend.

»Hä?«

»Die Rede.«

»Gut. Aber darüber will ich jetzt nicht reden.«

»Oh?« Er wollte reden? Er sah aus, als wollte er mir die Kleider vom Leib reißen und mich genau dort auf der Chaiselongue vernaschen. Ich konnte das Lächeln, das sich auf meinem Gesicht ausbreitete, nicht unterdrücken, ebenso wenig wie das Kribbeln, das zwischen meinen Beinen begann, als ich seinen hungrigen Blick bemerkte.

»Ich will darüber reden, wie oft ich dich hier in meinem Büro zum Kommen bringen kann, bevor ich dich hinaustragen muss.«

Ich fröstelte. »Oh.«

»Wollen wir auf dem Schreibtisch anfangen?«

Ich stellte mir vor, wie ich mich über den Schreibtisch beugte, während Jackson von hinten in mich eindrang. Meine Oberschenkel wurden feucht; der Tanga konnte meine Erregung nicht mehr zurückhalten. Wir hatten es schon ein halbes Dutzend Mal auf seiner Küchentheke so gemacht, Jackson so tief in mir, dass meine Sicht vor der Intensität meines Orgasmus schwarz wurde. Irgendwie war diese riesige Holzfläche jedoch anders.

Ich reckte mein Kinn. »Dieser Schreibtisch ist vom Patriarchat durchdrungen. Ich werde mich nicht darüber beugen wie irgendeine Jungfrau in einem von Marlees Büchern.«

»›Vom Patriarchat durchdrungen‹?« Er kicherte. »Klingt ernst.«

»Lach nicht. Synergy hat einen erschreckenden Mangel an weiblichen Führungskräften.«

Sein Lächeln verblasste. »Daran arbeiten Cooper und ich jetzt. Und Weston.« Seine Lippe kräuselte sich, als er den Namen des CEO sagte. »Vielleicht kann ich dich, wenn dein Auftrag bei Jamila beendet ist, in eine dieser Führungspositionen locken.«

»Mich in eine Führungsposition locken?« Ich zog eine Augenbraue hoch.

»Wer ist denn jetzt nicht ernst?« Er machte zwei Schritte auf mich zu, hob mich hoch und setzte mich auf die Kante seines Schreibtisches. Ich lachte, bis er meine Knie spreizte und sich vor mir hinkniete. »Wie findest du diese Führungsposition?« Er fuhr mit einem Finger über das Stofffetzen, das mich bedeckte.

»Die nehme ich.«

Ohne ein weiteres Wort zog er meinen Tanga zur Seite, spreizte mich und landete mit seinem Mund auf meiner Klitoris, umkreiste sie mit seiner Zunge in diesem Achtermuster, das ich so liebte. Sein Bart kratzte an meinen Oberschenkeln und wärmte sie auf eine Weise, die ich Stunden später noch spüren würde. Ich lehnte mich auf dem Schreibtisch zurück, gestützt von meinen Armen. Als seine Zähne leicht über mich kratzten, bog sich mein Rücken durch.

Er legte seine Zunge flach über mich und sog dann, dehnte meine Klitoris. Er löste sich. »Mehr?«

»Mehr.« Ich hatte mich so daran gewöhnt, allein mit meinem Vibrator in meinem Schlafzimmer neben Noahs zu kommen, dass ich es nicht gewohnt war, das Feedback zu geben, nach dem sich Jackson sehnte. Ich presste meine Oberschenkel an die Seiten seines Kopfes. »Mehr saugen.«

Ich spürte, wie sich seine Wangen zu einem Grinsen verzogen, bevor er genau das tat. Das Vergnügen strahlte von meiner Klitoris aus, ließ mein Herz schneller schlagen und meinen Puls in den Ohren pochen. Ich ballte meine Hände zu Fäusten. »Ja, Jackson, ja«, flüsterte ich, während ich immer höher in die Schwärze und das weiße Rauschen spiralisierte. Mein Körper versteifte sich, und mein Mund öffnete sich zu einem lautlosen Schrei.

Als ich wieder in meinem Körper landete, strahlte Jackson mich an, seine Augen leuchteten und sein Bart war feucht von mir. Er küsste die Innenseite meines Oberschenkels, der vom Bartkratzen rosa war. »Glaubst du, wir haben das Patriarchat aus diesem Schreibtisch vertrieben?«

Meine Stimme war kratzig, als ich sagte: »Es könnte noch ein oder zwei weitere Runden dauern, um es vollständig auszurotten.«

»Dafür bin ich zu haben.« Er erhob sich und stand vor mir.

»Ich sehe, dass du dafür zu haben bist.« Ich legte meine Hand auf seine Gürtelschnalle. »Soll ich –«

Er legte eine Hand auf meine. »Nicht hier. Lass uns zurück zu mir gehen. Ich glaube, in meinem Bett versteckt sich noch etwas Patriarchat.«

»Vielleicht würde ein bisschen Reverse Cowgirl das erledigen.« Ich rutschte vom Schreibtisch und zuckte mit den Hüften, sodass mein Rock schwang.

»Hinter diesem Plan kann ich stehen.« Er trat hinter mich und strich mit seinen Handflächen von meinen Rippen über meine Vorderseite und zwischen meine Beine.

»Ich dachte, wir gehen nach Hause?« Dennoch presste ich mich zurück gegen seine Erektion.

»Zuhause. Das gefällt mir.«

»Mir auch.«

Er nahm meine Hand, und wir traten aus dem Büro, wissend, dass Zuhause nicht seine Wohnung oder gar das Haus meiner Mutter in Austin war. Zuhause war, wo immer wir beide zusammen sein konnten. Und bald würden wir die ganze Zeit zu Hause sein.

ALICIA

JA.

Das bedeutete das Pluszeichen im Fenster, und es war nicht die Antwort, die ich hatte sehen wollen.

»Alicia?« Marlees Stimme klang besorgt und gedämpft durch die Badezimmertür. »Ist alles in Ordnung?«

»Ich schätze schon?« Ich drückte die Klinke herunter und öffnete die Tür. Marlee schritt draußen in dem Schlafzimmer auf und ab, das ich mit Jackson teilte. Ich hielt das Gerät mit dem Pluszeichen hoch. »Schwanger.« Meine Stimme zitterte.

»Herzlichen Glückwunsch!« Sie umarmte mich, mitsamt dem Plastikstäbchen, auf das ich gerade gepinkelt hatte.

»Hmm«, war alles, was ich sagte.

»Komm.« Sie ergriff meine Hand und führte mich aus dem Badezimmer, durch das Schlafzimmer, vorbei an meinem Homeoffice und Noahs Zimmer, die Treppe hinunter ins Wohnzimmer. Wir setzten uns auf die Couch, die Jackson und ich vor einem Monat zusammen ausgesucht hatten. Ihr Hauptvorteil war gewesen, dass sie eine im Lager hatten und schnell liefern konnten. Alles ging schnell in diesen Tagen. Mit meinem Freund zusammenzuziehen, sobald ich hierherkam. Noah ein paar Monate später nach San Francisco zu holen. Und jetzt das.

Marlee drückte beide meine Hände, die immer noch den Schwangerschaftstest umklammerten. »Ich weiß, Planen ist deine große Stärke. Aber manchmal können ungeplante Dinge wunderbar sein. Wie dein Treffen mit Jackson bei diesem Projekt in Texas. Und dass ihr euch verliebt habt.«

»Ich weiß nicht.« Ich starrte auf das Stäbchen, meine Fingerknöchel weiß darum gekrallt, als hielte ich ein Messer oder Marlees Taser in der Hand. »Unser Leben war ziemlich gut, und jetzt wird es sich verändern. Sehr. Ich meine, Noah ist eine Sache. Ein Neugeborenes …«

»Ist eine Menge Arbeit, stelle ich mir vor. Aber« – ihre hellbraunen Augen wurden weich – »es wird ein lebendiges Symbol eurer Liebe zueinander sein. Ein wunderschönes –«

»Das Einzige, wofür es ein Symbol ist, ist, dass ich meine Pille nicht so regelmäßig genommen habe, wie ich es hätte tun sollen.« War es in einer der Nächte passiert, in denen ich lange gearbeitet und es auf den nächsten Tag verschoben hatte? Oder vielleicht nach dem Wochenende, an dem wir alle drei eine Magen-Darm-Grippe hatten und ich nichts bei mir behalten konnte? Scheiße. Warum, warum hatten wir nicht daran gedacht, auch Kondome zu benutzen?

Weil ich in der Nähe von Jackson Jones den Verstand verlor. Er hatte meine geordnete, langweilige Welt genommen und sie mit Farbe und Aufregung gefüllt. Und die Person, die ich in seiner Nähe war, dachte nicht an zusätzliche Verhütungsmittel. Bei mir drehte sich alles um Vergnügen. Wie letztes Wochenende, bevor er zu seiner Reise aufbrach. Wir waren bei einer der langweiligen Stiftungsveranstaltungen seiner Mutter gewesen, als er mich zu einem Spaziergang im nahegelegenen Skulpturengarten mitgenommen hatte, wo wir eine schattige Stelle gefunden hatten und er den Rock meines Cocktailkleides hochgeschoben hatte und –

»Scheiße.«

Marlees Miene verdüsterte sich. »Willst du das Baby nicht? Jacksons Baby?«

»So ist es nicht. Es ist nur viel. So früh in unserer Beziehung.«

»Ihr seid seit sechs Monaten zusammen. Das ist nicht so früh. In dem Roman, den ich gerade lese, hat sich das Paar schon nach einer Nacht verliebt.« Sie bekam diesen verträumten Ausdruck in die Augen, den sie immer hatte, wenn sie über ihre Bücher sprach. »Oh mein Gott!« Sie setzte sich auf. »Das ist total dein Liebesroman-Epilog! Das Baby und … und …«

Wir blickten beide auf meine nackte linke Hand. Jetzt hatte ich das Trio perfekt gemacht. Zuerst meine Mutter, schwanger mit siebzehn, dann meine Schwester Melissa, schwanger mit zweiundzwanzig und der Vater nirgends zu finden. Jetzt ich.

So sanft ich konnte, sagte ich: »Das wirkliche Leben ist nicht so einfach wie in Büchern. Ich baue mein Geschäft hier in San Francisco gerade erst auf. Noah ist gerade erst hierhergezogen, weg von seinen Großmüttern. Wir gewöhnen uns alle noch ein. Ein Baby jetzt dazuzubekommen, ist nicht ideal.«

»Ist es das jemals?« Marlee ließ meine verschwitzten Hände los, und ich legte das Stäbchen auf den Couchtisch. »Habt ihr und Jackson über Kinder gesprochen?«

»Nur im vagen, irgendwann-mal-Sinn.« Er hatte so komplizierte Gefühle in Bezug auf Familie, weil er nicht glaubte, den Erinnerungen an seinen perfekten, alleskönnenden Vater, der jung gestorben war, gerecht werden zu können. Also hatte ich jeden Planungsdrang unterdrückt, den ich hatte, und mich geweigert, das Thema anzusprechen. »Vielleicht hätten wir das tun sollen.«

»Das wird schon. Ihr habt genug Geld, eine tolle Wohnung« – sie deutete auf das Reihenhaus, in das wir gezogen waren, bevor Noah nach Kalifornien kam – »und mehrere Monate Zeit, euch an den Gedanken zu gewöhnen.«

Die Enge in meiner Brust, die zusammen mit diesem verdammten Pluszeichen aufgetaucht war, ließ ein wenig nach. »Du hast recht. Wir haben, was, acht Monate Zeit, um uns daran zu gewöhnen?«

»Genau.« Sie drückte mein Knie. Dann weiteten sich ihre Augen. »Sie – oder er – wird ein Fisch sein, wie ich. Und du und Jackson und ich, wir verstehen uns alle super. Es wird perfekt sein.«

Perfekt war kein Wort, das ich mit einer ungeplanten Schwangerschaft in Verbindung brachte, ob Fisch oder nicht. Aber ich versuchte, meine Freundin anzulächeln. »Wir kriegen das schon hin.«

Das war es, was ich bei der Arbeit tat. Ich konnte die gleichen Fähigkeiten auf mein Privatleben anwenden. »Ich brauche meinen Laptop. Oder einen Bleistift und etwas Millimeterpapier.«

»Millimeterpapier?« Sie rümpfte die Nase.

»Ich muss ein Gantt-Diagramm erstellen. Oder zumindest eine Tabelle.«

Ein oranger Schemen huschte die Treppe herunter. Das konnte nur eines bedeuten, da Tigger sich immer in Noahs Zimmer versteckte, während Marlee zu Besuch war.

»Scheiße! Ich –« Ich blickte an meinen abgeschnittenen Jogginghosen und dem verblichenen orangen UT-T-Shirt herunter. Ich hatte eigentlich etwas Verführerisches tragen wollen, wenn Jackson von seiner einwöchigen Reise nach New York zurückkam. Ich hatte Noah sogar für den Tag mit Jacksons Schwester Sam in den Golden Gate Park geschickt. Aber als ich mich zum dritten Morgen in Folge über die Toilette gebeugt hatte, hatte ich Marlee angerufen.

»Das wird schon«, flüsterte Marlee und drückte meine Hand.

»Marlee!« Jackson rutschte auf Socken über den Hartholzboden und kam zum Stehen.

Mein Herz machte einen Hüpfer, wie immer, wenn er einen Raum betrat. Sein dunkles, welliges Haar, durch das meine Finger zu fahren kribbelten, die definierten Muskeln unter seinem AC/DC-T-Shirt, die Jeans, die an seinen Hüftknochen hing, und diese fesselnden, tiefbraunen Augen, die das Haar musterten, das ich zu einem Pferdeschwanz zurückgebunden hatte. Die an meinem Körper verweilten, als trüge ich einen

Spitzen-Teddy und nicht das T-Shirt und die Jogginghose, in denen ich geschlafen hatte. Dieser hungrige Blick, der mir sagte, dass er mich schon küssen würde, wenn Marlee nicht neben mir säße.

»Hey, Jackson. Du bist ja früh zurück.« Marlee sprang auf, ging um den Couchtisch herum und umarmte ihren Chef.

»Ja, ich habe die Geschwindigkeitsbegrenzung vom Flughafen wohl überschritten.«

»Du und dieser Lamborghini.« Sie schlug ihm auf die Schulter. »Du musst jetzt vorsichtiger sein –« Sie verzog das Gesicht beim Anblick des Plastikstäbchens auf dem Tisch vor mir.

Jackson starrte auf den Test, dann zu mir hoch. »Ich – Alicia?«

»Ich glaube, ich gehe dann mal. Alicia, ruf mich an … später?«

»Ja, okay.« Ich konnte meinen Blick nicht von Jackson lösen. Verstand er, was es bedeutete? Was dachte er?

Mit einem bestärkenden Du-schaffst-das-Nicken in meine Richtung war Marlee verschwunden.

Jackson ging um den Couchtisch herum und küsste meine Schläfe. »Schatz, was ist los? Geht es dir gut?« Er warf einen weiteren besorgten Blick auf den Test. Selbst aus dieser Entfernung schien das rosa Pluszeichen zu leuchten.

Ich zog ihn neben mich auf die Couch. Tigger sprang neben ihm hoch, drehte sich im Kreis und ließ sich auf seinem Schoß nieder.

Ich atmete tief ein. »Ich – so wollte ich es dir nicht sagen. Scheiße, ich weiß nicht, wie ich es dir sagen wollte. Ich – ich habe nicht erwartet –«

»Hey.« Er legte seine große Hand auf meinen Nacken und zog mich näher. Er gab mir einen geschlossenen Kuss auf die Lippen und lehnte seine Stirn an meine, so nah, dass sein Gesicht verschwamm. Tiggers Schnurren sägte zwischen uns. »Bedeutet das, was ich denke, dass es bedeutet?«

»Ja, ich – ich schätze, ich bin schwanger. Wir werden Eltern.«

»Wann?«

»Ich weiß nicht.« Ich bekam nicht genug Luft in meine

Lungen. »Ich habe noch nicht einmal bei meinem Arzt angerufen. Scheiße, ich habe hier keinen Arzt. Ich muss –«

»Schsch.« Er strich über meine Schulter, meinen Arm entlang und nahm meine Hand. »Es ist okay. Es ist okay, nicht alle Antworten zu wissen. Wir werden das zusammen herausfinden.«

Mein rasender Herzschlag verlangsamte sich von Jacksons-Aventador-auf-der-Autobahn zu meinem-Honda-zu-spät-für-ein-Meeting. »Werden wir?«

Er lehnte sich zurück. »Wir sind doch Partner, oder nicht? Wir werden das zusammen machen. Freust du dich nicht darüber?«

Glücklich? Eher übel. »Ich – ich brauche mehr Zeit, um das zu verarbeiten.«

»Oh.« Als er sich zurücklehnte, vermisste ich seine tröstende Wärme. »Hmm.«

»Jackson, was ist –«

»Ich brauche eine Minute. Eine Stunde. Vielleicht zwei.« Er schob die Katze auf den Boden, stand auf, dann beugte er sich herunter, um mich wieder zu küssen, ein weiterer geschlossener, pflichtbewusster Kuss. »Ich komme wieder. Ich versprech's.«

»Wohin –«

Aber er war schon weg, mit einem Klimpern von Schlüsseln und dem Zuknallen der Tür.

Tigger und ich blinzelten uns an.

Er war fast eine Woche weg gewesen und er hatte mich nicht einmal richtig geküsst. Ich vermutete, das war meine Schuld: Ich hätte den Test verstecken sollen, anstatt ihm damit ins Haus zu fallen. Aber die Nachricht war zu frisch, und ich war immer noch völlig durch den Wind.

Nächstes Mal, wenn er hereinkäme, würde ich bereit sein. Ich würde wie die Alicia aussehen, die er liebte. Ich rieb meine Hand über meinen Bauch. Noch musste sich nichts ändern. Wir hatten viel Zeit.

Als ich mit meiner Dusche fertig war, war er noch nicht zurück. Das war in Ordnung. Er hatte gesagt, er brauche ein oder zwei Stunden. Ich zog eines der neuen, koketten Sommerkleider mit Blumenmuster an, zu deren Kauf Marlee mich bei einem unserer Einkaufsbummel überredet hatte. Ich machte sogar meine Haare, föhnte sie glatt und ließ sie so über meine Schultern fallen, wie Jackson es mochte. Ich tuschte meine Wimpern und trug einen leichten Schimmer Lipgloss auf, in der Hoffnung, dass Jackson ihn abküssen würde, wenn er zurückkam.

Unten in der Küche machte ich einen Salat für unser Mittagessen und legte die übriggebliebene Hähnchenbrust vom gestrigen Abendessen zusammen mit einem Stück knusprigem Brot zum Aufwärmen in den Ofen. Ich trug eine Glaskaraffe mit Wasser und Zitrone-Ingwer-Teebeuteln auf die kleine Terrasse hinter dem Haus und nutzte einen der seltenen sonnigen Tage San Franciscos, um Sonnentee zu machen.

Mein Handy summte mit einer Nachricht, und ich ließ es fast auf die Pflastersteine fallen, als ich mit zitternden Händen danach griff.

JACKSON

Denke an dich. Bin später zurück.

Meine Finger flogen über das Glas. *Was machst du?* Rücktaste. *Wo bist du?* Rücktaste. *Komm jetzt zurück.* Löschen. Meine Brust zog sich zusammen. Wie lange war später? Ich brauchte ihn jetzt, um mir zu sagen, dass alles in Ordnung sein würde.

Als ich die Hoffnung aufgegeben hatte, dass er rechtzeitig zum Mittagessen zurückkehren würde, war das Hähnchen ein trockener, faseriger Fetzen und das Brot zu einem festen, zahnbrechenden Klumpen geworden. Ich warf beides in den Müll und knabberte an einer Schüssel Salat.

Mein Handy summte wieder.

Dauert etwas länger als gedacht. Denk an mein Versprechen.

Er hatte mir früher am Tag versprochen, dass er zurückkommen würde. In ein oder zwei Stunden, und es waren schon vier. Das meinte er nicht. Er sprach von dem Versprechen, das er mir damals in Austin gegeben hatte, nachdem er mich ohne ein Wort verlassen hatte und dann zurückgekommen war, den Kopf hängend wie ein begossener Pudel. Er hatte versprochen, dass er bleiben würde. Und das hatte er getan.

Also, mit einer so engen Brust, dass ich kaum atmen konnte, türmte ich meine Haare zu einem Dutt auf meinem Kopf und schrubbte die Küche, bis sie blitzte. Dann ging ich ins Wohnzimmer. Der Putzdienst war die Woche zuvor da gewesen, aber ich saugte unter den Sofakissen und polierte den Couchtisch, bis er glänzte und meine Augen vom Zitronenduft brannten. Der Schwangerschaftstest landete mit dem ausgetrockneten Brot und dem Hühnchen im Müll.

Ich fischte nach schmutzigen Socken unter Noahs Bett, mein Hintern in die Luft gestreckt, als mich eine Stimme erschreckte.

»Alicia?«

Ich stieß mir den Kopf an der Unterseite des Bettes an und stöhnte. Als meine Sicht wieder klar wurde, wand ich mich hervor. »Hey, Noah.« Ich warf die Socken in den Wäschekorb. »Schon zurück?«

Sam, die im Flur stand, sah auf ihr Handy. »Wir haben gesagt, dass wir um fünf zurück sind.«

»Es ist fünf? Schon?« Jackson war nicht zwei, sondern sechs Stunden weggewesen.

»Geht es dir gut?« Sie drängte sich an Noah vorbei in das Zimmer.

Ich wischte mir übers Auge. »Nur … nur der Geruch von schmutzigen Socken. Und Staub. Ich sollte hier oben mal staubsaugen.« Oder Schwangerschaftshormone. Scheiße. Ich wischte mir übers andere Auge.

Noah schnappte sich den Wäschekorb. »Ich, ähm, stelle mal die Wäsche an.« Er war blitzschnell mit seinen knubbeligen Knien verschwunden.

Sam stand unschlüssig daneben, berührte mich aber nicht. »Sollte Jackson nicht langsam zurück sein?«

»Ja, verdammt!« Ich schnappte mir ein Taschentuch aus der Box auf dem Nachttisch und putzte mir die Nase.

»Oh, ähm, ich bin sicher, er ist bald zurück.« Ihre Finger flogen über ihr Handy. »Warum gehst du nicht nach unten? Ich mache dir einen Tee.«

Tee klang gut. Ein schöner, heißer Earl Grey mit einem Schuss Honig.

Scheiße. Wenn ich schwanger war, durfte ich kein Koffein zu mir nehmen. Kein Earl Grey mehr.

»Keinen Tee.«

»Dann etwas Stärkeres? Ihr habt doch Wein, oder?«

Ich seufzte. »Nur Wasser. Ich habe ein paar Zitronen aufgeschnitten.«

Sie streckte mir ihre Hand hin, und ich ergriff sie, als sie mich hochzog. Wir waren schon im Flur, als ich mein Handy auf Noahs Nachttisch vibrieren hörte. Ich flog zurück in sein Zimmer, um es zu holen.

Bin in zehn Minuten zu Hause.

Sam sah ebenfalls auf ihr Handy. »Ist es für dich in Ordnung, wenn Noah bei mir übernachtet?«

»Übernachten? Aber Jackson …«

Sie sah zu mir auf, ein schiefes Grinsen im Gesicht, das mich an Jacksons erinnerte. »Mein Bruder meint, ihr braucht mal etwas Zeit als Paar. Und Noah und ich können an dem Spiel weiterarbeiten, das wir zusammen entwickeln. Eine Win-win-Situation. Holt ihn morgen ab, wenn ihr wach seid, okay?«

»Okay.« Ich packte eine Übernachtungstasche für Noah und folgte ihr in die Waschküche, wo Noah die Maschine bereits angestellt hatte.

»Hey, Kumpel. Willst du bei Tante Sam übernachten?«

»Darf ich? Das wäre super. Wir können an Engine Ninja weiterarbeiten. Und Pizza Hawaii essen.« Er sah Sam mit großen Augen an.

»Klar doch«, sagte sie.

Ich reichte ihm die Tasche. »Umarmung?«

Er schlang seine dünnen Arme um meine Taille. »Tschüss, Alicia.«

»Danke, Sam.«

Sie hielt einen Moment lang meinen Blick. »Hab Geduld mit meinem Bruder, okay? Er macht nicht immer auf Anhieb das Richtige, aber er … wenn er liebt, dann richtig.«

Sam wusste das besser als die meisten. Sie und Jackson standen sich näher als alle anderen Jones-Geschwister. »Ich weiß.«

Im nächsten Moment waren sie und Noah weg. Als ich den Behälter mit dem Sonnentee hereinbrachte, summte mein Handy auf dem Küchentisch.

Kannst du bitte rauskommen?

Rauskommen? Ich sah aus dem vorderen Fenster. Die Schatten waren an diesem Juniabend länger geworden.

Ich ging hinaus in die Garage. Das Garagentor war offen, und der Platz neben meinem Honda, auf dem normalerweise Jacksons Lamborghini parkte, war leer. Als ich mich an meinem Auto vorbei in die Einfahrt zwängte, sah ich das Letzte, was ich je erwartet hätte.

Der größte, glänzendste Minivan, den ich je gesehen hatte, parkte in der Einfahrt, mit einer riesengroßen roten Schleife auf dem Dach, wie ich sie nur aus Autowerbungen zur Weihnachtszeit kannte. Und davor kniete Jackson und hielt ein kleines, glänzendes Ding zwischen Daumen und Zeigefinger.

»Was …« Die Worte überschlugen sich auf meiner Zunge, und das erste, das es herausschaffte, war: »Was ist mit deinem Lamborghini passiert?«

Er kicherte. »Da kriegt man keinen Kindersitz rein. Also habe ich den hier gekauft.« Er deutete mit dem Daumen hinter sich.

»Aber du liebst dieses Auto.« Mein Magen machte einen Satz.

Er hatte den Aventador aufgegeben? Wenn er all die Dinge aufgab, die er liebte, würde er es mir dann nicht übel nehmen?

»Nicht so sehr, wie ich dich liebe. Willst du das hier nicht sehen?« Er wackelte mit dem, was er in der Hand hielt, und es glitzerte im Abendlicht.

»Ich … oh.« Das Monstrum von einem Auto – würde es überhaupt in unsere Garage passen? – hatte mich abgelenkt. Er kniete auf dem sonnenwarmen Beton. Er musste sich durch die Jeans verbrennen. »Steh auf.«

»Alicia, ich versuche hier gerade, etwas sehr Romantisches zu tun. Willst du mich heiraten?«

Mein Magen drehte sich um. »Jackson, ich … nein.«

Jegliche Farbe wich aus seinem Gesicht. »Nein?«

»Nein, ich meine, ich will nicht heiraten, weil ich schwanger bin.« Ich rieb mir den Bauch und versuchte, die aufsteigende Übelkeit zu beruhigen. »Ich will nur heiraten, wenn wir es ernst meinen. Miteinander. Mit der Ewigkeit.«

Er rappelte sich auf und schwankte. »Meinst du es nicht ernst mit uns? Willst du nicht für immer mit mir zusammen sein?«

Ich ergriff seinen Arm, um ihn zu stützen. »Ich … ich glaube schon. Aber …«

»Aber? Ist es, weil ich gegangen bin? Ich musste ein paar Dinge erledigen.« Er nickte in Richtung des Autos. »Ich bin zurückgekommen. Ich werde immer zurückkommen. Solange du mich willst.«

»Ich … wir sollten uns setzen.« Sein Gesicht war grau, und mein Mittagessen erwog eine schnelle Flucht.

Er ließ sich auf der vorderen Stoßstange des Minivans nieder, und als ich mich neben ihn setzen wollte, zog er mich auf seinen Schoß. »Alicia, willst du das nicht? Willst du mich nicht?«

»Doch. Nur … ich wollte es nicht so.«

»Es hat unseren Zeitplan also ein wenig beschleunigt. Ich habe schon darüber nachgedacht, wie ich dir einen Antrag machen würde.«

Meine Augen brannten. »Inklusive des hässlichsten Autos der Welt?«

»Was?« Er packte meine Schultern und zog mich von sich weg, damit er mein Gesicht sehen konnte. Es hatte mehr Farbe als zuvor. »Das ist eine hochmoderne Familienkutsche. Lederausstattung. Elektrische Heckklappe und Seitentüren. Rückfahrkamera, Parksensoren, Querverkehrswarner und Toter-Winkel-Assistent. Und du würdest nicht glauben, wie preiswert er ist!«

»Ich kann mir vorstellen, dass er für jemanden, der regelmäßig eine Viertelmillion für ein Auto ausgibt, preiswert erscheint. Aber in meinen Honda passt auch ein Kindersitz. Und wir werden nur zwei Kinder haben, keinen ganzen Minivan voll.«

Jacksons Gesicht nahm einen verträumten Ausdruck an. »Ein Minivan voller Kinder.«

»Warte. Ich dachte, du wärst dir bei Kindern nicht sicher.«

Er blinzelte, seine braunen Augen waren wieder scharf. »Sicher, als es noch eine Sache für irgendwann war. Jetzt bekommen wir eins, ob wir bereit sind oder nicht. Und wir werden es gemeinsam schaffen. Ich bin voll dabei. Bei uns und unserer Familie.«

Ich warf einen Blick auf den Van. »Fangen wir mit dem einen Baby an. Mal sehen, wie es läuft. Dann reden wir weiter. Du kannst deinen Sportwagen noch eine Weile fahren.«

»Aber nicht nur du wirst die Kinder herumfahren. Ich werde das auch tun. Wir stecken da gemeinsam drin, Schatz. Und ich will, dass die ganze Welt es weiß.« Er hielt den Ring wieder hoch, ein Diamant-Solitär in einer Prinzessfassung aus Gold. Er sah sehr nach dem Verlobungsring meiner Mom aus, dem, der hinten in ihrer Schmuckschatulle verstaubt war, seit mein Dad uns alle verlassen hatte.

»Es ist der, den mein Vater meiner Mutter geschenkt hat. Obwohl ich vergessen hatte, wie klein er ist. Meine Eltern hatten nicht viel Geld, als sie frisch verheiratet waren. Ich war bei ein paar Juwelieren, um mehr Steine hinzufügen zu lassen, aber«, er zuckte mit den Schultern, »sie konnten es nicht rechtzeitig schaffen. Also kann das ein Platzhalter sein, bis wir ihn aufmotzen können.«

Ich starrte auf den Ring. Jackson hatte genug Geld, um einen brandneuen zu kaufen, aber er hatte diesen hier gewollt, den, den sein Vater seiner Mutter geschenkt hatte. Er glaubte, wir hätten die gleiche Art von Liebe wie seine Eltern. Die Art, der Geld oder Autos egal waren.

»Ich will ihn nicht aufmotzen. Ich will ihn genau so, wie er ist. So wie ich dich will.«

Und endlich, endlich, zog er mich an sich und küsste mich so, wie ich den ganzen Tag, die ganze Woche, während er weg war, geküsst werden wollte. Die Art von Kuss, die bedeutete, dass er mich auch wollte. Die bedeutete, dass unsere Liebe ausreichte, um uns über diesen Stolperstein und viele weitere, die noch kommen würden, hinwegzubringen.

Als wir innehielten, um Luft zu holen, murmelte ich: »Aber. Diesen potthässlichen Minivan will ich nicht.«

Er schreckte zurück. »Willst du nicht? Aber er hat eine Drei-Zonen-Klimaautomatik. Versenkbare Sitze.«

»Bring ihn zurück. Hol dir eine vernünftige Limousine. Oder einen SUV, wenn es sein muss. Denk daran, dass du das Ding in San Francisco parken musst. Der Jackson Jones, den ich heiraten werde, ist nicht der Typ Mann, der einen Minivan fährt.«

»Du wirst mich also heiraten?«

»Das werde ich.« Ich hielt meine linke Hand hin, und er schob den Ring an meinen Finger. Er funkelte fast so hell wie die Hoffnung und Liebe in seinen dunklen Augen.

Ich küsste ihn, und mit der Berührung unserer Lippen machte ich mein eigenes Versprechen. Dass ich nicht zu viel für das Baby planen würde. Dass wir uns gemeinsam darauf vorbereiten würden. Dass ich ihn immer lieben würde, egal, was das Leben uns entgegenwarf. Dass wir zusammen mit Noah eine Familie sein würden.

Er musste gespürt haben, was der Kuss bedeutete, denn er hielt mich fester.

»Bist du sicher, dass du ihn nicht ausprobieren willst? Dich reinsetzen?« Er schmiegte sich an meine Wange. »Ihn einweihen?«

»Igitt, nein.« Ich zog mich zurück. »Dieser Minivan geht in tadellosem Zustand an den Händler zurück.«

Es zuckte an meiner Hüfte. »Sag das noch mal.«

»Was? Der Minivan geht an den Händler zurück?«

»Nein, der andere Teil.«

»Tadelloser Zustand?«

Er stöhnte an meinem Hals. »Verdammt, ich habe dich vermisst.« Seine Hand wanderte unter meinem Rock meinen Oberschenkel hinauf.

»Jackson«, zischte ich. »Nicht hier draußen. Wo die Nachbarn uns sehen können.«

Seine Erektion war jetzt nicht mehr zu leugnen, sie bohrte sich in meine Hüfte. Er neckte den Beinausschnitt meines Höschens. Sein heißer Atem strich über meinen Hals. »Sag mir, wie unangebracht das ist.«

»Es ist so, so unangebracht.« Das war auch meine Stimme, heiser vor Verlangen.

Seine Hand glitt in mein Höschen, sein Daumen strich gekonnt über meine Klitoris und ein Finger liebkoste meinen Eingang. »Also, Ms. Weber, ich glaube, Sie wollen vor den Nachbarn auf der Stoßstange dieses Minivans, den ich definitiv unberührt an den Händler zurückgeben werde, gefingert werden. Wobei ich das von meiner Verlobten nicht behaupten kann.«

Nur noch ein paar Sekunden. Und dann würde ich ihn dazu bringen, mich mit reinzunehmen, in unser Bett.

Aber die nächste Berührung brachte mich zitternd an den Rand des Abgrunds. »Jackson, ich …« Ich vergrub mein Gesicht in seiner Schulter, um meinen Orgasmus nicht herauszuschreien. Was war nur in mich gefahren? Wie hatte er mich in weniger als einer Minute von Verärgerung zum Orgasmus gebracht?

Seine Finger hielten inne und gaben mir mit dem Druck, den ich brauchte, Halt.

»Du bist noch nie so schnell gekommen«, sagte er atemlos. »Lag es am Minivan oder am Ring?«

»Definitiv nicht am Minivan.«

»Scheiße. Ich hatte solche Hoffnungen in diese verstellbaren Rücksitze gesetzt.«

Ich war zu glückselig, um mit ihm zu streiten. »Lass uns reingehen.«

»Warte einen Moment.« Er hielt mich fester, ein Arm um meine Taille, die andere Hand zwischen meinen Beinen. »Nur um sicherzugehen, dass ich nicht auf der Autobahn liege, nachdem ich den Aventador gegen eine Leitplanke gefahren habe, solltest du mich zwicken.«

Ich kniff ihn ins Ohrläppchen. »Gut genug?«

»Verdammt, ja.« Er rieb sein Ohr an meinem Kopf. »Du bekommst also wirklich mein Baby, und du wirst mich heiraten?«

Ich hielt meine Hand hoch, der Diamant funkelte rosa in den Strahlen der untergehenden Sonne. »Ja.«

»Dann, bevor ich dich mit reinnehme und über dich herfalle – schon wieder –«, er ließ meinen Kitzler vibrieren und ich wand mich auf seinem Schoß. »Frag mich, ob ich gerade der glücklichste Mann der Welt bin.«

»Bist du das?« Ich hob das Kinn und küsste die Stoppeln an seinem Kiefer.

»Ja.«

Vielen Dank, dass du *Kollege gesucht* gelesen hast! Ich würde mich freuen, wenn du eine Rezension auf der Website deines Lieblingshändlers schreiben würdest.

Das nächste Buch der Reihe, *Scheinbeziehung gesucht*, ist eine Friends-to-Lovers-Fake-Dating-Romance mit Jacksons Assistentin Marlee. Lies weiter für einen kleinen Vorgeschmack.

SCHEINBEZIEHUNG GESUCHT, SYNERGY
BUCH 2
KAPITEL 1

ICH HATTE SCHON viele Frauen aus Cooper Fallons Büro kommen und gehen sehen, aber diese hier war die schlimmste. Und sie ging nicht gerade leise.

Als ihr Schrei – etwas, das mit »Arschloch« endete – aus seiner geschlossenen Bürotür drang und bis zu meinem Schreibtisch am Ende des Flurs hallte, presste ich die Lippen zusammen, um mir mein Grinsen zu verkneifen, und rief die Kontaktdaten der Personalagentur auf.

Seit seine langjährige Assistentin vor fünf Monaten in den Ruhestand gegangen war, hatte der Chief Operating Officer von Synergy Analytics achtzehn Aushilfsassistentinnen verschlissen. Einige stürmten wie diese hier gleich hinaus, andere schlichen sich davon und wieder andere machten sich gar nicht erst die Mühe, am nächsten Tag zur Arbeit zu erscheinen.

Ich schwöre, das war alles seine eigene Schuld. Zumindest am Anfang. Nachdem die fünfte Aushilfe auf ihrem Weg nach draußen die Kirschholzoberfläche seines Schreibtisches mit einem Schlüssel zerkratzt hatte, bat er mich, die nächste auszuwählen. Als Gefallen. Und ich machte mir einfach seine hohen Ansprüche – und sein aufbrausendes Temperament – zunutze, um sicherzustellen, dass keine von ihnen blieb. Ich wurde zur Freiheitsstatue der Aushilfskräfte von San Francisco: *Gebt mir eure Amateure, eure Faulenzer, eure Romanautoren und Dichter, die sich danach sehnen, auf der faulen Haut zu liegen …*

Ich war also vielleicht nicht die unparteiischste Person, um Coopers Assistentin einzustellen.

Denn ich hatte einen Plan. Einen, der auf, nun ja, unzuverlässiger Hilfe beruhte.

Während ich die E-Mail an die Agentur verfasste – ich musste vage genug formulieren, warum wir diese hier feuerten, damit sie uns eine weitere, ebenso schreckliche, schicken würden –, fragte eine Stimme hinter mir: »Ist bei denen alles in Ordnung?«

Ich wirbelte auf meinem Stuhl zu der vertrauten Stimme herum und stieß mir mein nacktes Knie am Bein meines Schreibtisches. Ich blinzelte meinen Arbeitskollegen Tyler Young an, der durch das diesige Licht, das durch das Oberlicht im obersten Stockwerk der umgebauten Mühle fiel, von einem Heiligenschein umgeben war.

Ich rieb mein Knie. Da Cooper aus dem Eckbüro brüllte, hatte ich Tylers leise Turnschuhe nicht kommen hören. »Ich wollte gerade das Popcorn rausholen.«

Er zeigte seine süßen Grübchen und trat vor meinen Schreibtisch, wie er es immer tat, damit ich nicht ins Oberlicht starren musste. Als Coopers tiefes Knurren die höhere Stimme der Aushilfe unterbrach, schob Tyler seine schwarz umrandete Brille hoch und fragte: »Bist du sicher? Müssen wir nicht …?«

Ich legte den Kopf schief, um zu lauschen. Die Aushilfe teilte genauso gut – oder besser – aus, wie sie einstecken musste. Alle Schimpfwörter kamen von ihrer Seite. »Nein, die beiden sind sich ziemlich ebenbürtig. Wenigstens ist sie keine Heulsuse.« Für die, die er letzte Woche gefeuert hatte, hatte ich meine Schreibtischschublade nach Schokolade und Taschentüchern geplündert, um sie zu trösten.

Als das Geschrei der Aushilfe zu einem hohen Kreischen anschwoll, trat der andere Gründer von Synergy, Jackson Jones, aus seinem Büro und schlenderte zu meinem Schreibtisch. »Hey,

Marlee. Wer hat zur Wette« – er tippte auf seine Omega – »sechzehn Uhr gesagt?« Mein Chef stützte seine große Hand auf meinen Schreibtisch und nahm sich ein Bonbon aus der Keramikschale.

Ich schnaubte. »Jemand aus der Lohnbuchhaltung. Ich schätze, sie wird gewinnen.«

»Armer Cooper.« Er knüllte sein Bonbonpapier zusammen und gab es mir, damit ich es in den Müll warf. »Nicht jeder kann die beste Assistentin von San Francisco haben. Er ist eifersüchtig, dass ich Sie zuerst gefunden habe.«

Meine Wangen wurden warm und ich strich meinen rosenknospenrosa Rock glatt.

Cooper, der COO einer der angesagtesten Technologiefirmen der Welt, verlangte seinen Angestellten viel ab. Er war ein Alpha-Milliardär, genau wie in meinen Lieblingsromanen.

Absolut romanheldentauglich. Ich wünschte nur, er wäre meiner.

An dem Tag, als ich ihn zum ersten Mal traf, als ich noch eine Teilzeitkraft war und herauszufinden versuchte, was Analysesoftware eigentlich macht und wie es das Gebäude voller ungepflegter junger Programmierer in die Fortune 1000 geschafft hatte, war mir die Kinnlade heruntergefallen und die Knie waren mir weich geworden. Er war mehr als gut aussehend; er sah aus wie das Model auf dem Cover des Liebesromans, den ich gerade las. Blondes Haar, blaue Augen, der perfekte Dreitagebart, makellose Kleidung – wenn auch ohne Breitschwert – und hoch wie ein Mammutbaum. Ich hatte meine ersten drei Tage bei Synergy damit verbracht, ihn anzustarren. Am Ende der zweiten Woche war ich unsterblich in ihn verknallt.

Er war nicht nur einer der begehrtesten Junggesellen Nordkaliforniens, sondern auch ein rücksichtsvoller, fürsorglicher und ehrlicher Mann. Er kannte die Namen all seiner Mitarbeiter, von der Vorstandsetage bis hinunter zur Poststelle. Er hatte eine Stiftung gegründet, um Kindern aus einkommensschwachen Familien die Teilnahme an Programmier-Camps zu ermöglichen. Und am wichtigsten –

»Gehen Sie da ran?«, fragte Jackson und lehnte eine Hüfte gegen den Speckstein-Labortisch, den ich als Schreibtisch benutzte.

Coopers Leitung leuchtete auf meinem Tischtelefon und klingelte, aber da die beiden Personen, die hätten rangehen sollen, sich gegenseitig anschrien, lag es an mir.

»Büro von Cooper Fallon, Marlee Rice am Apparat.«

»Hallo«, sagte eine heisere Frauenstimme. »Hier ist Jamila Jallow. Ist Cooper zu sprechen? Er erwartet meinen Anruf.«

Tatsächlich? Mein Herz pochte. Warum rief Jamila Jallow, die Stanford-Jahrgangsbeste, die ein Model hätte sein können, die auf allen Vierzig-unter-Vierzig-Listen stand, Coopers beste Freundin, ihn heute an?

»Nein, tut mir leid. Er ist im Moment beschäftigt. Kann ich Ihnen helfen?«

»Sicher. Könnten Sie ihm ausrichten, dass sich meine Pläne geändert haben und ich *doch* mit ihm zu Jacksons Hochzeit gehen kann?«

Heiliger Strohsack.

»Das können Sie?« Obwohl Jamila und Cooper mehr als eine Branchenveranstaltung gemeinsam besucht hatten, brachte er zu Synergy-Events nie eine Begleitung mit. Und obwohl die Hochzeit meines Chefs am nächsten Wochenende keine offizielle Firmenveranstaltung war, war ich mir sicher gewesen, dass er allein hingehen würde.

»Ja, kann ich. Aber wissen Sie was, ich schreibe ihm einfach. Danke, Marlee.«

Mir sausten die Ohren. Ich hatte damit gerechnet, dass Jamila zu Jacksons Hochzeit gehen würde. Sie waren seit dem College befreundet. Was bedeutete es, dass sie mit Cooper hinging? War es ein freundschaftliches Date oder ein richtiges Date?

Es würde genau mein Glück sein, wenn sie sich Cooper

schnappte, gerade als ich endlich den Mut gefasst hatte, etwas gegen meine drei Jahre alte Schwärmerei zu unternehmen.

»Ähm, Marlee?«, fragte Tyler und richtete seine Brille. »Ist alles in Ordnung bei dir?«

Ich blinzelte, um scharf zu sehen. »Alles bestens.« Ich wandte mich an Jackson. »Das war Jamila Jallow. Sie sagt, sie kommt mit Cooper. Zu Ihrer Hochzeit.«

Seine Augenbrauen schossen in die Höhe. »Er bringt nie jemanden zu meinen Partys mit.«

»Ich weiß, oder? Was ist da los?«

Coopers Tür schwang auf, knallte gegen die Wand, und die Aushilfe stürmte heraus, ihr Gesicht so rot wie ihre Seidenbluse. Ich hatte ein wenig Angst gehabt, als die umwerfende Frau am Montag mit ihrer Designerkleidung und Schuhen, die mehr kosteten als mein Wochengehalt, hereingekommen war, aber sie war zu sehr damit beschäftigt gewesen, mit ihren falschen Wimpern nach Cooper zu klimpern, um seine Anrufe entgegen-zunehmen. Sie schnappte sich ihre butterweiche Lederhandtasche vom Schreibtisch davor und stolzierte an uns vorbei zu den Aufzügen.

»Tschüss, Lynley«, sagte ich.

»Fick dich.« Sie bog nach rechts ab, riss die Tür auf und verschwand im Treppenhaus.

Ich tauschte einen Blick mit Jackson aus.

»Ja«, sagte er, »Cooper hat manchmal diese Wirkung auf mich.«

Tyler sagte nichts. Er hatte nicht genug Zeit hier oben im sechsten Stock verbracht, um zu wissen, dass Coopers Launen wie ein Sommergewitter waren: laut, aber schnell vorüber.

Der Mann selbst trat aus seinem verglasten Büro, seine Nasen-flügel bebten, sein Kiefer war wie Marmor. Er schob die Hände in die Taschen seiner maßgeschneiderten schwarzen Hose und näherte sich uns, den Blick auf den Boden aus wiederverwertetem Holz gerichtet. Ich fuhr mit einer Hand über meinen Anhänger und setzte mich in meinem Stuhl aufrechter hin.

Er rieb sich den Nacken und richtete seine kristallblauen Augen auf mich.

»Marlee?« Er verlagerte das Gewicht von einem Fuß auf den anderen. »Es scheint, als ob Lindsey –«

»Lynley«, korrigierte ich ihn.

Er verzog das Gesicht und zeigte gerade weiße Zähne. »Sie und ich sind uns einig geworden, dass sie nicht gut zu Synergy passt.«

»So kann man es auch ausdrücken«, sagte Jackson.

Coopers Blick durchbohrte seinen Freund. »Wenn du nur in Erwägung ziehen würdest, Marlee mit mir zu teilen …«

»Ich würde sehr gerne –«, begann ich.

»Kommt nicht infrage«, unterbrach mich Jackson. Er sah mich streng an. »Marlee hat schon genug zu tun. Und Sie könnten mich genauso gut bitten, Ihnen meinen rechten Arm zu leihen. Suchen Sie sich Ihre eigene Marlee.« Er zuckte mit den Schultern. »Oder behalten Sie eine der Aushilfen, die sie für Sie findet.«

Bevor er sprach, nahm sich Cooper einen Moment Zeit, um seine Hände zu entspannen, die sich zu Fäusten geballt hatten. Dann sah er mich an. »Glauben Sie, Sie könnten –«

»Erledigt.« Ich klickte, um meine E-Mail an die Personalagentur zu senden.

»Danke. Sie wissen ja, dass ich Sie sehr gernhabe, Marlee.« Und da war es, das herzzerreißende Lächeln, das mich jedes Mal dahinschmelzen ließ. Ich wollte mit meinen Fingerspitzen über seinen starken, stoppeligen Kiefer und in sein kurzes, sandfarbenes Haar fahren. Meine Hände über sein grau gestreiftes Hemd gleiten lassen, um die durchtrainierten Schultern darunter zu berühren. Meine Nägel seinen Rücken hinunterziehen und seinen –

»Wie auch immer, Jay –« Er wandte sich an Jackson, und in diesem Moment wurde mir klar, dass ich Cooper schon wieder mit den Augen ausgezogen hatte. »Können wir unsere Radtour früher beginnen? Ich habe heute Abend eine Veranstaltung der Stiftung.«

»Ich ziehe mich um.« Jackson warf mir einen Blick zu – meine schweifenden Augen waren ihm nicht entgangen – und legte Tyler dann eine Hand auf die Schulter. »Lassen Sie uns morgen über Ihre Ideen für das Kraftstoffverbrauchsmodul sprechen.« Da ich Cooper beobachtete, sah ich, wie sein Blick der Hand seines Freundes folgte und sich dann bei Tyler verengte. Cooper neigte dazu, der eifersüchtige Partner in seiner Bromance mit Jackson zu sein.

»Klar doch.« Tyler grinste unseren Chef an und sah dabei genauso aus wie ein Labrador, dem man gerade gesagt hatte, dass er ein braver Junge war.

Jackson hatte das Vorzeigeprodukt des Unternehmens – ein Automotive-Analytics-Paket, das die Leistung und Sicherheit von Autos verbessert – vor zehn Jahren in dem Wohnheimzimmer entwickelt, das er sich in Stanford mit Cooper geteilt hatte. Als Programmierlegende genoss er die Bewunderung unter den Entwicklern, und Tyler war der Präsident des Fanclubs. Obwohl Tyler selbst ein echter Programmierer war. Jackson hatte nicht die Geduld, viele Programmierer zu betreuen, aber für Tyler nahm er sich Zeit.

Als die beiden Führungskräfte in ihre jeweiligen Büros zurückkehrten, winkte ich Tyler zu mir und vergewisserte mich, dass niemand sonst in der Nähe war. »Ich habe gehört, dass Sanjay geht.«

»Ja?« Seine Unterlippe schob sich zu einem Beinahe-Schmollmund vor. »Er ist ein guter Chef. Ich werde ihn vermissen.«

»Sicher, aber …« Ich machte eine dramatische Pause. »Damit wird eine Managerstelle frei. Und ich kenne einen talentierten Programmierer, der für eine Beförderung bereit ist.«

»Wen, Grant?«

Ich schnaubte. »Nein, du Dummkopf. Du.«

Er trat von einem Bein aufs andere. »Ich bin noch nicht so weit. Ich bin seit weniger als einem Jahr hier.«

»Es ist egal, wie lange du hier bist. Was zählt, ist, wie viel du vom Programmieren verstehst und wie gut du mit Menschen umgehen kannst.« Und Tyler war gut im Umgang mit Menschen. Im Gegensatz zu den meisten seiner Kollegen sah er nicht auf mich herab, weil ich eine Assistentin war.

Seine Augen verengten sich unsicher.

»Denk darüber nach. Die Personalabteilung wird die Stelle nächste Woche ausschreiben.«

Er gab ein unverbindliches Grunzen von sich. Er nahm sich ein Pfefferminzbonbon aus meiner Bonbonniere und drehte die Enden fester zusammen. Er öffnete den Mund, holte Luft und ließ sie dann langsam wieder raus.

»Ach, richtig. Das Kraftstoffverbrauchsmodul. Soll ich für morgen ein Treffen mit ihm ansetzen?« Ich klickte mich zu Jacksons Kalender und suchte nach einem freien Termin. »Wie wäre es mit vierzehn Uhr dreißig?«

Ein leises Trommeln war meine einzige Antwort. Seine langen Finger klopften einen Rhythmus gegen die Seite seiner Jeans.

»Tyler?«, hakte ich noch einmal nach.

»Richtig. Klar.« Er riss seinen Blick von meinem Schreibtisch los und sah mich an. »Ein paar von uns gehen – ich dachte, du würdest vielleicht, äh –«

»Ja?«, fragte ich, während ich die Besprechungseinladung tippte und verschickte, während er zögerte. Ich warf einen Blick auf die Uhr in der Ecke meines Bildschirms. Wenn Jackson jetzt ging, konnte ich gerade noch den frühen Zug erwischen. Definitiv eine gute Idee, wenn man die Probleme bedenkt, die wir in letzter Zeit hatten. Vor ein paar Wochen hatte Dad versucht zu helfen, indem er das Abendessen kochte, hatte aber am Ende einen Topf auf dem Herd anbrennen lassen und den Rauchmelder ausgelöst.

»Heute ist Abend des Drei-Dollar-Biers, und …«

Wir zuckten beide zusammen, als Jackson seine Bürotür zuschlug und den Flur entlang rief: »Coop, beweg deinen Arsch!«

Cooper trat aus seinem Büro, die Sporttasche über die Schulter geworfen. Wie Jackson trug er ein T-Shirt, das seine Brust umspielte und knapp unterhalb der Hüfte einer eng anliegenden Radlerhose endete. Meine Augen wanderten sein durchtrainiertes

Bein hinauf bis zur Andeutung einer Beule direkt unter dem Saum dieses Shirts. Ich schluckte.

»Wir sehen uns morgen.« Jackson winkte lässig in unsere Richtung, bevor er zur Treppe joggte und Cooper die Tür aufhielt. »Nach der Tour, lass uns –« Die Tür schloss sich hinter ihnen und schnitt Jacksons Worte ab.

Ich blinzelte kräftig und wandte mich dann wieder Tyler zu. »Entschuldige, was hast du gesagt?«

Er nahm seine Brille ab und rieb sie an seinem T-Shirt. Ohne seine Brille waren seine Augen mit Sprenkeln aus Braun, Blau, Grün und Gold gesprenkelt, wie die Erde vom Weltraum aus gesehen.

»Ich dachte daran, nach der Arbeit in die Kneipe im nächsten Block zu gehen. Willst du mitkommen?«

»Tut mir leid, heute Abend kann ich nicht. Mit wem gehst du denn?« Wenn wir auf den vierteljährlichen Synergy-Partys zusammen abhingen, kreisten die anderen Programmierer wie Satelliten um Tyler. Die meisten von ihnen waren in Ordnung, aber ein paar würden nicht einmal mit jemandem sprechen, der nicht »Entwickler« im Titel hatte. Sie sahen an mir vorbei, als wäre ich eine Art exotisches rosa Insekt, das ihrer Beachtung völlig unwürdig war.

»Oh, ähm. Ich hatte noch niemanden sonst eingeladen.«

Ich hielt beim Packen inne. Das war typisch für Tyler, das Treffen um mich und meine Vorlieben herum zu organisieren. So ein lieber Kerl. Wäre ich irgendjemand anderes, hätte ich die Gelegenheit ergriffen, nach der Arbeit Zeit mit ihm zu verbringen.

Aber ich hatte Verpflichtungen. Und Pläne. »Vielleicht an einem anderen Abend?«

Sobald er nickte, ging ich zum Aufzug und hämmerte auf den Knopf.

Die Türen glitten sofort auf, und als ich mich umdrehte, um den Knopf zu drücken, erhaschte ich einen Blick auf Tylers heruntergezogene Mundwinkel, als er mir nachsah. Ich schenkte ihm ein entschuldigendes Lächeln und wedelte mit dem Finger.

Er würde schon klarkommen. Er würde heute Abend mit seinen anderen Freunden ausgehen. Er war wie die meisten Leute in unserem Alter, die bei Synergy arbeiteten – engagiert und fleißig, mit wenigen Verpflichtungen außerhalb des Büros und mit viel Geld, um zu feiern, wenn die Arbeit getan war.

Obwohl wir seit fast einem Jahr befreundet und seit mehr als sechs Monaten die besten Kumpel waren, wusste Tyler nicht, dass ich nicht wie er war. Ich hoffte, er dachte nicht, ich würde mir eine Ausrede ausdenken, wie es all meine Freunde aus dem College getan hatten. Sie hatten sich langsam aus meinem Leben zurückgezogen, nach zu vielen abgelehnten Einladungen, zu vielen kurzfristigen Absagen.

Aber von dem Moment an, als er mich vor diesem bösen Bierzapfhahn gerettet hatte, war Tyler anders gewesen. Er hatte mich immer wieder gefragt, ob ich mitkommen wollte, obwohl ich die meiste Zeit ablehnte. Er war ein guter Freund. Einer, den es sich zu behalten lohnte.

Ich würde ihn am nächsten Tag zum Mittagessen einladen. Aber in diesem Moment musste ich mich für meinen zweiten Job wappnen.

Scheinbeziehung gesucht ist als Taschenbuch bei deinem Lieblingshändler erhältlich.

ÜBER DEN AUTOR

Michelle McCraw liebt es, Liebesromane zu lesen und in der Tech-Branche zu arbeiten. Eines Tages beschloss sie, ihre beiden Interessen zu kombinieren, und jetzt schreibt sie heiße, nerdige Contemporary Romance, die dich vielleicht zum Lachen bringen wird. Ihre Bücher zeigen Charaktere, die ungeniert Wissenschaft, Ingenieurwesen und Technologie lieben.

Als gebürtige Texanerin hat Michelle während Schneestürmen in Neuengland Schnee geschaufelt und im Mittleren Westen auf eine Schneefräse aufgerüstet. Jetzt nennt sie Georgia ihr Zuhause, wo sie den Schnee ÜBERHAUPT NICHT vermisst. Sie liest gerne, reist, trinkt Bourbon und verwöhnt ihren außergewöhnlich schlecht erzogenen, aber bezaubernden Hund. Sie war Finalistin im RWA Vivian Contest, im Stiletto Contest der Contemporary Romance Writers und im Four Seasons Contest der Windy City Romance Writers.

facebook.com/MichelleMcCrawAuthor

instagram.com/MMOWriter

amazon.com/author/michellemccraw

goodreads.com/MichelleMcCraw

bookbub.com/authors/michelle-mccraw

BÜCHER VON MICHELLE MCCRAW

Synergy Series

Kollege gesucht

Scheinbeziehung gesucht

Umweg gesucht

Boss gesucht

Erinnerung gesucht

Versuchung gesucht

40 and Fabulous

Fashion and Passion

Frenemies and Lovers

Books and Hookups

Conspiracies and Chemistry

Advances and Retreats

Marriage and Trouble

Sugar and Spice

www.ingramcontent.com/pod-product-compliance
Lightning Source LLC
Chambersburg PA
CBHW030116310726
48970CB00004B/1293